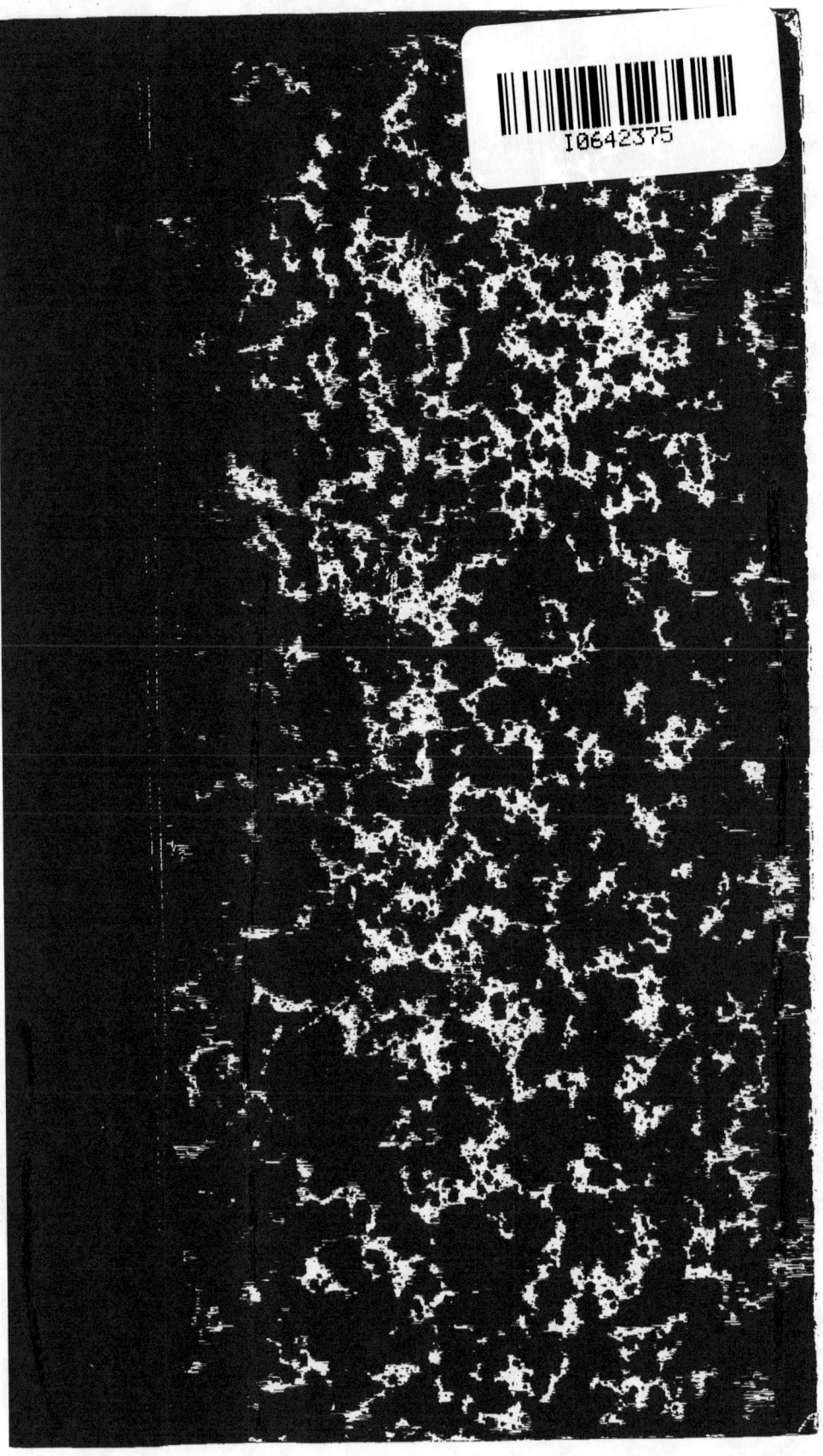

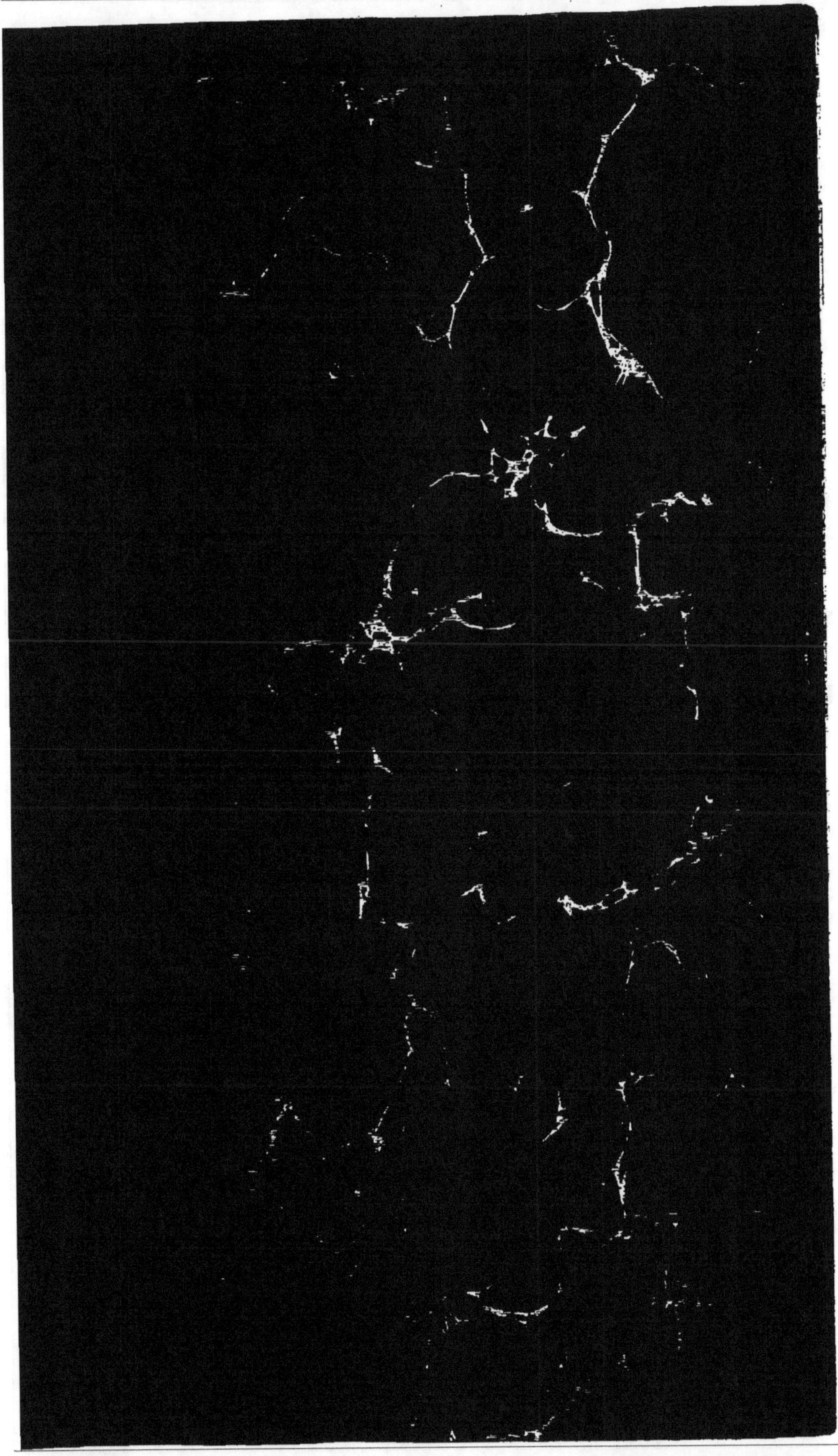

LA

Guerre

DE

1870-71

L'INVESTISSEMENT DE PARIS

I

ORGANISATION DE LA PLACE

PARIS
LIBRAIRIE MILITAIRE R. CHAPELOT ET Cie
IMPRIMEURS-ÉDITEURS
30, Rue et Passage Dauphine, 30

1908

LA

GUERRE DE 1870-71

L'INVESTISSEMENT DE PARIS

I

ORGANISATION DE LA PLACE

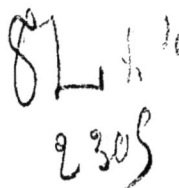

Publié par la **Revue d'Histoire**

rédigée à la Section historique de l'État-Major de l'Armée

LA

Guerre

DE

1870-71

L'INVESTISSEMENT DE PARIS

I

ORGANISATION DE LA PLACE

PARIS
LIBRAIRIE MILITAIRE R. CHAPELOT ET Cie
IMPRIMEURS-ÉDITEURS
30, Rue et Passage Dauphine, 30

1908

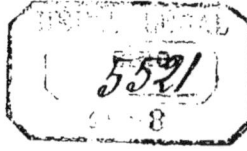

SOMMAIRE

PREMIÈRE PARTIE.

Le Gouvernement de la Défense nationale de Paris du 4 au 19 septembre.

IIe PARTIE.

Mise en état de défense de Paris.

IIIe PARTIE.

Constitution de la garnison de Paris.

APPENDICES

ERRATA

Page 2, avant-dernière ligne, *au lieu de* « tous députés de Paris », *lire* « tous députés ou anciens députés de Paris ».

— 73, ligne 13, *au lieu de* « Montagnac », *lire* « Montaignac ».

— 74, ligne 14, *au lieu de* « Carey », *lire* « Carrey ».

— 122, note 4, première et dernière lignes, *au lieu de* « Fleuriau de Langle », *lire* « de Fleuriot de Langle ».

— 168, titre, *au lieu de* « et service des subsistances », *lire* « et services de l'intendance ».

— 168 et suivantes, *au lieu de* « Perier », *lire* « Perrier ».

— 183, ligne 21, *au lieu de* « Chardon et Rolin », *lire* « Cardon et Robin ».

— 243, note 1, première ligne, *au lieu de* « compagnies hors rang », *lire* « sections hors rang »; ligne 3, *au lieu de* « 50e », *lire* « 90e ».

— 251, ligne 17, *supprimer* « du dépôt entier »; ligne 22, *ajouter en note* « la compagnie hors rang du 90e était partie pour le Mans le 15 septembre »; ligne 24, *au lieu de* « compagnies », *lire* « sections ».

— 252, ligne 17, *au lieu de* « compagnies hors rang », *lire* « compagnies ou sections hors rang »; ligne 19, *au lieu de* « 566 », *lire* « 569 »; note 4, 2e ligne, *au lieu de* « 9e bataillons », *lire* « 19e bataillons »; note 6, *effacer* le « 59e » et *ajouter* le « 54e ».

— 256, lignes 25 et 28, *au lieu de* « les 6e escadrons », *lire* « les escadrons ».

— 276, lignes 7 et 22, *au lieu de* « Viollet-Leduc », *lire* « Viollet-le-Duc ».

— 281, ligne 3, *au lieu de* « de la Griverie », *lire* « de la Gréverie ».

Page 289, ligne 29, *au lieu de* « de la 1re compagnie », *lire* « d'une compagnie ».

— 306, ligne 7, *au lieu de* « lieutenant-colonel Willerme », *lire* « colonel Willerme ».

— 318, note 1, ligne 1, *ajouter* « La douzième compagnie ne fut pas formée à ce moment ».

— 326, ligne 4, *au lieu de* « furent attachés », *lire* « fut attaché ».

— 336, ligne 8, *au lieu de* « pouvait », *lire* « pouvaient ».

— 377, note 4, *au lieu de* « décembre », *lire* « septembre ».

— 385, ligne 9, *effacer* « mobile ».

— 402, fort de Noisy, artillerie, *ajouter* « 2 officiers ».

LA

GUERRE DE 1870-1871

L'INVESTISSEMENT DE PARIS

PREMIÈRE PARTIE

Le Gouvernement de la Défense nationale, à Paris, du 4 au 19 septembre.

CHAPITRE PREMIER

Formation du nouveau gouvernement.

Le 1er septembre, l'armée de Napoléon III avait été faite prisonnière à Sedan ; le Gouvernement de la Régence succombait sous la poussée d'indignation et de douleur causée par cet immense désastre.

Le nouveau régime se présentait avec un programme simple et dont la netteté devait lui assurer le concours de bonnes volontés jusque-là flottantes et indécises. « Notre nouvelle République, écrivait Gambetta (1)....,

(1) *Circulaire* adressée aux administrateurs provisoires et aux préfets par le membre du Gouvernement de la Défense nationale délégué au Ministère de l'Intérieur. Paris, 5 septembre.

est un Gouvernement de Défense nationale, une République de combat à outrance contre l'envahisseur. » Cet appel allait être entendu par toutes les classes de la Nation, et la France devait donner là une preuve décisive de son extraordinaire vitalité. La population toute entière allait montrer un patriotisme auquel l'ennemi lui-même devait rendre un éclatant hommage (1).

Il fallut aux Allemands cinq mois d'une guerre acharnée et de lourds sacrifices pour imposer des conditions analogues à celles qu'ils exigeaient au lendemain de Sedan, dans les conférences de Ferrières.

Le *Journal officiel de la République française* du 5 septembre annonça au pays, par une série de proclamations et de notes, les événements qui s'étaient déroulés la veille à Paris : proclamation de la République, formation du Gouvernement de la Défense nationale et du nouveau ministère.

Le général Trochu, gouverneur de Paris, avait la présidence du Gouvernement. Il était « chargé des pleins pouvoirs militaires pour la Défense nationale (2) ». Onze membres civils, tous députés de Paris, se partageaient avec lui l'autorité (3). Les ministères étaient confiés,

---

(1) Le 14 novembre 1870, le maréchal de Moltke, dans une lettre au général de Stiehle, chef d'état-major du prince Frédéric-Charles, écrira : « Il faut rendre justice aux puissantes ressources de ce pays et au patriotisme des Français ; après avoir vu emmener en captivité toute l'armée française, la France a pu mettre en campagne dans un temps bien court, étant données les circonstances, une nouvelle armée qui mérite toute attention. » (*Correspondance militaire* du maréchal de Moltke. Trad. française, Paris, Lavauzelle, s. d.; t. II, p. 480).

(2) Proclamation aux citoyens de Paris. (*Journal officiel de la République française* du lundi 5 septembre 1870.)

(3) Voici les noms des membres du gouvernement :

Général Trochu, gouverneur de Paris, *Président*.

Membres : Emmanuel Arago, Crémieux, Jules Favre, Jules Ferry,

soit à quelques-uns d'entre eux, soit à d'autres hommes politiques (1). Le général Le Flô (2) avait le portefeuille de la Guerre, le vice-amiral Fourichon celui de la Marine (3).

Par son essence même, le Gouvernement du 4 septembre devait être amené à envisager d'une façon trop

---

Gambetta, Garnier-Pagès, Glais-Bizoin, Pelletan, Ernest Picard, Henri Rochefort, Jules Simon.

(1) Composition du Ministère :

Jules Favre, Ministre des Affaires étrangères.

Gambetta, Ministre de l'Intérieur.

Général Le Flô, Ministre de la Guerre.

Vice-amiral Fourichon, Ministre de la Marine.

Crémieux, Ministre de la Justice.

Ernest Picard, Ministre des Finances.

Jules Simon, Ministre de l'Instruction publique et des Cultes.

Dorian, Ministre des Travaux publics.

Magnin, Ministre de l'Agriculture et du Commerce.

Le ministère de la Présidence du Conseil d'État était supprimé.

M. Steenackers était nommé directeur des télégraphes dont l'administration était alors séparée de celle des postes.

(2) Le général Le Flô, né le 2 novembre 1804 à Lesneven (Finistère), mort au château du Nechoat, près Morlaix, le 16 novembre 1887. Général de brigade depuis le 12 juin 1848, il fut arrêté dans la nuit du 2 décembre 1851 et exilé le 9 janvier 1852. Autorisé à rentrer en France en 1857, il vécut à l'écart de l'armée et de la politique. Le 13 août 1870, il écrivit, de Morlaix, au Ministre de la Guerre (voir sa lettre aux annexes) pour offrir ses services. Il se trouvait à Paris, le 4 septembre, et prêt, dès le lendemain, à prendre ses fonctions. Il fut réintégré dans l'armée avec le grade de général de division et prit rang du 2 décembre 1851, par décret du 16 septembre 1870.

(3) Le vice-amiral Fourichon, né le 9 juin 1807, à Thiviers (Dordogne), mort à Paris le 24 novembre 1884. Vice-amiral du 17 août 1859, il commandait l'escadre de la mer du Nord en 1870. Le 4 septembre, il se trouvait avec elle entre Héligoland et la côte allemande. Son escadre ayant eu beaucoup à souffrir d'une tempête, il la ramena à Cherbourg où elle mouilla le 12 septembre. Le 15, il arrivait à Paris.

Jusqu'à cette date, le contre-amiral de Dompierre d'Hornoy fut chargé de l'intérim du ministère de la Marine.

exclusive la question, essentielle à la vérité, de la défense de Paris. Tout devait d'ailleurs concourir à le maintenir dans cet état d'esprit.

Le général Trochu, président du Gouvernement, restait en effet, gouverneur de Paris. C'était assumer deux lourdes tâches, dont chacune aurait suffi à absorber l'activité d'un homme politique ou d'un officier général. De plus, la responsabilité de la défense de Paris devait empêcher le président du Gouvernement d'entrevoir la défense du pays tout entier et, d'autre part, ses obligations de Gouverneur ne lui permettaient pas d'assister à toutes les réunions du Gouvernement et de le présider réellement.

Ces doubles fonctions le mirent en outre dans une situation particulière vis-à-vis du Ministre de la Guerre dont normalement il était le *chef* comme président du Gouvernement, et le *subordonné* comme gouverneur de Paris. En effet, le Ministre resta chargé de toutes les questions d'organisation et de répartition du matériel. La correspondance militaire entre ces deux autorités, les nombreuses propositions soumises par le général Trochu à l'appréciation du général Le Flô, montrent combien cette situation était anormale. Dans l'intérêt général, les fonctions de chef militaire de la capitale eussent dû être séparées de celles de chef du Gouvernement, mais, à ce moment, l'idée fausse que le salut du pays dépendait de la défense de Paris amena à identifier les deux fonctions.

L'importance exagérée donnée à cette ville était une conséquence des événements de 1814, lors desquels toute résistance avait cessé dès que la capitale eût capitulé. M. Thiers, historien de cette campagne et créateur pour ainsi dire des fortifications de Paris, était particulièrement pénétré du rôle considérable que devait jouer dans toute invasion la défense de la capitale, et l'on a vu quelle fut son influence à ce sujet au sein du Comité de défense (1). Pour lui, le sort de cette ville devait entraîner celui de tout le pays. En fait, les événements paraissent, à première vue, lui avoir donné raison. Mais il faut remarquer que Paris absorba, au détriment du reste du territoire, une fraction beaucoup trop grande des ressources nationales. D'autre part, le résultat final eût été peut-être différent si le Gouvernement de Tours, attribuant lui aussi une importance exagérée à la capitale, n'avait fait tendre tous ses efforts vers la levée du siège et renoncé à toute autre combinaison militaire, jusqu'au moment où il se décida tardivement à transporter une partie de ses forces dans l'Est.

Tout en prenant le pouvoir, les membres du Gouvernement voulurent laisser toute latitude au général Trochu pour la conduite de la guerre et se bornèrent à couvrir ses plans de leur autorité. Au cours de leurs réunions journalières, les généraux Trochu et Le Flô communiquaient leurs projets, rendaient compte des nouvelles reçues ou des opérations exécutées; leurs collègues se contentaient de demander qu'on ne restât pas dans l'inaction, mais ils ne soumirent jamais au Conseil aucun projet de défense sérieux. Ils réservaient leur activité pour les questions politiques ou d'ordre intérieur, où ils étaient plus compétents.

Le Comité de Salut public avait agi à peu près de la même façon et avait abandonné au Comité militaire le soin d'organiser les armées et de préparer leurs opérations. Mais il avait eu la bonne fortune d'avoir Carnot à sa tête. Puis, après avoir sanctionné les plans de ce dernier, il eut encore le mérite de déployer l'énergie nécessaire pour les faire réussir.

---

(1) Voir *Mesures d'organisation depuis le début de la guerre jusqu'au 4 septembre*, p. 63.

Il n'entre pas dans le cadre de cette étude de retracer les faits politiques qui accompagnèrent ou suivirent les événements du 4 septembre, non plus que les mesures d'ordre civil prises par le Gouvernement. On se bornera à relater, d'une façon sommaire, ceux ou celles qui touchent aux questions militaires.

La proclamation de la République en province avait été accompagnée de mouvements populaires dans quelques grandes villes. Certaines, comme Marseille, avaient proclamé la République dès le 4 septembre, sans attendre qu'elle le fût à Paris. A Mâcon, Lyon, Grenoble, Chambéry, Marseille, Oran, etc....., des comités (1) envahissaient les préfectures et les mairies, s'emparaient du pouvoir et chassaient ceux qui le détenaient. Il en résulta un certain nombre de conflits avec l'autorité militaire (2).

Le 6 septembre, le Ministre de la Guerre invita les généraux commandant le territoire à entretenir avec les autorités des divers ordres des rapports « sur le pied d'une confiance réciproque », tout en leur recommandant de ne pas laisser méconnaître le principe d'autorité;

---

(1) Voir *Actes du Gouvernement de la Défense nationale*, édit. 1876 : t. Ier, *Rapport* du comte Daru, p. 195; t. II, *Rapport* de M. de Sugny (Événements de Lyon) p. 1; t. III, 2e partie, *Rapport* de M. de La Sicotière (Proclamation de la République en Algérie et en particulier à Oran), p. 1.

(2) Voir aux Documents annexes :

D. T., Mâcon, 5 septembre, 1 h. 10 matin. Le Conseil municipal au Ministre de la Guerre.

D. T., Lyon, 5 septembre, 3 h. 35 matin. Le Comité de Salut public au même.

D. T., Mâcon, 5 septembre, 5 h. 55 matin. Le général de Fayet de Chabannes au même.

D. T., Chambéry, 5 septembre, 10 h. 20 matin. Le Général commandant la subdivision au Ministre de la Guerre. En marge de cette dépêche (Archives du Ministère de la Guerre, carton I_1), se trouve cette anno-

en l'absence des pouvoirs civils, ils étaient chargés de veiller « à ce qu'aucune volonté individuelle n'usurpe l'exercice de l'autorité qui appartient aux seuls délégués du Gouvernement national (1) ».

Néanmoins, de sérieuses difficultés se produisirent, particulièrement à Lyon et à Marseille (2), et troublèrent ces villes pendant plusieurs semaines.

Un des premiers actes du Gouvernement fut de remplacer ceux des préfets de l'Empire que les mouvements populaires n'avaient pas obligés à démissionner (3). Cette mesure, nécessaire au point de vue politique, devait cependant avoir, dans les circonstances actuelles, un certain nombre d'inconvénients au point de vue militaire.

On sait en effet que les préfets avaient été chargés de l'habillement des gardes nationaux mobiles. Ce travail était loin d'être terminé. Ces fonctionnaires avaient aussi à s'occuper de la garde nationale sédentaire dont l'organisation était à peine ébauchée. Enfin et surtout, le 5 septembre au matin, allaient commencer dans toute la France les opérations du conseil de revision de la classe

---

tation : « Répondre par le télégraphe au Général, d'accord avec Trochu : Donnez concours et dirigez défense nationale. Signé : J. Ferry. »

D. T., Grenoble, 6 septembre, 9 h. 15 matin. Le Général commandant la 22e division au Ministre de la Guerre. La réponse est inscrite en marge : « Attendre avec patience et calme. Un préfet doit être nommé ou va l'être demain ou après demain. »

(1) Circulaire du Ministre de la Guerre aux Généraux commandant les divisions militaires. Paris, 6 septembre. (Documents annexes.) Voir aussi : D. T., Paris, 6 septembre, 8 h. 20 matin. Le Ministre de la Guerre au Général commandant la division à Lille.

(2) Voir les deux *Rapports* de M. de Sugny. *Actes du Gouvernement de la Défense nationale*, édit. 1876, t. II, p. 1 et 66. Voir aussi aux Documents plusieurs télégrammes relatifs à ces conflits.

(3) *Journal officiel de la République française.* Décrets des 5, 6, 7 septembre et jours suivants.

1870, lesquelles devaient être terminées le 19 du même mois (1).

Ce changement de personnel, l'effervescence populaire qu'il fallut calmer dans de nombreuses villes, les conflits entre les autorités militaires et civiles, contribuèrent à troubler et à retarder ces opérations. Jusqu'à l'arrivée de la Délégation à Tours, il y eut un réel temps perdu dans la préparation de la défense en province. Cependant, il y avait urgence à ne pas la ralentir : l'ennemi s'avançait vers l'intérieur du pays.

D'autre part, les populations ne semblaient pas vouloir s'opposer à sa marche comme elles eussent dû le faire. Dans bien des communes, particulièrement dans les campagnes, la crainte des représailles suffit à paralyser toute idée de résistance. Déjà le 1er septembre, le général de Palikao s'était plaint que l'action des préfets, des sous-préfets et des maires ne fût pas suffisamment énergique. Il avait invité les généraux commandant les subdivisions à faire une proclamation « rappelant à chacun ses devoirs et ses responsabilités, et repoussant la crainte des représailles comme un sentiment pusillanime (2) ».

Le 7 septembre, à son tour, Gambetta, par une circulaire aux préfets, chercha à réveiller l'énergie générale : « La défense du pays avant tout, disait-il. Assurez-la non seulement en préparant la mise à exécution, sans retard ni difficultés, de toutes les mesures votées sous le régime antérieur, mais en suscitant autour de vous toutes les énergies locales, en disciplinant par avance tous les dévouements (3) ».

A la réception de cette circulaire, certains préfets réu-

---

(1) *Journal militaire officiel*, 1870, 2e semestre, p. 368.

(2) Voir *Mesures d'organisation*, etc., Documents, p. 3.

(3) *Journal officiel de la République française*, 8 septembre 1870.

nirent, de leur propre initiative, des comités de défense locale. Gambetta en fut informé, et par dépêche du 10 septembre, encouragea tous les préfets à créer de semblables organes, dont les travaux et propositions, disait-il, resteront « soumis à l'approbation des autorités compétentes (1) ».

Le 8 septembre, le comité de défense de la Côte-d'Or avait été autorisé par le Ministre de la Guerre, sur la demande du Ministre de l'Intérieur, « à disposer de fractions de la garde nationale mobile, des francs-tireurs et de la garde nationale sédentaire pour surveiller et harceler l'ennemi, pour surprendre ses convois et couper ses communications (2) ». Le Ministre de la Guerre, annonçant cette décision au général commandant la subdivision, ajoutait : « Il a été convenu d'ailleurs que de semblables dispositions ne seraient adoptées qu'autant que le Conseil de défense se serait préalablement concerté avec vous (3). » Malgré ces recommandations du pouvoir central, l'entente fut parfois difficile à maintenir.

On vit les comités des départements les plus éloignés du théâtre de la guerre (du Centre ou du Sud-Ouest par exemple) élaborer, seuls, des plans de défense (coupures de voies de communication, fortifications passagères, etc...), et réclamer des troupes pour assurer l'exécution de leurs projets (4).

Les travaux de ces comités furent rarement fructueux.

---

(1) *Actes du Gouvernement de la Défense nationale*, t. VII, p. 158.

(2) Voir aux Documents annexes. Paris, 8 septembre 1870. Le Ministre de la Guerre au Comité de défense de la Côte-d'Or.

(3) Voir aux Documents annexes: *Lettre* du Ministre de la Guerre au général Sencier, commandant la subdivision de la Côte-d'Or. Paris, 8 septembre.

(4) Voir aux Documents annexes plusieurs dépêches relatives à ces comités

Il semble que leurs membres eussent mieux fait profiter le pays des connaissances et des qualités qu'ils possédaient, s'ils s'étaient simplement appliqués à hâter l'organisation, l'habillement, l'équipement des troupes ou s'ils eussent accepté un grade dans les unités où les cadres faisaient si souvent défaut. Ce fut, en somme, une série d'efforts isolés qui ne pouvaient aboutir à rien de grand, car une direction supérieure manquait pour les faire converger vers un but commun.

Les mesures prises par le Gouvernement avant l'investissement de Paris, et se rapportant aux questions militaires ou à la défense du territoire sont de trois sortes :

1° Mesures générales et mesures concernant la défense de Paris;

2° Envoi d'une délégation du Gouvernement à Tours;

3° Décret du 17 septembre concernant l'élection des officiers de la garde nationale mobile.

CHAPITRE II

Mesures générales et mesures concernant la défense de Paris.

A partir du 5 septembre, les membres du Gouvernement et les Ministres se réunirent une ou deux fois par jour en Conseil de Gouvernement.

Aucun procès-verbal de ces réunions ne fut rédigé, et l'on ne connaît les questions qui y furent traitées que par les notes conservées par M. Dréo, gendre de M. Garnier-Pagès (1).

Si l'on s'en rapporte à ces notes, les mesures militaires prises pour la défense de la France par le Gouvernement, du 4 au 19 septembre (jour de l'investissement de Paris), sont peu nombreuses et contrastent par leur insuffisance avec l'activité déployée pour préparer la défense de la capitale. Le Gouvernement n'avait foi qu'en cette dernière pour le salut du pays. Divers témoignages permettent de l'affirmer.

---

(1) *Actes du Gouvernement de la Défense nationale*, édit. de 1876, t. Ier, p. 62. *Rapport* de M. Chaper. « Au milieu des événements qui se précipitaient, nous a-t-il dit (M. Dréo), le Conseil prenait des délibérations très promptes, très multiples et souvent simultanées, ce qui les rendait quelquefois difficiles à saisir. Je prenais des notes qui sont restées à l'état de notes ; elles ne sont jamais devenues des procès-verbaux, car je puis affirmer que jamais aucun de ces prétendus procès-verbaux n'a été lu en Conseil, ni même isolément par aucun des membres du Gouvernement. » M. Chaper, dans son *Rapport*, n'a donné qu'un résumé de ces notes, qui ont été publiées dans le journal *Le Matin*, de septembre 1903 à janvier 1904, puis en un volume séparé (Paris, Charles-Lavauzelle), par M. Henri des Houx

A la séance du 2 octobre au soir, M. Rochefort demanda si le Gouvernement croyait à la formation d'une armée derrière la Loire. Le général Trochu répondit « que la formation de cette armée était impossible, et qu'il ne fallait compter que sur la défense de Paris (1) ».

De son côté, Gambetta s'exprima ainsi devant la Commission d'enquête, le 7 septembre 1871 : « Je dois dire que la préoccupation qui avait amené le mouvement du 4 septembre était tellement dominante, qu'on n'a pensé qu'à une seule chose : défendre Paris, et cette idée devint tellement exclusive qu'on ne pensa plus qu'à Paris; j'ai même trouvé qu'on oubliait quelque peu le reste du pays. On croyait, c'était certainement une exagération, on croyait que Paris à lui seul suffirait, non seulement pour se délivrer, mais pour chasser l'étranger. Et alors de tous côtés on se mit à réclamer des préparatifs militaires : c'est là ce qui explique l'entrée du général Trochu dans le Gouvernement (2). »

Dès lors, le Gouvernement, n'envisageant que la défense de Paris, avait peu de mesures à prendre, car, si les préparatifs de résistance de la capitale n'étaient pas terminés, ce qui restait à faire relevait du Ministre de la Guerre et du Gouverneur.

Le régime précédent avait, ainsi qu'on l'a vu (3), donné des ordres, sur la demande du Conseil de défense, pour appeler à Paris une partie des troupes actives disponibles, constituer les troupes de défense des forts (artillerie, infanterie et artillerie de marine, marins,

(1) *Procès-verbaux du Gouvernement de la Défense nationale*, publiés par M. Henri des Houx, p. 177.

(2) *Actes du Gouvernement de la Défense nationale*, édit. de 1876, t. V, p. 249.

(3) Voir *Mesures d'organisation*, etc., p. 58 et suiv.

80 compagnies de dépôts, douaniers, forestiers, etc...) et concentrer 100,000 gardes nationaux des départements. Des ordres avaient aussi été donnés pour rassembler des approvisionnements tant pour l'armée que pour la population civile (1).

« Il fallait, dit le général Thoumas, accumuler dans la capitale tous les approvisionnements possibles. Nous dûmes, au bureau de l'artillerie, résister par la force d'inertie ou par la ruse aux ordres saugrenus qui nous arrivaient constamment. Pour peu qu'on eût mis du zèle à exécuter ces ordres, il n'y eût eu, sur le territoire français, en dehors de Paris et des places déjà investies, ni un canon sur un affût, ni un fusil modèle 1866, ni une cartouche. On fut bien près d'arriver à ce résultat (2). »

On y arriva en ce qui concernait les troupes immédiatement disponibles.

Le Comité de défense de Paris avait déjà protesté contre le projet d'envoi du 13e corps dans l'Est. M. Thiers demanda, dans la séance que ce comité tint le 3 septembre, que ce corps d'armée fût rappelé immédiatement à Paris et que le 14e y fut maintenu (3).

L'ordre de rentrer dans la capitale fut envoyé au 13e corps, le 4 septembre, par le télégramme suivant (4) :

---

(1) Dans la séance du 6 septembre du Comité de défense, le Ministre du Commerce rendit compte que les approvisionnements en blé et farine étaient suffisants pour 80 jours (population de 2 millions d'habitants), que le sel, le combustible, les denrées alimentaires étaient aussi en quantités suffisantes, enfin qu'il existait dans la place 40,000 bœufs et 240,000 à 250,000 moutons.

(2) Général Thoumas, *Paris, Tours, Bordeaux.* Paris, Librairie illustrée, p. 50.

(3) Voir *Mesures d'organisation*, etc., p. 63.

(4) Publié par le général Vinoy, *Siège de Paris.* Paris, Plon, 1872, p. 433.

Le Ministre de la Guerre au général Vinoy, commandant le 13e corps d'armée à Marle (Aisne).

Paris, 4 septembre, 5 h. 20 soir.

La révolution vient de s'accomplir dans Paris. Revenez avec votre corps d'armée vous mettre à la disposition du Gouvernement qui s'établit.

Signé : Hartung.

En ce qui concerne le 14e corps, on ignore dans quelles conditions exactes son maintien à Paris fut décidé. On se rappelle que le général de Palikao voulait l'envoyer à Belfort. Une phrase relevée dans le registre des procès-verbaux du Comité de défense de Paris permet toutefois de préciser que cette décision fut prise immédiatement après le 4 septembre. On y lit en effet, à la date du 6 : « Le 14e corps d'armée venant de recevoir l'ordre d'aller occuper des positions à l'extérieur de la place, tout en restant attaché à la défense de la capitale..... »

C'est donc à l'action propre du Gouvernement de la Défense nationale et du Comité de défense de Paris (1), d'accord à la vérité avec l'opinion publique en général, que doit être attribuée cette accumulation considérable de troupes dans Paris. Au point de vue strictement militaire, on peut se demander s'il ne fut pas regrettable de laisser investir dans la capitale ces deux corps d'armée composés des troupes les meilleures et les seuls organisés à ce moment pour opérer en rase campagne. Envoyés immédiatement derrière la Loire, ils eussent

(1) Un seul membre de ce Comité, M. le général Guiod, s'éleva contre la concentration de tant de troupes dans Paris. A la séance du 11 septembre, il manifesta le regret qu'on fît venir à Paris les régiments de garde mobile qui, à son avis, eussent été plus utiles derrière la Loire.

formé un noyau solide à l'armée que l'on voulait créer. On aurait pu entreprendre avec eux les opérations dans l'Est que le général Le Flô recommandait au général de La Motterouge, dès le 14 septembre, dans la lettre qu'il lui écrivit pour lui confier l'organisation et le commandement du 15e corps (1).

Toutefois, la possibilité d'employer en province les 13e et 14e corps dépendait essentiellement de la valeur des éléments à qui devait être confiée la défense de la capitale. Or, le général Trochu, malgré les sympathies qu'il témoignait aux gardes nationales dans les ordres ou les proclamations qu'il leur adressait, n'avait confiance que dans les troupes actives, et cette confiance était elle-même limitée. Le 6 septembre, il donne en Conseil de Gouvernement « de nombreux détails sur l'état de désorganisation dans lequel le Gouvernement déchu a laissé toutes choses, en matière militaire ». Il ajoute que l'incapacité et la corruption ont été poussées au comble (2).

Ce jugement sévère était très exagéré et même inexact. Les troupes régulières ont montré dans les combats du mois d'août l'énergie dont elles étaient capables et la brigade Guilhem, ramenée de Rome à Paris, sera utilisée à plusieurs reprises, au cours du siège, par le Gouverneur lui-même, de préférence aux autres troupes. La rapidité avec laquelle l'autorité militaire forma de nouvelles unités après Sedan montre également que la désorganisation n'était pas aussi grande que le disait Trochu. Toutes ces récriminations, indignes d'un véritable chef militaire, étaient bien intempestives, et il eût été préférable que le Président du Gouvernement soumît au Conseil des projets bien définis pour l'organisation de nouvelles armées et la défense du pays.

---

(1) Voir cette lettre dans le 3e volume des *Souvenirs* du général de La Motterouge. On y reviendra à propos de la formation du 15e corps.

(2) *Procès-verbaux du Gouvernement de la Défense nationale*, p. 80.

Dans la séance du 6 septembre, au matin, M. Rochefort avait posé la question de la levée en masse (1). Pour beaucoup d'hommes politiques, cette mesure paraissait être le salut; elle fut proposée à plusieurs reprises, aussi bien à Paris qu'à Tours, mais sans être jamais définie ni présentée sous forme de projet.

Elle était encore un souvenir de l'époque révolutionnaire, mais un souvenir vague. Ceux qui la proposaient semblaient ne pas se rappeler la façon dont elle s'était faite alors (2).

Le général Trochu combattit cette idée de la levée en

(1) *Procès-verbaux du Gouvernement de la Défense nationale*, p. 80.

(2) Le 16 août 1793, un décret ordonna la levée du peuple tout entier « pour la défense de sa liberté, de sa Constitution, et pour délivrer enfin son territoire de ses ennemis ». Ce décret invitait aussi le Comité de Salut public à étudier « le mode d'organisation de ce grand mouvement national ». Barère proposa, le 20 août, de répartir la levée en masse dans dix-sept villes de France. En étudiant l'exécution de ce projet, on se rendit compte immédiatement des difficultés énormes que présentaient le rassemblement, la nourriture, l'armement de tous les citoyens valides appelés en même temps dans les dix-sept villes choisies. Danton fit remarquer qu'au lieu de convoquer tous les citoyens à la fois, il était préférable d'échelonner les appels « suivant la quantité d'armes et de pain » qu'on pouvait leur fournir.

La proposition de Barère fut renvoyée au Comité. Celui-ci présenta et fit adopter, le 23 août, le décret, appelé plus tard « loi de réquisition ». Ce décret, bien que déclarant tous les Français en réquisition permanente, n'appelait, momentanément, au chef-lieu de chaque district, que les citoyens non mariés ou veufs sans enfants, de 18 à 25 ans. Les autres pouvaient être requis par appels successifs des hommes de 25 à 30 ans, de 30 à 35, et ainsi de suite jusqu'à 50 ans.

Ce n'était donc plus la levée en masse, mais des appels échelonnés de certaines catégories de citoyens, appels auxquels les hommes mariés ou veufs avec enfants n'avaient pas à répondre et dont furent exemptés, dans la suite, un certain nombre d'hommes appartenant à des services particuliers.

Voir, pour plus de détails, *La Campagne de 1794*, par le lieutenant-colonel Coutanceau, t. Ier, p. 317 et suiv.

masse dont « l'armement actuel, disait-il, détruit la valeur ». A son avis il fallait résister avec tous les moyens dont on disposait, y compris les barricades intérieures, mais il n'y avait pas à en chercher d'autres.

A la séance du 7 septembre (matin), le président du Gouvernement, revenant sur la situation militaire, parla encore du désordre et de la désorganisation absolue après le désastre de Sedan ; il ajouta que le découragement était partout, même chez les officiers des plus hauts grades (1). Il ne paraissait pas d'ailleurs avoir lui-même plus de confiance que les officiers dont il parlait.

Il fit admettre que le Ministre de l'Intérieur était maître des gardes nationales sédentaires de Paris et de la France sans avoir à demander d'autorisation (2). Ce droit lui était-il accordé seulement pour lui permettre de veiller à la sûreté du gouvernement et assurer l'ordre public, ou bien également pour participer aux mesures de défense du pays? Le procès-verbal ne le dit pas. On s'exposait ainsi à augmenter les difficultés et les tiraillements entre le Ministre de l'Intérieur et son collègue de la Guerre, d'une part, entre les autorités qui représentaient respectivement ces personnages à Paris et dans les départements, d'autre part.

Enfin, à la séance du 15 (matin), le Ministre des Travaux publics demande « que les travaux de défense nationale soient confiés à l'initiative d'ingénieurs civils, qui seuls sauront mettre de côté la routine et les préjugés des officiers du génie militaire. Le Conseil reconnaît à l'unanimité (3) la force d'inertie qu'oppose

(1) *Procès-verbaux du Gouvernement de la Défense nationale*, p. 83.

(2) *Ibid.*, p. 94.

(3) Le général Trochu, le général Le Flô, MM. Rochefort et Magnin n'assistaient pas à cette séance. Le vice-amiral Fourichon n'était pas encore arrivé à Paris.

l'Administration de la Guerre, au sein de laquelle rien n'a été changé, malgré les désastres qu'elle a déjà produits (1) ».

Dans le Conseil du 13 septembre, le Ministre de la Guerre entretint ses collègues de ses efforts pour organiser une armée derrière la Loire. Il expliqua que les éléments de cette armée existaient et donnaient un effectif de 40,000 hommes qui devaient servir à encadrer 80,000 mobiles (2). Mais il pensait, pour atteindre ce chiffre, à rappeler des troupes d'Afrique. Or, le 14 septembre, le Gouvernement ayant reçu des dépêches inquiétantes d'Algérie, le général Trochu déclara que c'en était fait de la colonie si l'on faisait partir les troupes actives qui y restaient : « Ces bataillons, disait-il, ne sauveraient pas la France, leur éloignement perdrait l'Algérie (3) ». Devant cette opinion, le Conseil décida de les y maintenir.

La formation de l'armée de la Loire se poursuivit néanmoins en utilisant les premiers régiments de marche et de mobiles disponibles. Dès le 14 septembre, le Ministre de la Guerre confia au général de La Motterouge le commandement du 15e corps et lui indiqua sa composition. Le lendemain, 15, les ordres de mobilisation étaient adressés aux compagnies des dépôts d'infanterie qui devaient entrer dans la composition des régiments.

Cependant l'Administration de la Guerre, avec son personnel et ses bureaux, continuait à travailler et poursuivait dans le silence les travaux qu'elle avait entrepris.

Le Ministre faisait exécuter les décisions prises précédemment concernant l'envoi à Paris de troupes et

---

(1) *Procès-verbaux du Gouvernement de la Défense nationale*, p. 122.
(2) *Ibid.*, p. 114.
(3) *Ibid.*, p. 121.

d'approvisionnements. En même temps, il faisait refluer vers l'Ouest et le centre de la France les dépôts situés dans les villes menacées par l'invasion.

Il y eut, dans le mois de septembre, deux séries de mouvements de dépôts, la première vers le 10, l'autre vers le 21.

Ces mouvements vinrent s'ajouter à tous les transports que les compagnies de chemins de fer avaient à exécuter.

Ces transports divers n'eurent pas lieu suivant un courant unique de l'intérieur vers la zone de l'armée ou réciproquement, mais s'effectuèrent dans toutes les directions. L'ensemble en est donc assez confus. On peut toutefois les répartir en deux groupes, suivant qu'ils eurent lieu dans la première ou la seconde quinzaine de septembre.

Les transports du premier groupe se rapportent aux opérations principales ci-après :

1° Envoi à Paris de nombreuses troupes (compagnies de dépôt, batteries, troupes de la marine, gendarmes, etc.) ;

2° Envoi à Paris de 100,000 gardes nationaux de province;

3° Transport sur Paris des approvisionnements de toutes espèces (matériel de guerre, vivres, bétail);

4° Évacuation des blessés de Sedan sur les places du Nord ;

5° Renvoi dans leurs dépôts d'origine de tous les isolés, détachements d'infanterie, régiments de cavalerie, batteries, parcs, équipages de pont, etc., échappés à la catastrophe de Sedan;

6° Retour à Paris du 13e corps;

7° Déplacement des dépôts ordonné le 10 septembre;

8° Évacuation de tout le matériel des compagnies de chemins de fer resté sur les portions des réseaux menacées par les armées allemandes.

Pendant la seconde moitié du mois, les mouvements n'eurent pas moins d'intensité. Il s'agissait de former une armée derrière la Loire, une autre dans les Vosges, d'armer les places, etc. .....

Les compagnies durent transporter :

9° Les unités diverses, bataillons, compagnies, escadrons se rendant à des points de concentration pour former des régiments de marche ou de mobiles;

10° Les régiments constitués (infanterie et cavalerie) et les batteries destinés au 15e corps;

11° Les régiments envoyés dans les Vosges;

12° Les bataillons de mobiles envoyés en Algérie;

13° Les bataillons de mobiles répartis sur deux lignes le 21 septembre par décision du Gouvernement de Tours;

14° Les dépôts déplacés par ordre du 21 septembre;

15° Les approvisionnements de toutes sortes envoyés au 15e corps et dans les villes du centre de la France désignées comme magasins temporaires pour l'armée de la Loire, etc., etc.....

Ces mouvements développèrent sur tous les réseaux une grande activité. Quel que fût le zèle des compagnies, elles ne pouvaient suffire à toutes les demandes qui leur étaient adressées, et, dans certains endroits, les transports furent retardés, faute de matériel disponible, en particulier à Tours, nouvelle capitale du pays. Par suite de nos habitudes centralisatrices, cette ville fut extrêmement encombrée, car tous les détachements, tous les isolés à la recherche de leurs corps s'y dirigeaient de leur propre mouvement.

CHAPITRE III

Envoi d'une délégation du Gouvernement à Tours.

Le transfert d'une délégation du Gouvernement à Tours fut l'objet, en Conseil de gouvernement, de longues négociations dont on peut suivre la marche dans les « Notes » laissées par M. Dréo.

Ce fut le Ministre des Finances, M. Picard, qui, dans la séance du 5 septembre au matin, parla le premier de transférer les services de son Ministère en province, à Tours, Bourges ou Rennes. M. Dréo ne dit pas la décision que prirent alors les membres du Gouvernement, mais il semble que, dès ce moment, leur choix s'arrêta sur Tours, car le jour même, à la séance du soir, M. Picard entretint ses collègues de l'urgence de transférer dans cette ville la direction centrale des postes et cette proposition fut adoptée en principe (1). Deux jours plus tard, à la séance du matin, après que le même Ministre eut annoncé le commencement du transfert des trois services de son administration, le Conseil s'occupa de la translation hors Paris d'une partie du Gouvernement, notamment du Ministère des Affaires étrangères, et indiqua encore Tours (2). A la séance du soir, la question fut reprise et le Conseil décida que le Gouvernement n'abandonnerait pas Paris, qu'il n'enverrait en province qu'une délégation et que les Ministres

(1) *Procès-verbaux du Gouvernement de la Défense nationale*, p. 72 et 75.

(2) *Ibid.*, p. 82 et 83.

des Affaires étrangères, des Finances, de l'Intérieur et de la Guerre organiseraient leurs services à l'extérieur de la capitale (1).

Par une note signée de M. Lavertujon, secrétaire du Gouvernement, le Ministre de la Guerre fut prié le 8 au matin de soumettre le soir même au Conseil les moyens pratiques de transférer hors Paris une partie des bureaux de son Ministère. Sur cette note, le général Le Flô, porta lui-même les indications qui devaient servir de base au travail :

« Dédoublement du Ministère. — Un directeur sur deux à l'extérieur, qui concentreraient, chacun de son côté, les deux services; celui de l'infanterie, par exemple, resterait à Paris, celui de la cavalerie suivrait la fraction du Gouvernement; de même pour les deux directions du génie et de l'artillerie. La direction du mouvement et des opérations détacherait un sous-directeur. L'administration, un directeur adjoint et la comptabilité un intendant général ordonnateur. L'Algérie enverrait un délégué. Cela constituerait ainsi un Ministère de la Guerre dont le Ministre intérimaire serait le Ministre des Affaires étrangères ou un autre. »

Malgré la décision prise le 7 septembre, une certaine hésitation régna encore quelques jours sur la question de la délégation (2). Le 9 au matin, le Conseil, délibérant de nouveau sur ce sujet, décida que la tête du Gouverne-

(1) *Procès-verbaux du Gouvernement de la Défense nationale*, p. 85.

(2) Le *Journal officiel* du 9 septembre publia la note suivante : « Le corps diplomatique ayant fait connaître au Gouvernement qu'en cas d'investissement de Paris il serait forcé de s'éloigner, le Gouvernement a déterminé la ville dans laquelle aura lieu sa réunion et décidé qu'il s'y ferait représenter par une délégation prise dans son sein. Cette délégation aurait à la fois pour mission d'entretenir des relations avec les cabinets étrangers et de continuer dans les départements la Défense nationale. » Le lendemain, le même journal publiait une note rectifi-

ment resterait à Paris et que ceux de ses membres qui iraient en province n'y seraient qu'à titre de délégués, « munis de pouvoirs suffisants pour pourvoir à la défense et à l'administration (1) ».

Dans la séance du soir, sur l'avis du général Trochu, il fut décidé qu'une note annoncerait à l'*Officiel* le transfert d'une partie du Gouvernement à Tours, puis le Conseil discuta le nombre et les noms des délégués, mais ne prit aucune décision (2).

Le 10, à la séance du soir, Jules Favre insista encore sur la nécessité du transfert d'une partie du Gouvernement en province. Vers la fin de la séance, M. Picard proposa d'utiliser les anciens députés de l'opposition comme délégués ; la discussion sur le nombre des membres à envoyer à Tours fut ensuite reprise, mais toujours sans résultat (3).

Le lendemain matin, nouveau débat. « Une première question est soumise au vote : M. le Ministre des Affaires étrangères ira-t-il à Tours ?

« MM. Gambetta et Glais-Bizoin votent pour ; tous les autres membres du Conseil votent contre.

« M. Crémieux, Garde des sceaux, sera-t-il délégué du Gouvernement à Tours ?

« Le Conseil vote pour l'affirmative à l'unanimité moins M. Crémieux qui s'abstient (4). »

La question du nombre des membres est ajournée à la séance du soir.

A la réunion suivante du Gouvernement, Gambetta

---

cative disant que c'était par erreur qu'il avait annoncé que le corps diplomatique avait manifesté l'intention de quitter Paris en cas d'investissement.

(1) *Procès-verbaux du Gouvernement de la Défense nationale,* p. 93.

(2) *Ibid.*, p. 94.

(3) *Ibid.*, p. 102.

(4) *Ibid.*, p. 105. Le général Trochu n'assistait pas à cette séance.

communiqua les dépêches reçues de l'intérieur signalant des événements assez graves, particulièrement à Lyon où « l'idée dangereuse qui domine est celle de la commune indépendante ». Le Ministre de l'Intérieur ajouta que pour réprimer les « dispositions ultra-décentralisatrices qui se manifestent déjà dans plusieurs centres » et « éviter une sorte de démembrement du pays », il croyait nécessaire qu'un Gouvernement énergique pût fonctionner hors Paris. Une nouvelle discussion s'engagea sur le nombre des membres du Gouvernement à envoyer à Tours. MM. Jules Favre, Rochefort et Glais-Bizoin proposèrent de désigner deux membres et de les adjoindre à M. Crémieux. La question fut soumise au vote, mais la proposition n'obtint que les voix de ses trois auteurs (1). Le Conseil décida que M. Crémieux serait « le seul membre délégué du Gouvernement en sa qualité de Garde des sceaux ». M. Picard renouvela ensuite sa proposition d'entourer M. Crémieux d'anciens députés de l'opposition. Cette idée fut encore repoussée, mais le Ministre des Finances la reprit à la séance du 12 au soir. MM. Jules Favre, Gambetta, Arago la combattirent vivement. Mise aux voix, elle n'en obtint que deux sur sept (2).

Le *Journal officiel* du 13 publia le décret nommant M. Crémieux délégué du Gouvernement. Chaque département ministériel devait être représenté près de lui par un délégué spécial.

La Délégation devait se fixer à Tours, mais pouvait être transportée partout où les nécessités de la Défense nationale rendraient ce transport utile (3).

---

(1) Gambetta, présent, vota donc contre cette proposition. *Procès-verbaux du Gouvernement de la Défense nationale*, p. 107 et 108.

(2) MM. Crémieux, Pelletan, le général Trochu n'assistaient pas à la séance. *Procès-verbaux du Gouvernement de la Défense nationale*, p. 113.

(3) *Journal officiel de la République française*, 13 septembre 1870.

Mais les nouvelles de province continuaient à être mauvaises. Le 15 septembre, à la séance du soir (1), Gambetta « signale la désastreuse désagrégation dont les symptômes éclatent dans tous les départements, qui tendent à se constituer en groupes indépendants, immédiatement après l'investissement de Paris ». Pour conjurer ce danger, il était d'avis de constituer à Tours un « gouvernement réel et fort ». De son côté, le Ministre des Finances insista sur la nécessité de créer en province une organisation sérieuse de défense nationale, et MM. J. Simon et Pelletan demandèrent que l'autorité militaire constituée à Tours donnât au Gouvernement qui y serait formé « la force et la cohésion nécessaires, en fondant ensemble les deux éléments civil et militaire, entre lesquels il faut éviter tout antagoniste pernicieux ».

Ces observations amenèrent le Conseil à discuter à nouveau la question de la Délégation. M. Garnier-Pagès proposa d'adjoindre quatre membres à M. Crémieux « afin qu'ils puissent, au besoin, se transporter sur des points où leur présence serait nécessaire ». Au contraire, MM. J. Simon, Glais-Bizoin, J. Favre et Gambetta croyaient que trois membres délégués suffiraient, à la condition qu'ils fussent influents. Jules Simon, reprenant en la modifiant l'idée déjà émise plusieurs fois par M. Picard, ajouta que si ces délégués étaient des hommes d'une grande autorité on pourrait « sans danger les autoriser à s'entourer d'anciens députés réunis autour d'eux, individuellement, comme auxiliaires, et non rassemblés en commission consultative ».

Pour Jules Favre, la grande question est de savoir « si l'autorité militaire, jalouse de ses prérogatives, consen-

(1) Les généraux Trochu et Le Flô, n'étaient pas présents. *Procès-verbaux du Gouvernement de la Défense nationale*, p. 121.

tira à subordonner son action en province au gouvernement délégué à Tours. Il en doute ».

Dans cet état d'esprit et en l'absence des généraux Trochu et Le Flô, le Conseil ne pouvait prendre aucune décision. Il se borna à inviter MM. Picard et Gambetta à se rendre auprès des deux généraux précités pour leur demander leur avis sur la question soulevée par le Ministre des Affaires étrangères.

La discussion fut reprise à la séance du soir. Jules Favre insista encore sur la nécessité de renforcer le Gouvernement de M. Crémieux, puis soumit au Conseil un décret, aux termes duquel le vice-amiral Fourichon et M. Glais-Bizoin étaient nommés délégués du Gouvernement. Les membres du Conseil signèrent immédiatement.

La question de la délégation se trouvait enfin résolue. La discussion avait commencé le 5 septembre et ne s'était terminée que le 15 au soir, alors que l'ennemi arrivait aux portes de Paris (1). Il avait fallu douze jours aux membres du Gouvernement pour nommer trois délégués. Il était grand temps qu'une décision fût prise, car si le Gouvernement eût tardé trois jours encore à décider l'envoi en province de l'amiral Fourichon et de M. Glais-Bizoin, ceux-ci n'auraient pu sortir de Paris.

Le maintien du Pouvoir central à Paris et l'envoi d'une délégation à Tours furent certainement les décisions les plus graves qu'eut à prendre le Gouvernement de la Défense nationale. Au point de vue militaire, le seul que l'on ait à envisager ici, ces mesures eurent de si graves conséquences qu'il est nécessaire de les discuter brièvement.

---

(1) Dans la séance du 15 au soir le général Trochu expliqua « qu'il avait été péniblement impressionné le matin à l'annonce de l'arrivée des Prussiens à Joinville-le-Pont ». C'était une erreur. Les premières patrouilles de cavalerie allemande n'apparurent sur la rive gauche de a Marne, entre Noisy et Villiers que le 16 septembre.

Laisser le Gouvernement à Paris, c'était lier son sort et le sort de la France à celui de cette ville dont la résistance, comme celle de toutes les places fortes, avait une durée maximum que l'on pouvait calculer d'après les approvisionnements rassemblés.

L'envoi d'une délégation n'était qu'un moyen terme, dont les défauts ne devaient être palliés plus tard que par les exceptionnelles qualités dont fit preuve Gambetta. Mais il n'en subsista pas moins la nécessité gênante au point de vue stratégique de faire converger tous les efforts vers la délivrance de la capitale. La conduite générale des opérations eut sans doute été fort différente si tout le Gouvernement s'était transporté en province.

Ce n'eût pas été du reste la première fois. On sait que le Comité de Salut public, résolu à une résistance désespérée, avait décidé de quitter Paris s'il le fallait et de se retirer dans le Sud de la France, même jusqu'aux Pyrénées. En 1814, le roi Joseph et l'Impératrice n'attendirent pas l'arrivée des armées alliées, et se retirèrent à Tours.

L'histoire étrangère offre égalcment des exemples non moins caractéristiques de gouvernements abandonnant leurs capitales et s'engageant dans l'intérieur du pays pour continuer, de là, à diriger la défense. L'empereur d'Autriche sortit de Vienne en 1805 et 1809. En 1808, le gouvernement insurrectionnel espagnol quitta Madrid. En 1812, les Russes évacuèrent Moscou, leur capitale religieuse.

L'erreur commise par le Gouvernement en restant à Paris eut aussi pour conséquence, au point de vue politique, de créer deux pouvoirs entre lesquels surgirent bientôt des difficultés (1), ce qui augmenta encore les

(1) La question des élections pour constituer une Assemblée suscita, dès les premiers jours d'octobre, une certaine tension dans les rapports

divisions qui régnaient dans le pays; au point de vue militaire, elle amena le Pouvoir central à laisser dans Paris une quantité de troupes, particulièrement de l'armée active, au-dessus des besoins.

Personne, semble-t-il, n'a plus justement apprécié cette situation que Gambetta. En 1871, celui qui avait été l'âme de la résistance en province s'exprimait en ces termes dans sa déposition devant la Commission d'enquête : « Cette résistance de Paris ne me sembla pouvoir être efficace qu'à la condition que la province s'y associerait. J'entendais tous les jours dire au Conseil qu'il fallait une armée de secours et je n'apercevais pas d'où elle pouvait sortir.

« J'avais réclamé, dès le début, que le Gouvernement tout entier sortît de Paris ; je ne comprenais pas qu'une ville qui allait être assiégée et bloquée, et, par conséquent, réduite à un rôle purement militaire et stratégique, conservât le Gouvernement dans son sein ; je demandais que tout au moins le Ministre des Finances, le Ministre de l'Intérieur, le Ministre de la Guerre, le Ministre des Affaires étrangères surtout, sortissent de Paris et allassent constituer le Gouvernement en province.

« Je crois que parmi les faiblesses que l'on a pu avoir, celle-là est capitale ; et je suis convaincu que les choses auraient tout autrement tourné, si le Gouvernement, au lieu d'être bloqué, avait été un gouvernement agissant au dehors (1). »

Le choix de Tours comme siège de la Délégation ne fut pas plus heureux. Parmi les trois villes indiquées par M. Picard, deux, Bourges et Tours, situées à peu près à la même distance de Paris et dans la même région,

---

entre Paris et Tours et ce furent précisément ces difficultés qui déterminèrent le départ de Gambetta pour la province.

(1) *Actes du Gouvernement de la Défense nationale*, t. V, p. 249.

offraient d'une manière générale les mêmes avantages ou plutôt les mêmes inconvénients. Le fait que l'une de ces villes était sur la rive droite de la Loire et l'autre sur la rive gauche, au milieu du grand arc de cercle formé par le fleuve, n'était pas suffisant pour faire préférer l'une à l'autre. Rennes aurait pu au contraire présenter certains avantages.

On n'a trouvé nulle part les raisons qui déterminèrent le Gouvernement à choisir Tours (1), mais on peut supposer que ce furent celles-ci : ressources de grande ville (édifices publics, etc.) pour installer les services du Gouvernement, proximité de Paris, relations faciles par voies ferrées : par Bourges avec le centre de la France, par Poitiers avec Bordeaux et le Sud-Ouest, par Angers et Le Mans avec l'Ouest et le Nord. Tours était en outre chef-lieu de la 18e division militaire et avait été avant la guerre celui du 5e corps d'armée (2). Peut-être aussi en choisissant Tours, le Pouvoir central pensait à placer ses délégués le plus près possible de la région dans laquelle allait se former l'armée de la Loire.

Au point de vue militaire, cette ville n'avait aucune valeur. Ni sa position géographique ni les ponts des routes ou des voies ferrées qui la traversent ou sont dans ses environs immédiats n'imposaient son occupation et sa défense. Devenue siège de la Délégation, Tours, avec

---

(1) Dès le mois de juillet, le Gouvernement impérial avait désigné Tours comme dépôt de tous les déserteurs étrangers, puis comme centre de formation d'un nouveau bataillon de légion étrangère.

(2) Le territoire de la France était divisé en six grands corps d'armée territoriaux (nos 1 à 6). L'Algérie en formait un septième. Une circulaire du 25 juillet supprima les corps d'armée nos 2, 3 et 5 et prescrivit que ceux numérotés 1, 4, 6 et 7 prendraient à l'avenir respectivement les numéros 8 (Paris), 9 (Lyon), 10 (Toulouse), 11 (Alger). C'est ce qui explique que les corps d'armée actifs postérieurement formés reçurent les numéros 12, 13 et suivants.

les habitudes centralisatrices de la Nation, devait devenir un nouveau centre d'attraction pour tous les débris des armées, et, inversement, un nouveau centre de rayonnement d'où l'on allait attendre tous les ordres, toutes les instructions. Le rôle important de cette nouvelle capitale imposera qu'on la défende comme la première et les nouvelles armées y perdront en liberté d'action, en même temps que leur incombera une nouvelle obligation : celle de couvrir le Gouvernement qui y résidera (1).

Placée à une dizaine de marches de Paris, la ville choisie était beaucoup trop près du théâtre d'opérations des armées allemandes. Les détachements ennemis couvrant les troupes d'investissement devaient être une menace continuelle et empêcher la Délégation de travailler en toute sécurité. Le 27 septembre, M. Laurier, directeur général de l'Intérieur, croyant qu'Orléans était déjà occupé par les Allemands, télégraphia au Ministre des Finances à Paris que Tours serait envahi dans cinq ou six jours et qu'il serait nécessaire de transférer le Gouvernement à Toulouse ou à Brest; mais Toulouse lui paraissait préférable parce que l'on pouvait mieux contenir le Midi et prévenir une sécession (2). Après l'entrée de la 22e division prussienne à Châteaudun (18 octobre), la Délégation songera à se transporter à Clermont-Ferrand (3).

---

(1) « Un des grands reproches que le Gouvernement ne cessait de faire aux commandants militaires, c'était qu'on n'était pas en sécurité à Tours; et en nous portant sur Orléans, nous donnions cette sécurité qui manquait au Gouvernement. Cette question de Tours nous a été fort préjudiciable. Si le Gouvernement n'eût pas été là, nous aurions été bien plus maîtres de nos mouvements et je crois que nous aurions pu agir beaucoup plus facilement. » (Déposition du général Borel, *Actes du Gouvernement de la Défense nationale*, t. VI, p. 223.)

(2) Bien que M. Laurier ne fut pas délégué, il était chef d'un grand service et comme tel assistait à toutes les séances de la Délégation.

(3) Voir aux documents, un télégramme du directeur de transmis-

D'autre part, placée au milieu même du terrain sur lequel opéraient les troupes, la Délégation devait être tentée bien davantage d'intervenir dans la direction même de leurs mouvements. Grâce à cette proximité, ses membres se transporteront au cours des opérations auprès des généraux, viendront prendre part à des conseils de guerre tenus par les commandants de troupes et amèneront ainsi une confusion parfois nuisible entre leur rôle d'organisateurs et d'administrateurs et la mission stratégique et tactique des généraux.

La Délégation eût été mieux dans une ville de l'intérieur beaucoup plus éloignée. Le télégraphe lui aurait permis aussi bien de gouverner les régions non envahies, d'organiser de nouvelles armées et de leur donner des directives pour les opérations qu'elles devaient entreprendre. Dégagée de toute crainte pour elle-même, elle aurait travaillé avec plus de calme et aurait rendu aux armées le grand service de ne plus les contraindre à manœuvrer pour assurer sa sûreté.

Enfin, il est permis de supposer que si la Délégation eût été dans une ville du Centre ou du Sud, Clermont-Ferrand ou Toulouse, par exemple, elle eût vraisemblablement, dans le but d'interposer une masse de troupes entre elle et les armées allemandes, modifié la zone de concentration de ses forces et choisi un terrain plus au Sud et plus à l'Est. Dès lors la physionomie de toutes les opérations ultérieures aurait été profondément changée.

---

sion télégraphique Moncel, au directeur général à Tours, daté de Clermont-Ferrand le 23 octobre, 5 h. 40.

CHAPITRE IV

Élection des officiers de la garde nationale mobile.

D'après la loi de 1868, tous les officiers de la garde nationale mobile étaient nommés par l'Empereur, mais, en raison de la nécessité d'activer l'organisation des bataillons de mobiles, les généraux commandant les divisions territoriales avaient été autorisés à nommer provisoirement les officiers subalternes, ces nominations devant être ensuite ratifiées par le Chef de l'État. Dans la garde nationale sédentaire, les officiers étaient nommés à l'élection, d'après les principes de la loi de 1851, rétablie par la loi du 12 août 1870. Toutefois les officiers élus devaient être choisis parmi les anciens militaires (1).

Les hommes de la mobile avaient, sous l'Empire et lors des convocations de 1869, montré peu de respect pour leurs officiers et depuis le début de la guerre les actes d'indiscipline n'avaient pas été rares parmi eux (2). La chute du Gouvernement impérial détermina une certaine effervescence contre des cadres qui paraissaient

(1) Voir *Mesures d'organisation*, etc., p. 50. Documents, p. 27.

(2) Voir *Ibid.*, p. 28, *Note* du Ministre de la Guerre pour l'Empereur sur la garde nationale mobile, 10 septembre 1869; p. 56, *Lettre* du commandant Tabouet, du IIIe bataillon de la garde mobile de l'Allier au Préfet de l'Allier, Montluçon, 24 août; p. 57, le Préfet de l'Allier au Ministre de la Guerre, Moulins, 25 août; p. 101 et suiv., le maréchal Canrobert au Ministre de la Guerre, 1er août, 7 h. 30 et 10 heures soir; p. 102, le même au même, 1er août; p. 104, Ministre de la

avoir trop d'attaches avec le régime déchu (1). Dès le 5 septembre, une cinquantaine de mobiles du Haut-Rhin adressent au Ministre une pétition pour demander la révocation de leurs officiers « qui ont dû, pour la plupart, leur grade à la faveur et à l'influence personnelle (2) ». Des demandes analogues sont faites, vers la même date, par les mobiles de l'Ain, de l'Eure, de la Seine-Inférieure, de Seine-et-Marne. Tous ces pétitionnaires réclament le droit d'élire leurs officiers comme le fait la garde nationale sédentaire (3).

Le général commandant la 8e division militaire (Lyon) rendit compte, le 7 septembre, au Ministre de la Guerre (4), que les gardes nationaux mobiles de Valence, ayant fait demander au Ministre de l'Intérieur, le droit d'élire leurs officiers, avaient reçu la réponse suivante : « Autorisons les gardes mobiles à nommer leurs chefs ».

Le commissaire de la République du département de l'Aude demanda également l'élection des officiers de la garde mobile. Le préfet du Doubs écrivit dans le même sens au Ministre de la Guerre (5). D'autres préfets

---

Guerre au maréchal Canrobert, Paris, 2 août; p. 105 et suiv., le même au Major général, Paris, 2 août; le Major général au Ministre de la Guerre, Metz, 2 août, 6 heures soir; p. 118 et suiv., le général Berthaut au Gouverneur de Paris, camp de Saint-Maur, 30 août.

(1) Voir *Mesures d'organisation*, etc., p. 22.

(2) Voir aux Documents annexes : Les gardes nationaux du IVe bataillon du Haut-Rhin au Ministre de la Guerre, Belfort, 5 septembre.

(3) Voir, aux Documents annexes, toutes ces pétitions.

(4) Voir aux Documents annexes : Le Général commandant la 8e division militaire au Ministre de la Guerre. Au quartier général, à Lyon, 7 septembre.

(5) Voir aux Documents annexes : Le Ministre de l'Intérieur au Ministre de la Guerre. Paris, 12 septembre. — Le Préfet du Doubs au Ministre de la Guerre, Besançon, 12 septembre. — Le Ministre de la Guerre au Préfet du Doubs, Paris, 15 septembre.

réclamèrent également la révocation de divers officiers de mobiles en raison de leurs attaches avec le Gouvernement précédent (1).

A la suite de ces faits, le Ministre des Finances, M. Picard, signala aux membres du Gouvernement, dans la réunion qu'ils tinrent le 9 septembre au matin, la mauvaise organisation des cadres de la garde mobile. Le général Trochu, tout en convenant de leur défectuosité, répondit qu'il ne fallait pas toucher à ceux-ci « à la veille d'un combat et quand on manque de l'autorité suffisante pour faire respecter la discipline (2) ».

A la séance du soir du 12, Gambetta signala les embarras suscités par les choix à faire. Le Ministre des Finances, intervenant, émit l'avis de soumettre les grades à l'élection « même sous le feu de l'ennemi ». Le Ministre de la Guerre s'éleva contre cette mesure qui lui paraissait de nature à désorganiser les cadres au moment de la lutte (3).

Mais le lendemain, certains bataillons de mobiles de la Seine refusèrent de se rendre à des postes qui leur étaient assignés, sous prétexte qu'ils n'y étaient pas suffisamment protégés. Ces faits furent signalés au Gouvernement dans la séance du 14 (soir), et ce fut une occasion pour plusieurs membres de réclamer encore l'élection des officiers. Les généraux Trochu et Le Flô renouvelèrent leurs protestations et obtinrent qu'on se bornerait à sévir contre quelques officiers (4).

Jules Simon, dans la séance du 15 (soir), demanda

(1) Voir, aux Documents annexes, plusieurs *Rapports* ou *Lettres* des préfets relatifs à cette question.

(2) *Procès-verbaux du Gouvernement de la Défense nationale*, p. 92.

(3) *Ibid.*, p. 112.

(4) *Ibid.*, p. 120.

avec insistance la révocation des quatre officiers de mobiles les plus compromis avec le régime impérial. Cette révocation fut décidée (1).

A son tour, Gambetta, dans la séance du 16 (2), proposa l'élection des officiers de mobiles qui lui paraissait le seul remède : « le désordre ne peut être plus grand avec des officiers élus, et, au moins, les prétextes auront disparu ». M. Magnin, Ministre de l'Agriculture et du Commerce et M. de Kératry, préfet de police, appuyèrent la proposition de Gambetta. Les généraux Trochu et Le Flô protestèrent de nouveau mais vainement (3). Le Conseil passa outre et vota le principe de l'élection.

Dans cette question, comme en beaucoup d'autres, le Gouvernement s'était laissé guider principalement par ce qu'il voyait se produire à Paris. Le mal en province, malgré les quelques pétitions signalées, était moins considérable. D'ailleurs le décret paru au *Journal officiel* du 17 septembre (4) ne prescrivit l'élection des officiers que pour les bataillons de mobiles armés et réunis à Paris. Il était muet en ce qui concernait ceux stationnés en province et ne contenait aucune instruction relative à la façon dont devaient se faire les élections (5). Mais le *Journal officiel* du 18 répara ces omissions. Une note insérée dans ce numéro fit connaître que le décret du 17 septembre était applicable aux bataillons et batteries

(1) *Procès-verbaux du Gouvernement de la Défense nationale*, p. 125.

(2) *Ibid.*, p. 128.

(3) Général Trochu, *Pour la Vérité et pour la Justice*. Paris, Hetzel, 1873, p. 134.

(4) Le *Journal officiel* du 17 septembre publiait en même temps que ce décret, un décret nommant dans la garde nationale mobile des départements, un lieutenant-colonel et dix-huit chefs de bataillon.

(5) Il semble que ce décret fut publié par les soins du Ministre de l'Intérieur et non par ceux du Ministre de la Guerre.

de province et une circulaire du Ministre de la Guerre indiqua la manière de procéder au vote. Celui-ci fut fixé au lundi 19 septembre et allait avoir lieu comme l'avait dit M. Picard « même sous le canon de l'ennemi (1) ».

D'après les instructions du Ministre (2), les capitaines, lieutenants et sous-lieutenants étaient élus successivement dans chaque compagnie ou batterie par les hommes sous leurs ordres. Les élections devaient être présidées par un officier supérieur, assisté d'un officier, d'un sous-officier, d'un caporal et d'un soldat. Cette commission rédigeait un procès-verbal pour chaque élection et le transmettait au Ministre.

Les officiers subalternes d'un même bataillon ou d'un même groupe de batteries élisaient de même l'officier supérieur appelé à les commander. Enfin les commandants de régiment étaient soumis à l'élection de l'ensemble des officiers.

L'application de cette mesure devait en faire ressortir les inconvénients, et les faire reconnaître par ceux-là mêmes qui l'avaient proposée.

Des protestations arrivèrent presque immédiatement. Des préfets, ceux du Morbihan, du Puy-de-Dôme, télégraphièrent le 17 septembre (3) au Ministre de l'Intérieur que les élections allaient désorganiser entièrement la garde mobile.

Les généraux commandant les territoires protestèrent

---

(1) Le 19 septembre avait lieu le combat de Châtillon. On verra que, pendant le combat, le bataillon de mobiles de la Seine qui était au fort de Vanves, procédait à l'élection de ses officiers.

(2) *Journal officiel* du 18 septembre 1870.

(3) Il est à remarquer que les préfets reçurent communication de la décision du Gouvernement bien avant les généraux. Le Ministre de l'Intérieur la leur télégraphia le 17 septembre, à 1 heure du matin. Il semble, au contraire, que le Ministre de la Guerre se soit borné à envoyer ses instructions par lettre dans la journée du 18.

de même, et annoncèrent au Ministre que certains chefs de bataillons et d'autres officiers offraient leurs démissions (1).

Le général Trochu, dans le Conseil du Gouvernement du 18 septembre, déclara que, si impossible qu'elle fût, il regrettait de n'avoir pas donné sa démission « devant une résolution qui était désorganisatrice ». Dans son livre : *Pour la Vérité et pour la Justice*, il ajoute : « Cette résolution, — élections devant l'ennemi — a été, en effet, l'un des plus pénibles écœurements que l'inexpérience et le parti pris m'aient fait éprouver pendant le siège (2). »

Le décret ne fut pas exécuté de la même façon à Paris et en province. A Paris les élections eurent lieu le 19 septembre, suivant les ordres donnés. Beaucoup des anciens officiers furent élus, mais un certain nombre échouèrent. On se trouva en présence d'une question à laquelle on n'avait pas songé : Quelle serait la situation des officiers non élus ?

Par une lettre du 21 septembre, le général Berthaut (3) rendit compte au gouverneur que les officiers non élus pouvaient se diviser en trois catégories :

---

(1) Voir ces protestations aux Documents annexes. Gambetta répondit par le télégramme ci-dessous :

Le Ministre de l'Intérieur aux Préfets du Morbihan, du Puy-de-Dôme, de l'Indre.

Paris, 18 septembre, 10 h. 45 soir.

L'élection ne désorganise rien. Dans la plupart des cas, les mobiles confirmeront les choix antérieurs et les officiers auront une nouvelle force.

(2) *Pour la Vérité et pour la Justice*, p. 135. — *Procès-verbaux du Gouvernement de la Défense nationale*, p. 133.

(3) Voir cette lettre aux Documents annexes. Le général Berthaut au Ministre de la Guerre, Paris, 21 septembre.

1° Ceux qui, par leur âge, appartenaient à la garde nationale mobile;

2° Ceux qui ayant déjà servi avaient moins de 25 ans et pouvaient être rappelés dans l'armée active;

3° Ceux qui n'appartenaient ni à l'armée active, ni à la garde nationale mobile.

Les premiers redevenaient gardes mobiles et devaient être incorporés; les seconds devaient être mis à la disposition du Ministre de la Guerre. La situation de la troisième catégorie était plus délicate. Beaucoup des officiers dont elle se composait étaient venus de province avec leur bataillon, ayant répondu par patriotisme à l'appel qui leur avait été adressé lors de la formation de la garde nationale mobile. Ils allaient se trouver bloqués dans la capitale, sans solde et sans ressources. Le général Berthaut proposait de conserver ces officiers hors cadres et de les employer comme officiers payeurs ou adjudants-majors.

Le Gouverneur, président du Gouvernement, transmit cette lettre au Ministre de la Guerre en lui demandant la décision à prendre (1).

Le 25 septembre, le Ministre prescrivit d'allouer aux officiers non élus, à titre d'indemnité de licenciement, leur solde entière jusqu'au 30 novembre, mais ne voulut pas les maintenir hors cadres (2). Plus tard, le 14 novembre, un nouveau décret leur alloua la solde entière pendant toute la durée du siège, et même pendant un mois après (3).

---

(1) Voir cette lettre aux Documents annexes. Elle fait ressortir la situation anormale du général Trochu, qui, président du Gouvernement, soumet au Ministre de la Guerre, une question concernant une décision de principe à prendre vis-à-vis d'une catégorie d'officiers.

(2) Voir aux Documents annexes. Le Ministre de la Guerre au général Trochu. Paris 25 septembre.

(3) *Journal militaire officiel*, 1870, 2e semestre, p. 580.

Bientôt, on constata que les élections des officiers n'avaient pas toujours été heureuses et que les choix s'étaient quelques fois portés sur des hommes ayant des antécédents fâcheux. D'autre part, des actes d'inconduite et d'indélicatesse se produisirent parmi ces favorisés des suffrages de la garde nationale. C'est pourquoi, par un décret du 13 octobre, le Gouvernement se donna le droit de révoquer :

1° Les officiers de la garde nationale mobile dont les antécédents, dûment constatés seraient de nature à compromettre la dignité de l'épaulette et la considération du corps;

2° Les officiers qui se rendraient coupables, soit d'inconduite soutenue, soit d'actes d'indélicatesse (1).

Les mutations auxquelles donnèrent lieu les décès, les disparitions pour causes diverses, provoquèrent de nouvelles difficultés et occasionnèrent même des désordres. Pour y remédier, un décret du 18 novembre apporta certaines restrictions au principe électif, particulièrement en ce qui concernait l'avancement (2).

Les difficultés causées par les élections continuèrent néanmoins. Le Gouvernement finit par se rendre à l'évidence et par reconnaître que ce système l'empêchait d'appeler au commandement les hommes dont les capacités étaient démontrées et de récompenser les services rendus sur les champs de bataille. Il décida, le 18 décembre, que les officiers de tout grade de la garde nationale mobile seraient nommés par le Gouvernement, sur la présentation du Ministre de la Guerre (3).

L'expérience n'avait donc durée que trois mois mais les résultats étaient concluants.

---

(1) *Journal militaire officiel*, 1870, 2e semestre, p. 536.

(2) *Journal officiel de la République française*, 14 octobre 1870 et *Journal militaire officiel*, 1870, 2e semestre, p. 581.

(3) *Journal officiel de la République française* du 19 décembre.

En province, le décret ne fut presque pas appliqué. Le Ministre de la Guerre, le général Le Flô, qui l'avait combattu en Conseil du Gouvernement, avait été moins pressé de le communiquer aux généraux commandant les divisions, que le Ministre de l'Intérieur ne l'avait été de le transmettre aux préfets.

Un télégramme du général de division de Perpignan, daté du 20 septembre 1 h. 35 du soir et adressé à Tours, établit en effet qu'à cette date ce général n'avait encore reçu aucune notification du Département de la Guerre à ce sujet. Par contre, il semble que certains préfets aient porté la décision du Gouvernement à la connaissance de quelques commandants d'armes. Cependant l'autorité militaire seule pouvait donner des ordres pour faire procéder à ces opérations dans les bataillons qui lui avaient déjà été remis, ce qui était le cas pour un grand nombre.

D'ailleurs, la Délégation de Tours trouva la décision prise par le Gouvernement inopportune et inexécutable au moment où de nombreux bataillons étaient mis en route soit pour rejoindre le 15e corps, soit pour aller dans les places fortes, dans l'Est ou en Algérie. Aussi, dès le 18, M. Crémieux télégraphia-t-il aux préfets d'ajourner les élections : « Comme on a donné des ordres de concentration et de mise en marche des gardes mobiles, suspendez l'exécution du décret sur l'élection des officiers. » Mais, regrettant sans doute d'avoir donné des ordres contraires à ceux venus de Paris, la Délégation prenait le lendemain une demi-mesure qu'elle notifiait en ces termes : « En application de notre dépêche d'hier, et pour tout concilier, quant à la garde mobile, faites procéder aux élections d'officiers, conformément au décret du Gouvernement provisoire, mais nous vous autorisons exceptionnellement à ajourner ces élections, là où vous trouveriez péril à y procéder (1). »

---

(1) *Actes du Gouvernement de la Défense nationale*, t. VII, p. 277.

Ces instructions contradictoires amenèrent naturellement chez les généraux commandant le territoire des différences d'interprétation, et chez les troupes une agitation nuisible. Pour trancher la question, définitivement, l'amiral Fourichon décida, le 25 septembre, que dans les bataillons où les élections n'avaient pas été ratifiées par l'autorité militaire, « elles seraient considérées comme nulles et qu'en conséquence les officiers de ces bataillons, régulièrement nommés et qu'une élection incomplète avait dépossédés de leur emploi, reprendraient leurs grades (1) ».

Dans la suite il ne fut plus question en province de soumettre les choix des officiers au vote de leurs subordonnés. Tous les grades dans l'armée régulière ou dans l'armée auxiliaire furent conférés par le Gouvernement ou par les généraux délégués à cet effet.

A l'armée du Nord cependant, après la bataille de Villers-Bretonneux, au cours de laquelle des officiers de mobiles s'étaient montrés inférieurs, le général Farre et M. Testelin décidèrent que tous les grades jusqu'à celui de capitaine inclus seraient, dans la mobile, donnés à l'élection. Par contre, ils prirent la mesure très sage de remplacer par des officiers de l'armée active, la majorité des officiers supérieurs et adjudants-majors qui furent considérés comme démissionnaires (2).

*
* *

Ainsi qu'on le voit, l'attitude du Gouvernement issu du 4 Septembre se ressentit toujours de son origine trop exclusivement locale, et fut influencée parfois par des sentiments plus généreux qu'habiles. Telle fut, par

---

(1) *Actes du Gouvernement de la Défense nationale*, t. VII, p. 278.

(2) *Campagne de l'Armée du Nord*, IIe vol., Pont-Noyelles, p. 7.

exemple, la répugnance des membres du Gouvernement à séparer leur sort de celui de la capitale. Issus de Paris, représentant la population de cette grande ville, ils crurent que leur devoir était de partager ses misères et ses dangers, au moment même où il apparaissait clairement que l'investissement du camp retranché était, pour les Allemands, l'objectif immédiat et le plus important. Si on peut leur reprocher d'avoir trop subi l'influence de souvenirs historiques, il faut remarquer que, loin de diminuer, l'importance de Paris n'avait fait que croître depuis 1814, et que la constitution du réseau des voies ferrées avait contribué, plus que toute autre chose, à faire de cette ville le cœur même du pays. On verra par la suite que la place de Paris était susceptible de se défendre par elle-même et capable de rendre le seul service qu'on pût en attendre, celui d'immobiliser le gros des forces ennemies. Mais on doit reconnaître que l'importance de la capitale, dans un pays aussi centralisé que la France, demeure un fait historique et géographique exerçant une influence qu'il y a lieu de prévoir et contre laquelle on doit se prémunir.

IIe PARTIE

Mise en état de défense de Paris.

L'ordre chronologique des opérations qui se déroulèrent immédiatement après Sedan, amènerait à étudier tout d'abord la marche des armées allemandes sur Paris et l'investissement de la capitale. Mais, bien que l'on n'ait pas l'intention d'aborder maintenant le siège de cette ville (1), il a paru indispensable de montrer tout d'abord les travaux qui furent exécutés pour sa mise en état de défense, et de faire connaître les troupes et approvisionnements divers qui y furent accumulés. On se rendra ainsi compte de l'état matériel de la place, le 19 septembre, et l'on appréciera mieux la valeur de l'objectif des armées de campagne ennemies.

L'étude des mouvements de ces armées se trouvera simplifiée, et il sera possible ensuite d'exposer, sans interruption, leurs premières marches, les opérations d'investissement, le combat de Châtillon. Connaissant, d'une part, la capacité de résistance des troupes et des fortifications de Paris, et d'autre part, les forces, les intentions de l'ennemi et les mesures prises par lui, le lecteur pourra juger si, le 19 septembre, les armées allemandes auraient pu, comme on l'a quelquefois prétendu, tenter une attaque brusquée avec quelques chances de succès.

(1) Le siège de Paris fera l'objet d'une étude spéciale.

CHAPITRE PREMIER

Description sommaire des fortifications de Paris.

Rapide aperçu historique. — L'absence de fortifications autour de la capitale avait permis aux Alliés, en 1814 et en 1815, d'y entrer rapidement et d'imposer au pays non seulement leurs conditions militaires, mais encore leur volonté politique. « Si Paris, a dit plus tard Napoléon Ier, eût été encore une place forte en 1814 et 1815, capable de résister seulement huit jours, quelle influence cela n'aurait-il pas eue sur les événements du monde ?

« Une grande capitale est la patrie de l'élite de la nation, tous les grands y ont leur domicile, leurs familles ; c'est le centre de l'opinion, le dépôt de tout. C'est la plus grande des contradictions et des inconséquences que de laisser un point aussi important sans défense immédiate : au retour de la campagne d'Austerlitz, l'Empereur s'en entretint souvent et fit rédiger plusieurs projets pour fortifier les hauteurs de Paris. La crainte d'inquiéter les habitants, les événements qui se succédèrent avec une incroyable rapidité, l'empêchèrent de donner suite à ce projet (1). »

Comme on le voit, la nécessité de fortifier Paris n'avait pas échappé à Napoléon, même au lendemain de sa plus belle victoire, au moment, pour ainsi dire, où sa puissance atteignait son apogée. Elle n'échappa pas davan-

---

(1) *Commentaires de Napoléon Ier*, Paris, Plon et Dumaine, 1870, t. XXXI, p. 150.

tage aux Gouvernements qui lui succédèrent et en particulier aux généraux et hommes politiques qui avaient été les témoins des événements de 1814 et 1815.

Dès 1818, le maréchal Gouvion-Saint-Cyr créa une « Commission de défense » à laquelle il donna mission d'étudier un projet de fortifications de Paris. Cette commission proposa la construction d'un mur d'enceinte et d'ouvrages détachés, mais les études traînèrent en longueur et la Restauration disparut sans qu'elles eussent abouti.

En 1830, le maréchal Soult et le Comité des fortifications reprirent la question et furent d'avis d'organiser défensivement le mur d'octroi déjà existant, de le munir de tours pour assurer le flanquement et de construire une dizaine de forts détachés. Des travaux furent commencés en 1831 aux environs de Noisy-le-Sec et de Saint-Denis pour l'organisation d'un camp retranché qui devait s'appuyer à la Marne et à la Seine, mais ils furent bientôt interrompus par mesure d'économie et sous la pression de l'opinion publique.

« Lorsqu'en 1833, dit M. Guizot (1), et par la demande d'un crédit spécial de 35 millions, l'entreprise se fit entrevoir dans sa grandeur, les objections économiques et les inquiétudes populaires éclatèrent; les financiers de Paris secouaient tristement la tête; les bourgeois de Paris flottaient entre leur zèle patriotique et les alarmes d'un siège. Dans les Chambres et dans les journaux, l'opposition s'empara de ces appréhensions diverses et les commenta avec ardeur. Les hommes de guerre, partisans déclarés de la mesure, lui fournirent eux-mêmes des armes; ils étaient divisés entre eux; les uns réclamaient, pour la défense de Paris, une forte enceinte

(1) *Mémoires pour servir à l'Histoire de mon temps*, par M. Guizot, édition 1864, t. VI, p. 22 et suiv.

continue et bastionnée; les autres, un certain nombre de forts détachés, établis à distance de la ville, selon la configuration des terrains, et qui suffiraient, disaient-ils, pour en couvrir les approches. L'un et l'autre système avaient pour défenseurs des militaires d'un grand renom; le général Haxo et le maréchal Clauzel voulaient l'enceinte continue; les généraux Rogniat et Bernard et le maréchal Soult lui-même soutenaient les forts détachés. L'opposition attaqua passionnément le dernier projet, imputant au Pouvoir le dessein de se servir des forts pour opprimer Paris bien plus que pour repousser l'étranger. Au milieu de cette lutte de théories et de partis, les travaux demeurèrent suspendus..... »

Une nouvelle commission fut chargée par le Ministre de la Guerre, en 1836, de reprendre les études et d'examiner les deux systèmes proposés. Trois ans plus tard, le rapporteur, le général Dode de la Brunerie, résumant l'avis de la commission, conclua à l'adoption simultanée des deux systèmes :

« Il faut, disait-il : 1° Qu'il soit élevé une muraille d'enceinte flanquée, surmontée d'un chemin de ronde crénelé enveloppant les plus grandes masses d'habitations des faubourgs extérieurs de Paris, avec fossés là où cette disposition sera nécessaire; que le tracé de cette muraille embrasse les hauteurs qui dominent la ville, en suivant les directions les plus favorables à la défense, eu égard à la configuration du terrain; qu'elle soit assez haute pour être à l'abri de l'escalade et assez épaisse pour ne pouvoir être ouverte qu'avec des batteries de siège; qu'il soit établi, sur les parties de cette enceinte où le besoin s'en fera sentir, des bastions susceptibles d'être armés d'artillerie pour la flanquer, couvrir de leurs feux ses approches et éclairer autant que cela sera possible la gorge des ouvrages extérieurs qui formeront la première ligne de défense;

« 2° Qu'il soit construit en avant et autour de cette

enceinte, notamment à la rive droite de la Seine, sur tous les points les plus favorables à la défense, des ouvrages en état de soutenir un siège. »

Le général Dode de la Brunerie ne parlait, on le voit, que d'une muraille d'enceinte renforcée de quelques bastions, et n'envisageait pas une ceinture complète de forts détachés; il en demandait principalement sur la rive droite.

Les événements d'Orient en 1839, la signature du traité de Londres (15 juillet 1840) précipitèrent la solution de cette question en suspens depuis ving-deux ans et amenèrent à compléter les projets antérieurs.

Le roi Louis-Philippe, le duc d'Orléans, M. Thiers, alors Président du Conseil des Ministres, firent activer les études et conclurent à l'adoption d'une ceinture complète de forts détachés, et d'une enceinte continue formée non pas d'une muraille, mais d'un véritable rempart avec escarpe, fossé, glacis et nombreux bastions. Avant que le projet ne vint en discussion devant les Chambres, une Note parue au *Moniteur* le 13 septembre 1840, informa le pays que les travaux de fortifications de Paris étaient commencés et que des crédits étaient mis à la disposition des Ministres compétents. Le projet fut présenté peu de temps après au Parlement par le maréchal Soult, qui avait remplacé (1) M. Thiers à la présidence du Conseil. La discussion dura jusqu'en février 1841 (2). Grâce à l'appui de MM. Thiers et Guizot, le projet fut voté dans son entier et un crédit de 140 millions ouvert pour la construction de l'enceinte et des forts. Les travaux furent dès lors poussés activement sous la direction du général Dode de la Brunerie, avec le concours d'officiers

(1) Le 29 octobre 1840.

(2) Voir au *Moniteur*, janvier et février 1841, les discussions à la Chambre des députés et à la Chambre des pairs.

du génie parmi lesquels il faut citer le général Vaillant, les commandants Niel et de Chabaud la Tour; six ans après, ils étaient terminés (1).

Étude de l'enceinte et des forts. — En juillet 1870, Paris n'a d'autres fortifications que celles construites sous Louis-Philippe. Le mur d'enceinte, d'un développement de 34 kilomètres, compte 94 bastions, dont la série des numéros part de la rive droite de la Seine à Bercy et se continue vers le Nord et l'Ouest pour venir se terminer, sur la Seine également, en face d'Ivry. Ces bastions sont très larges, peu saillants, offrent ainsi peu de prise aux feux d'enfilade en même temps qu'ils diminuent les dimensions des secteurs privés de feux.

L'enceinte a la forme générale d'un vaste pentagone dont les faces sont orientées suivant les directions générales : Charenton, Pantin, Clichy, Boulogne, Gentilly, toutes ces localités restant en dehors du pentagone. Les angles des différentes faces ont été arrondis.

Le rempart, épais de 6 mètres, présente une escarpe de 10 mètres de haut précédée d'un fossé de 15 mètres, d'une contrescarpe non revêtue et d'un glacis. Le mur du rempart a 3 mètres d'épaisseur.

De distance en distance, certains bastions faisant saillie assurent le flanquement. C'est ainsi que le bastion 15, à Charonne, permet de battre vers le Sud les

(1) L'historique des projets et des débats occasionnés par la question des fortifications de Paris mériterait une étude beaucoup plus longue qui, du reste, a déjà été faite en partie par quelques auteurs. Mais elle sortirait du cadre que l'on s'est tracé. On a voulu simplement en rappeler les principales étapes.

Pour plus de détails, voir : Général Bertrand, *Sur les fortifications de Paris; Moniteur universel*, janvier et février 1841 ; Georges Picot, *Les fortifications de Paris ;* Vandevelde, *Description des fortifications de Paris*, etc.....

fossés de la face Est, que les bastions 19 et 20 peuvent rendre le même service dans la direction du Nord. Aux Ternes, le bastion 48 flanque vers le Nord la face Ouest et les feux du bastion 50 enfilent toute l'enceinte jusqu'au Point-du-Jour. En ce dernier point, le bastion 67 a des vues sur le fossé et le terrain en avant de la face Sud ; enfin, les bastions 84, 85, 86, 87, disposés en forme de rentrant, croisent leurs feux sur la vallée de la Bièvre.

Il existe, dans l'enceinte, 71 ouvertures, dont 56 portes, 6 passages de rivières ou canaux (1), 9 passages de voies ferrées (2).

En déterminant le tracé de l'enceinte, on avait cherché et réussi à englober les hauteurs de Belleville, Montmartre, etc., qui dominaient la ville, et qui, en 1814, avaient été les premiers objectifs de l'ennemi. Mais, pour ne pas augmenter davantage le périmètre, on avait laissé en dehors de ce dernier le plateau de Romainville.

Le terrain, immédiatement en avant de l'enceinte, se présente sous des aspects divers. Très couvert sur la face Est, entre la Seine et le canal de l'Ourcq, il offre au contraire de beaux champs de tir en avant du front Nord, dans la direction d'Aubervilliers et de Saint-Denis ; sur la face Ouest, l'ensemble de Neuilly et du bois de Boulogne masque les vues à très courte distance, mais l'obstacle formé par la Seine, entre Asnières et le Point-du-Jour, compense en partie ce désavantage. Sur le front Sud le terrain en avant de l'enceinte, moyennement accidenté, est assez découvert.

Les forts détachés, au nombre de 15 (3), sont à des

---

(1) Deux passages de la Seine, deux de la Bièvre, canaux de l'Ourcq et de Saint-Denis.

(2) Lignes de Paris-Lyon-Méditerranée, de Vincennes, de l'Est, du Nord, des docks de Saint-Ouen, de l'Ouest (Saint-Lazare), de l'Ouest (Montparnasse), de Sceaux, d'Orléans.

(3) Forts de Nogent, Rosny, Noisy, Romainville, Aubervilliers, l'Est,

distances de l'enceinte variant de 1,400 à plus de 5,000 mètres. Assez éloignés sur les fronts Est et Nord, ils sont au contraire très rapprochés sur le front Sud où, malgré l'avis de quelques hommes prévoyants, la commission de 1840 avait refusé d'en construire un sur le plateau de Châtillon.

Ils ont généralement la forme d'un rectangle ou d'un pentagone et sont construits d'après le système bastionné ; la longueur de leurs faces varie de 180 à 350 mètres.

Organisés pour résister à une artillerie moins puissante que l'artillerie de siège allemande de 1870, ils présentent de nombreux inconvénients dus à leur forme, à l'installation des communications, au manque d'abris voûtés, etc... Presque tous ont, à l'intérieur, des casernements à plusieurs étages, visibles de très loin.

Cette ligne de forts avait été, après 1850, complétée, comme on le verra plus loin, par quelques ouvrages intermédiaires entre la Marne et le canal de l'Ourcq.

Au point de vue de leur rôle, ces forts et ouvrages peuvent être étudiés en plusieurs groupes résultant des différentes coupures du terrain.

Entre la Seine amont et la Marne, le fort de Charenton chargé de couvrir le confluent de ces deux rivières, ainsi que les ponts de la voie ferrée et de la route sur la dernière, bat la plaine dans la direction de Choisy-le-Roi et de Montmesly, en même temps qu'il flanque le fort d'Ivry et peut couvrir de ses feux la boucle de la Marne.

Entre la Marne et le canal de l'Ourcq, neuf ouvrages et forts occupent le bord oriental des plateaux de Vincennes et de Romainville, savoir : les redoutes de Gravelle et de la Faisanderie pour barrer l'isthme de Saint-Maur ; le fort de Nogent et la redoute de Fontenay

---

la Double-Couronne, la Briche, du Mont-Valérien, d'Issy, de Vanves, Montrouge, Bicêtre, Ivry, Charenton.

battant le pont de Brie et la route de Lagny; le fort de Rosny qui tient sous ses feux le village du même nom, le plateau d'Avron, et les pentes Sud et Nord de ce plateau; les redoutes de la Boissière et de Montreuil pour battre des points du terrain qui échappent aux vues des forts de Rosny et de Noisy; les forts de Noisy et de Romainville dominant la plaine de Bondy, la route de Claye, le canal de l'Ourcq, la route de Mitry, le chemin de fer de Meaux.

En arrière de cet ensemble, le vieux fort de Vincennes, sans grande valeur défensive, peut à la rigueur former réduit et, en tout cas, rendre des services pour abriter le personnel et le matériel de réserve.

Le fort d'Aubervilliers, près de la grande route de Lille, barre cette route et relie le système défensif précédent à l'ensemble des fortifications de Saint-Denis. Les lignes d'eau fournies par le ruisseau de Montfort, la Mollette qui passe au Bourget, la Morée, ainsi que le flanquement fourni par le fort de Romainville, augmentent la valeur défensive du fort d'Aubervilliers, situé dans la plaine et ayant, par lui-même, peu de vues et de commandement sur le terrain environnant.

Trois forts, celui de l'Est, celui de la Double-Couronne et celui de la Briche couvrent à l'Est et au Nord la ville de Saint-Denis et forment un ensemble assez considérable s'appuyant à l'Ouest à la Seine et que l'on pouvait en outre renforcer par les inondations tendues avec les eaux du Rouillon, du Crould et du canal de Saint-Denis. Mais ces ouvrages se trouvent dominés à courte distance, sur leur front, par les hauteurs de Stains et de la Butte-Pinçon et, sur leur flanc, par celles de Saint-Gratien et d'Orgemont.

Vers le Nord-Ouest, la Seine, entre Saint-Denis et Saint-Cloud, avait été considérée comme un obstacle assez fort pour permettre de diminuer de ce côté le nombre des ouvrages extérieurs, et comme, d'autre part, on avait renoncé en 1840, à occuper les hauteurs de Garches et de Montretout, on s'était contenté de construire le Mont-Valérien sur un piton à l'Ouest de Suresnes, pour battre d'une part la presqu'île de Gennevilliers, et, de l'autre, les pentes de Buzenval, Garches et Montretout.

Sur le front Sud, entre la Seine aval et la Bièvre, les forts d'Issy, Vanves, Montrouge et Ivry, construits à 1,500 ou 1,800 mètres des remparts se trouvent dominés à courte distance par les hauteurs de Châtillon.

Enfin, entre la Bièvre et la Seine amont, les forts de Bicêtre et d'Ivry battent, mais d'une manière incomplète, la plaine de Villejuif, les vallées de la Bièvre et de la Seine, la route de Fontainebleau, les chemins de fer de Sceaux et d'Orléans.

Le périmètre de tous ces forts et ouvrages avait un développement de plus de 60 kilomètres, ce qui donnait pour le cercle d'investissement une circonférence de 80 kilomètres de longueur au minimum. Il avait semblé, en 1840, que l'ennemi ne pourrait jamais avoir une armée assez nombreuse pour assurer le blocus complet d'une place si étendue. C'était la pensée du commandant de Chabaud la Tour, auteur du projet qui fut exécuté et qui l'avait caractérisé de la manière suivante dans un entretien avec le duc d'Orléans : « Il faut, pour fortifier Paris, une enceinte continue et des forts détachés ; une enceinte pour que l'ennemi ne puisse espérer pénétrer par les larges trouées de deux ou trois mille mètres que les forts laisseront entre eux; des forts pour que la population n'ait pas à souffrir les horreurs d'un siège et pour que le rayon d'investissement de Paris soit si étendu qu'il devienne comme impossible, même aux armées les plus nombreuses (1). » Cette opinion était du reste partagée

(1) *Mémoires pour servir à l'Histoire de mon temps*, par M. Guizot, t. V, p. 23 et suiv.

par beaucoup de monde. En 1844, le duc de Wellington disait au château de Windsor, à M. Guizot : « Vos fortifications de Paris ont fermé cette ère des guerres d'invasion et de marche rapide sur les capitales que Napoléon avait ouverte. Elles ont presque fait pour vous ce que fait pour nous l'Océan (1). »

En août 1870, ces idées avaient encore cours et dans la lettre qu'il écrivait, le 10 de ce mois, au général de Waubert, le général Trochu, prévoyant un siège de Paris, demandait une armée de secours pour « agir par des remises en mains continuelles contre l'armée prussienne incapable d'un investissement complet ».

Ces opinions étaient malheureusement erronées; le général de Chabaud la Tour, devenu en 1870 président du Comité des fortifications, et le général Trochu, nommé gouverneur de la place, perdirent bientôt leurs illusions à cet égard. Les armées allemandes formèrent un cercle d'investissement complet autour de la capitale, et les hauteurs qu'on avait négligé d'occuper en dehors du périmètre des forts, leur donnèrent de suite un avantage marqué.

Si l'on considère en effet le terrain extérieur avoisinant immédiatement les forts, les emplacements de ceux-ci et leur distance de l'enceinte, on peut de suite faire quelques remarques d'où ressortent un certain nombre de points faibles pour la défense.

A l'Est, entre la Marne et le canal de l'Ourcq, les forts de Nogent, Rosny et Noisy, distants de 3,000 à 5,000 mètres de l'enceinte, forment une organisation défensive sérieuse et forcent l'assaillant à rester loin de la place ; par contre, au Nord-Est, ceux de Romainville et d'Aubervilliers, qui ne sont qu'à 1,800 mètres en avant du rempart, lui permettent de se rapprocher bien davantage.

(1) *Mémoires pour servir à l'Histoire de mon temps*, par M. Guizot, t. V, p. 36.

Les trois forts qui environnent Saint-Denis, à 4,500 mètres au Nord de Paris, maintiennent l'assiégeant à bonne distance, mais ils sont, comme on l'a dit, commandés de très près par des hauteurs sur lesquelles l'ennemi peut installer des batteries très dangereuses pour eux.

Huit kilomètres séparent le fort de la Briche de celui du Mont-Valérien, et, à l'intérieur de la presqu'île de Gennevilliers, aucun ouvrage n'empêche l'ennemi de franchir la Seine aux ponts d'Argenteuil et de Bezons. Seul, le double obstacle formé par la boucle du fleuve diminue les inconvénients de ce grand espace laissé sans défense.

Entre le Mont-Valérien et le fort d'Issy (7 kilomètres), le fleuve forme encore un obstacle dont il faut tenir compte, car les points de passage fixes ou éventuels, établis entre Suresnes et le Bas-Meudon, peuvent être battus par les feux croisés de ces deux forts. Mais aucun ouvrage permanent n'empêche l'assaillant de venir occuper les hauteurs de Montretout et de Sèvres, et d'établir ses batteries sur les crêtes qui bordent le fleuve, c'est-à-dire à 2,500 mètres environ du mur d'enceinte.

Sur le front Sud, l'infériorité de la défense est encore plus marquée. L'ennemi peut, sans être vu des forts d'Issy et de Vanves, construire ses batteries sur le bord septentrional du plateau de Châtillon, au Sud des villages de Meudon, Clamart et Châtillon. De là, il domine ces forts à 1,800 mètres et le mur d'enceinte à 3,500 environ (1).

Entre la Bièvre et la Seine, bien que les forts de Bicêtre et d'Ivry soient assez rapprochés du corps de

---

(1) Cette circonstance n'avait pas échappé à l'ennemi. La *Gazette de Cologne* du 21 août, après avoir décrit les fortifications de Paris, s'exprimait en ces termes :

« *Ligne du Sud.* — Les forts de Montrouge, Vanves et Issy sont,

place, le terrain n'offre que peu d'avantages à l'attaque à condition que le village de Villejuif soit occupé par la défense.

Ces quelques remarques font suffisamment ressortir que la place est particulièrement vulnérable sur deux points : au Nord entre Saint-Denis et le fort de Noisy, au Sud-Ouest entre les forts de Montrouge et du Mont-Valérien.

Ces deux directions d'attaque offrent chacune des avantages et il était difficile de prévoir celle que choisirait l'ennemi. Cependant, à n'envisager que le point de départ de ses armées après bataille de Sedan et les facilités pour amener son matériel de siège, on eût été tenté de donner la préférence à l'attaque du Nord-Est. Les voies ferrées Château-Thierry—Lagny, Reims—Soissons—Dammartin, Laon—Soissons—Crépy—Chantilly semblaient devoir lui permettre de faire arriver plus facilement et plus rapidement ses équipages de siège et ses approvisionnements de toute nature, tandis que pour une attaque par le Sud-Ouest, aucune ligne de chemins de fer venant de l'Est, ne lui donnait la facilité de débarquer tout son matériel à proximité du terrain d'attaque. Il fallait avoir recours à des transports par terre, à partir de Lagny tout au moins (1) et, par un long détour, aller franchir la Seine à Villeneuve-Saint-Georges ou plus au Sud.

---

dans l'état actuel de l'artillerie, dominés par les hauteurs de Bagneux et Meudon dès qu'on y loge des pièces rayées à longue portée. »

Cet entrefilet fut porté à la connaissance du maréchal Vaillant, le 26 août, par une lettre de M. Aurélien de Courson, conservateur de la Bibliothèque du Louvre, qui ajoutait :

« Ce n'est pas la première fois que cette assertion se rencontre dans des écrits prussiens. »

(1) En supposant que le tunnel de Nanteuil n'ait pas été détruit.

CHAPITRE II

Situation matérielle de la place lors de la déclaration de guerre.

« L'armement de Paris avait été l'objet de longues et sérieuses études par les deux services de l'artillerie et du génie, d'abord de 1840 à 1850, après l'achèvement des fortifications, ensuite en 1867, pour tenir compte des modifications profondes qu'entraînait l'adoption de l'artillerie rayée (1). »

A cette dernière époque, l'armement de la place avait été arrêté aux chiffres ci-dessous :

	Bouches à feu.
1° Armement des forts (sûreté et défense)............	1,166
2° Armement de sûreté de l'enceinte................	658
3° Armement de réserve destiné à la défense de l'enceinte....................................	650
4° Batteries de campagne pour la défense mobile......	192
TOTAL..............	2,666

Le matériel de l'armement des forts et de l'armement de sûreté de l'enceinte existait à peu près au complet avant la guerre (1).

La réserve, au contraire, n'avait pas été constituée, bien que le service de l'artillerie eût appelé à plusieurs reprises l'attention de l'autorité supérieure sur ce défi-

(1) *Rapport* du général Guiod sur les travaux de l'artillerie pour la défense de Paris. Voir ce rapport aux Documents annexes.

(2) *Ibid.*

cit; mais les ressources du budget n'avait pas permis de le combler. On ne pouvait consacrer annuellement que deux millions à la confection d'un nouveau matériel rayé, qui, d'après les calculs faits en 1869, aurait nécessité une dépense de 60 millions pour l'ensemble du territoire. On espérait, du reste, se servir, le cas échéant, de deux équipages de siège de 245 pièces chacun, mais ces équipages avaient été dirigés dès le début de la guerre sur Metz et Strasbourg où ils se trouvèrent enfermés.

Quant à la défense mobile, elle devait être assurée au moyen des batteries de campagne restant disponibles après la formation des grandes unités actives.

Tout le matériel existant pour la défense de la capitale, d'ailleurs, n'était pas en place. Les forts avaient un armement dit de circonstance, comportant 3 pièces par bastion, par suite très inférieur à l'armement de sûreté fixé à 7 bouches à feu.

Il n'y avait pas une seule pièce en batterie sur l'enceinte. Tout le matériel était engerbé dans les casemates des forts. Dans ceux de Nogent à Romainville inclus se trouvaient les bouches à feu devant armer les bastions nos 1 à 26; dans les forts d'Aubervilliers au Mont-Valérien inclus étaient celles destinées aux bastions 27 à 67; enfin dans les forts du Sud on avait placé celles des bastions 68 à 94.

Il n'y avait que 10 coups par pièce pour l'armement de circonstance des forts. C'était tout ce que l'on possédait en munitions confectionnées.

Les projectiles sphériques existaient en abondance, mais les obus oblongs de 24 et de 12 rayés étaient en nombre restreint. Les boîtes à mitraille et les éléments pour en faire manquaient à peu près complètement. La place de Vincennes possédait bien environ 2 millions de balles en fer et en fonte de différents calibres, mais cela était loin d'être suffisant.

L'approvisionnement en poudre à canon n'était que de 54,000 kilogrammes, très inférieur à ce qui était nécessaire. D'autre part, il était emmagasiné dans les forts, dans des abris insuffisamment protégés, et il n'existait pour lui, à l'intérieur de l'enceinte, que des locaux trop restreints ou impropres.

Les remparts des forts et du corps de place n'étaient pas complètement disposés pour permettre l'installation rapide des pièces et assurer la sécurité de leur service.

Nombre de traverses pleines, traverses-abris, plates-formes, embrasures, magasins à munitions et à poudres étaient à faire, sans compter les améliorations à apporter aux ouvrages existants, et la construction d'ouvrages nouveaux reconnus nécessaires, etc.

Au point de vue des approvisionnements en vivres, les magasins des services administratifs et les docks ou entrepôts de la ville de Paris et des particuliers étaient loin de renfermer les denrées nécessaires à la garnison et à une population de 2 millions d'habitants, pendant un siège d'une certaine durée. On peut dire que rien n'avait été préparé pour pourvoir à ces besoins.

La garnison de la place n'avait pas été désignée dès le temps de paix; sa composition et son effectif n'avaient même pas été fixés.

Il en était de même du commandement pour l'organisation duquel rien n'avait été prévu.

Telle était la situation générale de la place à l'ouverture des hostilités. Comme on le voit, le travail à faire pour la mettre en état de défense était considérable. Et, si l'on songe à la durée de sa résistance, on peut, avant d'en avoir vu le détail, se rendre compte de l'activité qui fut déployée par tous les services avant l'investissement survenu si rapidement.

L'étude, faite dans les chapitres qui vont suivre, des différentes mesures prises permettra, du reste, de s'en convaincre.

CHAPITRE III

Organisation du commandement dans Paris. — Organes directeurs des travaux de défense.

Commandant en chef de l'armée de Paris. Gouverneur. — Lors de la déclaration de guerre, le 1er corps d'armée territorial (1re et 2e divisions militaires) (1), dont le quartier général se trouvait à Paris, était placé sous les ordres du maréchal Canrobert, qui avait également le commandement direct de la 1re division militaire. Celui-ci, nommé par décret du 17 juillet à la tête du 6e corps d'armée de campagne, fut remplacé dans ses deux fonctions par le maréchal Baraguey d'Hilliers (2), qui en prit possession effective le 22 juillet. Trois jours plus tard, le 25, une décision impériale donna au corps d'armée territorial de Paris le n° 8 (3).

Le général de division Soumain commandait la place de Paris et la subdivision de la Seine (4). Mais ni lui, ni le Maréchal ne s'occupèrent tout d'abord de la mise en état

---

(1) 1re division militaire : Seine, Seine-et-Oise, Oise, Seine-et-Marne, Aube, Yonne, Loiret, Eure-et-Loir.

2e division militaire : Seine-Inférieure, Eure, Orne, Calvados.

(2) Le maréchal Baraguey d'Hilliers commandait alors le 5e corps d'armée (territorial) dont le chef-lieu était Tours.

(3) Voir plus haut, p. 29, note 3.

(4) Le général Soumain qui commandait la subdivision de la Seine et la place de Paris depuis le 18 juin 1856 était passé au cadre de réserve le 30 mars 1870. Il avait été rappelé à l'activité et replacé dans ses anciennes fonctions par décret du 16 juillet 1870. (*Archives administratives de la Guerre, dossier Soumain.*)

de défense de la capitale; leur autorité s'exerçait exclusivement sur les troupes et le territoire compris dans leur commandement.

Le 16 juillet, le Ministre confia au général de Chabaud la Tour, président du Comité des fortifications, la direction supérieure des travaux de défense de Paris, et chargea le général Princeteau, membre du Comité d'artillerie et commandant supérieur de l'artillerie de la 1re division militaire, des mesures à prendre en ce qui concernait l'artillerie.

Ces deux officiers généraux devaient agir comme directeurs techniques de leurs armes, d'après les ordres du Ministre et non d'après ceux du maréchal Baraguey d'Hilliers ou du général Soumain (1).

Il parut bientôt nécessaire d'établir une entente plus étroite entre les services appelés à organiser la place et, le 7 août, le Ministre institua, sous la présidence du maréchal Baraguey d'Hilliers, une commission chargée d'étudier les moyens de défense de la capitale.

Mais, le 11 août, le Maréchal fut, pour des raisons encore mal connues, relevé de son commandement de l'armée de Paris. Un décret du même jour nomma le général Soumain, chef à la fois du 8e corps d'armée et de la 1re division militaire. Sa situation d'officier général du cadre de réserve rappelé à l'activité lui faisant scrupule d'accepter ces fonctions en ce qui concernait le 8e corps, le général Soumain protesta dès le lendemain auprès du Ministre : le décret, signé par l'Impératrice,

---

(1) Cela ressort de la lettre suivante écrite le 26 juillet par le Ministre au Maréchal commandant le 1er corps d'armée :

« Monsieur le Maréchal, des mesures sont prises pour que, dès à présent, les services de l'artillerie et du génie s'occupent de l'armement de la place de Paris et des forts qui l'environnent.

« Je prie Votre Excellence de vouloir bien prêter son concours à cette opération. »

ne fut pas publié et, le 13 août, un nouveau décret donna au même officier général le seul commandement de la 1re division militaire. Personne, cependant, ne fut placé à la tête du 8e corps.

La nomination du général Soumain avait été précédée de négociations qu'il importe de mentionner.

Dès les derniers jours du ministère Ollivier, il avait été question du remplacement du maréchal Baraguey d'Hilliers par le général Trochu. Dans le Conseil des Ministres du 7 août (1) on avait parlé aussi de ce dernier pour le Ministère de la Guerre en remplacement du général Dejean qui, selon un télégramme de M. Émile Ollivier à l'Empereur, n'inspirait « confiance à personne dans le public (2) ». Le général Trochu refusa cette haute situation (3) et le président du Conseil lui proposa alors, le 9 août, la succession du maréchal Baraguey d'Hilliers qui, disait-il, « ne tenait pas à garder son commandement (4) ». Le futur gouverneur de Paris voulut d'abord prendre l'avis du commandant du 8e corps d'armée « un Maréchal de France, homme de grande autorité, ne se remplaçant pas ainsi ». Il le vit en effet et Baraguey lui déclara que « très souffrant, par suite des efforts que la situation exigeait, il était hors d'état de conserver sa position » et lui proposa « instamment sa

(1) *L'Empire et la Défense de Paris devant le jury de la Seine.* Introduction et conclusion par le général Trochu. Dépositions de M. Rouher, p. 93, et de M. Schneider, p. 98.

(2) *L'Empire et la Défense de Paris devant le jury de la Seine.* Plaidoirie de Me Allou, p. 243.

(3) Cependant, d'après le général de Palikao, le général Trochu aurait mis à son acceptation de telles conditions que sa nomination aurait été reconnue impossible par les autres membres du Gouvernement. (Voir général de Palikao, *Un Ministère de 24 jours*, p. 49.)

(4) *L'Empire et la Défense de Paris devant le jury de la Seine.* Testament du général Trochu, p. 560.

succession », ajoutant que s'il acceptait « il arrangerait les choses le jour même (1) ». Trochu rentra chez lui convaincu que sa nomination était chose faite et il écrivit le 10 au général de Waubert de Genlis, aide de camp de l'Empereur, dans une lettre destinée à être mise sous les yeux du Souverain : « En voyant l'état de santé et de fatigue où est le maréchal Baraguey d'Hilliers qui m'a fait, à cet égard, ses confidences et m'a formellement demandé à le remplacer, j'ai lieu de croire que j'ai enfin trouvé ma tâche, tâche bien lourde pour mes épaules mais qui ne m'effraye pas, parce que l'heure est venue de ne s'effrayer de rien et même de ne douter de rien (2). » Mais, à la même heure, le ministère Ollivier était renversé et le général de Palikao nommé Ministre de la Guerre (3). Quand ce dernier proposa au nou-

---

(1) *L'Empire et la Défense de Paris devant le jury de la Seine.* Testament du général Trochu, p. 560.

(2) Cette lettre a été publiée en partie par le général Trochu dans *Une page d'Histoire contemporaine* et dans *L'Empire et la Défense de Paris devant le jury de la Seine.* (Plaidoirie de Me Allou, p. 244.) Mais dans ces publications, le général a fait quelques modifications et a supprimé certains passages, notamment celui cité ici. On trouvera le texte original complet de cette lettre aux Documents.

(3) Le général de Palikao commandait le 4e corps d'armée à Lyon. D'après ce qu'il raconte dans son volume : *Un Ministère de 24 jours*, p. 48, il reçut, le 9 au soir, un télégramme de M. Émile Ollivier l'informant que l'Impératrice l'appelait immédiatement à Paris, et qu'un train express était mis à sa disposition. Le lendemain, à 9 heures, il arrivait aux Tuileries.

Il semble que le général de Palikao se soit trompé de date et qu'il ait reçu ce télégramme le 8, et même peut-être le 7 au soir. C'est ce qui paraît ressortir de ce que raconte le général lui-même.

En effet, il se serait présenté le 10 au matin à l'Impératrice au milieu d'un conseil des Ministres (p. 48, — or le Ministère était démissionnaire depuis le 9 au soir), et aurait d'abord accepté le portefeuille de la Guerre.

Puis, immédiatement après cette acceptation, il y aurait eu un nouveau conseil des Ministres auquel il aurait pris part, et au cours duquel

veau Conseil de ratifier la désignation faite par son prédécesseur, les Ministres rejetèrent cette proposition à l'unanimité et le président « après les observations qui lui furent soumises, abandonna son candidat (1) ».

Le général Trochu reçut l'ordre d'aller prendre le commandement du 12ᵉ corps d'armée en formation à Châlons et Palikao appela d'urgence à Paris, dans la même journée, le maréchal Canrobert. Celui-ci arriva à 9 heures du soir à la gare de l'Est et se rendit auprès de l'Impératrice, qu'il trouva avec ses Ministres. La Régente lui proposa de lui confier le commandement de l'armée de Paris, mais le Maréchal refusa, car il venait d'apprendre que le 6ᵉ corps avait reçu l'ordre de quitter le camp de Châlons. « Madame, aurait-il répondu, je ne puis pas accepter ; mon corps d'armée, à l'heure où je

---

M. Émile Ollivier déclara que le ministère qu'il présidait avait perdu la confiance du pays, et qu'il devait se retirer tout entier, pour ne pas faire rejaillir sur le général de Palikao une partie de son impopularité (p. 52).

L'Impératrice ayant accepté la démission de tous les ministres, le général de Palikao resta seul chargé de constituer un nouveau ministère (p. 52). (Voir aussi *Journal officiel* du 10 août, p. 1374.)

D'autre part, le ministère entra en fonctions le 10 août, les décrets sont datés du 9 au soir (p. 54).

Ils parurent en effet au numéro du *Journal officiel* du 11 août, et le général de Palikao prit la parole au Corps législatif dans la séance du 10 août.

De ce qui précède, il semble résulter que le général de Palikao fut appelé à Paris par l'Impératrice avant que le ministère ne soit démissionnaire, c'est-à-dire avant le 9.

Ce fait ressort également du *Rapport* de M. Saint-Marc Girardin (*Actes du Gouvernement de la Défense nationale*, t. I, p. 24). D'après ce rapport, M. de Palikao fut appelé à Paris le 8 au soir.

Enfin, d'après un échange de télégrammes entre l'Empereur et l'Impératrice, communiqués par M. Germain Bapst, une date antérieure au 9 est d'autant plus plausible que l'Impératrice avait eu un instant l'idée de faire nommer Palikao aux fonctions de Major général.

(1) *Actes du Gouvernement*, t. V, p. 66, col. 2. Déposition de M. le baron Jérôme David.

parle, va à Metz ; la bataille est peut-être pour demain. Si je restais, au moment où mes soldats vont se battre, vous auriez un bâton vermoulu sur lequel vous ne pourriez vous appuyer : laissez-moi faire mon métier de soldat (1). »

Ce fut à la suite de ce refus, que le général Soumain reçut le 11, les deux commandements du 8e corps et de la 1re division, dont il ne conserva que le second (2).

---

(1) *Actes du Gouvernement*, t. VI, p. 395, col. 2. Déposition du maréchal Canrobert.

(2) Bien que, comme on vient de le voir, le remplacement du maréchal Baraguey fut chose décidée, il se pourrait que la solution de cette question ait été hâtée, par suite de démêlés personnels entre le général de Palikao et le commandant du 8e corps.

Interrogé sur ce point par la Commission d'enquête, M. Jules Brame, Ministre de l'Instruction publique dans le ministère du 10 août, répondit : « Je crois me souvenir qu'un jour, le Maréchal se trouvant dans la salle des Pas-Perdus, y rencontra le Ministre de la Guerre. Le Maréchal dit au Ministre : « Savez-vous que le métier que je fais commence à m'ennuyer. » Le Ministre lui aurait répondu : « Eh bien ! quittez-le si vous voulez, mais je ne m'amuse pas plus que vous et je reste. » Est-ce le motif ? J'ignore les sentiments qu'ils avaient l'un envers l'autre. » *Actes du Gouvernement*, déposition Jules Brame, t. V, p. 96, col. 2. Interrogé à son tour par la même commission, le général Soumain déclara : « Le Maréchal me dit qu'il n'était pas d'accord avec le général de Palikao, qu'il ne pouvait s'entendre avec lui. — « On n'a fait, me dit-il, que m'accorder ce que j'avais demandé verbalement ; aussi je ne me plains que du procédé. » *Ibid.* Déposition du général Soumain, t. V, p. 406, col. 3.

D'autre part, dans son livre : *Un Ministère de 24 jours*, p. 54, le général de Palikao raconte qu'après avoir proclamé à la séance du 10 août au Corps législatif, les noms des nouveaux Ministres, il rencontra le maréchal Baraguey d'Hilliers qui lui aurait dit : « Mon cher Général, vous vous êtes chargé d'une grosse corvée, et quant à moi, je voudrais bien être déchargé de celle que j'ai en ce moment. » Le général de Palikao aurait répondu qu'ayant toujours cherché à être agréable au Maréchal, il s'empresserait de faire part de son désir à l'Impératrice-Régente, ce qu'il fit.

Le général Soumain a, de plus, raconté dans les termes ci-après, à

Mais, le 17 août, l'Empereur signa, sans avoir consulté l'Impératrice-Régente ni ses Ministres, la nomination du général Trochu au poste de Gouverneur de Paris. On connaît les circonstances dans lesquelles cette désignation fut faite, après le conseil de guerre auquel assis-

---

la Commission d'enquête, comment il fut investi de ce double commandement : « Le 11 août, je fus nommé à la place du maréchal Baraguey d'Hilliers, dans des circonstances assez singulières. Je reçus l'original du décret rendu en conseil des Ministres, qui me fut apporté par le général de Montebello ; je devais prendre le commandement sur-le-champ. Je fis observer au général de Montebello que je ne pouvais pas pourtant mettre le Maréchal à la porte. A quoi, il me répondit : « C'est précisément parce qu'il faut que ce soit ainsi que je vous ai apporté moi-même votre nomination que, sans cela, on aurait pu vous envoyer par un simple officier d'ordonnance. Il faut que l'ordre soit exécuté sur-le-champ, sans désemparer. » Je ne me sentais pas le courage de causer ce chagrin au brave maréchal Baraguey d'Hilliers, que je connaissais et dont je n'avais eu qu'à me louer. Mais, comme le général de Montebello insistait et qu'il fallait obéir, je priai le général de Montebello de m'accompagner pour expliquer lui-même au Maréchal la situation. Quand nous entrâmes, Baraguey d'Hilliers fut frappé de ma physionomie, qui exprimait assez, à ce qu'il paraît, le sentiment que j'éprouvais. Il me demanda si j'avais quelque chagrin. Je lui répondis que oui et lui montrai l'ordre. — « Ah ! dit-il, c'est bien, on me f... à la porte ! — Maréchal, lui répondis-je, je ne serais pas venu de cette façon si mon camarade Montebello, que voici, ne m'avait dit que je devais prendre le commandement sur-le-champ. — Alors prenez-le et portez-vous bien ! » Il prit son chapeau et partit. » Déposition du général Soumain, *Actes du Gouvernement*, t. V, p. 406, col. 2 et 3.

Le maréchal Baraguey d'Hilliers, en tout cas, fut extrêmement froissé de ces procédés. Il écrivit, le 18 août, au Ministre de la Guerre : « Monsieur le Ministre, mieux que moi vous devez connaître le décret qui a pourvu à mon remplacement puisqu'il est contresigné par vous et ne m'a pas été notifié. Je suis donc libre de fixer ma résidence et vais m'établir à Grandbourg (Creuse). » (*Archives administratives de la Guerre*. Dossier du maréchal Baraguey d'Hilliers.)

Il est à remarquer que le général Trochu, seul, met en avant une question de santé qui n'a pas été indiquée par les autres témoignages cités dans les lignes ci-dessus. D'autre part, il se pourrait qu'une divergence de vues assez accentuée existât entre l'Impératrice et le Maréchal.

taient outre le Souverain, le prince Napoléon, le maréchal de Mac-Mahon, le général Berthaut, etc... (1).

Le nouveau Gouverneur arriva à Paris dans la nuit du 17 au 18, vers 1 heure du matin, se présenta à l'Impératrice deux heures plus tard, puis au Ministre de la Guerre. Le détail de ces entrevues a déjà été rapporté (2).

Dès le début, les dissentiments entre le Ministre de la Guerre et le Gouverneur furent assez grands et, dans la suite, la tension des rapports ne fit que s'accroître (3). Cette tension, malheureusement, résultait non seulement de questions politiques (4), mais encore de divergences profondes de vues sur la situation et les opérations militaires. Tandis que le Gouverneur voulait concentrer à Paris toutes les unités déjà formées et les ressources existant sur le territoire, le Ministre avait, au contraire, l'intention de ne donner à Paris que le matériel et les troupes strictement nécessaires à sa défense, et de réserver le reste pour constituer des armées ou corps d'armée d'opérations. A plusieurs reprises, comme on le verra, le général Trochu protesta formellement au Comité de

(1) *L'Armée de Châlons*. Première partie, p. 39.

(2) *Ibid*, p. 52.

(3) Voir aux Documents une correspondance échangée du 22 au 25 août entre le Ministre et le Gouverneur au sujet de la communication au Comité de défense des renseignements sur l'ennemi parvenus au Gouvernement.

(4) Voir déposition du baron Jérôme David, *Actes du Gouvernement de la Défense nationale*, t. V, p. 66 et 67. Cet ancien ministre de l'Empire dit notamment : « A partir du 17 août, le général Trochu est devenu le suprême arbitre, aussi bien des destinées du Gouvernement que de la défense de Paris. On pouvait désapprouver les ordres du général Trochu, lui faire des observations; mais il est certain, je le dis franchement, qu'on ne pouvait pas le renverser, car, en le renversant, on s'exposait à susciter dans Paris une de ces commotions profondes qu'il fallait éviter à tout prix. »

défense contre le refus du général de Palikao de lui donner toutes les troupes qu'il demandait.

Après le 4 septembre, le Gouverneur devenu Président du Gouvernement eut plus d'autorité et put obtenir facilement du général Le Flô le maintien à Paris des 13e et 14e corps d'armée, mais, cependant, jusqu'à l'investissement, le nouveau Ministre de la Guerre, qui avait, comme son prédécesseur, à se préoccuper de la défense de l'ensemble du territoire, ne put accéder à tous ses désirs. Le général Le Flô avait d'ailleurs, vis-à-vis du général Trochu, un rôle différent suivant qu'il s'adressait au chef du Gouvernement ou au Gouverneur, et se trouvait, par suite, dans une situation délicate de nature à entraver la marche des affaires (1).

Après l'investissement, quand les communications avec la province furent définitivement rompues, le rôle du Ministre fut singulièrement diminué. N'ayant plus aucune instruction à donner pour l'ensemble de la défense du territoire ou pour la constitution d'approvisionnements généraux, le Ministre de la Guerre à Paris devenait presque inutile ; en tous les cas, on eut pu, semble-t-il, diminuer considérablement son personnel et mettre à la disposition du Gouverneur, qui devait avoir la haute main sur toutes les ressources enfermées dans la place, une grande partie des officiers et fonctionnaires maintenus dans les bureaux du Ministère.

---

(1) Le 16 septembre, par exemple, le général Trochu informait le Ministre qu'il venait de charger le capitaine du génie Varaigne et le capitaine d'artillerie Schaedlen d'organiser et de commander cinq bataillons de mobiles dans les Vosges pour opérer entre Langres, Phalsbourg et Belfort. Malgré sa qualité de Président du Gouvernement, le général Trochu avait eu en cette occasion une initiative malheureuse, et c'est avec raison que le Ministre lui répondit que lui-même s'occupait de l'organisation des gardes mobiles destinées à renforcer la garnison de Belfort et qu'il craignait que les ordres du Gouverneur, se croisant avec les siens, fussent plus nuisibles qu'utiles aux intérêts du service.

Le Gouverneur annonça sa prise de commandement aux habitants de Paris par une proclamation, datée du 18 août, et aux troupes de la défense par une seconde proclamation datée du lendemain (1).

Aux termes du décret du 17 août, signé par l'Empereur, le général Trochu était « Gouverneur de Paris et commandant en chef de toutes les forces chargées de pourvoir à la défense de la capitale ». Dans une lettre du 21 août, le Ministre lui spécifia les troupes qu'il avait sous ses ordres :

« Les gardes nationales stationnées dans le département de la Seine ;

« Les dépôts de la Garde impériale ;

« Les troupes de ligne de l'armée de terre et les troupes de l'armée de mer stationnées dans le département de la Seine ;

« Les corps mobilisés de l'Administration des douanes réunis à Paris (2). »

Le général Soumain, commandant la 1re division militaire lui était, d'après cette lettre, subordonné pour tout ce qui regardait le service militaire du département de la Seine, mais restait indépendant et continuait à correspondre directement avec le Ministre, pour tout ce qui concernait les autres départements de son commandement.

Pour l'organisation de la défense, le Gouverneur avait auprès de lui un état-major dont le général Schmitz était le chef, le Comité de défense et les généraux chefs des grands services.

Le Comité de défense (3). — Par suite du départ du

---

(1) *Journal officiel* (numéros du 19 et du 21 août).

(2) *L'Empire et la Défense de Paris devant le jury de la Seine.* Introduction et conclusion, par le général Trochu, Paris, Hetzel, 1872, p. 512.

(3) Le Registre des procès-verbaux du Comité de défense jusqu'au

maréchal Baraguey d'Hilliers, la commission créée le 7 août pour étudier les mesures de défense de la capitale se trouva désorganisée. Pour y remédier, l'Impératrice organisa, par décret du 17 août, « le Comité de défense des fortifications de Paris » et désigna le maréchal Vaillant pour le présider (1).

Celui-ci, tout en restant membre, fut remplacé dans ses fonctions de président, le 19 août, par le général Trochu. On connaît d'ailleurs la composition de ce Comité et les modifications qui y furent apportées jusqu'à la fin d'août (2). Sa création donna une nouvelle

---

19 septembre sera publié *in extenso* aux Documents annexes. Ce paragraphe est rédigé en partie au moyen des indications fournies par lui.

(1) Le maréchal Vaillant avait été jusqu'au 9 août, Ministre de la Maison de l'Empereur. La part qu'il avait prise comme officier du génie à différentes campagnes au cours de sa longue carrière militaire (commencée en 1807) et à la construction des fortifications de Paris en 1840, le désignait naturellement pour la présidence du Comité.

(2) Voir *Revue d'Histoire*, avril 1907, p. 163.

A la fin d'août, le Comité comprenait :

Le général Trochu, *président* ;
Le maréchal Vaillant ;
L'amiral Rigault de Genouilly, Ministre de la Marine et des Colonies ;
Le baron Jérôme David, Ministre des Travaux publics ;
Le général de division de Chabaud la Tour :
— — Guiod ;
— — d'Autemarre d'Ervillé ;
— — Soumain ;
Le général Mellinet, sénateur ;
M. Béhic, sénateur ;
M. Dupuy de Lôme, député ;
Le comte Daru, député ;
Le marquis de Talhouët, député ;
} Nommés par décret du 25 août.
M. Thiers, député, nommé par décret du 26 août ;
Le lieutenant-colonel Segretain, *secrétaire ;*
Le commandant Gufflet, *secrétaire adjoint.*

En outre, l'intendant militaire Danlion, non désigné par les décre

impulsion aux travaux en cours et permit d'en coordonner la direction.

Le Comité tint ses séances dans la salle des délibérations du Comité des fortifications, rue Saint-Dominique, 84 (1), jusqu'au 17 septembre inclusivement, puis, après cette date, au Louvre, dans le cabinet du Gouverneur. Il se réunissait chaque jour et généralement à 8 heures du soir. Suivant les termes du décret d'organisation (2), il devait se faire rendre compte quotidiennement de l'état des travaux, de celui des armements, de l'état des munitions et des approvisionnements en vivres. D'autre part, il devait à son tour rendre compte journellement de ses opérations au Ministre de la Guerre, qui en faisait rapport au conseil des Ministres.

Il ne semble pas que le général Trochu se soit conformé régulièrement à cette dernière prescription, car, le 25 août, le Ministre était obligé de le prier de lui communiquer toutes les décisions prises par le Comité.

Les événements du 4 septembre vinrent modifier la composition de ce dernier. Les anciens ministres cessèrent d'en faire partie, et, dès le 4 au soir, MM. Béhic, Dupuy de Lôme et le comte Daru (les seuls députés et sénateurs présents à la séance), déclarèrent ne plus pouvoir siéger puisque les grands corps d'État auxquels ils appartenaient étaient dissous. Les autres membres du Parlement ne reparurent plus, et le 5, le Comité se trouva réduit à quatre membres en dehors du président :

---

d'organisation, fut appelé par le Gouverneur à siéger journellement au Comité.

(1) Aujourd'hui n° 8 de la rue Saint-Dominique (Ministère de la Guerre).

(2) *Journal officiel de l'Empire français* du 21 août.

le maréchal Vaillant et les généraux de Chabaud la Tour, Guiod et Soumain.

Un décret du Gouvernement de la Défense nationale en date du 6 (1), leur adjoignit :

MM. Dorian, Ministre des Travaux publics ; le contre-amiral de Dompierre d'Hornoy, Ministre par intérim de la Marine et des Colonies ; Dupuy de Lôme, ancien inspecteur général du génie maritime ; le général Frébault, de l'artillerie de marine.

« Bien que le Comité de défense, dit son secrétaire, le lieutenant-colonel Segretain, dans ses *Souvenirs inédits*, fonctionnât nominalement sous l'autorité du Ministre de la Guerre, il prit tout de suite, après le 4 septembre, des allures de Comité exécutif, en tout ce qui ne touchait pas en propre aux questions administratives. Le Ministre de la Guerre d'alors, le général Le Flô, était tout à fait effacé (2). »

Le 16 septembre, le maréchal Vaillant cessa de faire partie du Comité. Visitant dans la journée, par ordre du Ministre, les ouvrages des fortifications, il fut arrêté arbitrairement et traité comme espion par une populace surexcitée. Le Gouverneur lui donna le conseil de s'éloigner de Paris, ce que le Maréchal fit le soir même ; il reçut du reste bientôt l'ordre de quitter la France et se retira en Espagne (3).

---

(1) *Journal officiel de la République française*, 7 septembre.

(2) Cela confirme ce qui a été dit plus haut p. 362, au sujet de la situation embarrassée du Ministre de la Guerre vis-à-vis du général Trochu, gouverneur de Paris et Président du Gouvernement.

(3) *Archives administratives de la Guerre.* — État des services du Maréchal.

Le Maréchal rentra en France le 19 juin 1871, et adressa ce même jour la lettre ci-après au Ministre de la Guerre :

Biarritz, 19 juin 1871.

Monsieur le Ministre, j'ai quitté l'Espagne où j'avais été exilé pendant

Un décret du 22 septembre (1) fit entrer dans le Comité, trois membres du Gouvernement, MM. Arago, Garnier-Pagès et Gambetta, mais ceux-ci assistèrent peu régulièrement aux séances. Gambetta n'y parut qu'une fois, le 26 septembre (2). Le 16 octobre, le vice-amiral de La Roncière le Noury fut appelé à en faire partie.

La dernière séance du Comité eut lieu le 26 novembre.

Division de l'enceinte en secteurs. — A la séance du 26 août, le général de Chabaud la Tour présenta un travail qui lui avait été demandé par le Comité dans l'une des séances précédentes sur l'organisation du commandement de l'enceinte. Il proposa de la fractionner en 9 secteurs placés chacun sous l'autorité d'un commandement particulier.

Cette répartition ayant été adoptée, des chefs furent immédiatement nommés, et les différents secteurs se trouvèrent ainsi répartis :

Rive droite de la Seine.

1er secteur, Bercy. — Du bastion 1 au bastion 11 (de la Seine à la route de Montreuil), général Faron.

2e secteur, Belleville. — Du bastion 12 au bastion 24 (route de Pantin), général Callier.

---

huit mois, et suis arrivé à Biarritz aujourd'hui même. Je me propose de rester pendant quelque temps dans cette localité avant de me rendre à Paris.

Je prendrai votre silence pour une approbation.

En marge, au crayon : « Répondre : Il peut aller partout où il jugera à propos de se rendre. »

(1) *Journal officiel de la République française*, 23 septembre.

(2) Après son départ pour Tours, le 8 octobre, Gambetta ne fut pas remplacé au Comité.

3e secteur, la Villette. — Du bastion 25 au bastion 33 (route de Saint-Denis), général de Montfort.

4e secteur, Montmartre. — Du bastion 34 au bastion 45 (route d'Asnières), contre-amiral Cosnier.

5e secteur, les Ternes. — Du bastion 46 au bastion 54 (porte Dauphine), général baron Ambert.

6e secteur, Passy. — Du bastion 55 à la courtine 67-68 (la Seine au Point-du-Jour), contre-amiral Fleuriot de Langle.

Rive gauche de la Seine.

7e secteur, Vaugirard. — De la courtine 67-68 à la courtine 75-76 (voie ferrée de Montparnasse à Versailles), contre-amiral de Montagnac.

8e secteur, Montparnasse. — De la courtine 75-76 au bastion 86 (rive droite de la Bièvre), contre-amiral Méquet (1).

9e secteur, les Gobelins. — Du bastion 87 au bastion 94 (entrée de la Seine dans Paris), contre-amiral de Challié.

Le commandement des forts. — Dès le 19 août, le Comité se préoccupa d'organiser le commandement des forts. Il décida que ceux qui étaient gardés par des troupes de la marine seraient commandés par des officiers de cette arme, et que les autres seraient placés sous l'autorité d'un officier supérieur pris autant que possible parmi les commandants des places de l'intérieur, non menacées par l'ennemi, et assisté d'un état-major de deux officiers et de commandants spéciaux de l'artillerie

---

(1) Le 19 septembre, le général de Chabaud la Tour obtint du Gouverneur que le 7e secteur s'étendrait jusqu'au bastion 76 inclusivement, afin que la surveillance et la défense des deux côtés de la porte de Vanves, fussent confiées à un même commandant de secteur.

et du génie. Le 22 août, ces officiers furent désignés par le Ministre, et le 27, tous les commandants de forts étaient à leur poste.

On jugea de plus nécessaire de grouper un certain nombre de forts sous une direction unique.

Le général Ribourt, commandant le fort de Vincennes, eut autorité sur le fort de Charenton, les redoutes de Gravelle et de la Faisanderie, le fort de Nogent.

Le contre-amiral Saisset, dont le siège de commandement était à Noisy, eut la direction des forts de Rosny, Noisy, Romainville.

Les forts d'Aubervilliers, de l'Est, de la Double-Couronne, de la Briche, furent groupés sous les ordres du général Carey de Bellemare, résidant à Saint-Denis.

Le fort du Mont-Valérien resta isolé, ainsi que ceux de Vanves et d'Issy, mais les forts de Montrouge, Bicêtre et Ivry, occupés par des troupes de marine, relevèrent du contre-amiral Pothuau, établi à Bicêtre.

Au point de vue du commandement de l'artillerie, les forts, non compris ceux occupés par la marine et ceux de Vanves et d'Issy, furent groupés en trois arrondissements :

Arrondissement de l'Est comprenant les ouvrages dépendant du général Ribourt, commandé par le lieutenant-colonel d'artillerie Morel, résidant à Vincennes ;

Arrondissement du Nord, groupe des ouvrages de Saint-Denis : colonel d'artillerie de marine Olivier, résidant à Saint-Denis ;

Arrondissement de l'Ouest (Mont-Valérien, Montretout, Gennevilliers) : colonel Dusaert, résidant au Mont-Valérien.

Services de l'artillerie, du génie, de l'intendance. — L'ensemble du service de l'artillerie de la place avait d'abord été confié au général de division Princeteau, mais, celui-ci étant tombé malade, ce service fut remis, le 26 août, au général de division Guiod.

La place fut, au point de vue de l'artillerie, divisée en deux sous-commandements ; l'un de la rive droite, sous les ordres du général de division Frébault, et du général Favé, comme commandant en second, comprenant à la fois la partie de l'enceinte et les forts situés sur cette rive ainsi que le Mont-Valérien ; l'autre, de la rive gauche, enceinte et forts, sous les ordres du général de division de Bentzman, avec le général Pélissier, de l'artillerie de marine, comme commandant en second.

Le général de division Princeteau fut nommé directeur général des parcs en formation à Vincennes (1).

Sous l'autorité de ces officiers, des colonels ou lieutenants-colonels furent chargés de la direction de l'armement d'une partie de l'enceinte ou de certains forts (2) et la Direction d'artillerie n'eut plus à s'occuper que de leur délivrer les bouches à feu, munitions et armement qui leur étaient nécessaires (3).

Comme personnel, le service de l'artillerie disposa des officiers, sous-officiers, gardes, etc., affectés à la direction et aux arrondissements d'artillerie de la place, du personnel réuni à Paris par le Ministre, des troupes et dépôts des régiments d'artillerie de la Garde, des 4e et 11e régiments, du régiment du train d'artillerie stationné à Vincennes, des compagnies d'ouvriers, des batteries actives et de mobiles appelées à Paris.

---

(1) Ces divers commandements furent attribués à ces généraux le 26 août par le Ministre, sur la proposition du Comité de défense.

(2) Le colonel René fut chargé de l'armement de l'enceinte, du Point-du-Jour au canal de l'Ourcq ; le colonel Pierre, du canal de l'Ourcq à Bercy ; le colonel Hudelist, de l'artillerie de marine, de l'enceinte de la rive gauche ; le colonel Olry, avec le lieutenant-colonel Roy, comme adjoint, de tous les forts de la rive droite ; le colonel Nourrisson, de tous les forts de la rive gauche.

(3) Voir *Lettre* du Ministre au Général commandant l'artillerie et *Lettre* de celui-ci au Directeur de l'artillerie, datées l'une et l'autre du 14 août. (Documents annexes).

En raison des nombreux travaux, transports, etc., nécessités par le service de l'artillerie, ce personnel parut encore insuffisant et le général Guiod demanda au Gouverneur de placer sous ses ordres directs l'artillerie des 13e et 14e corps maintenus dans la place. « J'appelle de nouveau votre attention, écrivait-il au Gouverneur le 12 septembre, sur cette organisation (de l'artillerie des 13e et 14e corps) qui immobilise dans les deux corps d'armée, 12 à 14 chefs d'escadrons, 30 capitaines, 60 lieutenants, tandis que je suis aux expédients pour parer aux besoins de la défense. Que font dans ces circonstances les deux généraux? Les corps d'armée ne marcheront pas au loin comme corps constitués en emmenant leur parcs. C'est un mal de conserver cette organisation. Je dois renoncer à m'occuper de la défense pour les batteries mobiles, si je n'ai pas autorité sur elles..... Je vous renouvelle ma demande d'être nommé commandant de l'artillerie de Paris, quelle que soit la situation des éléments qui la composent. Quand les corps auront à opérer, je leur donnerai de préférence ce qu'ils demandent. »

Cette prétention du général Guiod, qui s'expliquait jusqu'à un certain point, fut, à diverses reprises, une cause de tiraillements avec les commandants de corps d'armée qui ne voulaient pas se laisser enlever leur artillerie (1). On verra, quand on étudiera en détail les opérations du siège, de pareils faits se reproduire fréquemment. Ces difficultés auraient été sans doute réduites si elles avaient été prévues par une organisation antérieure plus complète et plus précise.

Le service du génie avait à sa tête le général de Chabaud la Tour, président du Comité des fortifications,

---

(1) Voir à ce sujet, général Ducrot, *La Défense de Paris*, t. Ier, p. 208 et suiv.

assisté du personnel normalement attaché à la Direction des fortifications de Paris.

Tandis que le service du casernement continuait à être assuré par le personnel des chefferies, comme en temps de paix, la place fut fractionnée, pour le siège, en trois circonscriptions.

Le général Javain fut chargé d'un commandement comprenant les 7e, 8e, 9e secteurs de l'enceinte ainsi que les forts du Sud.

Le général Duboys-Fresney eut sous ses ordres les 3e, 4e, 5e, 6e secteurs de l'enceinte, la circonscription des forts du Nord et le Mont-Valérien.

Le général Malcor commandait les 1er et 2e secteurs de l'enceinte ainsi que la circonscription des forts de l'Est.

En dehors de ces commandements, le Ministre avait, dès le 10 août, chargé le maréchal Vaillant de visiter toutes les parties de l'enceinte et des forts. On verra aux Documents quelques rapports établis par le Maréchal à la suite de certaines de ses visites et l'on se rendra compte, par leur lecture, de l'activité qui fut de suite déployée.

Comme personnel, le général de Chabaud la Tour disposait des officiers et employés de la direction et des chefferies du génie, renforcé par des officiers et adjoints appelés de province par le Ministre, des troupes du génie encore dans la place et des unités auxiliaires ultérieurement créées.

De même que le général Guiod, le général comman dant le génie demanda au Ministre et obtint que les officiers de cette arme appartenant normalement aux 13e et 14e corps, fussent mis à sa disposition tant que ces deux corps d'armée n'auraient pas d'opérations militaires à exécuter.

Numériquement, le personnel du génie comprenait seulement, au début des hostilités, 5 généraux, 4 colonels, 4 lieutenants-colonels, 5 commandants et 22 capitaines. Le 19 septembre, il se composait de 149 officiers et 65 gardes du génie.

Ils furent aidés, d'ailleurs, par des ingénieurs des ponts et chaussées, des mines, des chemins de fer, de la navigation et par des agents des forêts.

L'intendant militaire Danlion, intendant de la 1re division militaire avait à l'origine la direction des services administratifs. Il la conserva jusqu'au 6 septembre, date à laquelle l'intendant général Wolf fut nommé intendant général de l'armée de Paris et chargé spécialement de tout ce qui concernait le service de guerre, tandis que M. Danlion eut à s'occuper plus particulièrement du service territorial et des approvisionnements de la place. C'est ce dernier ou son suppléant, le sous-intendant Perrier, qui assistait aux séances du Comité de défense.

Commandement des 13e et 14e corps d'armée. — Le général Ducrot, après s'être évadé le 11 septembre, à Pont-à-Mousson, des mains de l'ennemi, arriva à Paris le 15, appelé par le Gouverneur. Dès le lendemain, celui-ci le nommait commandant en chef des 13e et 14e corps, et faisait ratifier cette nomination par le Ministre. Mais comme le général Vinoy était beaucoup plus ancien que Ducrot, le Gouverneur crut devoir écrire spécialement au commandant du 13e corps pour l'informer de la décision prise par le Gouvernement : « Je fais appel disait-il, à tous les sentiments de patriotisme que vous inspire la situation grave dans laquelle nous sommes, pour vous inviter à faciliter à cet officier général l'accomplissement de la tâche que je lui ai confiée (1). »

---

(1) Cette lettre a été publiée par les généraux Ducrot et Vinoy dans leurs ouvrages sur les événements de 1870 (Voir, général Ducrot, *La Défense de Paris*, t. Ier, p. 433, et général Vinoy, *Siège de Paris*,

Cet appel du Gouverneur ne suffit malheureusement pas à écarter les froissements qu'il voutait éviter.

Le général Vinoy avait été promu général de division en 1855, tandis que le général Ducrot ne l'avait été que dix ans plus tard (1). On comprend donc que le premier, qui avait commandé une division en Crimée et en Italie, et avait été cité à l'ordre de l'armée à Malakoff et à Magenta, ait été quelque peu froissé d'être mis sous les ordres d'un officier beaucoup plus jeune.

Il protesta de suite auprès du Gouverneur contre la situation qui lui était faite, et obtint, sinon que la mesure fût rapportée, du moins qu'elle ne reçût pas une application complète. Voici, du reste, ce que le général Vinoy a écrit à ce sujet dans son ouvrage : « Après les observations présentées au Gouverneur de Paris par le général commandant le 13e corps, il ne fut pas donné

---

p. 145). Avant elle, le général Trochu en avait déjà écrit une première au commandant du 13e corps pour lui faire pressentir la mesure qui allait être prise. Elle était ainsi conçue :

Paris, 16 septembre.

Cher Général,

Le gouvernement vient de faire une nomination que je vous prie de ne pas juger avant de m'avoir entendu. Il s'agit d'un grand intérêt public qui doit être sauvegardé, toute préoccupation de personne cessant. Je vous donnerai à cet égard des explications confidentielles nécessaires.

Votre dévoué camarade,
Signé : Général TROCHU.

Voir général Vinoy, *Siège de Paris*, p. 144.

(1) Général Vinoy, nommé général de division le 22 septembre 1855 ; général Ducrot, nommé général de division le 17 juin 1865.

Le général Vinoy, né le 10 août 1800, était passé dans le cadre de réserve en 1865. Rappelé pour la guerre, il avait d'abord été nommé commandant des dépôts de la Garde impériale le 7 juillet, puis placé à la tête du 13e corps le 12 août.

suite à l'organisation indiquée, ou du moins elle ne reçut jamais sa complète exécution. Les deux corps d'armée que la lettre de service du général Ducrot plaçait sous ses ordres se trouvaient alors aux deux extrémités de Paris, l'un au Sud, vers Châtillon, et l'autre à Vincennes. Il fut convenu que le 13e corps resterait détaché du commandement du général Ducrot, et que celui-ci n'exercerait réellement le commandement en chef des deux corps d'armée que dans le cas où, par suite des opérations, ils se trouveraient réunis, circonstance qui ne se présenta jamais (1). »

Les rapports entre ces deux généraux furent très délicats et souvent tendus, et il n'est pas exagéré d'affirmer que cette situation eut des répercussions fâcheuses sur la marche des opérations. Quand on étudiera les journées des 17, 18 et 19 septembre, on verra le général Ducrot s'abstenir de donner aucun ordre au 13e corps ; il faudra que le Gouverneur intervienne pour envoyer en son nom, au général Vinoy, les instructions nécessaires. Il est même permis de se demander si ces difficultés de commandement ne furent pas cause que le 14e corps se trouva, le 19 septembre, seul au Sud de Paris, sur les hauteurs de Châtillon, alors que le 13e corps, qui était mieux organisé, avait de meilleures troupes et était inutile à Vincennes, aurait pu y rendre de si grands services.

Cette situation pénible persista pendant tout le siège et même après la capitulation. A la suite de la publication de l'ouvrage de l'ancien commandant du 13e corps, le général Ducrot écrivit au Ministre, le 17 avril 1872, une lettre (2) dans laquelle il rappelle tous ces faits, et indique la ligne de conduite qu'il s'imposa.

---

(1) Général Vinoy, *Siège de Paris*, Paris, Plon, 1872, p. 145.
(2) Le général Ducrot au Ministre de la Guerre, 17 avril 1872.

Il déclare n'avoir jamais connu la convention dont parle le général Vinoy, puis ajoute : « La vérité tout entière la voici : malgré l'appel fait à son patriotisme par M. le Gouverneur, le général Vinoy fut vivement froissé de la mesure qui le plaçait sous les ordres du général Ducrot ; il n'accepta jamais franchement cette situation et, loin de faciliter la tâche si lourde et si pénible de cet officier général, il apporta dans ses relations avec lui une telle froideur, un mauvais vouloir si accentué, qu'il fallut de la part du général Ducrot une prudence, une circonspection infinies et de tous les instants pour éviter un conflit....., conflit qui pouvait avoir, est-il besoin de le dire, les plus funestes et les plus navrants résultats.

« Aussi, voit-on le général Ducrot s'abstenir constamment d'intervenir d'une manière directe dans les opérations entreprises sur le front du 13e corps, lors même qu'il y faisait concourir les troupes appartenant au 14e; opérations, il est vrai, toujours secondaires, car jamais elles n'ont eu d'autre but que de voiler à l'ennemi les préparations d'opérations plus importantes qui se préparaient dans d'autres directions.

« Bien des fois, le général Ducrot a exposé au Gouverneur sa règle de conduite à cet égard et celui-ci l'a toujours approuvée, mais toujours aussi, il lui a confirmé la plénitude de ses prérogatives et de ses droits de commandant en chef des 13e et 14e corps. »

Ces documents sont évidemment insuffisants pour permettre de décider lequel de ces deux généraux rendit à l'autre la tâche difficile. Mais ce qui est certain, c'est que la mesure prise par le général Trochu ne s'imposait pas, puisque les positions assignées aux 13e et 14e corps étaient très éloignées l'une de l'autre. Elle fut très regrettable, et il semble que, dès qu'il connut les difficultés qu'elle soulevait, le Gouverneur aurait dû la rapporter.

Commandement des bataillons de garde nationale mobile et de garde nationale sédentaire. — Les bataillons appartenant à ces deux catégories de troupes de deuxième ligne furent groupés sous des commandements particuliers, dont l'organisation sera indiquée plus loin dans les chapitres spéciaux consacrés à ces troupes.

CHAPITRE IV

Principales mesures ordonnées par le Ministre, le Gouverneur et le Comité de défense.

Mesures générales. — Le Gouvernement impérial était si loin de prévoir que Paris pourrait être assiégé à bref délai qu'il ne se hâta pas, tout d'abord, de faire entreprendre les travaux nécessaires.

Le 24 juillet, cependant, le Ministre de la Guerre, sur l'ordre de l'Empereur, prescrivit « de commencer la mise en état de défense et l'armement de l'enceinte fortifiée de Paris et des forts extérieurs (1) », mais il semble qu'il voulait surtout donner satisfaction à l'opinion publique, car dans une lettre qu'il adressait le lendemain aux généraux commandants supérieurs de l'artillerie et du génie, il leur recommandait de s'entendre pour faire choix « d'un certain nombre de points de l'enceinte de la rive droite et de certaines parties des forts, en avant, *bien en évidence*, pour y entreprendre au vu de la population les travaux de l'armement (2) ». Il ajoutait cependant qu'il était à désirer que les travailleurs fussent mis à l'ouvrage le 27 ou le 28 juillet.

Le 27 juillet, le Ministre décidait que la Commission supérieure des généraux de l'artillerie et du génie, instituée en 1867 pour prononcer sur diverses questions res-

---

(1) *Journal officiel de l'Empire français*, 25 juillet.

(2) *Lettre* du général Véronique, directeur du génie au Ministère de la Guerre, aux généraux de Chabaud la Tour et Princeteau, en date du 25 juillet.

sortissant aux deux armes, serait reconstituée sous la présidence du général de Chabaud la Tour, qu'elle aurait mission de s'occuper notamment des travaux de la défense de Paris.

Le Comité des fortifications, réuni le 1er août, examinait les travaux à faire exécuter d'urgence dans les forts, et proposait la construction immédiate de quatre ouvrages permanents, dont les projets avaient déjà été étudiés antérieurement, l'un dans la presqu'île de Gennevilliers, et les autres sur les hauteurs de Montretout, de Châtillon, et le plateau des Hautes-Bruyères.

Ce ne fut toutefois qu'après le 6 août, sous l'impression des revers de Forbach et de Frœschwiller, que l'on se mit à l'œuvre avec activité (1).

Dans la journée du 7, le Ministre adressait à l'Impératrice un rapport (2) dans lequel il exposait comme il suit, la situation de Paris.

« Les circonstances présentes commandent de pourvoir à la défense de la capitale, et de réunir de nouvelles troupes qui permettent, avec celles que l'Empereur a conservées sous ses ordres, de lutter en rase campagne contre un ennemi enhardi par ses premiers succès au point de marcher sur Paris.

« Mais Paris ne sera pas pris au dépourvu.

« Ses forts extérieurs ont depuis longtemps leur armement de sûreté ; on a travaillé à le compléter, et l'on a commencé celui de l'enceinte dès les premiers jours de la guerre. La mise en état de défense comporte en outre

---

(1) Pour faciliter les opérations de la défense et, sans doute aussi, pour permettre de mieux maintenir l'ordre qui pouvait être troublé par des manifestations causées par la nouvelle des désastres de la veille, un décret, publié dès le 7 au matin, déclara le département de la Seine en état de siège.

(2) Publié au *Journal officiel* du 8 août et au *Journal militaire officiel* 1870, 2e semestre, p. 311.

l'exécution de certains ouvrages dont les projets sont arrêtés et que l'on commencera demain. Elle sera rapide. Les forts extérieurs vont être en état de soutenir un siège régulier et, dans peu de jours, l'enceinte se trouvera dans les mêmes conditions. Ni les bras, ni le dévouement des habitants de Paris ne manqueront à cette tâche.

« La garde nationale défendra les remparts qu'elle aura contribué à rendre inexpugnables; 40,000 hommes pris dans ses rangs, unis à la garnison actuelle, seront plus que suffisants pour faire une défense active et entreprenante contre un ennemi occupant un front très étendu.

« La défense de Paris sera donc assurée; mais il est un point non moins essentiel, c'est de combler les vides qui se sont faits dans les rangs de notre armée.

« Avec le concours des troupes de marine, avec les régiments encore disponibles en France et en Algérie, avec les quatrièmes bataillons de nos 100 régiments d'infanterie complétés à 900 hommes, en y incorporant des gardes mobiles, en formant enfin avec une partie de notre gendarmerie des régiments qui constitueront une troupe d'élite, on peut facilement mettre en campagne 150,000 hommes..... »

Comme on le voit, le Ministre énumérait les principales mesures prises ou proposées pour la défense de Paris et l'ensemble du territoire. Le désir de rassurer l'opinion publique, par la publication de ce Rapport, l'amenait à présenter la situation, particulièrement en ce qui concernait les travaux entrepris à Paris, sous un jour plus favorable qu'il n'était en réalité.

Comme le Ministre de la Guerre avait accepté le concours des troupes et du matériel de la marine, des ordres furent envoyés, le 7 août, dans les ports pour diriger sans retard sur Paris, de l'infanterie, de l'artillerie, des fusiliers et canonniers, des bouches à feu et des munitions.

En même temps que l'on décidait de créer le 12e corps au camp de Châlons sous les ordres du général Trochu, le Ministre ordonnait la formation à Paris d'un 13e corps sous les ordres du général Vinoy. Le *Journal officiel* du 13 août annonçait au pays et à l'ennemi (1) l'organisation de ces deux grandes unités et ajoutait que le 12e corps serait prêt dans trois jours et compterait 35,000 hommes, et que le 13e le serait dans huit avec le même effectif.

Ce ne fut que le 13 août qu'un décret déclara en état de guerre les villes de Paris et de Saint-Denis et tous les forts entourant la capitale (2); cependant, depuis le 8, les généraux commandant l'artillerie et le génie avaient poussé activement les travaux d'armement de la place, et, après l'approbation du Ministre, avaient fait commencer le même jour la construction des ouvrages nouveaux (3).

D'autre part, le Ministre du Commerce et l'Intendant de la 1re division militaire s'étaient occupés de la question des approvisionnements pour la troupe et la population civile; mais il fallut la nomination du général Trochu comme Gouverneur et surtout la création du Comité de défense (17 août), pour coordonner tous les efforts, et faire marcher de front l'organisation de tous les services.

---

(1) Il faut noter, en effet, que pour satisfaire l'opinion publique le Gouvernement crut devoir annoncer successivement par le *Journal officiel* les principales mesures prises par lui. Si la publication des lois ou décrets nouveaux d'organisation s'imposait, rien n'obligeait à annoncer par la voie de la presse le groupement des forces ordonné, le secret des formations et des rassemblements dans des circonstances semblables étant une des premières conditions du succès. Malheureusement ni l'Empire à son déclin, ni le Gouvernement de la Défense nationale à Paris, ni la Délégation à Tours n'eurent la force de résister à la curiosité des membres du Parlement ou de l'opinion publique.

(2) *Journal militaire officiel*, 1870, 2e semestre, p. 338.

(3) On reviendra sur ces ouvrages en étudiant les travaux exécutés par le service du génie.

La garnison. — Dès sa première réunion, le 18 août (1), le Comité de défense s'occupa de la question la plus importante pour l'instant : déterminer la force et la composition de la garnison de la place et des forts. Déjà le Ministre avait appelé à Paris 6,000 hommes de troupes de marine et 36 bataillons d'infanterie pour constituer les trois divisions du 13ᵉ corps. La marine occupait six forts du Sud et de l'Est. Le Comité, qui considérait les unités du corps Vinoy comme des troupes de la garnison, proposait de faire occuper les autres forts par les bataillons du 13ᵉ corps, et comme ceux-ci ne comptaient guère que 500 hommes, il demandait d'augmenter leurs effectifs en y incorporant les mobiles qui en feraient la demande.

La garnison des forts était calculée à raison de 500 hommes par bastion, ce qui faisait un effectif total, pour chacun d'eux, de 2,000 ou 2,500 hommes, suivant qu'ils avaient la forme d'un quadrilatère ou d'un pentagone, et un effectif de 40,000 hommes environ pour leur ensemble, y compris les ouvrages extérieurs.

En ce qui concernait l'enceinte, le Comité était d'avis d'en confier la défense à des mobiles, gardes nationaux sédentaires, sapeurs-pompiers, etc., et estimait qu'il suffirait d'armer à cet effet 80,000 hommes de la garde nationale.

Ces forces parurent bientôt insuffisantes et, le 23 août, le baron Jérôme David, Ministre des Travaux publics, exposait au Comité qu'il lui paraissait nécessaire de réunir dans la capitale, autant que possible, les forces vives de la nation tout entière. Le général de Chabaud la Tour demandait la réunion à Paris d'une armée de 100,000 à 150,000 hommes, et, pour cela, proposait d'y

(1) Le général Trochu assista aux séances du Comité le 22 août pour la première fois. Voir aux Documents annexes le registre des procès-verbaux du Comité de défense.

appeler toutes les troupes encore disponibles et de ne laisser derrière la Loire que ce qui était nécessaire pour organiser et instruire les nouvelles levées.

Puis, le général Trochu prenait à son tour la parole. Après avoir indiqué que Paris n'avait que deux régiments d'infanterie constitués (35e et 42e), avec un certain nombre de quatrièmes bataillons et quelques batteries, il ajoutait que la mobile et la garde nationale comptaient dans la garnison et que cet ensemble était susceptible de faire une excellente défense avec l'aide d'une armée de secours tenant la campagne.

Mais à ce moment le Ministre n'avait pas encore arrêté la composition de la garnison de Paris, et chaque jour il prélevait certaines des unités qui étaient rassemblées dans cette ville, soit pour la formation du 13e corps, soit pour la constitution de détachements à envoyer à l'armée de Châlons, dans les places fortes ou autres villes. Bientôt même, il faisait partir pour l'armée une, puis successivement les trois divisions du 13e corps.

A la séance du 26 août, après s'être plaint au Comité de cette situation et lui avoir fait exprimer le vœu que la garnison de Paris fût déterminée d'une manière définitive, le général Trochu communiquait une lettre par laquelle le Ministre demandait dans quelle proportion la garde nationale mobile entrerait dans l'effectif des garnisons des forts. Le Ministre voulait par là rendre disponible le plus grand nombre possible de troupes de ligne pour la formation de nouveaux corps d'armée. Il estimait, sans nul doute, que les mobiles trouveraient mieux leur place derrière les remparts, et les troupes de ligne dans les opérations en rase campagne. Mais tel n'était pas l'avis du Comité. Celui-ci, dit le procès-verbal de la séance du 26 août, « insiste de la manière la plus formelle sur ce qu'il a déjà exprimé à cet égard, et il déclare que les garnisons des forts doivent être constituées intégralement en troupes de ligne, sauf à ce qu'on y introduise, si c'est indispensable, quelques canonniers pris dans la garde mobile, mais sans que cette exception puisse s'étendre, en aucune façon, aux troupes d'infanterie ». On eut plutôt compris le contraire, l'artillerie étant la première arme de défense des forts ; il eût été plus rationnel d'y appeler les artilleurs de l'armée active, plus habiles que ceux de la mobile.

M. Thiers, entré au Comité le 27 août, exprima dès le premier jour son avis sur la constitution de la garnison. Partageant la manière de voir du Comité pour la défense des forts et de l'enceinte, il fit ressortir la nécessité de constituer de fortes réserves pour se porter aux points menacés, et l'importance capitale, au point de vue politique comme au point de vue militaire, que Paris ne fût pas bloqué. Pour cela, il estimait nécessaire de disposer d'une armée en état de manœuvrer sur les deux rives de la Seine, et en raison de l'étendue du terrain à défendre, il jugeait que son effectif devait être de 80,000 hommes, au moins. Le Comité fut de cet avis, et ajoutant ce chiffre à celui de 40,000 hommes déterminé pour la défense des forts, il résolut de demander au Gouvernement la constitution d'une armée active de 120,000 hommes, sans compter la garde nationale, chargée de la défense de l'enceinte, ni les corps spéciaux (gardes de Paris, douaniers, pompiers, etc.), commis d'une manière particulière à la garde des magasins et approvisionnements, à l'extinction des incendies, etc., etc. Le Comité insistait encore pour que cette masse d'hommes fût composée exclusivement de régiments de ligne ; il ne trouvait même pas ces effectifs suffisants, car, dans la même séance, il demandait que l'on fît venir à Paris les bonnes gardes mobiles de province.

Le Ministre de la Guerre ayant fait partir pour Reims les 2e et 3e divisions du 13e corps, le Comité protesta contre cette mesure, dans sa séance du 28 août.

Poursuivant, de son côté, l'idée qu'il avait émise déjà,

de constituer les garnisons des forts avec des troupes de ligne et des mobiles, le général de Palikao fit connaître au général Trochu, qu'elles seraient formées de 86 compagnies de ligne à 200 hommes, provenant des dépôts des régiments d'infanterie, et de gardes nationales mobiles devant arriver de province à bref délai. En communiquant cette décision, le 29, au Comité, le Gouverneur ne manqua pas de la critiquer vivement. Après avoir fait ressortir que les compagnies de ligne étaient insuffisamment encadrées, composées d'hommes peu exercés, etc., il démontra par des chiffres (1), la nécessité de faire entrer 9,000 mobiles de Paris dans la garnison des forts, et protesta avec la plus grande énergie contre une pareille situation qui était, suivant lui, « de nature à compromettre gravement le succès de la défense (2) ».

Le général Trochu se plaignit encore de ce que la garde nationale sédentaire n'eût, en ce moment, qu'un effectif de 70,000 hommes armés au lieu de 80,000, chiffre fixé et qui, en raison des difficultés que l'on rencontrait dans l'application de la loi du 12 août, et des retards causés par l'élection des officiers, ne pouvait être atteint que dans six ou huit jours.

Le maréchal Vaillant et l'amiral Rigault de Genouilly n'étaient pas aussi pessimistes. Ils firent observer que l'enceinte serait suffisamment gardée par les 70,000 gardes nationaux et par les effectifs que l'on pourrait pré-

---

(1) « La garnison totale des forts, dit le procès-verbal, devant être de 41,300 hommes, sur lesquels la marine fournit 12,500 et l'artillerie de terre 2,500, il doit y avoir 26,300 hommes d'infanterie proprement dite et l'effectif des 86 compagnies annoncées étant de 17,200, il faudra, pour compléter cette garnison, demander à la garde nationale mobile de Paris 9,100 hommes. » (Procès-verbal du Comité de défense du 29 août.)

(2) Procès-verbal du Comité de défense du 29 août.

lever sur les 100,000 mobiles que le Ministre de la Guerre appelait à Paris. Ils ajoutaient même, non sans raison, que malgré le départ du 13e corps, les forces totales dont on allait disposer, avec les mobiles de Paris, de province et les 86 compagnies de dépôt, permettaient d'espérer faire une bonne résistance. M. Thiers, intervenant dans le débat, exprima le regret que l'on appelât à la défense de l'enceinte d'autres troupes que la garde nationale; il craignait que cette mesure n'enlevât de l'homogénéité à la défense; selon lui, les mobiles devaient être réservés pour l'occupation des villages en avant des forts.

Vers la fin de la séance, la question de la composition de la garnison de Paris fut reprise; le Comité protesta de nouveau contre le départ des 2e et 3e divisions du 13e corps, et insista de la manière la plus formelle pour qu'indépendamment des 86 compagnies annoncées, le Ministre de la Guerre affectât le 14e corps à la défense de Paris.

A la séance du 1er septembre, M. Thiers appela encore l'attention du Comité sur la nécessité d'arrêter les bases de la défense de l'enceinte et des forts.

En ce qui concerne l'enceinte, il proposa d'assigner à chaque fraction de la garde nationale la portion qu'elle serait chargée de défendre. Ce travail était déjà en préparation depuis quelques jours; ce vœu ne fit que le hâter.

Pour la défense des forts, le Comité demanda que leur garnison fût arrêtée et complétée *ne varietur*, et M. Thiers signala la nécessité d'organiser des réserves spéciales destinées à se porter au secours de ceux qui seraient les plus menacés. Le Comité approuva cette idée et proposa d'envoyer à Saint-Denis 4,000 hommes de la Garde, de constituer une réserve sur le plateau de Romainville pour les forts du secteur Est, de choisir des emplacements analogues pour les forts du Sud, et, en outre, de créer des ponts de bateaux en amont et en aval de Paris pour permettre à ces réserves de passer facilement d'une rive sur l'autre. A propos de la constitution de ces réserves, M. Thiers exprima le regret que des détachements de mobiles de Paris eussent été envoyés dans les forts ; il eût voulu que les 13,500 mobiles parisiens fussent conservés groupés pour constituer une de ces réserves.

L'ensemble de celles-ci devait exiger un effectif de 30,000 hommes ; M. Thiers estimait que pour garder d'une manière complète la rive gauche de la Seine, et assurer les communications de Paris avec l'intérieur de la France, il faudrait disposer en outre d'une armée assez forte pour empêcher la place d'être bloquée de ce côté. Le Comité convaincu par M. Thiers qu'une armée active de 50,000 à 60,000 hommes de bonnes troupes était indispensable pour une défense efficace, chargea son président d'insister de la manière la plus énergique auprès du Ministre pour qu'il fît venir à Paris toutes les troupes qui pourraient y être encore appelées et pour que le 14e corps y fût définitivement maintenu.

Le 2 septembre, M. Thiers fit encore émettre par le Comité, un vœu sur la nécessité d'avoir à Paris une armée de 120,000 hommes en état d'occuper les forts et d'agir au dehors d'une manière efficace.

Puis, il demande le lendemain le rappel immédiat à Paris du 13e corps, outre le maintien du 14e. Il insiste pour que l'on s'occupât de préparer la défense pied à pied des villages environnant Paris et notamment la ville de Saint-Denis.

Comme on le voit, il y avait eu durant toute la deuxième quinzaine d'août, divergence complète d'idées entre le Ministre de la Guerre et le Comité de défense, au sujet de la composition de la garnison de Paris.

Le Ministre, après y avoir fait venir du personnel de la marine et de l'artillerie de terre pour assurer le service des bouches à feu, pensait constituer les troupes d'infanterie avec des compagnies de dépôt, quelques quatrièmes bataillons, 100,000 mobiles de province, 13,000 mobiles de Paris et 80,000 hommes, au maximum, de la garde nationale de la capitale. C'étaient là, il faut en convenir des effectifs considérables qui, bien conduits et animés d'un esprit de sacrifice, pouvaient assurer une bonne défense derrière les forts et les remparts du mur d'enceinte.

Quant aux 13e et 14e corps, le général de Palikao avait envoyé le premier à l'armée de Châlons et il songeait à transporter le second dans la région de Belfort pour de là le lancer dans le duché de Bade (1).

Mais, après le 4 septembre, le général Trochu devenu Président du Gouvernement ne rencontra plus d'opposition sérieuse pour la concentration à Paris des troupes, aussi bien que du matériel demandés par lui et par le Comité de défense. La marche des armées allemandes sur Paris vint encore augmenter, dans son esprit et dans celui de toutes les autorités civiles et militaires de l'époque, l'idée que de la résistance de Paris dépendait le salut de tout le pays, et que par suite tout devait être sacrifié à la défense de la capitale. Tous les membres du Comité de défense partageaient cette manière de voir, à l'exception cependant du général Guiod, qui, à la séance du 11 septembre, parlant des armées que l'on pourrait organiser en province, manifesta le regret que l'on fît venir à Paris les régiments de gardes mobiles qui, selon lui, devaient être plus utiles derrière la Loire.

En résumé, soit pour donner satisfaction aux idées du Comité de défense, soit pour suivre les siennes propres, le général de Palikao fit venir à Paris, pour constituer

---

(1) C'est du moins ce que dit le général de Palikao dans : *Un Ministère de la Guerre de 24 jours*, p. 124.

la garnison : des troupes d'infanterie et d'artillerie de marine, du personnel des équipages de la flotte, des batteries de l'artillerie de terre, un grand nombre de compagnies de dépôt de régiments de ligne, 100,000 mobiles de province, des batteries mobiles de province, des détachements des divers services.

Il fit organiser en outre, à Paris, la garde mobile, la garde nationale sédentaire, quelques corps francs, des corps auxiliaires d'artillerie et du génie (1).

Le général Le Flô, sur les instances du général Trochu et du Comité de défense, sanctionna le maintien à Paris des 13e et 14e corps.

Projets de défense. — On ne trouve aux procès-verbaux du Comité aucune trace d'une discussion générale sur la manière dont serait conduite la défense, ni sur l'emploi que l'on ferait des nombreuses troupes restant disponibles après la constitution de la garnison des forts et des secteurs de l'enceinte. Bien que M. Thiers et le Comité aient demandé le maintien à Paris des 13e et 14e corps d'armée pour constituer une armée de 50,000 à 60,000 hommes capable de tenir la campagne, ils n'ont indiqué aucun moyen d'atteindre ce but, et le Gouverneur ne paraît pas avoir songé à porter ces corps d'armée à quelque distance de la capitale pour disputer le passage de la Seine en amont de Paris à l'une des armées allemandes, ou bien, retarder la marche de l'autre, et par suite l'investissement, au Nord de la place.

La question d'une défense extérieure menée en avant de la ligne des forts fut cependant soumise au Comité par le Gouverneur, le 26 août. Mais, tandis que le général Guiod estimait qu'il y avait lieu d'organiser définitivement les villages et certaines positions en avant des

---

(1) On étudiera plus loin, dans des chapitres spéciaux, la composition détaillée de toutes ces troupes.

forts, et de les défendre pied à pied avec des mobiles, le Comité, sur les observations du général Chabaud la Tour, jugea que cette méthode ne pouvait être suivie, étant donnée la faiblesse de la garnison. « En raison des ressources dont on paraît pouvoir disposer, il convient de réserver toutes les troupes pour la garde des forts et de l'enceinte. » Le Comité « ne saurait trop insister d'ailleurs sur la nécessité d'exercer partout sur cette enceinte la plus grande vigilance, afin d'éviter les surprises et d'être à chaque instant en mesure de résister à une attaque brusquée sur quelque point qu'elle se produise ». (Procès-verbal de la séance du 26 août.)

Quand, après le 4 septembre, les 13e et 14e corps furent définitivement maintenus à Paris, la question ne fut pas reprise, bien que la faiblesse de la garnison n'ait pu dès lors être invoquée.

Non seulement le général Trochu ne songeait pas à porter ces deux corps d'armée au-devant de l'ennemi, mais il n'avait aucune idée arrêtée sur l'importance à donner à la défense extérieure.

Le 10 septembre, à la séance tenue par les membres du Gouvernement, il expliqua que les travaux entrepris autour de Paris l'avaient été, dans l'espoir que l'armée du maréchal de Mac-Mahon viendrait secourir la place et opérerait en s'appuyant sur les forts et les nouveaux ouvrages. Cette armée n'existant plus, il croyait nécessaire d'abandonner ces ouvrages et de n'occuper que la forte redoute de Gennevilliers. « Malgré, dit le procès-verbal, les extrêmes difficultés de la défense, il (le général Trochu) reste calme, parce qu'il compte sur la ferme résolution de l'opinion publique (1). »

Deux jours après, en effet, le Comité de défense dis-

(1) *Procès-verbaux des séances du Conseil du Gouvernement de la Défense nationale*, p. 102.

cuta s'il fallait occuper ou non les nouveaux ouvrages que l'on construisait en ce moment, notamment ceux en avant des forts du Sud, et les villages de Villejuif et Clamart dont l'organisation défensive avait été commencée.

Tandis que le maréchal Vaillant, les généraux de Chabaud la Tour et Guiod s'en montraient partisans, le Gouverneur était hésitant. Il « reconnaît l'importance des positions de Villejuif et de Clamart, dit le procès-verbal, lesquelles dominent à une si faible distance les forts en arrière, mais les troupes qu'on pourrait y placer sont peu nombreuses et d'une solidité discutable; il craindrait de les exposer si loin de la place, ce qui, en cas de retraite, pourrait produire une sorte de déroute partielle et démoraliser la garnison de l'enceinte (1) ». Le général Guiod faisait au contraire remarquer « qu'il ne serait pas impossible à un général prudent, en même temps qu'énergique, de tirer parti de la situation, sans engager beaucoup ses troupes. Ce général pourrait du moins essayer quelque démonstration pour forcer l'ennemi à se déployer, tâter le terrain et s'inspirer des circonstances, sauf à se retirer sous le feu de la place, s'il le fallait absolument. Dans tous les cas, l'envoi d'un corps d'armée sur les points dont il s'agit, ne saurait constituer un danger..... ».

Le Comité laissa au Gouverneur le soin de prendre une décision, mais se prononça néanmoins pour que l'on continuât les travaux comme si l'on devait pousser jusqu'à la dernière extrémité la défense dans les nouveaux ouvrages et les villages.

A la séance du lendemain 13, le général Trochu annonça au Comité qu'après un nouvel examen il se décidait à faire occuper par des troupes actives le plateau

(1) Procès-verbal de la séance du Comité de défense du 12 septembre.

de Châtillon. Il invita en conséquence les services de l'artillerie et du génie à redoubler d'activité pour l'achèvement des travaux (1); prescrivit de border d'un épaulement en terre la crête du plateau, de construire un petit ouvrage sur l'éperon de Bagneux et d'armer les ouvrages des Hautes-Bruyères et du Moulin Saquet (2).

Il ne faut pas s'étonner si, après de pareilles hésitations de la part du Gouverneur, la défense du plateau de Châtillon se présenta dans de si mauvaises conditions six jours plus tard, et si les armées allemandes purent former leur cercle d'investissement sans grandes difficultés.

Tout en s'occupant, au cours de ses diverses séances, de la constitution de la garnison et de la défense extérieure, le Comité songea également à l'amélioration des travaux de défense, à l'augmentation du matériel d'artillerie, à la réunion de tous les approvisionnements en munitions et en vivres, à leur répartition dans les forts. Dans tous ces travaux, il fut du reste puissamment secondé par le Ministre qui, le plus souvent, prit l'initiative des mesures à ordonner, et par les généraux commandants supérieurs de l'artillerie et du génie. Toutes ces opérations assez complexes feront l'objet des chapitres suivants. On y relatera la série des mesures prises et l'on cherchera à déterminer quel était le degré de perfectionnement auquel l'on était arrivé à la date de l'investissement.

---

(1) Les idées du Gouverneur paraissent s'être encore modifiées les jours suivants, car le général Ducrot raconte (*La Défense de Paris*, t. Ier, p. 2 et 3), que lorsqu'il se présenta au général Trochu, le 15, celui-ci lui déclara qu'il se bornerait à défendre le corps de place et les forts, que c'était tout ce qu'il pouvait faire, vu le temps et les moyens dont il disposait. Ce ne serait que sur les objections du général Ducrot que le Gouverneur se serait décidé à défendre les hauteurs de Châtillon.

(2) Procès-verbal de la séance du Comité de défense du 12 septembre.

CHAPITRE V

Travaux du génie [1].

Dès 1867, le Comité des fortifications avait signalé, d'une manière générale, la nécessité d'améliorer le système défensif de la France et son président terminait, par les lignes ci-après, une note sur la situation des crédits ouverts en 1867 pour les travaux en cours : « En résumé, les crédits ouverts au budget tant ordinaire qu'extraordinaire pour les fortifications, crédits qui ont été toujours en diminuant pendant ces dernières années, sont à peine suffisants pour les travaux les plus indispensables d'entretien, pour la continuation lente d'une partie des ouvrages neufs en cours d'exécution et pour un très faible commencement de ces améliorations qu'il serait si urgent d'apporter à nos places fortes, si on veut qu'elles puissent résister à la nouvelle artillerie et remplir le rôle qu'elles devraient être appelées à jouer dans un système de guerre où la mise en action d'armées de plus en plus nombreuses et l'emploi des communications rapides qu'offrent les chemins de fer amèneront forcément des combinaisons nouvelles et des concours de circonstances imprévus.

---

(1) Pour la rédaction de ce chapitre, de nombreux renseignements, en particulier tous ceux relatifs à l'état d'avancement des travaux au 19 septembre, ont été empruntés à un travail exécuté par M. le capitaine, depuis général Petit, immédiatement après la guerre, d'après les Archives du Comité des fortifications. Ce travail est conservé aux Archives du Comité du génie.

« Le Comité des fortifications a appelé à diverses reprises la sérieuse attention du Ministre sur l'urgence qu'il y a d'entreprendre activement l'amélioration du système de défense de nos frontières et de ne pas nous laisser devancer plus longtemps sous ce rapport par nos voisins.

« Il a cru devoir, en terminant, insister de nouveau sur cette grave question (1). »

En ce qui concerne spécialement Paris, le Comité des fortifications prévoyait une dépense de 1,200,000 francs pour fermer ou organiser défensivement les passages de l'enceinte. Il proposait en outre l'établissement de trois ouvrages de campagne destinés à fermer la trouée entre le fort du Mont-Valérien et celui d'Issy, d'un fort à construire sur le plateau de Montretout, de deux ouvrages entre le Mont-Valérien et Saint-Denis, d'un ouvrage entre les forts de Charenton et d'Ivry.

Le Comité d'artillerie ayant à la même époque estimé à trois millions de kilogrammes l'approvisionnement en poudre nécessaire et ayant décidé l'abandon des 34 magasins à poudre existants, le Comité du génie proposait de loger les explosifs dans des magasins à construire sous les massifs des remparts et des forts et dans des caves ou autres locaux voûtés des établissements militaires.

Mais rien de tout cela n'avait été fait, faute de crédits, quand survint la déclaration de guerre.

Le 23 juillet, une somme de 12 millions fut mise à la disposition du Ministre de la Guerre pour les travaux et le matériel du génie. Le *Journal officiel* du 25 juillet annonçait en outre que l'ordre avait été donné le 24 de « commencer la mise en état de défense et l'armement de l'enceinte fortifiée de Paris et des forts extérieurs ».

---

(1) Archives du Comité du génie.

Mais, ainsi qu'on l'a déjà dit (1), il semble que le Gouvernement, à ce moment, voulait surtout donner satisfaction à l'opinion publique et ne songeait pas encore à pousser les choses très activement.

Cependant, dans sa séance du 1er août 1870, le Comité des fortifications, après avoir examiné l'état de la place de Paris, divisait en deux catégories les travaux à exécuter immédiatement (2).

Dans les forts, il prescrivait la restauration des maçonneries et des terrassements, l'établissement de magasins à poudre et à munitions, la construction de traverses, de masses couvrantes et de palissades, les mesures nécessaires pour assurer l'alimentation en eau et tendre des inondations autour de Saint-Denis, etc., etc.

Sur le mur d'enceinte, il décidait la création de casemates-magasins, la fermeture des trouées de routes, chemins de fer et rivières, le dégagement des abords.

Ces travaux de restauration ou de perfectionnement ne pouvaient suffire. Dès l'époque où l'on achevait à Paris le système des fortifications existantes, on avait reconnu que ce système avait besoin d'être complété, pour la défense éloignée, par plusieurs ouvrages permanents, sans préjudice des travaux de campagne à exécuter par les troupes combattantes. En 1867, le Comité des fortifications s'était aussi préoccupé de cette situation. A ce moment, il avait établi, pour les forts projetés, un plan de construction *d'ouvrages de campagne* susceptibles d'être transformés par la suite en ouvrages permanents. Il est regrettable que l'on ne se soit pas souvenu de ce

(1) Voir plus haut, p. 84.

(2) Voir aux Documents le long avis émis par le Comité dans cette séance sur les améliorations à apporter aux fortifications de Paris, (*Renseignements* concernant l'état des fortifications et la situation du matériel du génie au moment de l'ouverture du siège des diverses places qui ont capitulé pendant la guerre de 1870-1871, I. — Paris).

plan en août 1870. L'œuvre qui allait être entreprise devait avoir en effet, bien que le temps pressât, une importance encore plus considérable.

Travaux de défense extérieure. — Comme base pour les travaux à exécuter, le Comité, après avoir passé en revue les projets antérieurs, proposa de construire quatre ouvrages nouveaux (1) :

1° Le premier à mi-distance entre Gennevilliers et Colombes pour diminuer la trouée entre les forts du Nord et le Mont-Valérien ;

2° Le second sur le plateau de Montretout avec des feux dans la direction du Mont-Valérien, de la Fouilleuse, de Garches, de Sèvres et des deux voies ferrées de Versailles et des batteries annexes en arrière ayant une action sur les ponts de la Seine et le saillant de l'enceinte du Point-du-Jour ;

3° Un fort sur la hauteur au Sud de Châtillon, à la tour de Croÿ (cote 164) (2). Ce fort, disait le Comité « servirait du reste de tête et d'appui à la défense qu'on organiserait au moyen des villages situés en arrière et à gauche : Bagneux, Fontenay-aux-Roses, Châtillon, Clamart, et l'on pourrait faire de cet ensemble une sorte de place qui présenterait le plus grand degré de résistance » ;

4° Un ouvrage sur le plateau des Hautes-Bruyères entre les villages de l'Hay et de Villejuif, afin d'empê-

(1) *Renseignements* concernant l'état des fortifications et la situation du matériel au moment de l'ouverture du siège des diverses places qui ont capitulé pendant la guerre de 1870-1871. I. — Paris.

(2) L'importance de la position de Châtillon fut maintes fois signalée. Voir aux Documents annexes : Le comte G. de La Tour, député, au Comité de défense, Paris, 22 août ; le comte G. de La Tour au maréchal Vaillant, Paris, 24 août ; le maréchal Vaillant au comte de La Tour, Paris, 25 août ; le général Tripier au général Trochu, Paris, 15 septembre.

cher l'ennemi d'y venir établir ses batteries pour combattre les forts de Montrouge et de Bicêtre ou de les placer près de Villejuif, au Moulin-Saquet, d'où il aurait eu des vues directes et à assez courte portée sur les escarpes du fort d'Ivry.

Les quatre points indiqués ci-dessus étaient judicieusement choisis et auraient pu rendre de grands services à la défense. Malheureusement le Comité envisageait, à cette date du 1er août, la construction en ces emplacements d'ouvrages permanents se composant « en principe, d'une batterie de 9 mètres de relief, présentant une face et deux branches latérales, susceptible de porter au moins 22 pièces et en avant de laquelle existerait une sorte de fausse-braie en terre pour la fusillade, avec chemin de ronde muni d'une banquette et d'un mur à bahut pour la surveillance des fossés. Cet ensemble serait entouré d'une escarpe de 9 mètres, d'un fossé d'une largeur minimum de 10 mètres et d'une contrescarpe de 5 mètres.... Pour le flanquement, on se contenterait de de deux bastionnets bas, voûtés et recouverts de terre pouvant recevoir chacun 2 pièces et quelques fusiliers. »

Le Comité ajoutait que, puisqu'il ne pouvait être question de faire à Montretout et sur les trois points indiqués des forts considérables pour lesquels le temps manquerait et dont la dépense s'élèverait à un prix trop élevé, « la forte batterie qu'on propose remplira bien son objet ». Bien qu'il ait pris soin d'indiquer que, dans l'exécution, les travaux seraient conduits de telle sorte qu'on put avoir le plus tôt possible des ouvrages à profils défensifs, recommandation que le directeur des travaux de défense renouvelait le 4 septembre au personnel sous ses ordres, il est évident que les dimensions proposées et la quantité de maçonnerie à faire pour ces ouvrages étaient trop grandes pour qu'ils pussent être prêts rapidement.

Le Ministre de la Guerre approuva en principe, le 7 août, les propositions du Comité et alloua à cette date un crédit de 1,500,000 francs pour le fort de Montretout et, le surlendemain, une somme de plus de 2 millions pour les travaux de l'enceinte et des forts.

Cette somme fut encore augmentée de 600,000 francs le 13 août, indépendamment d'un crédit de 620,000 francs ouvert la veille pour la construction de magasins à poudre. Le 18 août, une nouvelle somme de 1,500,000 francs fut affectée à titre d'acompte, pour l'exécution des ouvrages de Gennevilliers, Châtillon et des Hautes-Bruyères (1).

A l'aide de ces crédits, le service du génie fit immédiatement commencer les travaux considérables dont les quatre ouvrages énumérés précédemment formaient les points principaux (2).

Dans la presqu'île de Gennevilliers, l'emplacement du fort que l'on avait décidé de construire fut choisi en avant de la grande route de Colombes à Gennevilliers, à 1,200 mètres à l'Ouest de ce village, à 1,400 mètres de Colombes, sur un terrain découvert battant le pont d'Argenteuil, les buttes d'Orgemont et les abords du fort de la Briche. L'ouvrage devait se composer essentiellement d'une batterie haute enveloppée d'un parapet bas susceptible d'être armé d'artillerie. Au saillant, deux petits bastionnets flanquaient les fossés. La face de la batterie haute avait 150 mètres de développement et ses deux flancs 50 mètres. La contrescarpe seule devait être revêtue, sauf à la gorge où l'escarpe était

---

(1) « En comptant les organisations afférant au service de l'artillerie, on dépensa (pour les travaux du génie), avant le 4 septembre, la somme de 40 millions. » *Souvenirs inédits du lieutenant-colonel Segretain.*

(2) Pour ce qui suit, voir Archives du Comité du génie : *Projets et plans* de ces travaux ; *Comptes rendus* et *Rapports* de leur exécution.

bastionnée et surmontée d'un abri crénelé. On avait prévu des abris en maçonnerie sous le terre-plein pour les hommes et les munitions.

Trois autres ouvrages renforçaient l'action du fort ainsi construit : au Nord du village de Villeneuve, une lunette construite sur la rive gauche de la Seine pour battre par des feux rapprochés les terrains en avant de Saint-Ouen ; une batterie construite au moulin de Colombes, une autre batterie à l'Ouest du Petit-Nanterre, en arrière du pont de Bezons pour surveiller les ponts du chemin de fer et de Bezons.

Ces quatre ouvrages formaient une longue ligne en avant de laquelle on voulait créer une sorte de chemin couvert en organisant défensivement la digue de terre connue sous le nom de digue d'Argenteuil, qui borde la rive gauche de la Seine de Bezons à Villeneuve.

Six petits redans établis de distance en distance sur cette digue devaient en permettre le flanquement par des pièces d'artillerie de campagne.

Pour compléter la défense de la presqu'île, il avait été décidé d'établir des batteries aux ponts d'Argenteuil, d'Asnières, de Clichy et d'organiser défensivement les villages de Gennevilliers, Colombes, Petit-Nanterre, Asnières, Courbevoie, ces deux derniers formant tête de pont.

Ces travaux considérables qui établissaient trois lignes de défense successives dans la presqu'île furent commencés dès le 7 août. Le 25, on décida de les renforcer encore en établissant, au Nord-Ouest du passage à niveau de la route de la Demi-Lune à Bezons sur le chemin de fer de Rouen, à cheval sur la route même, une redoute dite de Charlebourg, enfilant la voie ferrée et la route. Le tracé en fut exécuté le 27 et les travaux commencés immédiatement.

Enfin, les troupes du 13e corps, pendant leur séjour sur les bords de la Seine, du 11 au 15 septembre, entreprirent la construction d'une série d'épaulements battant les routes qui viennent se croiser au rond-point de la Défense.

Quant aux autres travaux, ils avaient été entrepris par la main-d'œuvre civile à laquelle on avait joint les cantonniers du département de Seine-et-Oise mis à la disposition de l'autorité militaire par l'ingénieur en chef du département.

Quand, le 19 septembre, furent interrompus les travaux, les lunettes de Colombes, Villeneuve et Charlebourg avaient leurs parapets massés, la digue d'Argenteuil était organisée défensivement sur une partie de sa longueur et ses redans presque terminés. A la redoute de Gennevilliers, le parapet bas était achevé, le fossé offrait un obstacle suffisant et le cavalier formant batterie haute était en partie constitué. Il restait à construire les traverses, à organiser défensivement la gorge, mais telle quelle, la redoute était utilisable (1).

Au Sud-Ouest de la presqu'île de Gennevilliers, le Mont-Valérien battait mal les pentes du terrain non vues du rempart. Pour remédier à cette situation, on décida de construire une lunette au moulin d'Hérode. Elle offrait un développement de crête d'environ 115 mètres avec un fossé de 6 à 8 mètres de largeur, flanqué par les bastions en arrière. Son escarpe de 5 mètres était revêtue de madriers et l'ouvrage pourvu d'une traverse en capitale avec magasin de batterie et vaste abri blindé à la gorge. La communication avec la forteresse du Mont-Valérien fut assurée par une caponnière palissadée.

Sur le mamelon en avant du château des Landes on établit également une petite flèche en terre qui fut rattachée au chemin couvert par les murs du château et deux lignes de palissades,

(1) *Travail* du capitaine Petit.

Au 19 septembre, ces travaux, au moulin d'Hérode et au château des Landes, étaient complètement achevés.

A Montretout, on commença (1) le fort dont le plan avait été adopté comme type pour les ouvrages à construire (2). Au 19 septembre, son fossé avait 4 mètres de profondeur en moyenne, et 6 à 12 mètres de largeur. Le parapet bas atteignait 4 mètres en hauteur, 5 mètres en largeur au sommet. Celui de la gorge était terminé ainsi que le tambour crénelé en avant de la porte. Seul, l'angle Nord de la gorge où le fossé était peu avancé et où des rampes avaient été ménagées près de l'escarpe pour le transport des terres, était facilement abordable.

A l'intérieur, le cavalier s'élevait de 4 mètres au-dessus du terre-plein et les casemates étaient recouvertes de rails ou devaient l'être bientôt.

La trouée entre le fort de Montretout et celui que l'on voulait construire à Châtillon attira aussi l'attention de la Direction des travaux de défense. Il fut décidé, à la suite de reconnaissances commencées le 12 août et qui durèrent jusqu'au 16, qu'on la fermerait par de solides redoutes de campagne au nombre de trois et qu'on compléterait ces travaux par la mise en état de défense du château de Meudon.

Les emplacements choisis furent ceux de la Brosse, de Brimborion et de la Capsulerie.

La redoute de la Brosse, située dans les bois de Saint-Cloud, à la cote 145, à l'Est de Marnes, devait battre les pentes de Ville-d'Avray et la route de Versailles. Son parapet suivait sensiblement l'horizontale

(1) Avant le 8 août. — Voir aux Documents annexes : Le lieutenant-colonel Segretain au général de Chabaud la Tour, Paris, 8 août.

(2) On a vu que pour surveiller la Seine et le Point-du-Jour, on projeta une batterie en arrière, mais on s'attacha tout d'abord à la construction du fort.

du terrain ; il était précédé d'un fossé non revêtu mais palissadé et d'un chemin de ronde en gabions. La gorge était fermée par un retranchement de forme bastionnée.

La redoute de Brimborion, sur le mamelon 92, immédiatement au Sud-Ouest du pont de Sèvres, était destinée à battre le ravin de Sèvres et les revers de Ville-d'Avray; il fut décidé qu'on escarperait sur plusieurs mètres le sommet du mamelon, qu'on établirait une gabionnade avec tambours flanquants sur le bord de l'escarpement et qu'on élèverait en arrière un parapet à traverses pour l'artillerie.

La redoute de la Capsulerie, à la cote 150, au Sud-Ouest de Sèvres, reçut la forme d'un rectangle fermé de 90 mètres sur 50 mètres, avec parapet de 4 mètres, précédé d'un chemin de ronde en gabions avec quatre bastionnets flanquants aux angles. Le fossé ne devait pas être revêtu, mais il était défendu par une ligne de palanques au pied de la contrescarpe,

Pour compléter et renforcer cette ligne d'ouvrages, on organisa le château de Meudon, qui devait former le réduit de la défense du parc.

Trois coupures avec parapets défensifs isolèrent les trois terrasses successives. Une batterie sur la terrasse basse battait la grande avenue de Bellevue, le val de Meudon, et une percée faite à travers la forêt dans la direction du fort de Châtillon.

Enfin, un ouvrage, sur la terrasse haute, avait une face parallèle au château et deux branches s'appuyant aux murs de soutènement qui englobaient celui-ci. Il battait les abords de la forêt, notamment vers la Capsulerie et se composait d'un parapet en terre de 4^{m},20 de haut, entouré d'un fossé non revêtu muni de palanques et flanqué par quatre bastionnets bas avec chemins de ronde en gabions.

L'escalier intérieur du château assurait la communication entre les différents ouvrages.

Ce n'était pas tout : l'ouvrage haut devait être relié à celui de la Capsulerie par une ligne de défense formée d'abatis.

Le 20 août, on commença à travailler sur les quatre points qui formaient la défense de Meudon. On dut tout d'abord débroussailler, ce qui fit que les travaux ne commencèrent réellement que le 22 à Meudon, le 25 à la Capsulerie, le 27 à Brimborion, le 28 à la Brosse.

En même temps, on organisa à Meudon des ateliers de gabionnage et de fascinage.

Ce ne fut qu'à grand'peine et grâce à la réquisition d'ouvriers civils et de cantonniers de Seine-et-Oise qu'on put avoir, à la fin d'août, 2,000 ouvriers ; mais leur nombre diminua rapidement. Diverses causes, parmi lesquelles on peut citer la création des Éclaireurs de la banlieue, soldés à 3 francs par jour, l'invitation faite aux habitants des environs de Paris de rentrer dans la ville, amenèrent peu à peu l'abandon des ateliers.

Le 6 septembre, l'ordre fut donné de cesser les travaux de la Brosse et, le 7, les ouvriers rendus disponibles furent répartis entre les trois autres ouvrages. On chercha dès lors à suppléer au manque de bras par l'organisation du travail de nuit et la main d'œuvre militaire.

Le 13 septembre, le Gouverneur envoya trois bataillons pour travailler (1), mais, le 15, ils reçurent l'ordre de rentrer à Paris. Quelques centaines d'ouvriers civils et une compagnie du 49e restèrent seuls sur le terrain.

Le 17, à la suite d'une visite du général Ducrot aux ouvrages, celui-ci demanda que six bataillons fussent affectés aux travaux. Le Gouverneur, le 18, lui fit savoir

---

(1) Le chef de bataillon Lévy au général de Maudhuy, commandant la 2e division du 13e corps, Château de Meudon, 13 septembre ; le Général commandant le 13e corps au général de Maudhuy, Paris, 14 septembre.

qu'il ne pouvait envoyer que 2,000 zouaves et un bataillon de mobiles. Les travaux se poursuivirent une partie du 18 avec ces ressources.

Le 19, au matin, l'état des travaux était le suivant :

A Meudon, l'ouvrage de la terrasse haute avait des fossés de 4 mètres de profondeur sur 5 mètres de largeur, son parapet était entièrement massé ; il était muni de traverses et le revêtement intérieur était commencé. L'ouvrage bas était peu avancé ainsi que les coupures. La ligne de défense qui, par l'étang des Fonceaux devait relier le château à la Capsulerie avait été, au dernier moment, ébauchée avec des abatis.

A la Capsulerie, le fossé avait 4 mètres en profondeur, 6 en largeur ; sauf à la gorge, les parapets étaient terminés, les bastions munis de leurs gabionnades.

A Brimborion, les fossés avaient 5 mètres de profondeur. Le parapet pour la fusillade, établi en rondins au lieu de gabions, ne présentait qu'une lacune de 100 mètres sur la face Est.

A la Brosse, abandonnée le 7 septembre, les fossés étaient creusés sur la plus grande partie du développement de l'ouvrage et le parapet de fusillade organisé en rondins du côté Ouest.

Entre ces travaux de Meudon et la Bièvre, les mesures prévues pour la défense consistaient surtout dans la construction de la redoute de Châtillon.

L'emplacement de cet ouvrage fut choisi à quelques mètres au Sud de l'intersection de la route de Paris à Bièvres et du chemin de Trivaux à Châtillon, à cheval sur ces deux voies que l'on dut détourner. L'axe de la redoute était un peu au Sud de celui de la grande route auquel il était presque parallèle. Cet ouvrage devait se composer, comme celui de Montretout, d'une batterie haute pour vingt pièces, enveloppée d'une fausse braie précédée d'un fossé flanqué par deux tambours crénelés susceptibles de recevoir des pièces de campagne. Les faces de la batterie avaient chacune 90 mètres de longueur, ses flancs 130 mètres. Cette batterie devait être pourvue de casemates en maçonneries, de traverses et de deux magasins à poudre d'une contenance totale de 40,000 kilogrammes.

Les travaux furent commencés le 13 août avec 280 ouvriers. Le nombre de travailleurs augmenta rapidement et, du 24 août au 3 septembre, on compta journellement sur les chantiers plus de 1,000 ouvriers dont une partie détournaient la grande route autour de l'ouvrage. Toutefois, dès les premiers jours de septembre, le nombre en diminua. Le directeur des travaux signala ce fait, le 5 septembre, au Gouverneur et lui demanda de faire occuper les positions avancées pour rassurer les travailleurs. Le 15 septembre, 450 hommes du 14e corps furent mis à la disposition du général Javain, de 9 heures du matin à 5 heures du soir (1).

Le 19 septembre, le fossé de la redoute de Châtillon avait partout 3 mètres de profondeur au-dessous du terrain naturel et 7 mètres de largeur. Il était muni d'une ligne continue de palissades flanquée par deux blockhaus en charpente établis aux angles d'épaules et communiquant par des poternes avec l'intérieur de l'ouvrage. Le parapet sur les faces et les flancs atteignait au moins 4 mètres de hauteur et 4 mètres d'épaisseur au sommet. Il ne consistait à la gorge qu'en une levée de terre de 2m,50 de hauteur moyenne et 2 mètres d'épaisseur. La banquette pour la fusillade avait été préparée et le terre-plein porté à 6 mètres sur les points qui devaient recevoir de l'artillerie.

---

(1) Le 15, ces hommes étaient pris, au nombre de 300, au 18e d'infanterie, et, au nombre de 150, au 17e. Ils quittaient le camp à 8 h. 30, étaient rendus à 9 heures à leur poste et devaient être rentrés à 5 heures du soir.

Les maçonneries de l'un des magasins à poudre étaient complètement achevées, celles du second s'élevaient jusqu'à la naissance de la voûte que l'on avait remplacée par un blindage en rails de chemin de fer.

Quant aux casemates sous le cavalier, qui devaient avoir deux étages, quatre étaient achevées jusqu'au 1er étage et recouvertes en rails, les autres avaient leurs murs de refend élevés à $1^m,50$ au-dessus du sol.

D'autre part, dans les journées des 17 et 18 septembre, on avait crénelé les murs du petit cimetière situé à 290 mètres en avant de l'ouvrage.

La redoute de Châtillon était alimentée d'eau par des prises faites dans une conduite qui la traversait en entrant par la gorge. La partie de conduite qui circulait sur le plateau en avant, avait été coupée à son passage sous le fossé de la face (1). La distribution devait être assurée par le Service général des eaux de la ville de Paris. On verra, lors de l'exposé du combat de Châtillon, par quel malentendu l'eau, malgré ces dispositions, manqua dans la redoute le 19 septembre, ce qui fut l'une des raisons données par le général Ducrot pour motiver l'évacuation de celle-ci.

La défense des flancs de la position de Châtillon ne fut pas jugée suffisamment assurée par l'occupation projetée des villages de Clamart, Châtillon, Bagneux et Fontenay. On résolut de l'appuyer par des ouvrages de campagne construits, l'un sur le mamelon du Moulin-de-Pierre, le second à la pointe de la croupe de Bagneux.

Le Moulin-de-Pierre devait être armé de quatre pièces battant les bois de Meudon et le ravin de Clamart.

Cet ouvrage fut entrepris le 31 août et continué les jours suivants par une centaine de travailleurs. Le 19 sep-

(1) *Rapport* du colonel Bovet au général Javain, 6 septembre 1870. Archives du Comité du génie.

tembre, il pouvait offrir un point de résistance très sérieux quoique non terminé.

La redoute de Bagneux destinée à arrêter les colonnes ennemies essayant de déboucher des vallées de Fontenay et du Plessis-Picquet, mal vues du fort de Montrouge, était prévue pour douze pièces. Commencée le 6 septembre, sur le contrefort au Sud du village, sa construction fut abandonnée dès le 7, faute de moyens suffisants d'exécution et en raison de la nécessité d'étayer préalablement les voûtes des carrières souterraines qui s'étendent sous le village de Bagneux et ses environs.

Mais le 12 septembre, on prescrivit de commencer, au moyen des troupes disponibles, des épaulements pour batteries de campagne sur le même contrefort, au point même où devait être établi l'ouvrage auquel on avait renoncé. Ces épaulements furent en effet utilisés par l'artillerie française le 19 septembre.

Enfin le 16 septembre, le Comité de défense donna l'ordre de border d'un épaulement la crête du plateau du Télégraphe (1).

Le lendemain, 17 septembre, les sections du génie des 1re et 3e divisions commencèrent à retrancher les villages de Clamart et de Bagneux.

Le plateau qui, de Villejuif, descend vers la campagne, entre la Seine et la Bièvre, mal vu dans ses pentes par les forts de Bicêtre et d'Ivry placés trop en arrière, constituait un point dangereux pour la défense. On conçut une forte organisation qui comprenait l'établissement d'un ouvrage permanent au lieu dit les Hautes-Bruyères sur le contrefort à l'Ouest de Villejuif d'où l'on découvre admirablement toute la plaine à perte de vue

---

(1) Plateau qui domine Fontenay-aux-Roses à l'Ouest et se trouve au Sud de la cote 162.

et la vallée de la Bièvre, puis la construction d'une redoute à l'Est et en avant de Villejuif près du Moulin-Saquet. Une nouvelle batterie, au Port-à-l'Anglais, devait servir à relier les deux rives de la Seine.

Le plus important de ces ouvrages était celui des Hautes-Bruyères (1).

Il comprenait deux faces faisant un angle très ouvert et deux flancs d'environ 80 mètres dont les extrémités étaient réunies par un parapet de forme bastionnée.

L'escarpe et la contrescarpe ne devaient pas être revêtues, mais le fond du fossé devait être défendu soit par un mur à la Carnot, soit par une ligne de palanques. Trois blockhaus, établis au saillant et aux angles d'épaules et susceptibles de recevoir de l'artillerie, flanquaient les faces et les flancs de l'ouvrage. Des casemates en maçonnerie, sous le terre-plein des faces, avaient leur entrée sur une cour basse bien défilée. On se proposait de placer l'infanterie hors de l'ouvrage, derrière un parapet précédé lui-même d'un fossé de campagne. En fait, on n'eut pas le temps de construire ce parapet et l'on se contenta de garnir le bord de la contrescarpe d'un petit chemin de ronde.

Les terrassements commencèrent le 15 août, confiés à des entrepreneurs civils qui les poussèrent avec activité. L'établissement des maçonneries souterraines retardait le travail : un appareil d'éclairage électrique permit d'y travailler pendant la nuit.

Le 19 septembre on avait à peu près achevé le gros du terrassement. Le parapet avait partout sa hauteur et son épaisseur, sauf à la gorge où il n'existait pas. Les terre-pleins étaient partout praticables mais sans traverses, les abris-casemates étaient couverts mais non fermés

(1) Le plan adopté fut inspiré par le souvenir d'une batterie construite par les Autrichiens à Cavriano pendant la guerre de 1866.

par les murs de façade. Les blockhaus n'étaient pas commencés (1), mais les galeries souterraines qui y conduisaient pouvaient être considérées comme terminées.

Le terrain avait imposé lui-même l'emplacement et la forme de l'ouvrage des Hautes-Bruyères. L'établissement de l'ouvrage du Moulin-Saquet, à l'Ouest de Villejuif, présenta plus de difficultés. Après quelques tâtonnements assez pénibles, le terrain étant couvert de nombreuses pépinières que l'on voulut respecter jusqu'au dernier moment, on décida de le construire en avant de la route de Villejuif à Vitry, très encaissée à cet endroit.

Il se composait d'une face regardant le plateau et de deux flancs surveillant Villejuif et Vitry. On voulut englober dans cet ouvrage la maison dite Moulin de Villejuif, dans le but de l'utiliser soit pour la défense intérieure, soit comme magasin. La face principale, destinée à battre le plateau, était en ligne droite, mais on créa néanmoins, à l'angle droit, un pan coupé battant d'écharpe la route de Fontainebleau.

Autour du Moulin-Saquet lui-même, sur un terrain légèrement relevé, on construisit un réduit destiné à battre l'intérieur de l'ouvrage et à le flanquer vers Vitry. Celui-ci était relié aux deux flancs par deux courtines. De plus, deux tranchées, partant du même réduit, étaient dirigées sur Villejuif et Vitry en longeant le chemin de Saquet et en flanquant ainsi, de chaque côté, la position.

Le 19 septembre, tous les travaux avaient pu être achevés : faces, parapets, abris. Seules manquaient dans l'intérieur de l'ouvrage des communications protégées contre les feux plongeants.

---

(1) Le 4 septembre, cependant, l'ordre avait été donné de faire des blockhaus en charpente au lieu des coffres en maçonnerie primitivement projetés.

Des défenses accessoires très sérieuses avaient été établies : palissades avec coffres blindés et à créneaux dans les fossés, trois rangées de trous de loups armés de piquets sur la contrescarpe, abatis couverts d'un épaulement et réseaux de fils de fer en avant.

Quand on dut se résoudre, à l'approche de l'ennemi, à détruire les pépinières, on forma, avec les petits arbres, couchés et reliés les uns aux autres, un réseau inextricable.

Ces dispositions furent complétées par la mise en état de défense du village de Villejuif et du cimetière de cette localité, travail exécuté par le 8e bataillon de mobiles de la Seine et 400 hommes d'infanterie formant deux compagnies de marche.

A Port-à-l'Anglais, on se contenta de construire une batterie de 8 pièces destinée à surveiller le cours de la Seine dont les bords assez élevés dérobent la rivière aux feux du fort d'Ivry. Ces derniers, par contre, battaient parfaitement la plaine entre le village de Vitry et la Seine : il était donc inutile de donner plus d'importance à cette batterie.

Au moment de l'investissement, elle était complètement prête, mais elle ne fut que rarement utilisée.

Entre la Seine et la Marne, on ne crut pas devoir occuper les hauteurs en face des forts de l'Est par des ouvrages construits à l'avance, par crainte de disséminer la défense et de donner un développement excessif au camp retranché.

Le 18 août cependant, le colonel Dupouët fut chargé de reconnaître la forêt de Bondy. Il proposa et fit adopter la création de deux lignes de défense : la première s'appuyant au canal de l'Ourcq à hauteur de Villepinte, passant en arrière du Vert-Galant et de Vaujours, puis montant sur le plateau de Coubron et se rattachant au village de Montfermeil ; la deuxième ligne, s'appuyant au canal de l'Ourcq à la ferme de Rougemont, passait au centre par le village de Livry, les hauteurs de Clichy-en-l'Aulnoy et aboutissant au parc du Raincy en couvrant les crêtes qui dominent la plaine de Gagny. Cette ligne, soutenue par les villages de Livry, Clichy et la ferme de la Maison-Rouge aurait eu pour réduit le Raincy.

Ces lignes de défense devaient être constituées par des abatis, des coupures sur les routes, des levées de terre sur les parties découvertes, et par le retranchement des villages.

Une partie de ces travaux fut exécutée par les Ponts et Chaussées et par les agents forestiers mais les circonstances ne permirent pas de les utiliser.

Pour compléter le système de ces défenses éloignées, il avait été question de construire, en avant de Saint-Denis, une redoute sur la Butte Pinçon mais ce projet ne fut pas mis à exécution.

Travaux dans les forts. — A la déclaration de guerre les forts étaient incomplètement organisés pour soutenir l'attaque, mais les travaux d'amélioration furent commencés de suite et reçurent une vive impulsion à partir du 7 août.

Dans tous les forts, les travaux principaux à faire comprenaient généralement :

1° La construction de traverses en maçonnerie ou en terre avec abris en charpente pour la protection de l'armement et des hommes de service ;

2° La préparation sur les remparts de magasins de siège d'une contenance de 1,500 kilogrammes pour les munitions de l'approvisionnement journalier des pièces, l'appropriation de quelques casemates (quatre en moyenne par fort) pour le logement des poudres, l'approvisionnement en eau ; la protection des pompes devait en outre être assurée ;

3° Le recoupement des talus intérieurs, l'interruption des escaliers de contrescarpe, l'amélioration des appareils de manœuvre des ponts-levis, l'organisation des défenses accessoires, de chapelets de bombes et de fougasses sur les avenues principales;

4° La préparation du logement de la garnison, des ambulances, des boulangeries, soit dans les casemates existantes, soit dans des abris sous les remparts. On utilisa à cet effet les anciens magasins à poudre et le rez-de-chaussée des casernes en étançonnant le plancher du premier étage et le recouvrant d'une épaisse couche de terre (1);

5° La protection des entrées des casemates et la construction devant la porte de chaque fort d'une traverse pour protéger le débouché dans la cour.

En dehors de ces précautions générales, on dut, dans beaucoup de forts, entreprendre d'autres travaux parfois très importants.

Il a déjà été dit comment le Mont-Valérien fut complété par les ouvrages du moulin d'Hérode et du château des Landes. On y construisit aussi des magasins à poudre de 18,000 kilogrammes sous le massif du plateau en arrière du front 5 — 1 et un passage voûté de 12 mètres de largeur sous le cavalier du bastion 2 qui pouvait servir également à loger des poudres.

Dans les forts du Sud, notamment à Vanves et Ivry, des parados et de larges traverses de défilement furent élevés pour couvrir l'armement et les défenseurs contre les vues de revers des hauteurs de Châtillon et de Meudon. On dut aussi protéger, par des masques de terre, certaines portions de l'escarpe trop exposées aux coups directs.

---

(1) Le Gouverneur de Paris au vice-amiral de la Roncière le Noury, Paris, 9 septembre.

Aux forts de l'Est, il fut nécessaire de relever les parapets, d'établir quelques abris et de palissader les fossés des ouvrages de Pantin, des redoutes en terre de Noisy, Montreuil, La Boissière et Fontenay (1) qui n'avaient qu'un relief insuffisant. Il fallut encore boucher la trouée de la route de Joinville à travers les courtines qui reliaient les redoutes de Saint-Maur.

Mais ce fut surtout aux abords des forts du Nord que les travaux eurent une grande importance.

On organisa défensivement le village d'Aubervilliers, la berge du canal Saint-Denis sur laquelle on construisit une batterie destinée à enfiler la partie rectiligne de la chaussée du chemin de fer de Soissons.

Les retranchements en terre ne présentaient, au Nord de Paris, un obstacle suffisant qu'à la condition que les fossés fussent remplis d'eau et que des inondations fussent tendues. Aussi, dès le 21 juillet, le général de Chabaud la Tour avait-il prescrit au général Duboys-Fresney de préparer l'inondation restreinte de Saint-Denis et la mise en eau des fossés de cette place. Cinq pompes à vapeur furent établies sur la berge de la Seine, vis-à-vis le saillant 6 du fort de la Briche. Elles alimentaient chaque jour, de 30,000 mètres cubes, les fossés de la fortification jusqu'à l'Ouest de la Double-Couronne où l'on construisit un bâtardeau en maçonnerie avec ventilles permettant de faire varier à volonté le niveau de l'eau. Ces pompes furent protégées par des parapets défensifs élevés en travers du chemin de halage.

Le parapet de la rigole de la Briche fut recoupé, pourvu de créneaux en sacs et la rigole portée à 10 mètres de large.

Entre le fort de l'Est et la batterie du Crould, on créa

(1) Le général de Chabaud la Tour au Gouverneur, Paris, 6 septembre.

une digue de 3 mètres d'épaisseur, longue de 1,500 mètres et précédée d'un fossé de 10 mètres de largeur. Les ruisseaux du Rouillon, de la Vieille-Mer et du Crould remplirent ce fossé à 2 mètres de hauteur d'eau et l'excédent de leur eau forma en avant de la digue une vaste inondation. Les parapets de ces digues étaient organisés défensivement et garnis de sacs à terre pour la fusillade.

A 30 mètres en avant de la digue du Rû de Montfort qui relie le fort de l'Est au canal Saint-Denis et qui fut rendue défensive par une banquette pour la fusillade, coupée dans le talus intérieur, on éleva un bourrelet en terre qui retint les eaux du Rû et permit de tendre une inondation en avant. Les fossés de la digue et ceux du fort de l'Est reçurent l'eau du canal de Saint-Denis au moyen d'une vanne défendue par une ligne de palanques.

Enfin, le lac d'Enghien fut saigné et ses eaux se répandirent sur la chaussée du chemin de fer et la route de Pontoise.

Les fortifications de Saint-Denis présentaient sept larges trouées : deux dans le fort de la Briche (route des Poissonniers et chemin de fer de Pontoise), une dans la rigole de la Briche (chemin de fer de Creil), trois dans la Double-Couronne (routes d'Epinay, Pierrefitte et Stains), une dans la digue du Rû de Montfort (route d'Aubervilliers).

La porte des Poissonniers et le passage du chemin de fer de Creil furent interceptés et la continuité des glacis et fossés rétablie. Le passage du chemin de fer de Pontoise fut fermé par une porte en charpente, garnie de tôle et crénelée.

Les trois portes de la Double-Couronne reçurent un mur crénelé avec banquette en terre, où l'on ménagea des passages larges de 4 mètres, en arrière desquels se trouvaient des épaulements en terre susceptibles d'être armés d'artillerie de campagne.

La route d'Aubervilliers fut coupée définitivement. Tous les passages conservés eurent des ponts-levis et des places d'armes couvrantes en arrière.

En dehors de ces travaux, la gorge de la Double-Couronne fut fermée par une ligne de palanques, de murs et de maisons crénelées suivant le cours du Rouillon.

Enfin, le 3 septembre, le Comité de défense décidait la construction d'une forte batterie en terre sur les terrasses du château de Saint-Ouen pour couvrir de feux le Nord de la presqu'île de Gennevilliers. De même, on organisa défensivement le château et les docks de Saint-Ouen, le village de Villeneuve-la-Garenne et l'île Saint-Denis pour la couverture des ponts.

Le 19 septembre, tous les travaux qui concernaient les forts étaient à peu près terminés. Il ne restait qu'à organiser de nouvelles traverses dans quelques-uns d'entre eux, notamment dans ceux du Sud où le voisinage des hauteurs exigeait en outre l'établissement de nombreux parados. Il restait aussi à compléter le palissadement des chemins couverts, à blinder le rez-de-chaussée des casernes et des anciens magasins à poudre et à établir, à l'intérieur des forts, des pare-éclats et des communications couvertes.

Mais, en résumé, tels quels, après les efforts considérables accomplis, les forts étaient en état de jouer leur rôle au début du siège.

Travaux entre les forts et l'enceinte. — Entre les forts et l'enceinte, la protection immédiate de celle-ci nécessita encore de nombreux travaux. La défense des villages d'Issy, Vanves, Montrouge, Gentilly et Ivry, qui forment une ligne presque continue de murs, fut la première envisagée.

Onze postes retranchés furent préparés, suivant cette ligne, entre la haute et la basse Seine. Ils furent reliés par des murs crénelés et des barricades.

Une ligne continue d'épaulements fut aussi établie dans le village de Billancourt. Elle enveloppa le saillant de l'enceinte au Point-du-Jour, que l'on craignait de voir devenir le but de l'attaque.

Le 17 septembre enfin, un bataillon de la garde nationale mobile s'établit en avant des fronts Est sur le contrefort de l'Épine et y commença une ligne de retranchements.

Rosny et Noisy étaient mis en même temps en état de défense.

Dès sa première séance, le 18 août, le Comité de défense s'était préoccupé de faire disparaître les couverts, plantations et bâtisses existant dans le voisinage immédiat de l'enceinte et des forts, et avait décidé de prévenir les propriétaires de les évacuer au premier signal. Quelques jours avant, le service du génie avait déjà prescrit de couper tous les arbres sur les glacis de l'enceinte, dans la partie attenant au bois de Boulogne.

Le 25 août, sur la proposition du général de Chabaud la Tour, le Comité décida de faire démolir les constructions nuisibles à la défense mais ajourna cependant l'exécution de cette décision. Toutefois, il ordonna le lendemain la démolition immédiate de toutes les bâtisses avoisinant les fortifications, et, le 27, le Gouverneur prit un arrêté à cet effet (1).

Ces destructions qui, naturellement, portaient préju-

---

(1) Voir aux Documents annexes : Le général de Chabaud la Tour au Gouverneur, Paris, 27 août; le général Duboys-Fresney au lieutenant-colonel Darodin, Paris, 28 août; le Gouverneur au Ministre de l'Intérieur, Paris, 30 août; le Gouverneur au général de Chabaud la Tour, même date; le Gouverneur au Ministre de l'Intérieur, D. T., 30 août.

Le 8 septembre, le Gouverneur, par un arrêté, ordonnait aux habitants de la zone militaire de vider les locaux qu'ils occupaient.

dice à certains particuliers, ne se firent pas sans difficultés, et, sur certains points, elles furent contrariées et quelquefois même rendues impossibles par suite de l'intervention de bandes malintentionnées; il fallut faire protéger les travailleurs (1).

On songea également à faire disparaître ou tout au moins à rendre impraticables, les bois situés en avant et à proximité des forts, notamment la forêt de Bondy, dans laquelle on résolut de faire des éclaircies, des abatis, et de miner les ponts du canal de l'Ourcq; de même, sur l'initiative de M. Thiers, le Comité décida de faire abattre une grande partie des plantations du plateau d'Avron et des abords du fort de Romainville, et d'employer au fascinage les bois qui en proviendraient.

Il fut même question, à différentes reprises, d'incendier, au moyen du pétrole, la forêt de Bondy, les bois de Vincennes, Meudon, Sèvres, Saint-Cloud et Boulogne (2). On y renonça devant les difficultés matérielles (3), mais on coupa le bois de Boulogne jusqu'au lac (4). Pour les autres, on se contenta de faire des

(1) Le colonel Chaper au général de Chabaud la Tour, sans date; le Gouverneur de Paris au général de Chabaud la Tour, 10 septembre.

(2) Le capitaine commandant le fort de Rosny au Gouverneur de Paris, D. T., Rosny, 7 septembre, 2 h. 15 soir et réponse du Gouverneur; le Directeur général des forêts au maréchal Vaillant, Paris, 9 septembre; le Gouverneur au Général commandant le 13e corps, 10 septembre; arrêté du Président du Gouvernement de la Défense nationale, en date du même jour; le contre-amiral Saisset au vice-amiral de la Roncière, Noisy, 13 septembre, 9 h. 40.

(3) Voir Procès-verbaux du Comité de défense, 18, 23, 25, 26, 27 août, 1er et 8 septembre.

Un arrêté du Gouverneur du 10 septembre ordonna cependant d'incendier à l'approche de l'ennemi tous les bois pouvant compromettre la défense. Mais, faute de temps, il ne fut pas exécuté.

(4) Le contre-amiral Fleuriau de Langle, commandant le 6e secteur, au Gouverneur de Paris, Passy, 11 septembre; le Gouverneur au contre-amiral Fleuriau de Langle, Paris, 13 septembre.

éclaircies et des abatis dans les parties les plus voisines des forts, ou bien encore d'installer des réseaux de fils de fer.

Toujours dans la crainte d'une attaque brusquée, le Comité se préoccupa, dès le 25 août, de faire organiser, en avant de l'enceinte et des forts, sur les terrains favorables à l'attaque de l'assaillant, des fougasses, mines ou torpilles de terre chargées avec de la poudre ordinaire ou de la nitro-glycérine. On enterra aussi des bombes généralement par groupes de dix. Les appareils de mise de feu, actionnés par l'électricité, se trouvaient soit à l'intérieur des ouvrages, soit derrière l'enceinte.

M. Dupuy de Lôme eut la haute direction de ces installations, après entente avec le service du génie.

Le personnel de la marine exécuta les travaux nécessaires en avant des forts occupés par l'armée de mer.

M. Dupuy de Lôme s'occupa spécialement des organisations à faire sur la rive gauche et au Mont-Valérien. Il créa ainsi 14 fourneaux autour du fort de Vanves, 5 en avant de celui d'Issy, 28 autour du Mont-Valérien et 41 en avant de l'enceinte (1).

Un ingénieur des mines, M. Jacquot, eut mission de diriger le service en avant de l'enceinte de la rive droite et le colonel du génie de la Gréverie en avant des forts de la même rive. Devant les portes de l'Est, entre celle de Charenton et celle du Bel-Air, le corps du génie volontaire établit 29 fougasses.

Tous ces travaux furent poussés avec activité. Un grand nombre de ces torpilles de terre, comme on les appelait généralement, étaient installées le 19 septembre et, à cette date, on en fit sauter quelques-unes sur le plateau de Châtillon (2).

---

(1) Voir aux Documents l'emplacement de ces fougasses, d'après le *Rapport* de M. Dupuy de Lôme.

(2) « M. Dupuy de Lôme signale que l'on a fait sauter vers 4 h. 30

Carrières. — En avant des forts et entre les forts et l'enceinte, le sol des environs de Paris était parsemé de nombreuses excavations, anciennes carrières ou champignonnières.

L'imagination populaire s'échauffa au sujet des dangers, quelques-uns réels, que ces excavations pouvaient présenter. Les légendes vinrent apporter, comme à toutes les heures de trouble, leur aliment à l'inquiétude des esprits. Le Comité de défense fut assailli de lettres, anonymes ou signées, dénonçant des passages mystérieux dont l'origine se rattachait, disait-on, aux luttes politiques antérieures : souterrain entre Saint-Denis et l'ancienne abbaye de Montmartre, souterrain entre les Tuileries et Vincennes, souterrain entre les Tuileries et la plaine Saint-Denis, en passant par les casernes Napoléon et du Prince-Eugène (1).

Nulle part on ne trouva trace de ces communications sensationnelles.

Cependant, il y avait lieu de se préoccuper des carrières situées dans les environs des forts du Sud, de l'Est et du Mont-Valérien. Quelques-unes étaient souterraines et offraient même plusieurs étages de galeries.

Le général de Chabaud la Tour avait, dès le 11 août, ordonné d'étudier la question. Le 19 août, une commission présidée par le lieutenant-colonel Tézenas et l'ingénieur en chef des mines Jacquot reçut la mission d'explorer toutes les carrières et d'y faire exécuter tous les travaux nécessaires. Ceux-ci commencèrent dès le

---

quelques-unes des mines préparées sur le plateau de Châtillon au moment où un certain nombre d'officiers prussiens, réunis sur ce plateau, paraissaient occupés à étudier la position. » Procès-verbal de la séance du Comité de défense du 19 septembre au soir.

(1) Voir aux Documents annexes : M. Steenackers au Ministre de l'Intérieur, Tours, 17 septembre.

21 août, par les soins des Ponts et Chaussées et occupèrent au début plus de 700 ouvriers.

Les carrières se divisaient en deux catégories :

1° Celles de la rive droite, généralement sablonneuses, qui furent pour la plupart comblées ;

2° Celles de la rive gauche, creusées pour l'exploitation des pierres à bâtir (1).

Parmi ces dernières, les unes étaient à ciel ouvert, les autres souterraines.

Les carrières à ciel ouvert furent remblayées quand leur profondeur était faible, ou défendues par des postes retranchés construits sur le bord des escarpements et communiquant avec les chemins couverts des forts, à moins que leurs escarpes ne fussent ouvertes du côté de la place et battues par l'artillerie auquel cas on ne s'en inquiétait pas.

Les carrières souterraines furent explorées et levées avec le plus grand soin sur tout leur développement, la plupart de leurs puits comblés, les plates-formes démolies, les entrées des galeries vers la campagne effondrées ou fermées par des barrières défensives.

En d'autres endroits, on réunit ces carrières les unes aux autres de manière à établir des communications sous terre entre les forts de Montrouge, Vanves et Issy. On obtint ainsi une sorte de galerie de contrescarpe qui fut reliée en plusieurs points avec la galerie existante sous la rue militaire. Celle-ci elle-même fut mise en communication avec l'intérieur de la ville par un chemin souterrain suivant la rue d'Issy et débouchant à la mairie

---

(1) Voir aux Documents annexes : *État*, dressé par le colonel de Courville, des travaux nécessaires pour remédier aux dangers que présentent les carrières dans le voisinage des fortifications, Paris, 27 août.

Rapport du chef de bataillon Laussedat sur la mise en état de défense et sur la surveillance des carrières à ciel ouvert (rive gauche), Paris, 30 août.

du XIIIe arrondissement. La ligne de défense à surveiller n'avait pas moins de 7 kilomètres et demi de développement.

Ces derniers travaux furent exécutés sous la direction de l'ingénieur Descos, à l'aide des ateliers déjà formés pour la consolidation des Catacombes.

Le 13 septembre, tous ces travaux étaient terminés sauf sur quelques points où il était nécessaire de travailler encore deux ou trois jours (1).

Travaux sur l'enceinte et à l'intérieur de la ville. — Au 15 juillet, il n'y avait sur l'enceinte aucune traverse, aucun magasin à poudre. Les portes, au nombre de 69, communiquaient de plain-pied avec la campagne et présentaient des trouées qui, pour quelques-unes, atteignaient 80 mètres de largeur.

La mise en état de défense comportait éventuellement les mesures à prendre pour l'emmagasinement des poudres dans le voisinage du rempart et à l'intérieur de la ville, la fermeture et l'organisation défensive des portes, la construction d'estacades, l'organisation de traverses, d'abris, de pare-éclats et enfin l'établissement de retranchements intérieurs derrière les points de l'enceinte les plus exposés aux attaques.

Les travaux de l'enceinte commencèrent le 8 août et nécessitèrent une dépense de 1,142,450 francs.

En ce qui concerne les explosifs, dès le 5 août, l'ordre fut donné d'entreprendre de suite la construction de magasins à poudre et de magasins de siège en arrière des saillants principaux.

---

(1) Voir aux Documents annexes : *Rapport* de l'ingénieur en chef Rozat de Mandres, Paris, 24 août; l'ingénieur en chef Rozat de Mandres au Colonel directeur des fortifications, Paris, 13 septembre.

La contenance des premiers devait être de 20,000 kilogrammes, celle des seconds de 1,500 kilogrammes.

Comme ils devaient être insuffisants, le service du génie fit approprier les caves des casernes de l'octroi et de plusieurs maisons particulières. Les voûtes de ces caves furent consolidées, recouvertes d'une épaisse couche de terre et leurs entrées protégées par des blindages.

Dès le 19 septembre, les locaux ainsi préparés étaient susceptibles de contenir 986,500 kilogrammes, et le général de Chabaud la Tour annonçait ce jour-là au général commandant l'artillerie qu'avant quelques jours il lui remettrait encore des locaux pouvant contenir 270,000 kilogrammes.

A l'intérieur de la ville, on prépara de grands magasins centraux dans les caves d'édifices publics : au Panthéon et à l'Hôtel des Invalides (1).

En même temps, fut commencée la construction d'une poudrière à l'épreuve de la bombe sur des terrains vagues situés au Sud de l'Orangerie du Luxembourg (2).

En ce qui concerne la fermeture ou la défense des 71 trouées de l'enceinte, on adopta les mesures qui suivent (3).

---

(1) Voir aux Documents annexes : *Rapport* du Chef du génie de Paris-Sud sur les locaux propres à servir de magasins à poudre, 11 août; le général Guiod au Colonel directeur de l'artillerie, Paris, 22 août; le général Guiod au Ministre de la Guerre, Paris, 5 septembre; le général de Chabaud la Tour au Gouverneur, Paris, 9 septembre ; le Gouverneur au général Guiod, Paris, 9 septembre ; le général Guiod au Gouverneur, Paris, 15 septembre ; le général Guiod au général de Chabaud la Tour, Paris, 16 septembre ; le général Guiod au Gouverneur, Paris, 17 septembre ; le Gouverneur au Général commandant la garde nationale, Paris, 18 septembre ; le général de Chabaud la Tour au général Guiod, 19 septembre ; situation des magasins à poudre à la date du 21 septembre.

(2) Voir la protestation au sujet de cette poudrière. Le Ministre des Travaux publics au Gouverneur, Paris, 12 septembre.

(3) Voir aux Documents annexes : *Rapport* tendant à obtenir les allo-

On posa tout d'abord en principe que les passages supprimés seraient fermés, les uns par un mur crénelé en arrière duquel on élèverait un parapet faisant suite à celui de l'enceinte, les autres par un mur d'escarpe supportant directement le massif du rempart rétabli.

Aux passages conservés, la route devait être coupée près du mur d'escarpe par un fossé de 4 mètres de large et la trouée fermée par un mur crénelé dans lequel on ménageait un ou deux passages avec ponts-levis dont le débouché était couvert par une lunette en terre, sans fossé, établie en travers de la route et précédée de nombreuses défenses accessoires, telles que fougasses, abatis, planches à clous. Cette lunette était, en outre, garnie à la gorge d'une ligne de palissades se rattachant de chaque côté, à travers le fossé de l'enceinte, à l'escarpe de la courtine.

La route était détournée le long de la face de la lunette et sa chaussée relevée au besoin de manière à être bien battue. Des barrières ouvrantes et des traverses latérales qui se combinaient avec l'extrémité de la face de la lunette pour dérober totalement les ponts-levis aux vues de l'assiégeant, complétaient cette organisation gardée par des postes d'infanterie (1).

La défense de l'entrée des canaux fut l'objet de travaux spéciaux, longs et difficiles.

Des parapets en terre avec plate-forme en charpente furent établis au-dessus du canal et leurs piliers antérieurs, réunis par des madriers jointifs, constituaient une très bonne escarpe. En avant de ces passages, on organisa une lunette couvrante, précédée d'un fossé

---

cations nécessaires pour la fermeture des trouées de l'enceinte de la Place de Paris, 3 août.

(1) Voir aux Documents annexes : le Gouverneur au général Soumain, Paris, 8 septembre ; le Gouverneur au Ministre, même date ; le général de Chabaud la Tour au Gouverneur, 8 et 9 septembre.

plein d'eau et munie d'une ligne de palissades. Ces derniers travaux furent exécutés par les ingénieurs de la navigation.

Sur la rive droite, où il existait quarante-cinq entrées, le Comité de défense décida de fermer complètement les six entrées de voies ferrées, les quatre poternes ou passages voûtés donnant accès dans les fossés, cinq chemins vicinaux sur les sept entrant à Paris dans cette région, les deux routes départementales de la Révolte et de Sablonville traversant les bastions 48 et 50. Par contre, il résolut de maintenir, pour la circulation, mais d'organiser défensivement les deux chemins de halage à l'entrée et à la sortie de la Seine, les entrées des canaux de l'Ourcq et de Saint-Denis, les chemins vicinaux de Villiers (courtine 49-50) et du Point-du-Jour (courtine 66-67), les neuf routes départementales, les sept routes impériales et les sept boulevards et avenues qui se trouvaient dans ce secteur.

Quant à la rive gauche, avec ses vingt-six trouées, elle reçut les aménagements ci-dessous :

On ferma complètement au dernier moment les trois entrées de voies ferrées, les deux poternes de la Plaine (front 72-73) et des Peupliers (front 85-86), sept des neuf chemins vicinaux qui traversaient l'enceinte.

On conserva, en les organisant, les deux entrées du chemin de halage le long de la Seine, les entrées des deux bras de la Bièvre, les chemins vicinaux de Vanves (front 75-76) et du Liégat (front 91-92), les trois routes départementales et les trois routes impériales (1).

Tous ces travaux nécessitaient la pose de 96 ponts-levis, dont, au moment de la déclaration de la guerre, 44 seulement se trouvaient disponibles en magasin.

(1) Voir aux Documents annexes : l'amiral de Montaignac au Gouverneur de Paris, Vaugirard, 15 septembre, 6 h. 55 soir.

52 étaient donc à construire, dont 1 à la Poncelet pour la poterne des Peupliers, 4 de campagne pour les chemins de halage, et 47 à flèche pour les autres passages, à défaut de ponts à bascule auxquels on renonça devant l'obligation de démolir et de rétablir les escarpes (1).

La fermeture des trouées de l'enceinte comportait celle des passages de la Seine, à son entrée et à sa sortie de Paris. Dès le commencement d'août, furent construites deux solides estacades, susceptibles non seulement d'empêcher le passage des bateaux, mais d'arrêter les brûlots et matières incendiaires.

L'estacade d'amont fut établie au pont Napoléon.

Elle se composait de pontons en fer allant en ligne droite d'une rive à l'autre, reliés entre eux par des chaînes en fer et amarrés à des pattes d'oie formées de trois pilotis recouverts de tubes d'acier. Pour protéger cette estacade contre l'incendie, on disposa, en amont d'elle, deux lignes de pilotis partant de chaque rive et allant se rejoindre de manière à former un saillant vers la source du fleuve. Ces pilotis furent reliés par de fortes chaînes en fer supportées par des longrines recouvertes de plaques de tôle, suffisamment épaisses, et dépassant le niveau de l'eau de $0^m,15$ à $0^m,20$.

Ces dispositions avaient pour but de rejeter les brûlots et les matières enflammées vers les rives où il aurait été loisible, soit de les laisser brûler, soit de les faire éteindre par des postes de pompiers disposés à cet effet (2).

---

(1) Voir aux Documents annexes : *Note* du colonel de Courville, directeur des fortifications de Paris, Paris, 22 juillet.

(2) Voir aux Documents annexes : Le Général commandant la Place de Paris au Général commandant la 1re division militaire, Paris, 22 août; le Colonel du régiment de sapeurs-pompiers au Général commandant la Place de Paris, Paris, 23 août.

Quant à l'estacade d'aval, établie près du pont d'Auteuil, elle n'avait pas la même importance que la première, n'ayant d'autre but que d'empêcher les bateaux de remonter le fleuve. Elle fut formée de chaînes de fer et de pièces de sapin rendues incombustibles. Dès le 9 septembre, la construction des estacades était achevée.

On se préoccupa en même temps des mesures à prendre pour maintenir en Seine une hauteur d'eau suffisante pour que les machines élévatoires de Chaillot et du pont d'Austerlitz pussent aspirer dans le fleuve l'eau nécessaire à la consommation journalière de la ville. Le barrage de Suresnes remplissait déjà ce but : il fut défendu par une batterie en terre palissadée à la gorge et construite à la pointe de l'île de Puteaux.

Mais, dans la crainte qu'il ne fût quand même détruit, on prépara un second barrage, dans l'intérieur de la ville, sous les arches du pont d'Iéna. Trois de ces arches furent barrées; les autres, laissées libres pour la navigation, ne devaient être fermées qu'au moment du besoin.

Enfin, pour en terminer avec les travaux de la Seine, il faut ajouter qu'on décida d'établir, en deçà des forts, deux ponts de bateaux, l'un à jeter en amont près du village des Carrières et protégé par une estacade, l'autre en aval, près du village d'Issy. Les ingénieurs du Service de la navigation de la Seine et notamment MM. Godot et Vaudrey en furent chargés.

Le Comité de défense s'était occupé en outre d'assurer à la flottille (1) un niveau d'eau suffisant sur la Seine. Ce niveau était assuré en temps normal par le barrage de Bougival. Mais celui-ci était difficile à défendre par des ouvrages de campagne, en raison surtout de son éloignement de la place.

---

(1) On verra plus loin qu'une flottille avait été constituée sur la Seine avec des canonnières démontables amenées des ports à Paris, par voies ferrées.

Aussi, le 25 août, le Comité de défense décida-t-il de faire construire un deuxième barrage à Bezons. Celui-ci fut commencé. Il était formé de bateaux chargés de pierre et coulés à fond. Mais le 15 septembre, le général Blanchard, commandant la 3e division du 13e corps, fit remarquer que, difficilement défendable, il pouvait servir à l'occasion de pont à l'ennemi.

L'ingénieur chargé de ce service ayant affirmé que sa construction n'était pas absolument nécessaire en raison du faible tirant d'eau des canonnières, le Comité prescrivit ce même jour, 15 septembre, de suspendre les travaux qui ne furent plus repris.

Après l'exécution de tous ces projets, l'enceinte de Paris était complètement fermée. Le génie se préoccupa néanmoins des seules ouvertures encore sans défenses : celles qui donnaient sortie aux égouts hors de Paris.

Dans le but d'empêcher l'ennemi de pénétrer dans les galeries, tout en les conservant pour le service de la place, on entreprit des travaux considérables qui furent exécutés par le Service municipal des égouts (1).

A la sortie des grands collecteurs, c'est-à-dire à la porte d'Asnières, à la porte de Courcelles et à celle de la Chapelle, on démolit la voûte du collecteur dans la traversée du fossé des fortifications. Un mur de 50 centimètres d'épaisseur, garni de meurtrières, fut construit sur chacune des banquettes. Au-dessus de la cunette, on disposa une forte grille en fer forgé doublée en arrière d'un bouclier percé de meurtrières et formé de plats-bords en chêne de 10 centimètres d'épaisseur contenus entre deux fortes plaques de tôle.

Quant à la cunette elle-même, elle fut fermée par un barrage à poutrelles placé sous la grille. La lame déver-

(1) Voir aux Documents annexes : *Rapport* de l'Ingénieur en chef de la Direction des eaux et égouts (service municipal des Travaux publics de la ville de Paris), Paris, 28 août.

sante produite par le barrage ne permettait pas d'approcher de la grille du côté de l'assiégeant.

L'ensemble de cette défense était répété sous le pied du glacis.

Quant aux petits égouts qui coupaient sur différents points l'enceinte fortifiée, on les mura sous l'escarpe et sous le pied du glacis, en ne laissant au pied des murs que l'ouverture strictement suffisante pour l'écoulement des eaux. Cette ouverture était garnie de forts barreaux en fer forgé quand elle était assez grande pour qu'un homme pût s'y glisser.

Les travaux des égouts étaient terminés le 11 septembre. La surveillance en fut laissée aux agents municipaux, revêtus pour cet objet d'un insigne spécial et munis d'armes (1).

Sur le mur d'enceinte proprement dit, les travaux de construction de pare-éclats, de traverses et l'aménagement des parapets qui, en certains points, s'étaient affaissés ou avaient besoin d'être recoupés, se poursuivirent sans incident jusqu'à l'ouverture du siège.

Quant aux retranchements intérieurs, ils donnèrent lieu à quelques travaux complémentaires.

Le saillant correspondant au Point-du-Jour fut doublé d'un retranchement intérieur appuyant sa gauche à la Seine, sa droite à l'enceinte près du bastion 64 et constitué par la chaussée et le viaduc du chemin de fer de Ceinture. On ferma à cet effet les arcades de ce viaduc par un mur crénelé, en avant duquel on éleva deux tambours flanquants et un chemin couvert en terre, précédé d'un fossé.

Le 18 septembre, le Comité de défense émit l'avis de laisser créer par les ingénieurs des ponts et chaussées une deuxième ligne de défense, dite « deuxième en-

(1) Le Gouverneur au général de Chabaud la Tour, 10 septembre.

ceinte », en arrière des autres saillants de l'enceinte, en profitant également des déblais et remblais du chemin de fer de Ceinture, à condition que les nouveaux travaux n'affecteraient en rien les formes de l'enceinte. Mais ces travaux ne commencèrent qu'au mois d'octobre.

Bien avant, le génie avait préparé, près des passages conservés à travers l'enceinte, de forts épaulements en terre susceptibles d'être armés d'artillerie.

Enfin, le 27 août, le Comité décida la création d'une batterie de pièces de gros calibre sur la butte Monmartre, pour protéger à la fois le terrain en arrière des forts et renforcer la défense de l'enceinte. Les bouches à feu de cette batterie formaient deux groupes : le premier fournissait des feux vers les forts d'Aubervilliers et de Romainville, le second battait le terrain au Sud de Saint-Denis et la presqu'île de Gennevilliers.

Étant donnée la position des armées allemandes après la catastrophe de Sedan, l'on s'attendait à voir l'ennemi apparaître tout d'abord sur le front Nord et Nord-Est de la place. Aussi, le Gouverneur prescrivit-il de renforcer en toute hâte dix ou douze contreforts du corps de place en arrière de Clichy, Saint-Ouen et Saint-Denis. On décida en même temps la création d'une nouvelle batterie de pièces à longue portée sur les buttes Chaumont. Les travaux commencèrent de suite mais la batterie ne fut terminée que le 22 septembre.

Le corps du génie eut encore à organiser ou à diriger quantité de services secondaires.

Sous sa direction et en vertu d'une décision du Comité prise le 28 août sur la proposition du comte Daru, l'inspecteur général des ponts et chaussées La Lanne entreprit le 1er septembre la construction d'un chemin de fer américain, en arrière du mur d'enceinte, sur le parcours de la rue militaire, pour le transport des hommes et surtout du matériel.

Mais cette construction, quoique poussée très activement ne fut prête qu'après la fin des grands travaux de l'enceinte c'est-à-dire après le moment où elle aurait pu rendre les plus grands services.

Quatre ateliers de gabionnage et de fascinage avaient été installés pour les besoins des fortifications dans les environs de Paris, l'un à Versailles, les autres au fort de Vanves, dans le bois de Meudon et à Saint-Denis. A Paris même des ateliers de ce genre fonctionnaient avenue d'Orléans et au bois de Boulogne.

Pour assurer l'approvisionnement de l'eau nécessaire à la population, on ne pouvait compter sur les aqueducs du service ordinaire que l'ennemi couperait vraisemblablement. Aussi, les Ponts et Chaussées, sur l'invitation du génie, organisèrent le long de la Seine, sur des bâtis en charpente, des pompes qui assuraient le service de tonneaux chargés de porter l'eau dans tous les quartiers. On réquisitionna en même temps tous les puits existants dans les maisons.

Les hôpitaux militaires et civils étant insuffisants, le service du génie commença la construction de trois grandes ambulances à Longchamps, près du Jardin du Luxembourg et au Jardin des Plantes (1). Il concourut encore à installer en arrière de la rue militaire des baraquements dans lesquels on pouvait donner les premiers soins aux blessés.

Enfin, il pensa à mettre en sûreté les précieuses archives du Comité des fortifications. Le 9 septembre 1870, 294 caisses de documents étaient expédiées à Bayonne. Les papiers et dessins appartenant à la Galerie des plans et reliefs des Invalides furent à leur tour expédiés à Brest, en 18 caisses, le 17 septembre.

(1) On reviendra sur ces installations quand on traitera du service de santé.

Direction. — D'après ce qui précède on peut juger de l'effort considérable qui fut accompli, du début des hostilités au 19 septembre.

Pendant toute cette période, la direction des travaux de défense fut assumée par le général de Chabaud la Tour, président du Comité des fortifications.

Le 7 août, celui-ci répartit ainsi qu'il suit le travail entre ses subordonnés :

Le général Javain fut chargé de la construction du fort de Châtillon, de l'ouvrage du Moulin de Pierre et de l'organisation de la défense dans cette partie du périmètre extérieur de la place.

Le général Duboys-Fresney eut l'enceinte de la rive droite, les forts du Nord et ceux de l'Est. Du 31 juillet à cette date, cet officier général avait été délégué pour seconder le président du Comité des fortifications en tout ce qui concernait la rive droite et la presqu'île de Gennevilliers.

Le général Cadart, bientôt remplacé, le 15 août, par le général Malcor, fut chargé de l'organisation de la presqu'île de Gennevilliers.

Enfin le colonel de Courville eut dans son service l'enceinte de la rive gauche, les forts du Sud et de l'Ouest, le fort de Montretout, les ouvrages entre la Seine et la Bièvre.

Le 12 septembre, l'état d'avancement des travaux et l'imminence du siège amena une nouvelle répartition des commandements dont il a déjà été parlé ci-dessus (1).

Main-d'œuvre. — Comme main-d'œuvre, on utilisa les troupes du génie de la garnison qui, le 19 septembre, comprenaient 2,243 hommes et 207 chevaux, les corps

---

(1) Voir plus haut, p. 76.

auxiliaires qui se formèrent dès le milieu d'août, le personnel du service des ponts et chaussées (1), les cantonniers de Seine-et-Oise envoyés par l'ingénieur Duverger, des terrassiers et bûcherons du même département envoyés par le Préfet (2), les ouvriers des compagnies de chemins de fer, le personnel de la compagnie des bateaux et de celle des omnibus pour les estacades et transports, 200 terrassiers offerts gratuitement par M. Lumot, entrepreneur de la compagnie du chemin de fer à Amboise, 300 ouvriers offerts par une députation de négociants de vins de Bercy pour travailler sur le plateau de Villejuif, enfin de nombreux ouvriers civils embauchés directement.

Malheureusement, le nombre, et surtout la qualité de ces derniers ne furent pas ce que l'on désirait (3).

Beaucoup d'entre eux n'étaient que des désœuvrés ou des gens sans aveu qui troublèrent le travail à diverses reprises (4).

Le chiffre des ouvriers embauchés seulement à la journée s'accrut d'une façon constante depuis le 15 août,

---

(1) Le Gouverneur au général de Chabaud la Tour, Paris, 16 septembre.

(2) Le Ministre des Travaux publics au Ministre de la Guerre, Paris, 13 septembre ; le Ministre de la Guerre au Ministre des Travaux publics, Paris, 16 septembre.

(3) Le commandant Laussedat au Général commandant la Place de Paris, Paris, 12 août.

(4) Le 30 août, le général du génie, directeur des travaux de défense, demanda au Gouverneur d'envoyer des détachements d'infanterie dans les forts de Gennevilliers, Villejuif, Clamart, Montretout, où des désordres s'étaient produits parmi les travailleurs qui commençaient à abandonner les chantiers, dans la crainte d'être surpris par l'ennemi.

Le Gouverneur donna satisfaction à cette demande et les officiers supérieurs du génie, chargés de la direction des travaux de ces forts, remplirent les fonctions de commandant d'armes.

où il était de 17,800, jusqu'au 3 septembre, où il atteignit 29,800 (1).

Ce nombre n'était cependant pas encore suffisant, d'autant plus que beaucoup d'ouvriers abandonnaient les travaux au cours de la journée.

D'autre part, les difficultés d'embauchage étaient telles que, le 27 août, le Comité de défense, « vu l'urgence d'achever les travaux entrepris et la difficulté qu'on éprouve à se procurer des ouvriers », déclarait qu'il était nécessaire de recourir à la réquisition. Il émettait par suite l'avis d'inviter les maires des communes avoisinant les forts à déférer aux demandes de travailleurs faites par les officiers du génie.

Il ne semble pas que l'on ait eu beaucoup recours à ce moyen qui fut cependant employé (2).

Pour hâter les travaux, et remédier à cette pénurie d'ouvriers civils (3), on eut donc recours à la main-d'œuvre militaire (4). Malheureusement, on s'adressa, comme toujours, aux troupes les meilleures, les plus disciplinées, à celles qui devaient les premières affronter l'ennemi et avaient par suite le plus besoin de compléter rapidement leur instruction. Le 13e corps rentré à Paris

(1) Ces chiffres ne comprenant pas les travailleurs à la tâche ou au mètre dont on ne possède pas d'états, sont certainement au-dessous de la vérité.

(2) Voir aux Documents annexes : Le Sous-Préfet de Saint-Denis aux Maires de Courbevoie, Asnières, etc., Paris, 27 août.

(3) Voir aux Documents la lettre, en date du 4 septembre, du commandant Lévy, chargé des travaux de la Capsulerie, la Brosse, Brimborion et Meudon, demandant que 2,000 mobiles soient mis à sa disposition pour remplacer les ouvriers partis.

Voir aussi : le Gouverneur de Paris au général de Chabaud la Tour, Paris, 6 septembre.

(4) Le Gouverneur au général Vinoy, 11 septembre ; le Gouverneur au général de Chabaud la Tour, même date ; M. Tessandier au Commandant du génie à Saint-Denis, Saint-Denis, 15 septembre.

le 8 septembre, se porta sur la Seine, le 11, entre Saint-Ouen et Sèvres, et envoya des travailleurs à Gennevilliers, Montretout, etc... Vers cette époque, le Ministre de la Guerre prescrivit que tous les travailleurs qui seraient demandés directement par le génie aux généraux commandant les divisions, devraient être mis sans retard et sans autre formalité à sa disposition quand même il y aurait inconvénient au point de vue de l'instruction militaire des troupes (1).

Et cependant, il ne manquait pas d'autres bras que l'autorité militaire aurait pu employer. Les 60 bataillons de gardes nationaux sédentaires, dont l'instruction militaire, quoique nulle, pouvait être retardée, auraient pu être envoyés en partie sur les points où la main-d'œuvre faisait défaut. Mais il est vraisemblable que ces bataillons étaient trop indisciplinés, et encadrés d'une façon trop insuffisante pour être conduits hors de l'enceinte, Au reste, ces travaux n'étaient exécutés qu'avec contrainte par les troupes de ligne, et souvent les corvées commandées arrivaient en retard ou quittaient les chantiers beaucoup plus tôt que ne l'eussent voulu les officiers du génie.

Si donc, les travaux de défense n'eurent pas, lors de l'investissement, le degré d'avancement voulu, ce fut non seulement en raison de leur importance considérable, des reliefs trop grands et du caractère permanent donné à certains ouvrages, mais aussi à cause du manque de main-d'œuvre et de la difficulté de s'en procurer.

Casernement. — Le casernement des nombreuses troupes appelées à Paris pour la formation du 13e corps puis celle du 14e et pour la constitution de la garnison de

---

(1) *Rapport* du 13e corps, 12 septembre.

siège présenta de nombreuses difficultés qui n'avaient pas été prévues dès le temps de paix et dont le Comité de défense dut se préoccuper (1).

Les casernes et les forts pouvaient abriter 46,000 hommes (2); l'autorité militaire avait trouvé dans la place des locaux supplémentaires pour 16,000 hommes; enfin les lycées et écoles communales pouvaient servir à loger 53,000 hommes. C'était un total de 115,000 places (3) auxquelles le Comité de défense croyait nécessaire d'ajouter des baraquements pour 35,000 hommes puisqu'il avait demandé la constitution d'une armée de 150,000 hommes.

Le Ministre de la Guerre avait fait commencer le 20 août la construction au camp de Saint-Maur de baraquements pour 30,000 mobiles, mais afin d'éviter les trop grandes agglomérations, le Comité de défense demanda que les troupes baraquées fussent groupées par brigades et il proposa la construction de trois baraquements de 10,000 hommes chacun au camp de Saint-Maur, sur les avenues avoisinant le Champ de Mars et sur la place de Courcelles.

Ces derniers baraquements ne furent prêts que bien après l'investissement, ainsi que le général Soumain en rendait compte le 8 octobre au Gouvernement en lui signalant les difficultés qu'il avait rencontrées.

« M. le Directeur des fortifications, écrivait-il, me fait connaître que le baraquement de Courcelles, d'une contenance de 10,000 hommes, sera complètement terminé

(1) Procès-verbaux du Comité de défense, séances des 21, 26, 28 août, 1er, 6, 8 septembre.

(2) Voir aux Documents annexes : États indiquant la contenance normale des quartiers et casernes de Paris et celle du casernement des forts.

(3) Voir aux Documents annexes : Renseignements sur les locaux susceptibles d'être occupés par la troupe à Paris.

lundi matin, 10 du courant, et pourra être occupé par les troupes. Toutes les baraques du Champ de Mars sont aussi terminées; elles peuvent également contenir 10,000 hommes. M. le colonel de Courville ajoute que, malheureusement, il éprouve beaucoup de difficultés à se procurer des fourneaux de cuisine; il croit cependant que l'on peut, dès à présent, faire occuper ce baraquement à la condition pour les troupes de faire provisoirement la soupe avec les marmites de campement, soit dehors, soit dans les baraques affectées aux cuisines. »

En dehors de ces baraquements, on commença à établir des logements sous les arcades du viaduc du Point-du-Jour, que l'on mura en conséquence, sous les remparts, dans les bâtiments du nouvel Hôtel-Dieu, dans le pensionnat des Demoiselles de la Légion d'honneur à Saint-Denis.

La ville de Paris fit dresser sur l'esplanade des Invalides les baraques utilisées pour les fêtes publiques, notamment pour la foire du Jour de l'an sur les grands boulevards.

Elle entreprit également de monter une longue suite de ces petits édifices sur les boulevards extérieurs.

Quand on décida d'appeler à Paris 100,000 mobiles de province, ces ressources devinrent insuffisantes. On reconnut bien vite qu'en raison des difficultés sérieuses qui en résulteraient pour le service et la discipline, le logement chez l'habitant était à éviter et le Comité résolut d'utiliser les grands établissements publics encore vides comme les hangars du marché aux bestiaux de la Villette et de faire construire de nouveaux baraquements pour 60,000 hommes.

Le général de Chabaud la Tour fit décider que ces baraquements seraient établis à l'extérieur de l'enceinte pour y loger les troupes chargées de former les réserves des forts.

La répartition et les emplacements ci-dessous furent adoptés :

Baraquement pour 10,000 hommes, sur les hauteurs de Romainville ;

Baraquement pour 10,000 hommes, en arrière des forts d'Ivry et de Bicêtre ;

Baraquement pour 10,000 hommes, en arrière des forts de Vanves et d'Issy.

Mais ces décisions ne purent être appliquées car on s'aperçut bientôt que les deux derniers emplacements choisis étaient défectueux, les baraques qui y auraient été placées devant être exposées rapidement au feu de l'ennemi.

D'ailleurs, vu la marche de celui-ci, on ne pouvait espérer achever les travaux en temps utile.

Le projet concernant ces deux derniers baraquements fut donc abandonné et on ne construisit que celui du plateau de Romainville, en décidant que les troupes destinées à former les réserves pour les forts du Sud seraient logées dans les villages voisins de ces forts.

D'après le général Petit, au 19 septembre, la situation était la suivante :

Dans les casemates et abris en construction dans les nouveaux ouvrages, 6,500 places; dans les casernes, casemates, magasins à poudre désaffectés et abris en charpente des anciens forts, 35,000 places; dans les baraquements de Saint-Maur et Saint-Denis (en construction), 12,160 places; au pensionnat de la Légion d'honneur, à Saint-Denis, 2,000 places.

Sur l'enceinte, les 22 casernes d'octroi pouvaient recevoir 13,200 hommes, les baraquements en construction en arrière du bastion 90 et du front 72-76 comptaient en tout 8,000 places.

A l'intérieur, les casernes des troupes de la garnison avaient été aménagées pour 40,628 hommes; la caserne de Bercy pouvait en recevoir 400, les bâtiments du nouvel Hôtel-Dieu, 800, les lycées et écoles communales, 40,000, les Magasins-Réunis, 3,600; 7 hangars situés avenue d'Eylau, 2,600.

D'après ces chiffres, sans tenir compte des baraquements du Champ de Mars, de Courcelles, des Invalides, de Monceau, des Tuileries, des boulevards extérieurs, encore en construction ou en projet, ni des travaux exécutés aux arcades du viaduc d'Auteuil pour les rendre habitables, l'Administration de la guerre disposait de 164,888 places, auxquelles il fallait encore ajouter les cantonnements préparés dans les villages de la banlieue.

Les troupes de ligne et les mobiles étaient répartis entre tous ces locaux.

La Garde républicaine, à pied ou à cheval, avait conservé ses quartiers de la Cité, de Lobau, des Célestins, de Tournon et Mouffetard.

Les sapeurs-pompiers étaient restés aux casernes de la rue Blanche, de Passy, du Vieux-Colombier, du Louvre et de Grenelle. Les douaniers avaient été logés aux Magasins-Réunis et dans les postes-casernes, les gardes forestiers aux Magasins-Réunis et dans les lycées Louis-le-Grand et Saint-Louis.

Les gardes nationaux continuaient à habiter leur domicile ou étaient logés chez les particuliers.

CHAPITRE VI

Service de l'artillerie.

Bouches à feu. — On a déjà vu (1) que, au début de la guerre, il manquait à Paris 650 bouches à feu pour constituer la réserve destinée à renforcer l'artillerie des secteurs attaqués.

Pour armer les ouvrages nouveaux dont la construction avait été décidée, 150 autres pièces étaient devenues nécessaires (2). C'était, au total, un déficit de 800 bouches à feu.

Pour le combler, le Ministre de la Guerre ordonna tout d'abord l'envoi à Paris de 75 canons de 12 et de 24 (3), puis, vers le 26 août, celui de 100 pièces des mêmes calibres. Enfin, il tira des arsenaux du territoire, 475 canons rayés et mortiers de différents modèles (4).

D'autre part, le Ministre de la Marine prescrivit, le 12 août, aux divers ports de guerre, d'expédier sur Paris 100 pièces de 16 centimètres (5) et 28 de 19 centimètres avec leurs armements et un approvisionnement

---

(1) Voir plus haut, p. 56.

(2) *Note* de la Direction de l'Artillerie au Ministère de la Guerre sur le matériel d'artillerie nécessaire pour l'armement de Paris, Paris, 1er septembre.

(3) Le Ministre de la Guerre au général Princeteau, Paris, 11 août.

(4) *Note* de la Direction de l'Artillerie au Ministère de la Guerre sur le matériel d'artillerie nécessaire pour l'armement de Paris, Paris, 1er septembre.

(5) Ces canons sont appelés, dans certains documents, canons de 30 rayés.

de 200 projectiles pour chacune d'elles (1). Le 31 août, il ordonna un nouvel envoi de 100 pièces de 16 centimètres, avec la même quantité de munitions. En outre, 20 pièces de campagne et de montagne furent expédiées par divers arsenaux de la marine.

Presque toutes ces bouches à feu, avec leurs armements, entrèrent dans la capitale avant la rupture des communications, de sorte que le matériel d'artillerie, pour l'enceinte, les forts, la réserve et la défense mobile, était plus que complet comme nombre au moment de l'investissement.

A ce matériel s'ajoutèrent encore les pièces de campagne que l'on fit sortir des arsenaux, celles qui se trouvaient dans les magasins de Paris, les pièces de tous calibres éparses dans les Directions et Écoles d'artillerie de Paris, de Vincennes, de Versailles, dans les ateliers de construction, dans les commissions d'expériences enfin les mitrailleuses ramenées de l'atelier de fabrication de Meudon, etc., etc.

D'après un état inséré dans l'*Enquête parlementaire, sur les actes du Gouvernement de la Défense nationale* (2), le nombre des bouches à feu existant dans Paris au moment de l'investissement, était, *approximativement*, de 3,255, se décomposant ainsi :

1° Bouches à feu de place, de siège et de côte :

Canons de 24 de place rayés	281
— de 24 de siège rayés	47
— de 12 de place rayés	202
— de 12 de siège rayés	431
— de 16 de place lisses	193
A reporter	1,154

(1) *Note* déjà citée sur le matériel d'artillerie nécessaire pour l'armement de Paris, Paris, 1er septembre.

(2) *Enquête sur les actes du Gouvernement de la Défense nationale*, t. VII, p. 128.

Report..........	1,154
Obusiers de siège de 22	93
Mortiers de 32	91
— de 27	133
— de 22	208
— de 15	236
Canons de 16 centimètres (dits de 30 rayés) de la marine	200
Canons de 19 centimètres de la marine	28
TOTAL.......	2,143

2° Bouches à feu de campagne et de montagne :

Canons de 12 de campagne rayés	52
— de 8 — —	36
— de 4 — —	265
— de 4 de montagne rayés	73
Canons obusiers de 12 lisses	202
Obusiers de campagne de 16	99
Obusiers de campagne de 15	385
TOTAL.........	1,112

Cette nomenclature, d'ailleurs, n'est pas complète, il faut y ajouter, au moins, six batteries de mitrailleuses, comptant aux 13e et 14e corps.

L'armement de sûreté des forts et de l'enceinte fut réparti, en principe, d'après les bases adoptées dans les études de 1867. Toutefois, dans quelques forts, et en quelques points de l'enceinte, on remplaça certaines bouches à feu de la guerre par des pièces de marine à plus longue portée et de plus grande efficacité (1).

« Quand l'armement de sûreté, dit le général Guiod, a été mis en place, l'aspect de ces longs parapets où apparaissaient de loin en loin quelques canons séparés par de grands intervalles vides, a frappé les imagina-

(1) *Rapport* du général Guiod sur les travaux de l'artillerie pour la défense de Paris, Paris, 9 octobre 1870.

tions toujours promptes à s'alarmer et l'opinion publique s'est émue (1). »

Cette émotion s'accrut encore après le désastre de Sedan, quand on vit les armées régulières prisonnières ou investies.

« On a pu penser, écrit encore le général Guiod, que l'ennemi victorieux, maître de tout le pays, libre de ses mouvements, essayerait peut-être de brusquer le dénouement en attaquant Paris précisément là où il ne serait pas attendu, comptant sur la fortune qui, jusque-là, lui avait été si propice et à nous si contraire. C'est pourquoi on a redoublé de précautions contre une attaque de vive force et l'on a été ainsi conduit à multiplier, dans les forts et sur plusieurs fronts de l'enceinte, les pièces destinées à prémunir contre une semblable éventualité. L'armement de sûreté des points faibles est ainsi devenu presque un armement de défense (2). »

Les accroissements de l'armement portèrent surtout sur la rive droite par où l'on attendait plus vraisemblablement le premier effort de l'assaillant. Le nombre des pièces des forts de cette rive fut porté de 275, chiffre prévu, à 540 ; sur l'enceinte, on renforça l'armement de sûreté de 109 pièces réparties principalement aux saillants, puis l'on arma les deux batteries de Montmartre, l'une de 8 canons de 19 centimètres, l'autre de 5 canons de 16 centimètres, les trois batteries de Saint-Ouen, comprenant ensemble 2 canons de 19 centimètres et 12 de 16, enfin la batterie des Buttes-Chaumont avec 6 canons de 16 centimètres (3).

Sur la rive gauche, le fort d'Issy reçut six nouvelles

---

(1) *Rapport* du général Guiod sur les travaux de l'artillerie pour la défense de Paris, Paris, 9 octobre 1870.

(2) *Ibid.*

(3) *Ibid.*

pièces dont quatre de la marine, et le fort de Vanves trois canons de la marine. Quarante canons et vingt mortiers nouveaux furent ajoutés aux 7e, 8e et 9e secteurs (1).

Au total 2,140 bouches à feu furent ainsi mises en batterie sur l'enceinte et dans les forts (2).

Au Palais de l'Industrie, dans la grande nef, on organisa un dépôt de bouches à feu, non encore utilisées (3) et on forma, dans le jardin des Tuileries, un parc de réserve de campagne et un parc de réserve de siège (4).

Le parc de campagne des Tuileries fut constitué par la réunion de débris de parcs de diverses origines à l'ancien parc du 12e corps (5). Il était destiné à subvenir aux besoins des 13e et 14e corps dont les parcs avaient été dirigés sur Tours (6).

Dans ces deux dépôts des Tuileries et du Palais de l'Industrie, il restait au moment de l'investissement, environ 200 pièces de 24 et de 12 rayés, plus de 150 mortiers et enfin 202 canons obusiers de 12 (7).

En outre, le parc de réserve de campagne comprenait, dès le 8 septembre, 35 batteries de campagne. 30 d'entre elles appartenaient organiquement aux 13e et 14e corps. Les 5 autres, armées de canons de 12 rayés, étaient réservées pour la défense mobile. Après l'investissement,

---

(1) *Rapport* du général Guiod sur les travaux de l'artillerie pour la défense de Paris, Paris, 9 octobre 1870.

(2) Non compris celles de Montmartre.

(3) Le Gouverneur au général Soumain, Paris, 1er septembre; *Note* du Colonel directeur de l'artillerie, Paris, 2 septembre.

(4) Le Ministre de la Guerre au général Guiod, Paris, 8 septembre.

(5) Le Ministre de la Guerre au général Guiod, Paris, 12 septembre.

(6) Le 12 septembre (Le Ministre de la Guerre au Président du Gouvernement, Paris, 11 septembre).

(7) *Rapport* du général Guiod sur les travaux de l'artillerie pour la défense de Paris, Paris, 9 octobre.

d'ailleurs, le nombre de batteries affectées à ce dernier objet, s'accrut au fur et à mesure que l'on put organiser de nouvelles unités (1).

On a résumé, dans le tableau que l'on trouvera ci-après, le détail de l'armement progressif des forts et de l'enceinte, tel qu'il résulte des différentes pièces retrouvées aux Archives du Ministère de la Guerre. Les totaux reproduits ci-dessous indiquent approximativement, pour l'ensemble, la marche de l'opération :

Dates.	Nombre de pièces en batterie. Sur l'enceinte.	Dans les forts.	Total.
5 août	12	»	12
8 août	31	258	289
24 août	640	1,049	1,689
4 septembre	640	1,175	1,815
19 septembre	829 (2)	1,264	2,093 (2)
6 octobre	829 (2)	1,311	2,140 (2)

Équipages de pont. — Au moment de l'investissement, deux équipages de pont se trouvaient à Paris et stationnaient au Champ de Mars. L'un était un équipage de réserve, venu de Belfort et arrivé à Paris dans les premiers jours de septembre (3).

(1) Vers le 25 septembre, la défense mobile compta 8 batteries, puis 10 au 1er octobre, 22 au 1er novembre. A cette même date, 17 autres batteries étaient prêtes comme matériel et pouvaient être attelées en quelques jours.

(2) Non compris celles de Montmartre.

(3) Cet équipage, servi par la 10e compagnie du 16e régiment d'artillerie (pontonniers), avait été appelé à Paris par une dépêche du 25 août. Il remplaçait un autre équipage qui, arrivé à Paris le 27 août, en était reparti le 28 pour Sedan, sous les ordres du commandant Carré. Ce dernier équipage put échapper au désastre et, par Amiens et Rouen, gagna Angers (*Historique* manuscrit du 16e régiment de pontonniers).

L'autre était l'équipage du 5e corps qui, parti de Sedan le 31 août, par ordre du maréchal de Mac-Mahon, avait pu rétrograder sur Givet, sous les ordres du capitaine Grisey qui l'avait ramené à Paris.

Poudres. — L'approvisionnement en poudres n'était que de 540,000 kilogrammes au début de la guerre. Il devait être porté à 3 millions, chiffre indiqué au Comité, le 20 août, par le général Susane (1).

Dès le 12 août, en effet, le Ministre avait prescrit aux différentes Directions d'artillerie et aux Poudreries de faire des envois sur Paris (2), et, en fait, d'après ses ordres successifs (3), plus de 2 millions de kilogrammes arrivèrent à Paris avant le 19 septembre. Le chiffre fixé fut donc à peu près atteint avant cette date.

Malgré cela, les approvisionnements paraissant encore insuffisants, le Gouverneur ordonna, dans les premiers jours d'octobre, l'installation d'une fabrique de poudre boulevard Philippe-Auguste.

Mais la grande difficulté fut d'emmagasiner cette énorme quantité de matières explosibles. On a vu que le génie avait, dès le 5 août (4), commencé la construction de magasins à poudre sous l'enceinte et l'aménagement des caves des casernes d'octroi et de quelques maisons particulières. Comme ces travaux ne pouvaient être rapidement terminés et qu'il fallait cependant débarrasser les gares des quantités qui arrivaient chaque

---

(1) Procès-verbaux des séances du Comité de défense : séance du 20 août. (*Documents*, p. 66).

(2) Le général Guiod au Colonel directeur de l'artillerie, Paris, 13 août.

(3) Le général Guiod au Colonel directeur de l'artillerie, Paris, 18 août, 22 août, 30 août, 2 septembre, 5 septembre.

(4) Voir plus haut, p. 126.

jour, on dut avoir recours à des abris de fortune. On utilisa un manège de l'École militaire puis l'ancienne église de Montrouge, l'Orangerie du Luxembourg, près de l'École des mines, un magasin, 170 avenue du Maine, les caves de l'Odéon (1).

Tous ces abris n'étaient pas à l'épreuve de la bombe. Ils ne pouvaient être conservés indéfiniment; aussi, au fur et à mesure que le génie livrait des locaux appropriés, furent-ils évacués. Leur affectation provisoire causa cependant quelques réclamations, comme ce fut le cas pour l'Orangerie du Luxembourg dont la destination provoquait des inquiétudes pour les collections de l'École des mines (2).

Quand ces premiers tâtonnements furent passés, l'artillerie disposa, sur l'enceinte, de 35 casemates-magasins d'une contenance de 20,000 kilogrammes, dont 18 étaient terminées dès le 19 septembre, de 11 magasins de siège, de 13 caves de casernes d'octroi sur la rive droite et de 6 caves particulières sur la rive gauche.

A l'intérieur de la ville, l'artillerie eut pour magasins les caves de la brasserie Peters, avenue de la Grande-Armée, les caves du dépôt des fleurs de la ville de Paris, celles du n° 19, boulevard Lannes, enfin un souterrain de 150 mètres, rue Delessert à Passy. Une réserve importante fut constituée dans les caves du Panthéon dont les voûtes de la travée centrale, de peu d'épaisseur, reçurent un remblai de terre et un approvisionnement de sacs de farine. Les caves des Invalides reçurent le complément de la réserve, qui put ainsi être portée à 900,000 kilogrammes (3).

---

(1) Situation des magasins à poudre à la date du 21 septembre 1870.

(2) Le Ministre des Travaux publics au Gouverneur de Paris, Paris, 12 septembre.

(3) Voir plus haut, p. 127.

Tous ces arrivages et ces déplacements successifs de grandes quantités de poudre augmentaient encore la série, déjà si considérable, des transports de toutes espèces que le service de l'artillerie avait à effectuer.

Munitions d'artillerie. — Le nombre de projectiles nécessaires pour l'armement de Paris avait été fixé, d'après les bases réglementaires, pour les canons de 24 et de 12, à 700 coups par pièce dans les forts et à 400 sur l'enceinte. Pour les autres calibres, on s'était arrêté au chiffre de 350 coups par pièce dans les forts et 300 sur l'enceinte (1).

Un état des existants (2), dressé le 22 août par le colonel directeur d'artillerie de la place, faisait ressortir, d'après ces bases, pour l'armement des forts et de l'enceinte, non compris la défense mobile, les déficits et excédents ci-après :

En ce qui concernait les canons de 12 et de 24 rayés, les déficits en projectiles de tout genre (obus oblongs, obus à balles, boîtes à mitrailles) étaient considérables. Il manquait 62,695 obus oblongs pour le premier calibre, 162,303 pour le second. Les obus à balles, dont aucun n'existait pour le canon de 24, étaient en quantité insignifiante pour celui de 12. Quant aux boîtes à mitraille, elles manquaient presque totalement.

Pour les canons de 4, les obusiers et les mortiers de 22, les projectiles étaient, au contraire, en excédent.

Les approvisionnements pour les obusiers de 12, de 16 et de 15, variaient du huitième au quart des

(1) *Rapport* au général Guiod sur les travaux de l'artillerie pour la défense de Paris, Paris, 9 octobre.

(2) Voir aux Documents les lettres échangées les 23 et 24 août entre le général commandant supérieur de l'artillerie et le colonel directeur de l'artillerie.

besoins. Enfin, le chiffre nécessaire était presque atteint pour les canons de 16 (1).

Le Ministre, auquel cette situation fut signalée, fit remarquer, non sans raison, qu'il n'y avait pas lieu de s'inquiéter, outre mesure, de ces déficits théoriques car, en réalité, étant donnés les manquants en bouches à feu des modèles de l'artillerie de terre, les canons de 24 et de 12 rayés se trouvaient approvisionnés, en obus oblongs, à plus de 300 coups environ par pièce, ce qui lui

(1) *État des projectiles existants au 22 août.*

	NÉCESSAIRES.	EXISTANTS.	DÉFICITS.	EXCÉDENTS.
Canons de 24 rayés.				
Obus oblongs	149,515	86,820	62,695	»
Obus à balles	17,590	»	17,590	»
Boîtes à mitraille	8,795	770	8,025	»
Canons de 12 rayés.				
Obus oblongs	337,344	175,041	162,303	»
Obus à balles	32,128	4,883	27,245	»
Boîtes à mitraille	32,128	4,649 (1)	27,479	»
Canons de 4 rayés de campagne et de montagne.				
Obus oblongs	28,126	66,300	»	38,174
Obus à balles	2,744	11,200	»	8,456
Boîtes à mitraille	3,430	3,929	»	499
Canons de 16				
Boîtes à mitraille	15,400	14,495	905	»
Canons obusiers de 12.				
Boîtes à mitraille	4,928	613	4,315	»
Obusiers et mortiers de 22				
Obus de 22 centimètres	20,282	105,650	»	85,368
Bombes de 22 centimètres	50,950	»	»	» (2)
Boîtes à mitraille	1,068	615	413	»
Obusiers de 16.				
Boîtes à mitraille	5,810	1,579	4,231	»
Obusiers de 15.				
Boîtes à mitraille	22,380	16	22,364	»

(1) Y compris les boîtes à mitraille affectées aux parcs de campagne.
(2) L'état dressé par le Colonel directeur portait 50,950 bombes en déficit, mais le lendemain il prévenait le Ministre que ces bombes existaient au contraire en grand excédent.

semblait suffisant, les bouches à feu de l'enceinte ne devant vraisemblablement pas être toutes utilisées. Il indiqua en outre le moyen de confectionner rapidement des boîtes à mitraille, pour lesquelles les balles ne manquaient pas, en les fabriquant en papier, en plâtre ou encore en sacs de toile selon un procédé utilisé par les Russes à Sébastopol (1).

Le général de Palikao, dans une lettre datée du 1er septembre, revint sur ces questions. Après avoir constaté que les projectiles pour bouches à feu à âme lisse étaient en quantités plus que suffisantes, il s'exprimait ainsi au sujet des munitions pour pièces rayées :

« Les canons rayés au contraire ne sont approvisionnés qu'à un peu plus de 300 coups par pièce. Cela tient à plusieurs circonstances sur lesquelles il n'y a pas lieu de revenir et notamment à ce qu'il a fallu, depuis quatre ans, avec des allocations restreintes, fabriquer des projectiles pour un nombre considérable de bouches à feu rayées, c'est-à-dire créer des approvisionnements très nouveaux qui ont dû être répartis entre les diverses places au prorata de leurs besoins. Dès le début de la guerre, des commandes importantes ont été faites au service des forges; celles de ces commandes que l'on a données aux établissements de l'Ouest et du Midi commencent à produire. On dirigera sur Paris ce dont on pourra disposer. En outre, des industriels de Paris ont offert de couler des projectiles. Bien que chacun d'eux ne puisse en fournir beaucoup, surtout au début d'une fabrication nouvelle, l'ensemble de leurs efforts suffirait sans doute pour alimenter les approvisionnements dans le cas d'un siège prolongé, ce qui est l'essentiel, car il doit se passer bien du temps avant que l'on vienne à

(1) Le général commandant supérieur de l'artillerie au Colonel directeur de l'artillerie, Paris, 23 août.

s'apercevoir du manque de projectiles lorsqu'on a 300 coups par pièce pour 1,200 pièces rayées qui certainement ne tireront pas toutes à la fois (1). »

L'idée contenue dans ce dernier membre de phrase était si juste que, dès la veille, 31 août, le général Guiod, directeur de l'artillerie, au lieu de répartir uniformément les munitions entre chaque pièce de même calibre, placée dans les forts ou sur l'enceinte, avait fixé à 500 coups par pièce le nombre de projectiles de 24 et de 12 à envoyer au Mont-Valérien, à 400 celui destiné aux autres forts. Les projectiles restants furent répartis entre les canons de l'enceinte, ce qui donna une moyenne de 270 coups par pièce pour le 24 rayé, de 260 pour le 12 rayé (2).

Quant aux pièces de gros calibres, fournies par la marine, elles étaient approvisionnées à 200 coups chacune (3).

Telle était la situation dans les premiers jours de septembre. Mais, grâce aux mesures indiquées par le

---

(1) Le Ministre de la Guerre au général Guiod, Paris, 1er septembre.

(2) Le général Guiod aux généraux de Bentzmann et Frébault, Paris, 31 août.

(3) Les boîtes à mitraille furent réparties dans les proportions suivantes :

Pour les canons de 24 rayés.	5	p. 100 du	nombre des coups.
Pour les canons de 12 rayés.	12	—	—
Pour les canons de 16 lisses.	8	—	—
Pour les canons obusiers de 12	25	—	—
Pour les obusiers de 22	5	—	—
Pour les obusiers de 16	20	—	—
Pour les obusiers de 15	21	—	—

(Note du général Frébault, Paris, 15 septembre.— Voir aussi le tableau de répartition des boîtes à mitraille dans les différents forts annexé à la lettre du général Guiod aux généraux de Bentzmann et Frébault, Paris, 31 août.)

Ministre, dans la lettre reproduite en partie plus haut, on put l'améliorer.

Avant la rupture des communications, en effet, une partie des commandes faites aux établissements industriels arriva à Paris et augmenta les approvisionnements. On ne peut toutefois préciser l'importance de ces fournitures.

Dans la ville même, l'industrie privée organisa des ateliers pour la fonte des projectiles et la pose des ailettes (1).

Pour la fabrication des gargousses, on installa à la manufacture des tabacs du Gros-Caillou un atelier de fabrication de 300 ouvriers qui produisit 70,000 à 80,000 gargousses par jour (2). Le nombre de celles-ci fut toujours égal au moins au nombre des projectiles, de sorte que, le 19 septembre, le feu pouvait être ouvert et conduit avec une certaine énergie, s'il le fallait.

Le 24 et le 25 août, on donna l'ordre de faire rentrer à Paris le personnel et le matériel de l'atelier de cartouches de canons à balles de Meudon et de celui de Puteaux, qui fut transféré au Dépôt central. Un autre atelier du même genre fut créé rue de Vanves, par ordre ministériel du 31 août (3). Enfin, le 5 septembre, on fit venir à Paris la 2e compagnie d'artificiers qui évacua la poudrerie du Bouchet (4).

Dans les forts, projectiles et gargousses étaient à

(1) Le Gouverneur au général de Bentzmann, Paris, 24 août; le Ministre de la Guerre au Gouverneur, Paris, 25 août.

(2) *Réquisition* du général Guiod au Directeur de la manufacture des tabacs, Paris, 21 août; *Note* du chef d'escadron Caron, Paris, 4 septembre.

(3) Le général Guiod au général de Ménibus, Paris, 31 août.

(4) Le Ministre de la Guerre au Directeur de la poudrerie du Bouchet, Paris, 5 septembre.

proximité des bouches à feu. Sur l'enceinte, ils étaient répartis dans chaque secteur de la rive droite. Mais sur l'autre rive, le général de Bentzmann ayant transformé en parc d'artillerie le dépôt de remonte de Montrouge, y avait emmagasiné une partie de son matériel et de ses munitions et n'avait envoyé sur l'enceinte même que 30 à 40 coups par pièce. Cette manière de faire avait déterminé certains habitants à écrire au Gouverneur que les secteurs de la rive gauche manquaient de projectiles. En réponse à ces attaques, le général de Bentzmann envoyait, le 20 septembre, au général commandant supérieur de l'artillerie l'état de répartition des munitions dont il disposait, puis ajoutait : « Vous verrez, en parcourant cet état, que la pénurie qui vous a été signalée pour la rive gauche n'existe pas. Il serait bien à désirer que l'on cessât enfin de tenir à cet égard des propos sans valeur et de se plaindre constamment sans motif. On me paraît trop oublier, même dans les sphères où on ne doit pas l'ignorer, ce que c'est qu'un siège. L'ennemi n'a pas encore investi la place, et déjà on veut qu'il l'enlève sans même se donner la peine d'attaquer les forts. Nous avons, avant d'entrer en action, plus de 40 coups par pièce en moyenne sur l'enceinte, et plus de 100 coups par pièce en moyenne, en tenant compte de ce qui est au parc (1). »

Armes d'infanterie. — D'après l'état n° 7, publié dans l'*Enquête sur les actes du Gouvernement de la Défense nationale* (2), le nombre des armes à feu, tant en service que dans les magasins, existant à Paris au moment de

---

(1) Le général de Bentzmann au Ministre de la Guerre, Paris, 20 septembre.

(2) *Enquête sur les actes du Gouvernement de la Défense nationale*, t. VII, p. 130.

l'investissement était de 497,921, se décomposant ainsi :

Armes modèle 1866, dites Chassepot :	
Fusils d'infanterie	150,000
Armes transformées se chargeant par la culasse (dites à tabatière) :	
Carabines	14,339
Fusils d'infanterie	95,000
Fusils de dragons	17,565
Armes à percussion rayées :	
Carabines	5,477
Fusils d'infanterie	120,000
Fusils de dragons	6,407
Mousquetons de gendarmerie	7,678
Mousquetons d'artillerie	5,902
Pistolets de cavalerie	12,900
Armes à percussion à canon lisse :	
Fusils	60,000
Pistolets de gendarmerie	2,653
TOTAL	497,921

Une note, placée au bas de cet état, indique, avec raison, que ces chiffres ne sont qu'approximatifs. Le nombre des fusils d'infanterie notamment fut bien plus considérable (1).

Au 1er juillet, il y avait à Paris 37,053 fusils Chassepot (2); au commencement d'août, on en fit venir 100,000 retirés de Metz (3). Les deux régiments de ligne et les

(1) Le général Ducrot, dans son ouvrage sur la défense de Paris, l'évalue à 540,000, dont 200,000 fusils Chassepot (*La Défense de Paris*, t. I, p. 157).

(2) *Enquête sur les actes du Gouvernement de la Défense nationale*, t. VII, p. 129, état n° 4.

(3) *Ibid.*, t. VII, p. 129, état n° 4, observations.

quatrièmes bataillons appelés dans la capitale pour constituer les 13e et 14e corps, les compagnies de chasseurs, les 80 compagnies de dépôt destinées à la garnison des forts, les bataillons d'infanterie de marine, le tout représentant un effectif de 45,000 à 50,000 hommes (1), arrivèrent à Paris tout armés. On obtint ainsi un total de 180,000 fusils environ, desquels il faut déduire 20,000 armes destinées à des détachements de troupes ayant rejoint l'armée du Rhin et le 12e corps, ou égarées pour l'armement des bataillons de mobiles de la Seine lors de leur envoi au camp de Châlons, à Besançon et dans le Nord (2). Il reste un minimum de 160,000 fusils modèle 1866, auxquels il faut ajouter les carabines de cavalerie du même modèle dont le nombre ne peut être déterminé, mais qui armaient au moins les régiments de cavalerie, puis la gendarmerie, les douaniers, les forestiers.

Au 1er octobre, 60,000 fusils modèle 1866 étaient entre les mains des troupes de ligne ; 90,000 entre celles des mobiles de Paris ou de province ; 10,000 seulement étaient en réserve (3). Il faut noter, d'ailleurs, qu'en raison du nombre relativement restreint de cartouches disponibles, le Ministre avait retardé, le plus possible, la distribution des armes modèle 1866.

Les armes transformées se chargeant par la culasse, dites à tabatière, étaient, à Paris, le 1er juillet, au nombre de 76,467 (4) ; les armes à percussion rayées

---

(1) Les 4es bataillons arrivèrent avec des effectifs variant de 500 à 800 hommes ; les compagnies de dépôt étaient en moyenne à 200 fusils.

(2) *Mesures d'organisation depuis le début de la guerre jusqu'au 4 septembre*, p. 97, note 1.

(3) *Rapport* du Ministre de la Guerre au Gouvernement de la Défense nationale, 1er octobre 1870 (*Journal officiel* du 2 octobre).

(4) Carabines, 14,339 ; fusils d'infanterie, 44,563 ; fusils de dragons,

s'élevaient à 95,045 (1), et enfin il y avait 31,040 fusils à percussion lisse. Ces différents lots formaient un total de 202,552 fusils, carabines ou mousquetons pour armer les mobiles et les gardes nationaux sédentaires. A ces chiffres vinrent s'ajouter les 80,000 armes de modèles analogues apportées à Paris par les mobiles venus de province; 60,000 fusils rayés que l'on fit venir de Douai et d'autres Directions d'artillerie; 22,000 fusils à canon lisse repris aux Domaines.

En résumé, l'on put disposer, au début du siège, de plus de 365,000 fusils de modèles divers, non compris les chassepots.

Avec ceux-ci, le nombre total des armes existant à Paris approchait de 525,000 fusils.

Malheureusement il manquait, tout au moins dans les premiers temps, beaucoup de pièces de rechange (aiguilles, extracteurs, etc.) (2).

Pour entretenir et réparer le grand nombre d'armes en service et dont beaucoup, surtout celles d'ancien modèle, étaient à revoir ou à réparer avant d'être distribuées, on organisa des ateliers de réparations dans divers établissements publics ou dans des ateliers mis à la dis-

---

17,565 (*Enquête sur les actes du Gouvernement de la Défense nationale*, t. VII, p. 129, état n° 4).

(1) Carabines, 5,477; fusils d'infanterie, 69,581; fusils de dragons, 6,407; mousquetons de gendarmerie, 7,678; mousquetons d'artillerie, 5,902 (*Enquête sur les actes du Gouvernement de la Défense nationale*, t. VII, p. 129, état n° 4).

(2) Le général de Bellemare au Gouverneur, D. T., Saint-Denis, 16 septembre, 12 h. 45 soir. — Ces dernières pièces, les plus délicates du fusil Chassepot, se trouvaient souvent cassées ou perdues. Dans 3,000 fusils que l'on avait pu faire sortir de Metz avant l'investissement, elles avaient été enlevées au profit des approvisionnements de réserve de l'armée du Rhin. On parvint néanmoins à s'en assurer un jeu suffisant (Le Ministre de la Guerre au Ministre de l'Intérieur, Paris, 21 septembre).

position de l'autorité militaire par quelques industriels (1).

Munitions d'infanterie. — La question des approvisionnements en munitions d'infanterie préoccupa, à juste titre, le Comité de défense qui y revint, à différentes reprises, dans ses séances des 2, 3, 4, 5, 12 et 13 septembre (2).

---

(1) Le 17 septembre, ces ateliers étaient ainsi répartis :

Rive droite :

Mairie du 8e arondissement, 11, rue d'Anjou-Saint-Honoré, atelier créé par l'artillerie pour les fusils à percussion et à tabatière de la garde nationale sédentaire.

Atelier du Louvre, créé par le Ministre des Travaux publics (guichet des nouveaux bâtiments, place du Carrousel), pour les fusils à tabatière principalement.

Ateliers des chemins de fer de l'Ouest (Batignolles), pour fusils divers.

Ateliers des chemins de fer du Nord, principalement pour les fusils modèle 1866.

Ateliers des chemins de fer de l'Est (la Villette), pour les fusils à tabatière.

Ateliers des chemins de fer de P.-L.-M., pour les fusils modèle 1866.

Ateliers de MM. Mignon et Rouard, 151, rue Oberkampf, pour les fusils à tabatière.

Ateliers de M. Guettier, 74, rue Oberkampf, pour les fusils à tabatière.

Rive gauche :

Atelier des Invalides, créé par l'artillerie, pour les fusils 1866 de la garde nationale mobile de la Seine.

Atelier de la manufacture des tabacs, créé par l'artillerie, pour les fusils 1866 des troupes de ligne et de la garde mobile des départements.

Ateliers des chemins de fer d'Orléans, pour fusils divers.

Ateliers de MM. J.-F. Cail et Cie, 15, quai de Grenelle, pour fusils divers.

Ateliers de M. Clair, 5, rue Duroc, pour fusils divers.

(*Journal officiel* du 17 septembre 1870.)

(2) Voir aux Documents, p. 116, 117, 122, 139, 141.

Une note du général Susane, lue à la séance du 4 septembre (1), indiquait que la situation approximative de ces approvisionnements, dans Paris, était la suivante :

	Existant dans Paris.	Production journalière dans Paris.
Cartouches modèle 1866......	30 millions (2)	130,000
— 1867......	32 —	100,000
— 1863......	8 —	225,000

Le Comité aurait voulu que l'on fît venir à Paris toutes les cartouches modèle 1866, existantes ou fabriquées (3) sur le territoire, et que l'on portât à 65 millions le nombre des cartouches modèle 1867, dont 80 millions existaient dans les divers arsenaux (4).

Les approvisionnements réunis dans Paris n'étaient, certes, pas suffisants : le nombre total des cartouches modèle 1866 ne donnait qu'une moyenne de 200 cartouches pour les 150,000 armes de ce modèle qui pouvaient être mises en service (5); de même, les 32 millions de cartouches 1867 ne donnaient qu'une moyenne de 400 cartouches pour les 80,000 gardes nationaux sédentaires, et les 8 millions de cartouches 1863, 80 cartouches seulement pour les 100,000 mobiles que l'on se proposait de faire venir de province.

A plusieurs reprises, le général commandant supérieur de l'artillerie et le Comité de défense signalèrent cette situation au Ministre. Celui-ci ne paraît pas s'être

(1) Voir aux Documents, p. 122.

(2) Non compris les 90 cartouches entre les mains des hommes de la garnison armés du fusil Chassepot, et les approvisionnements revenant de l'armée du maréchal de Mac-Mahon.

(3) On en fabriquait environ 5 millions par semaine dans toute la France (Communication du général Guiod, séance du Comité de défense du 3 septembre, Documents, p. 117).

(4) Voir aux Documents, p. 118.

(5) *Ibid.*, p. 117.

laissé influencer par ces réclamations. Songeant à la défense du reste du territoire et à l'organisation des armées de province, il estima que les premiers approvisionnements réunis à Paris offraient des ressources déjà considérables, qui pouvaient s'accroître facilement, au moyen des fabrications nouvelles qu'il n'était pas impossible d'organiser dans une ville présentant des ressources industrielles aussi importantes.

Les envois de cartouches de la province sur Paris furent donc très restreints et paraissent avoir été limités à 3 millions de cartouches modèle 1866, prélevées à Bourges et à quelques autres envois, entre autres une expédition de 60,000 cartouches du même modèle, expédiées par l'arsenal de Lorient.

En revanche, des ateliers de fabrication de cartouches modèle 1866 furent installés :

1° A Vincennes (cet atelier fut transféré, fin septembre, 34, rue Picpus);

2° A Montrouge (transféré, fin septembre, 110, avenue d'Orléans);

3° A la manufacture des tabacs du Gros-Caillou (1) (fabrication des étuis et amorçage);

4° 42, avenue de Suffren (chargement de cartouches (2);

5° Avenue de La Bourdonnais.

Chacun de ces ateliers était dirigé par un capitaine d'artillerie ayant sous ses ordres des détachements de

(1) On a vu qu'en outre de cet atelier de cartouches, un atelier pour la fabrication des gargousses fut installé dans ce même local du Gros-Caillou, conformément à une réquisition du 21 août.

(2) Le 2 septembre, le Ministre avait fait venir de Bourges un détachement de la 1re compagnie d'artificiers, fort de 1 lieutenant, 2 maréchaux des logis, 32 brigadiers et soldats, pour être employé à l'atelier de l'avenue de Suffren (Le Gouverneur au général Guiod, Paris, 2 septembre).

compagnies d'artificiers ou des artilleurs ainsi qu'un nombreux personnel d'ouvriers civils et surtout de femmes (1).

La production journalière de ces cinq ateliers, qui n'était au commencement de septembre que de 130,000, atteignit 392,000 le 8 octobre (2).

Pour la fabrication des cartouches à balle sphérique on installa des ateliers spéciaux à l'orangerie du Luxembourg et rue d'Alésia. Les ateliers de Vincennes et du Gros-Caillou fabriquèrent aussi ce modèle destiné aux fusils lisses à percussion, ainsi que des cartouches modèle 1863 pour les fusils rayés; le premier fournissait chaque jour 55,000 et le second 150,000 de ces dernières munitions (3).

Enfin, l'atelier de Montreuil pour la fabrication du fulminate et le chargement des capsules fut transféré à la fin d'août, 7, rue l'Arsenal (4).

L'administration militaire avait en outre traité pour les cartouches 1863 et 1867 (fusils à tabatière), avec un industriel, M. Gevelot, qui transporta, un peu avant l'investissement, sa fabrique de Meudon au cirque de l'Impératrice. Il produisit tout d'abord, par jour, 130,000 cartouches 1863 et 100,000 cartouches 1867, mais, certains de ses ateliers, placés hors de l'enceinte, ayant dû être

(1) Les ateliers de l'avenue de Suffren et de la manufacture des tabacs comptaient ensemble 1,000 ouvriers et ouvrières. En dehors du détachement d'artificiers de Bourges, on avait fait venir du Bouchet 1 sous-officier et 10 hommes de la 2e compagnie et un autre détachement prélevé sur la 4e compagnie d'artificiers, à Saint-Thomas pour concourir au travail de fabrication des cartouches (Le général Guiod au Colonel directeur de l'artillerie, Paris, 18 août).

(2) Le Ministre de la Guerre au général Guiod, Paris, 16 septembre; note en marge, du général Guiod.

(3) *Ibid.*

(4) Voir aux Documents, p. 65; *Note* du général Susane, Paris, 22 août.

fermés, il ne fournissait plus journellement, le 8 octobre, que 60,000 de ces dernières. Par contre, il avait pu élever la livraison des premières au chiffre de 180,000.

Toutes les cartouches fabriquées à l'intérieur de Paris étaient livrées au manège de l'École d'état-major (1), où elles étaient conservées. Un certain nombre étaient cependant envoyées dans les magasins du Luxembourg et dans les caves des Invalides (2).

Ainsi que le Ministre l'avait prévu, ces mesures suffirent pour satisfaire tous les besoins.

Le 8 septembre, après avoir pourvu à l'approvisionnement des troupes, l'artillerie possédait dans ses magasins de la place et des forts (sans compter les munitions entre les mains des hommes) :

26,442,528 cartouches modèle 1866 ;
29,563,699 cartouches 1867 (fusils et carabines à tabatière) ;
11,685,073 cartouches 1863 et 1859 (fusils et carabines rayés à percussion) ;
2,062,874 cartouches à balle sphérique (fusils à percussion à âme lisse) (3).

Ces nombres, d'ailleurs, ne comprenaient pas les cartouches des parcs de l'armée du maréchal de Mac-Mahon, qui avaient pu échapper à la catastrophe de Sedan et battaient en retraite sur Paris, dont on ne connaissait pas encore la quantité.

Ce stock subit une diminution de 1,026,000 cartouches modèle 1866 (4), par suite du départ pour Tours des parcs

(1) A partir du 18 septembre, les ateliers de Vincennes et de Montrouge ayant été transférés à l'intérieur de la ville, toutes les cartouches fabriquées étaient livrées à ce manège.

(2) Le général de Martimprey, Gouverneur des Invalides, au Gouverneur de Paris, Paris, 10 septembre.

(3) *Situation* des cartouches pour armes portatives existant à Paris le 8 septembre.

(4) Le général Guiod au Gouverneur, Paris, 12 septembre.

de réserve des 13e et 14e corps, mais ce déficit fut vite comblé grâce à l'activité de la fabrication (1).

L'opinion publique et les journaux s'inquiétèrent à plusieurs reprises des approvisionnements de cartouches, et leur préoccupation donna lieu à des incidents qu'il convient de signaler, ne serait-ce que pour en éviter le retour.

Vers le 15 août, une dénonciation accusa le service de l'artillerie de remplir certaines cartouches avec du sable. L'émotion causée par cette nouvelle fut assez forte pour que le Ministère crût devoir autoriser, le 16, un commissaire de police à pénétrer, avec ses agents, dans les forts d'Issy et de Charenton, et à faire dans les ateliers de fabrication toutes les perquisitions qu'il jugerait convenable. Il est inutile d'ajouter que ces perquisitions eurent un résultat négatif, et que, jamais, on n'avait chargé en sable des cartouches destinées au troupes (2).

Mais, vers le 4 septembre, des bruits du même genre se répandirent encore et, le 5, le Gouverneur télégraphiait au commandant de l'artillerie de Vincennes : « On signale de toutes parts des cartouches en sable et en ardoise pilée. C'est bien grave. Une partie de la population en est déjà informée (3). » Il ne fut pas difficile au lieute-

---

(1) Dès le 8 septembre, le Gouverneur avait porté de 200 à 300 cartouches, par homme, l'approvisionnement des forts et cet accroissement avait nécessité un prélèvement de 4 millions de cartouches modèle 1866 (Le Gouverneur au général Guiod, Paris, 8 septembre). Le 16 septembre, il y avait dans ces ouvrages 16,198,083 cartouches, chiffre qui dépassait la quantité indiquée par le Gouverneur (Le Ministre de la Guerre au général Guiod, Paris, 16 septembre).

(2) *Rapport* du commandant du fort d'Issy, fort d'Issy, 17 août; *Rapport* de M. Marseille, contrôleur général des services extérieurs à la Préfecture de police, au commandant Barry, officier d'ordonnance du Ministre de la Guerre, Paris, 17 août.

(3) Le Gouverneur au lieutenant-colonel Morel, D. T., Paris, 5 septembre.

nant-colonel Morel, qui reçut ce télégramme, de prouver au Gouverneur que ces accusations n'avaient pas plus de valeur que celles formulées quinze jours plus tôt.

Deux caissons destinés à l'instruction des recrues avaient été, il est vrai, chargés avec des cartouches en sable, mais ce fait était antérieur à la guerre et n'avait eu d'autre but que de permettre de donner aux jeunes soldats une idée du chargement des coffres (1).

Ce fait, et d'autres analogues qu'on pourrait signaler, devraient servir à mettre l'opinion publique en garde contre les accusations malveillantes lancées au hasard par des fauteurs de trouble, ou, quelquefois, par des agents intéressés à ébranler la confiance de la population.

---

(1) Le lieutenant-colonel Morel au Gouverneur, Vincennes, 5 septembre; le général Guiod au Gouverneur, Paris, 6 septembre.

CHAPITRE VII

Approvisionnement de Paris et Service des subsistances.

Au début de la guerre, le sous-intendant militaire Perier, de la 1re sous-intendance de Paris, avait été chargé, sous la direction de l'intendant militaire Danlion, des achats de vivres. Il avait eu à faire des opérations considérables, mais il ne s'agissait alors que de constituer les approvisionnements à envoyer à l'armée du Rhin et aux places fortes menacées sur la frontière (1).

Ne prévoyant pas le siège de la capitale, on ne pensait nullement à réunir les quantités de denrées dont pouvait avoir besoin une population et une garnison aussi nombreuses que celles de Paris (2).

Comme pour les travaux de défense, ce ne fut qu'après les premiers revers que l'on songea à la question des subsistances. Il fallut se préoccuper alors, non seulement de la nourriture des troupes, mais aussi de celle des habitants dont le nombre était estimé à 2 millions.

M. Perier resta chargé du service des vivres de l'armée : il lui incomba bientôt la charge de pourvoir aussi à une partie de l'approvisionnement de la population civile.

En effet, M. Louvet, Ministre du Commerce, créa le 8 août une commission composée de MM. Dumas, séna-

---

(1) Voir aux Documents l'état des vivres envoyés de Paris aux places fortes.

(2) *Enquête sur les actes du Gouvernement de la Défense nationale*, t. I, p. 296.

teur, président, Darblay, député, Chevreau, sénateur, etc. et de M. Perier, sous-intendant militaire. Cette commission devait s'occuper de réunir les denrées de toutes espèces nécessaires aux Parisiens pendant 45 jours (1).

Elle décida, par suite, l'acquisition de :

50,000	quintaux	de blé ;
100,000	—	de farine ;
90,000	—	de viandes salées ou de conserve ;
5,000	—	de poissons salés ;
45,000	—	de riz ;
18,000	—	de sel (2).

Les 150,000 quintaux de blé et de farine, ainsi fixés, ne correspondaient en réalité qu'à une consommation de 25 jours (3). La commission avait compté sur 200,000 sacs de farine existant dans les entrepôts de la ville et sur les approvisionnements des boulangers qui représentaient aussi une quinzaine de jours.

Mais la composition de la commission du 8 août fut

---

(1) D'après les idées professées alors, on admettait que les forts résisteraient 15 jours et l'enceinte un temps égal. La place, espérait-on, lutterait donc pendant un mois, temps supposé nécessaire à la réorganisation d'une armée de secours. On croyait par suite, au point de vue des approvisionnements, prévoir largement en adoptant pour eux la base de 45 jours. En réalité, le siège de Paris, du 19 septembre 1870 au 28 janvier 1871, dura 4 mois et 10 jours (*Enquête sur les actes du Gouvernement de la Défense nationale*, t. I, p. 372, 419 et suiv.).

(2) M. Clément Duvernois, Ministre de l'Agriculture et du Commerce, au Ministre de la Guerre, Paris, 14 août.

(3) Pour établir ces chiffres, la commission avait pris pour base, en ce qui concerne le pain, une consommation de 6,000 quintaux par jour, d'après les comptes de la Caisse de la boulangerie de 1864 à 1870. Elle augmenta légèrement ce chiffre en raison du déficit probable des autres aliments usuels.

Quant à la viande, elle avait adopté le chiffre de 245 grammes par jour et par tête, chiffre légèrement supérieur à la moyenne qui était de 210 grammes environ, mais il fallait tenir compte du manque de poissons, volailles, œufs, beurre, etc. (A. Morillon, *L'Approvisionnement de Paris en temps de guerre*, Paris, 1888, Perrin, in-8°, p. 7).

remaniée avant qu'elle n'ait eu le temps de commencer ses opérations.

M. Louvet, démissionnaire avec le Ministère Ollivier, fut remplacé par M. Clément Duvernois qui prit la présidence de ce Comité, en y faisant entrer le général Mellinet et l'intendant général Guillot (1).

On jugea alors insuffisants et incomplets les achats décidés antérieurement et les chiffres suivants furent adoptés :

75,000	quintaux	de blé ;
210,000	—	de farine ;
80,000	—	de riz ;
80,000	—	de sel ;
75,000	—	de viandes de conserve ;
5,000	—	de café ;
4,000	—	de beurre salé ;
24,000	—	de légumes secs ;
2,000	—	d'oseille ;
12,000	—	de poissons salés ;
1,000	—	de poivre ;
60,000	—	de pommes de terre ;
1,000	—	de fromage ;
3,000	hectolitres de vinaigre ;	
60,000	kilogr. d'huile ;	
500,000	œufs ;	
25,000	quintaux	de foin ;
20,000	—	de paille ;
30,000	—	d'orge (2).

Le Ministre décidait en même temps de faire entrer dans Paris des quantités considérables de bestiaux sur pied afin d'assurer la fourniture de la viande fraîche (3).

---

(1) *Enquête sur les actes du Gouvernement de la Défense nationale*, t. I, p. 372.

(2) Le major H. de Sarrepont, *Histoire de la Défense de Paris en 1870-71*, Paris, Dumaine, 1872, in-8°, p. 196.

(3) *Enquête sur les actes du Gouvernement de la Défense nationale*, t. V, p. 97.

Afin d'éviter la concurrence et une hausse trop exagérée des cours, le Ministre du Commerce et celui de la Guerre se partagèrent les achats à faire.

Le sous-intendant Perier reçut l'ordre d'acquérir toutes les denrées dont il vient d'être question, à l'exception de la viande sur pied, aussi bien pour la garnison que pour la population civile. Cette façon d'opérer présentait de grands avantages, car l'intendance militaire disposait, dans ses fonctionnaires, d'un personnel habitué à faire des achats considérables de vivres, à passer des marchés et avait en outre une grande quantité de fournisseurs de tous genres auxquels on pouvait s'adresser de suite sans hésitation (1).

Tous les achats ainsi faits étaient payés par le budget de la guerre. Celui-ci faisait cession à la Ville de Paris des quantités nécessaires à son approvisionnement et devait en poursuivre plus tard le remboursement.

Au contraire, il fut convenu que le sous-intendant Perier n'achèterait pas de bétail sur pied, les achats de ce genre devant être faits directement par les soins du Ministre du Commerce. Le bétail nécessaire à la garnison devait être cédé à l'autorité militaire au fur et à mesure des besoins. Par contre, cette dernière fournirait les fourrages pour l'entretien de tous les animaux vivants (2).

En conséquence, le 19 août, M. Clément Duvernois chargea MM. Cardon et Robin, commerçants honorablement connus sur le marché de la Villette, de la mission d'acheter 21,000 bœufs, 12,000 moutons et 12,000 porcs (3).

---

(1) *Enquête sur les actes du Gouvernement de la Défense nationale*, t. Ier, p. 372.

(2) *Ibid.*

(3) A. Morillon, *L'Approvisionnement de Paris en temps de guerre*, p. 28; *Journal officiel*, année 1872, p. 6949.

Le 22, M. Lacombe de la Tour reçut une mission analogue et se rendit dans le département des Vosges pour acheter des bestiaux en quantité aussi grande que possible afin de les soustraire à l'ennemi menaçant cette région (1).

Les ordres donnés à M. Lacombe comportaient aussi l'achat de tout ce qu'il pourrait trouver de farine et de foin dans ce même pays.

En effet, le Ministre du Commerce, préoccupé à juste titre de réunir des vivres de toutes espèces en quantités considérables, ne crut pas devoir s'en tenir strictement à la lettre de son accord avec l'intendance. Il passa lui-même des marchés, dès le 20 août, pour des fournitures de bétail, de riz, d'avoine, de farine. Il traita avec des négociants français et étrangers, mais quelquefois aussi avec des personnes qui n'avaient en réalité aucun commerce, aucun approvisionnement, et dont quelques-uns n'étaient que des courtiers peu scrupuleux (2).

Il avait été posé, comme principe, de faire tous les achats hors Paris, en France ou à l'étranger, de manière à bénéficier encore des subsistances diverses existant déjà dans la capitale, soit dans les entrepôts, soit chez les commerçants (3). Malheureusement les fournisseurs

(1) Le Ministre de l'Agriculture à M. Lacombe de la Tour, Paris, 22 août.

(2) *Rapport* de la Commission des marchés (*Journal officiel*, année 1871, p. 2261 et 3180 ; année 1872, p. 6949, etc.).

(3) Dans sa déposition devant la Commission d'enquête (séance du 25 juillet 1871), M. Clément Duvernois s'exprima en ces termes :

« L'approvisionnement du commerce ne fut pas amoindri par les achats que nous faisions ; autant que je l'ai pu, je me suis attaché à n'acheter que des marchandises qui n'étaient pas à Paris. Pour les farines, par exemple, pour un approvisionnement de deux mois, mon prédécesseur avait fait entrer dans ses prévisions la réserve réglementaire de la boulangerie ; je n'avais pas à en tenir compte ; je n'avais à tenir compte que de mon approvisionnement à moi. Il y avait aussi dans Paris des farines que les marchands de Paris sont venus m'offrir.

qui avaient traité directement avec le Ministre n'observèrent pas tous cette règle (1).

Les marchés furent passés de gré à gré, soit sur place à Paris, avec les représentants des maisons françaises (2) ou étrangères, soit par l'intermédiaire des fonctionnaires de l'intendance dans les ports et les grands centres, ou des négociants connus envoyés à Londres, à Liverpool, etc. (3).

J'aimais mieux acheter au Havre ou à Liverpool, parce que ces farines qu'on m'offrait, je voulais les utiliser plus tard par réquisition, s'il arrivait que Paris fût complètement investi.

« L'approvisionnement de farine était donc en quelque sorte illimité.

« Il y avait d'abord un approvisionnement de deux mois que j'ai fait; il y avait ensuite l'approvisionnement de la boulangerie, l'approvisionnement du commerce, et enfin, mettant à profit le conseil qui m'avait été donné par M. Thiers, j'avais fait un appel à tous les blés des environs de Paris. La préoccupation de M. Thiers, c'était la nécessité de faire entrer dans Paris, autant que possible tous les grains qui étaient dans les environs, afin d'éviter que de grandes quantités de céréales ne tombassent entre les mains des ennemis.

« Parmi les propriétaires de blés, il y en avait qui ne voulaient pas vendre immédiatement, parce qu'ils espéraient que plus tard la ville de Paris leur offrirait une grande augmentation sur le prix. On a donné à ceux-là la faculté d'emmagasiner gratuitement leur blé dans la ville.

« Il y avait donc, et j'insiste sur ce point, un approvisionnement en farine extrêmement considérable et dont il n'est pas possible de donner le chiffre, par la raison que je n'ai pas l'état des blés, qui étaient vendus ou emmagasinés au jour le jour » (*Enquête sur les actes du Gouvernement de la Défense nationale*, t. V, p. 97).

(1) Des approvisionnements considérables furent fournis par les moulins de Corbeil de MM. Darblay. Presque toutes les denrées possédées par ces grands établissements furent expédiées sur Paris, soit par voie ferrée, soit par bateaux. Le 12 septembre notamment, une flottille de 35 bateaux chargés eut beaucoup de mal à descendre le fleuve, obstrué déjà en partie par les matériaux provenant de la destruction des ponts d'Evry, de Ris et de Villeneuve-Saint-Georges (Paul Darblay, maire de Corbeil, *Documents et témoignages*, in-8°, imprimerie Chapelot, p. 55 et suiv.).

(2) *Rapport* de la Commission des marchés (*Journal officiel*, 1872, p. 6949).

(3) *Enquête sur les actes du Gouvernement de la Défense nationale*, t. V, p. 97.

On se procura des blés en Hongrie; des viandes salées ou de conserve (bœuf, lard, porc), du riz, des farines, du biscuit, furent achetés plus spécialement en Angleterre; des marchés furent même passés avec des maisons de New-York (1).

L'administration militaire songea également à rechercher de grands approvisionnements en Belgique, mais la précipitation des événements ne lui en donna pas le temps (2).

Les payements devaient être effectués jusqu'à concurrence de 50 millions sur le budget extraordinaire de la guerre. En ce qui concerne les achats faits à l'étranger, et particulièrement en Angleterre, un crédit de 20 millions fut ouvert, le 19 août, au sous-intendant Perier, dans une banque de Londres, qui devait percevoir 1 p. 100 de commission et un intérêt annuel de 6 p. 100 pour les sommes avancées (3).

L'ouverture de ce crédit avait été rendue nécessaire par ce fait que la plupart des fournisseurs anglais ne voulaient livrer leur marchandise que payée et reçue à Londres. D'autre part, il y avait urgence à faire les achats, non seulement par crainte de l'investissement, mais aussi en raison du renchérissement des denrées, aussi bien en France qu'à Londres, et surtout dans cette dernière ville où la Prusse s'approvisionnait également, et où, par mesure de prudence, la marine anglaise achetait ce qu'il y avait de meilleur en provisions salées. Le stock de ces denrées était, par suite, l'objet de demandes incessantes qui faisaient monter les prix. En outre, le change sur Londres augmentait chaque jour, le fret doublait et les assurances maritimes allaient en croissant.

---

(1) Ceux-ci ne purent être exécutés.

(2) Renseignement fourni par M. l'intendant général Courtot, qui, en 1870, était attaché à l'intendance de la 1re division militaire.

(3) Archives de la Direction du contrôle au Ministère de la Guerre.

Dans le but de faire cesser toute entrave à l'introduction sur le territoire français de la plus grande quantité possible de vivres, le Gouvernement suspendit dans certains ports la perception des droits d'entrée. Grâce à cette mesure, les livraisons au Havre, où arrivaient une grande partie des achats faits en Angleterre, et les expéditions sur Paris, purent s'opérer avec plus de rapidité. L'administration des douanes prenait note de tous les chargements entrant en franchise momentanée de droits, pour pouvoir plus tard se faire rembourser par les destinataires (1).

Presque tous les achats furent terminés fin août, et le 4 septembre, une grande partie des denrées était déjà arrivée. Il fallut, devant les multiples difficultés qui étaient soulevées chaque jour, toute l'activité déployée par les fonctionnaires de l'intendance, notamment par le sous-intendant Perier et par les agents du Ministère du Commerce pour arriver à ce résultat.

On ne saurait non plus passer sous silence le zèle déployé par les compagnies de chemins de fer, qui firent arriver tant de wagons chargés dans les gares de la capitale que celles-ci furent bientôt encombrées, le déchargement ne s'opérant pas assez vite. Certains envois même ne purent entrer dans l'enceinte avant l'investissement (2).

A elle seule, la compagnie de l'Ouest amena 14,982 wagons chargés de 72,442 tonnes de farine, grains, etc. et 67,716 têtes de bétail (3).

---

(1) Archives de la Direction du contrôle au Ministère de la Guerre.

(2) 102 wagons se trouvèrent immobilisés le 19 septembre en gare de Sotteville. Ils comprenaient 40 wagons de blé, 36 de farine, 29 de riz, 2 de tourteaux, 2 de pommes de terre, 2 de morue, 1 de viande (*État* dressé par la gare de Sotteville, 20 septembre 1870). Le même jour, 67,094 colis de denrées se trouvaient en souffrance à la gare des Batignolles.

(3) Jacqmin, *Les Chemins de fer en 1870*, p. 155.

Les magasins ordinaires ne pouvaient évidemment suffire à loger les quantités énormes achetées par le Ministère du Commerce ou celui de la Guerre et entreposés par eux. En dehors de ses manutentions et des forts, l'autorité militaire dut créer de nombreux dépôts dont les principaux étaient avenue de Wagram, au nouvel Opéra, rue Copernic, rue d'Aubervilliers, aux écuries impériales du quai d'Orsay, à l'usine Cail, avenue Bugeaud, rue Laugier, aux Magasins généraux du pont de Flandre, aux Magasins de Bercy, etc., etc.

Quant aux approvisionnements du Ministère du Commerce, leur magasinage fut organisé par M. Pelletier, directeur des Affaires municipales et de la Caisse de la boulangerie. Celui-ci créa successivement 29 dépôts : aux Halles centrales, à la Halle aux blés, dans les principaux marchés de Paris, dans les cours des Invalides, à l'École militaire, au collège Chaptal, dans quelques usines et quelques entrepôts de Bercy, cour Visconti au Louvre, etc. (1).

En dehors des achats ainsi opérés, les approvisionnements de Paris s'accrurent encore par d'autres moyens. Le Ministère de la Marine fit venir les vivres nécessaires pour les troupes de son Département et pour approvisionner à quarante-cinq jours les forts qu'elles occupaient.

En avait eu l'idée de provoquer l'envoi dans la capi-

(1) Le Gouverneur se préoccupa également de mettre à l'abri les grands approvisionnements de vins et surtout de spiritueux à divers degrés, accumulés aux entrepôts de Bercy et qui, en raison de leur proximité des fortifications, étaient assez exposés. Le général Trochu, dès le 26 août, demanda au Ministre de l'Intérieur de faire mettre tous ces approvisionnements dans des locaux couverts à l'intérieur de Paris ou sur des bateaux couverts sur la Seine. Les quantités dont il s'agissait se montaient à 1 million d'hectolitres de vins et 30,000 hectolitres de spiritueux.

tale de nombreux approvisionnements privés. La Préfecture de la Seine s'entendit avec les propriétaires de trois grands entrepôts, MM. Trotrot, Moranvillé et Godillot, qui lui cédèrent leurs vastes magasins (1). Ceux-ci, le 22 août, furent mis à la disposition des propriétaires et des agriculteurs qui pouvaient y envoyer blés, farines, fourrages, légumes (2). Toutes ces denrées étaient emmagasinées et conservées sans frais, et les dépositaires en pouvaient disposer à leur gré.

On mit aussi, dans les mêmes conditions, des emplacements considérables à la disposition des fermiers pour leurs bestiaux, et, le 12 septembre, de nouveaux dépôts furent organisés pouvant recevoir les récoltes en meules (3). Par délibérations du Conseil municipal des 19 et 20 août, les marchandises amenées dans ces dépôts étaient exemptes de payer immédiatement les droits d'octroi, dont il devait leur être fait remise complète en cas de réexportation. Le 31 août, cette mesure fut même étendue aux denrées entreposées dans des locaux particuliers. Enfin, le 9 septembre, un décret du Gouvernement, rendu sur la proposition du maire de Paris, suspendit provisoirement tous les droits d'entrée (4).

L'ensemble de ces mesures produisit, sauf pour les bestiaux, de bons résultats. Bien avant le siège, les trois magasins publics étaient pleins, et, cependant, si l'organisation avait été prévue plus tôt, on aurait pu tirer beaucoup plus des départements agricoles voisins.

---

(1) A. Morillon, *L'Approvisionnement de Paris en temps de siège*, p. 40.

(2) *Journal officiel* du 22 août (Avis aux agriculteurs et au commerce agricole).

(3) Rue du Chevaleret, nos 36 et 50 (13e arrondt), 32,000 mètres de superficie ; quai de Javel, nos 85 et 87 (15e arrondt), 34,000 mètres ; rue de l'Ave-Maria, derrière le lycée Charlemagne, 10,000 mètres (*Journal officiel* du 12 septembre 1870).

(4) *Journal officiel* du 10 septembre.

En effet, quand l'arrivée de l'ennemi fut imminente, il restait encore des vivres dans les régions qu'il allait traverser et, le 5 septembre, le Ministre de l'Intérieur dut télégraphier aux préfets de Seine-et-Oise, Seine-et-Marne, Oise et Aisne de faire évacuer sur Paris toutes les récoltes ou denrées, et de brûler celles qui ne pourraient être enlevées (1).

Dans un autre ordre d'idées, dès le 29 août, le Gouvernement invita les habitants à faire d'amples provisions personnelles (2). Bien que cet avertissement eût été renouvelé à plusieurs reprises, presque personne, dit M. Jules Simon, « ne le prit au sérieux ». De fait, les approvisionnements particuliers furent d'importance négligeable, ce qui fut profondément regrettable.

Il serait intéressant de pouvoir déterminer exactement les quantités de chaque denrée mises en réserve à Paris au moment de l'investissement. Malheureusement, il semble que la chose soit impossible.

Les statistiques de l'octroi pour les mois d'août et de septembre 1870, comparées à celles des mêmes périodes des années précédentes, auraient pu fournir des données à ce sujet, mais on a vu que, par décret du 9 septembre, la perception des droits avait été provisoirement suspendue.

Les archives de l'administration municipale chargée de la gérance des magasins ont été brûlées lors de l'incendie de l'Hôtel de ville en 1870 et, d'ailleurs, cette comptabilité ne pouvait être qu'incomplète. Cette administration adressait tous les cinq jours un état des entrées et sorties dans les dépôts au Ministère du Com-

(1) Le Ministre de l'Intérieur aux Préfets de Seine-et-Oise, Seine-et-Marne, Oise, Aisne, D. T., Paris, 5 septembre, 11 h. 6 matin.

(2) *Journal officiel* du 29 août; le Gouverneur au Ministre de l'Intérieur, 25 août.

merce et au Gouverneur : il n'a pas été retrouvé trace de ces pièces qui ont peut-être été également brûlées.

Il ne peut donc être donné que des chiffres approximatifs et forcément incomplets.

L'approvisionnement de Paris, comme il a déjà été dit, se composait de l'approvisionnement pour la population civile et de l'approvisionnement pour la garnison.

En ce qui concerne le premier (on ne s'occupe d'abord ici que des denrées autres que la viande), un état signé du sous-intendant Perier, daté du 26 janvier 1871, publié *in extenso* aux Documents, nous fait connaître les quantités cédées par l'Intendance militaire à la Ville, ainsi qu'il avait été décidé le 8 août.

Pour les principales denrées, ces quantités étaient :

77,180	quintaux	de blé ;
210,077	—	de farine ;
4,272	—	de viande salée ;
319	—	de conserves ;
47,939	—	de sel ;
17,994	—	de riz ;
31,822	—	de pommes de terre (1).

Ces chiffres correspondent, en général, à ceux arrêtés par la Commission. Toutefois, certains sont supérieurs et d'autres inférieurs, notamment pour le riz et les viandes de conserve, qu'il fut impossible de se procurer en quantités aussi considérables qu'on le désirait.

Mais la population civile disposa d'autres ressources : d'abord de celles produites par les achats effectués directement par le Ministère du Commerce, puis de celles produites par les réquisitions et recherches, enfin des provisions privées des commerçants et des particuliers.

(1) *État* des denrées cédées à la ville de Paris, Paris, 26 janvier 1871.

D'après, M. Morillon, ancien chef du Bureau de l'approvisionnement à la préfecture de la Seine (1), les magasins de la Ville reçurent, pendant la période de l'approvisionnement et du siège, les quantités ci-dessous pour les matières qui ont été citées plus haut :

169,757	quintaux	de blé;
6,336	—	de lard et viande salée;
6,172	—	de conserves;
113,485	—	de sel;
32,043	—	de pommes de terre;
41,142	—	de riz.

Ces vivres provenaient : 1° des achats de M. Perier; 2° des cessions que l'Administration de la guerre put faire à la Ville postérieurement à l'investissement; 3° des réquisitions opérées et en particulier de celles qui s'appliquèrent aux grains déposés par les agriculteurs dans les magasins mis gratuitement à leur disposition; 4° de divers achats effectués par le Ministère du Commerce.

En l'absence de situations journalières, il n'est pas possible de dire quelle part de ces provisions se trouvait, le 19 septembre, dans les magasins publics et, par conséquent, de déterminer la part du Gouvernement dans les précautions prises.

Quant à l'approvisionnement privé, on ne pourrait hasarder que des hypothèses.

Le *Bulletin de la Municipalité de Paris* du 20 septembre dit qu'il y avait, dans la ville, à cette date, 447,000 quintaux de farine (dont 292,000 dans les magasins publics) et 100,000 quintaux de blé devant fournir 75,000 quintaux de farine. Il y aurait donc eu — à raison de 6,000 quintaux par jour — environ 84 journées de

(1) A. Morillon, *L'Approvisionnement de Paris en temps de guerre*, p. 54, 55 et 251.

pain (1). Mais ces chiffres étaient évidemment trop faibles puisque, pendant 139 jours, grâce, il est vrai, au rationnement, les distributions purent être assurées. D'autre part, les moulins créés produisirent 399,000 quintaux de farine : le Gouvernement avait donc commis une erreur considérable au détriment des prévisions, même si l'on tient compte de ce que l'Administration de la guerre, put lui fournir postérieurement.

D'après M. Morillon, la farine qui entra dans les dépôts de la Ville, y compris celle provenant de la mouture des blés, s'éleva à un total de 515,711 quintaux. Ce chiffre représente les deux tiers environ de la consommation du siège qui fut, pour la population civile, de 852,000 quintaux, le reste étant fourni par les emmagasinements des commerçants (2).

En ce qui concerne les céréales, on faillit se heurter à une grave difficulté. Personne ne songeait à l'impossibilité de transformer les blés en farine, avec les ressources ordinaires de Paris, quand, le 21 août, M. Cail souleva la question en proposant d'installer des moulins dans son usine. Cette proposition appela l'attention sur ce point : on ne pouvait compter que sur quelques meuneries installées à Charenton, Saint-Denis, Saint-Maur et Creteil représentant 64 paires de meules. Dès le lendemain, 22 août, le Ministre des Travaux publics chargeait un ingénieur des ponts et chaussées, M. Bouniceau, d'acheter 300 paires de meules à La Ferté-sous-Jouarre. Ces meules, expédiées en toute hâte à Paris, y arrivèrent par les derniers trains qui circulèrent sur la ligne de l'Est avant l'investissement (3). Il était temps.

(1) *Enquête sur les actes du Gouvernement de la Défense nationale*, t. I, p. 372.

(2) A. Morillon, *L'Approvisionnement de Paris en temps de siège*, p. 55.

(3) *Compte rendu* administratif et financier des opérations effectuées

Pendant ces négociations, le service des moulins était créé sous la direction de M. Cheysson et de M. Krantz, sous le contrôle du Ministère du Commerce qui, avant le 21 septembre, avait déjà traité pour l'installation de 144 paires de meules avec différents propriétaires de locaux industriels (1).

D'autre part, et en dehors de cette organisation de l'Etat, la ville de Paris avait, le 9 et le 12 septembre, traité avec la maison Cail pour 100 paires de meules du système Falguière.

Plus tard, durant le siège, cette organisation fut considérablement augmentée et rendit d'immenses services. Les moulins de l'Etat, à eux seuls, produisirent 398,953 quintaux de farine (2).

Tout ce qui précède a trait aux approvisionnements pour la population. Il reste à dire un mot de ce qui fut fait pour la garnison.

Dès les premiers jours de septembre, presque tous les forts avaient leur approvisionnement de 45 jours. De plus, des provisions considérables étaient accumulées dans les magasins militaires. On verra aux Documents un état de ces denrées au 1er octobre, il en résulte qu'à cette époque, il y avait dans ceux-ci :

70,000	quintaux	de blé;
120,000	—	de farine;
20,000	—	de biscuit;
50,000	—	de riz, etc., etc.

D'autres états, qui devaient être annexés au rapport de M. Chaper (3), donnent la totalité des vivres qui,

pour la mouture des grains pendant le siège de Paris, Paris, Imprimerie nationale, 1872.

(1) *Ibid.*

(2) *Ibid.*

(3) *Enquête sur les actes du Gouvernement de la Défense nationale*, t. I, p. 421.

défalcation faite des cessions à la ville de Paris, furent employés à la nourriture des 150,000 rationnaires de l'armée active, des 110,000 de la mobile et des 20,000 divers recevant les subsistances militaires, du 1er juillet 1870 au 28 janvier 1871. A cette date, celle de la capitulation, il restait encore dans les manutentions militaires 15,394 quintaux de blé, 4,943 quintaux de farine, etc., etc (1).

Ainsi donc, l'intendance avait pu, sur les ressources accumulées par elle, nourrir la quantité d'hommes dont il vient d'être parlé, venir en aide à la population civile en cédant, même après l'investissement, des quantités considérables de vivres à la Ville et à l'Etat, et il lui restait encore près de 4 millions de rations de pain, 41 millions de rations de riz, etc. Cette constatation doit suffire pour montrer l'étendue et le haut mérite de l'œuvre accomplie par le sous-intendant Perier et ses collaborateurs.

En ce qui concerne la viande fraîche, il a déjà été dit (2) que le Ministre du Commerce avait chargé, le 19 août, MM. Chardon et Rolin, d'acheter 21,000 bœufs, 120,000 moutons et 12,000 porcs ; les achats effectués par ces deux délégués du Ministre, du 20 au 31 août, et livrés avant le 4 septembre, procurèrent en réalité 24,078 bœufs, 160,817 moutons et 9,213 porcs.

D'autre part, les fournisseurs qui avaient traité directement avec le Ministre et avaient reçu des ordres d'achats assez considérables ne purent livrer que 12,142 bœufs et 25,272 moutons (3). Le nombre total des animaux ainsi réunis s'élève donc à 36,220 bœufs, 186,089 moutons et 9,213 porcs.

---

(1) Voir ces états aux Documents.

(2) Voir plus haut, p. 171.

(3) *Journal officiel*, année 1872, p. 6950, 6952, 6953.

Ce sont à peu près les chiffres que le sous-intendant Perier indique, dans un état daté du 5 septembre, comme composition du troupeau déjà réuni par la ville de Paris (1). Mais, le *Bulletin de la Municipalité de Paris* donne, comme existant au 20 septembre, seulement 24,600 bœufs, 150,000 moutons et 6,000 porcs (2); la différence entre ces deux séries de chiffres représenterait, pour une durée de quinze jours, une consommation extraordinaire et les données du *Bulletin de la Municipalité* doivent être considérées comme inférieures à la réalité (3). Il semble toutefois que l'on peut conclure que le changement de ministère, survenu après le 4 septembre, eut pour effet de faire perdre de vue la question des approvisionnements, et que le successeur de M. Duvernois ne s'occupa guère de les accroître, mais laissa, au contraire, la population de Paris vivre pendant quinze jours avant l'investissement sur les ressources accumulées pour le siège par son prédécesseur (4).

L'administration de la Ville de Paris éprouva des difficultés assez sérieuses pour parquer l'énorme quantité de

(1) 37,000 bœufs, 200,000 moutons, 10,000 porcs.

(2) *Enquête sur les actes du Gouvernement de la Défense nationale*, t. I, p. 372.

(3) *Ibid*, p. 373.

(4) Le nouveau Ministre du Commerce, M. Magnin, considéra la quantité des approvisionnements à peu près comme résolue. Dans la séance tenue par les membres du nouveau Gouvernement, le 4 septembre à 10 heures du soir, on introduisit M. Moring, chef de service à la Ville, qui rendit compte que les approvisionnements réunis étaient suffisants pour un mois, peut-être pour 45 jours. Puis, il fut décidé que la présidence du Comité d'approvisionnement serait donnée à M. Pelletier qui en faisait déjà partie.

A la séance du 7 septembre au soir, le Ministre du Commerce proposait à ses collègues une note qu'il avait rédigée pour l'*Officiel* et dans laquelle il annonçait aux habitants que les approvisionnements en

têtes de bétail qu'elle avait réunie. Outre les parcs de la Villette, on en avait formé tout d'abord au bois de Boulogne, à Longchamp, puis dans les plaines de Gennevilliers, d'où il fallut les retirer rapidement; on y ajouta bientôt les terrains en avant du Point-du-Jour, les espaces compris entre l'enceinte et les forts du Sud, le bois de Vincennes, les terrains du Ranelagh, les avenues convergeant vers les Invalides, les berges de la Seine en aval du Champ de Mars, etc. La surveillance de ces parcs fut dévolue à la Préfecture de police.

La réunion de troupeaux si considérables présenta bientôt des inconvénients; les animaux eurent à souffrir de diverses maladies (fièvre aphteuse, cachexie aqueuse, accidents d'étouffement et de rupture de membres dus à l'agglomération, etc., etc.). Aussi, dès le 4 septembre, dans un rapport au Comité d'hygiène, une commission (1) proposait de supprimer les parcs d'animaux dans l'intérieur de la ville, et, pour diminuer la quantité de troupeaux à entretenir, d'en abattre une partie et de fabriquer des viandes salées ou de conserve (2). Un atelier de salaison fut, en effet, installé à Grenelle, sous la direction d'un employé supérieur de la marine, et des conserves furent préparées par l'industrie privée.

---

pain, viande, liquides et objets d'alimentation de toutes espèces étaient largement suffisants pour trois mois. Cette note fut approuvée, avec l'indication de deux mois seulement; elle fut en effet insérée au *Journal officiel* du 8 septembre.

La question des approvisionnements de la capitale ne fut plus soulevée, au cours des réunions des membres du Gouvernement, jusqu'au 19 septembre (*Procès-verbaux des séances du Conseil du Gouvernement de la Défense nationale*).

(1) Composée de MM. Bouy, Würtz, Bouley, Tardieu et Georges Ville, rapporteur (*Rapport* fait au nom de cette commission au Conseil d'hygiène sur l'approvisionnement de Paris et la nécessité de supprimer les parcs d'animaux dans l'intérieur de la ville, Paris, 4 septembre).

(2) *Rapport* de M. Georges Ville, Paris, 4 septembre.

En même temps, le Gouvernement prenait les mesures nécessaires pour parer à l'exagération des prix que l'on pouvait prévoir par suite de spéculations. Un décret du 11 septembre rétablit la taxe de la viande (1). Par arrêté du 12 septembre, le Ministre de l'Agriculture, qui avait été exceptionnellement chargé de les fixer, détermina les conditions du marché des bestiaux dans Paris (2).

Avant de quitter ce sujet des animaux vivants introduits dans la capitale, on doit noter que les vaches laitières avaient été oubliées et qu'il n'en existait que très peu dans les parcs. Cette situation fut l'une des principales causes de l'effroyable mortalité infantile qui sévit pendant le siège.

En dehors des viandes et des denrées comestibles, la vie d'une cité comme Paris exige de nombreux approvisionnements de toutes espèces. Dans la fièvre de l'improvisation, beaucoup de choses indispensables furent négligées et leur oubli devait causer plus tard de dures souffrances.

C'est ainsi que les stocks de combustibles furent notoirement insuffisants.

Le charbon de bois fut épuisé après quelques jours, et l'on dut organiser des charbonnières. De même pour le bois à brûler, que l'on dut se procurer en abattant en partie les bois de Boulogne et de Vincennes.

Quant à la houille, les usines à gaz déclaraient, le 22 août, avoir un approvisionnement suffisant pour soixante-dix-huit jours. Le Comité de défense chargea le Ministre des Travaux publics de donner des ordres aux compagnies de chemins de fer pour, qu'indépendamment des stocks nécessaires à leur exploitation, elles approvisionnassent Paris de charbon de terre pour qua-

(1) *Journal officiel* du 12 septembre.
(2) *Journal officiel* du 13 septembre.

rante-cinq jours au moyen d'achats faits rapidement dans les mines du Nord (1). Cette mesure ne dut pas recevoir une application bien étendue, car, dès le 26 octobre, on dut — par économie de combustible — réduire l'éclairage au gaz de moitié et le supprimer complètement un mois plus tard. Bientôt, la houille devint introuvable.

En ce qui concerne les besoins de la garnison, l'Intendance n'avait pas cru devoir prendre de mesures spéciales, et elle semble avoir compté uniquement sur les approvisionnements du commerce. A la fin de juillet, elle avait un marché en cours avec un fournisseur, M. Ouvré, chargé de procurer en temps de paix le charbon nécessaire à la cuisson des aliments et aux poêles des casernements, ainsi que le bois pour le chauffage des fours des manutentions. Après la déclaration de guerre, ce fournisseur, sur l'avis du service de l'Intendance, continua à satisfaire aux besoins de toutes les troupes de passage ou séjournant dans la capitale, et plus tard, pour ces fournitures, on lui accorda une augmentation de prix de 20 p. 100. Dans le courant du mois d'août, il fut invité à faire transporter dans les forts le combustible nécessaire pour la garnison et le service des manutentions pendant 45 jours. Du 15 août au 3 septembre, il fit entrer dans les forts 2,480 stères de bois et 8,676 quintaux de charbon (2). Il se mit en mesure également de réunir les approvisionnements nécessaires pour une armée de 200,000 hommes pendant la même durée. En fait, cet entrepreneur put assurer son service sans difficultés jusqu'au 1er novembre, mais, après cette date, il dut avoir

(1) Voir aux Documents, p. 70.

(2) *Mémoire* ampliatif, pour M. Ouvré fils, adressé au Conseil d'État, Section du Contentieux.

recours aux approvisionnements constitués par les autres marchands de la place (1).

Le Gouvernement prit encore quelques mesures pour assurer l'approvisionnement de diverses denrées considérées comme nécessaires.

Il prescrivit le 6 septembre aux directeurs des usines à gaz de certaines grandes villes, Tours, Poitiers,

---

(1) Pour pouvoir servir à la fois les nombreux corps qui chaque jour venaient s'approvisionner, il avait été créé, avant l'investissement, onze centres de distribution, savoir :

1° Le chantier militaire de Bercy, pour tous les corps stationnés ou campés à l'intérieur des fortifications;

2° Le chantier de Charenton, desservant Saint-Maurice, Charenton et Alfort;

3° Le chantier de Vincennes et un dépôt auxiliaire à Romainville, fournissant Vincennes, Nogent, Fontenay, Rosny, Noisy, Montreuil, Bagnolet, Romainville, Pantin et les Prés-Saint-Gervais;

4° Le chantier de Saint-Denis, alimentant Saint-Denis, Aubervilliers, Saint-Ouen et toutes les localités situées dans le rayon de Saint-Denis;

5° Un dépôt auxiliaire à Neuilly-sur-Seine, desservant Neuilly, le bois de Boulogne, Levallois-Perret, Asnières, Clichy, Gennevilliers;

6° Le chantier de Courbevoie, fournissant le Mont-Valérien et Colombes;

7° Un dépôt auxiliaire à Puteaux, distribuant aux troupes de Puteaux et de Suresnes;

8° Un dépôt à Sèvres et un dépôt auxiliaire à Saint-Cloud, pour les forces placées de ce côté (la retraite des troupes françaises sur la rive droite de la Seine, dès l'approche des troupes allemandes, rendit ces deux dépôts inutiles);

9° Le chantier de Vanves, alimentant Vanves, Issy, Montrouge et Clamart;

10° Toutes les troupes placées entre le pont de Sèvres et la route d'Orléans, en avant des forts, reçurent le combustible de trois dépôts créés sur la route de Châtillon à Issy (l'un d'eux fut toutefois occupé par l'ennemi dès le 20 septembre);

11° Les forces placées entre la route d'Orléans et la Seine tirèrent leur bois du magasin de Bercy.

Limoges, Bordeaux, etc., d'expédier de suite sur Paris tous les goudrons dont ils disposaient(1).

Il fit de même venir de province des quantités assez grandes de chlorure de chaux (2), d'acide phénique, etc. (3).

Le Comité de défense s'occupa, dès le 19 août, des stocks de pétrole qui existaient tant à l'extérieur qu'à l'intérieur de la place. Il aurait voulu pouvoir faire rentrer les premiers, principalement ceux qui se trouvaient à Colombes où fonctionnait une raffinerie de cette substance. On prit, en outre, des mesures pour assurer la sécurité des dépôts, en les faisant recouvrir de terre ou en immergeant les tonneaux dans les lacs des Buttes-Chaumont et du bois de Boulogne. Avant l'investissement cependant, peu de pétrole rentra dans Paris ; on ne considérait pas cette huile minérale comme une ressource indispensable pour l'éclairage de la ville et des habitations et, par suite, il ne sembla pas utile d'en surveiller les approvisionnements et la consommation. Et même, contrairement au premier projet, l'octroi reçut l'ordre, vers le 26 août, d'interdire l'entrée à Paris du pétrole (4). On oubliait ainsi le service qu'il pouvait rendre en permettant d'économiser la houille par la réduction de l'éclairage au gaz.

L'eau ne donna pas lieu à de longues inquiétudes.

Quand les Allemands eurent coupé l'aqueduc de la

(1) Le Gouverneur de Paris aux Directeurs des usines à gaz de Tours, Poitiers, Limoges, Bordeaux, D. T., Paris, 6 septembre.

(2) Le Gouverneur de Paris à MM. Malétra, à Rouen, Kuhlmann, à Lille et à la Société de Saint-Gobain, D. T., Paris, 6 septembre.

(3) Le Gouverneur de Paris aux Commissions municipales de Lyon et de Saint-Denis, D. T., Paris, 6 septembre.

(4) Le Gouverneur de Paris au Préfet de la Seine, Paris, 25 août. — Le Conseil du Gouvernement de la Défense nationale, dans sa séance du 11 septembre, ordonna cependant le transport à Paris d'une énorme quantité de cette huile emmagasinée à Saint-Denis.

Dhuys, achevé deux ans auparavant, et lorsqu'ils eurent pratiqué des sections dans le canal de l'Ourcq pour réduire les quantités fournies aux réservoirs de la Villette, il resta, outre l'eau des puits artésiens de Grenelle et de Passy, celle de l'ancien aqueduc d'Arcueil et enfin celle de la Seine, élevée par les pompes de Port-à-l'Anglais et de Chaillot. L'eau de cette dernière origine devait être filtrée et désinfectée.

L'administration fit, en outre, creuser en divers points, notamment devant l'Institut, des puits correspondants à des nappes d'eau encore inutilisées.

Ces mesures n'étant pas suffisantes, les compagnies de chemins de fer d'Orléans, de l'Ouest et de Lyon, peu de jours après l'investissement, le 29 septembre, offrirent leurs propres machines.

L'arrosage, le lavage, le service des pompes à incendie, étaient assurés par l'eau de Seine (1).

Solde et allocations. — Le Gouvernement impérial avait décidé, le 24 août, que, dans les places investies, les officiers et assimilés toucheraient la solde de guerre et seraient admis à percevoir les vivres en nature. Une circulaire du 4 septembre, signée du comte de Palikao, fixa au 30 août la date à partir de laquelles les militaires déjà stationnés à Paris avaient droit à cette solde (2).

La même circulaire fixait comme jour d'entrée en campagne, pour les troupes de toutes armes appelées à servir activement dans les régiments de marche, celui

(1) *Journal officiel* du 1er octobre 1870 (Reproduction d'une note du journal l'*Avenir national*).

(2) Le Ministre de la Guerre aux Généraux commandant les divisions et subdivisions militaires, aux Sous-Intendants, aux Chefs de corps et de service, Paris, 4 septembre ; *Journal militaire officiel*, 1870, 2e semestre, p. 413.

de l'envoi de l'ordre ministériel prescrivant la mobilisation de chaque corps (1).

D'autre part, le 26 août, une décision impériale accordait la haute paye d'ancienneté aux militaires rappelés à l'activité qui avaient servi plus de sept ans et, le 4 septembre, cette faveur (2) était étendue aux hommes de la garde nationale mobile qui se trouvaient dans ce cas (3).

La circulaire impériale du 24 août avait encore décidé que la gratification d'entrée en campagne ne serait pas attribuée aux officiers de l'armée de Paris, sous prétexte que, dans une place investie, ils ne faisaient pas campagne au sens strict du mot.

Cette interprétation, basée sur l'article 226 de l'ordonnance du 25 décembre 1837, d'après lequel a seul droit à cette gratification « l'officier qui reçoit l'ordre de se rendre à une armée active et qui exécute cet ordre (4) », ne tarda pas à soulever de nombreuses protestations. Celles-ci, du reste, étaient inévitables car la distinction que l'on voulait faire entre une armée défendant une place et une armée active, au point de vue des frais imposés aux officiers, était bien subtile.

Ce fut, tout d'abord, le Gouverneur qui réclama pour son état-major, lequel avait dû se procurer montures et équipements. Le 27 août, le Ministre rejeta cette demande.

A la suite d'autres instances du même genre, le général Le Flô se décida, le 19 septembre, à proposer au Gouvernement de revenir sur la décision qui soulevait toutes ces réclamations. Dans son rapport, il faisait observer que les officiers de l'armée de Paris étaient astreints en grand nombre à bivouaquer soit dans la ville, soit dans

(1) *Journal militaire officiel*, 1870, 2e semestre, p. 413

(2) *Ibid.*, p. 368.

(3) *Ibid.*, p. 414.

(4) Le Ministre de la Guerre au Gouverneur de Paris, Paris, 27 août.

l'enceinte des forts et qu'ils se trouvaient dans la nécessité de se procurer le matériel de campagne indispensable (1).

Le Gouvernement de la Défense nationale approuva les conclusions de ce rapport et décida, le 21 septembre, que tous les officiers et employés militaires présents dans la capitale à la date du 20 septembre auraient droit à la gratification d'entrée en campagne. Cette mesure fut étendue à toutes les places à dater du jour de leur investissement.

Le décret du 17 août nommant le général Trochu gouverneur de Paris avait créé une fonction nouvelle. Une décision ministérielle du 23 août fixa les émoluments attachés à cette situation. Le traitement du Gouverneur, y compris la solde de général de division, fut fixé à 40,000 francs par an. A cette somme s'ajoutaient 48,000 francs pour frais de représentation et 12,000 francs pour frais de bureau, de sorte que le traitement total ressortissait à 100,000 francs. De plus, le Gouverneur avait droit à des rations de fourrages pour 10 chevaux et il était accordé au général Trochu, à titre de frais d'installation, une somme de 25,000 francs (2).

Le chef d'état-major du Gouverneur avait droit à 16,000 francs pour frais de représentation et de bureau.

Les officiers du génie et de l'artillerie employés sur le terrain aux travaux de défense de Paris, étaient assujettis à de nombreux et onéreux déplacements. Pour les aider à y faire face, le Ministre leur alloua, le 19 septembre, une allocation mensuelle à partir du jour de leur prise de service, allocation fixée à 200 francs pour les colonels, 150 pour les lieutenants-colonels, 125 pour

---

(1) *Journal militaire officiel*, 1870, 2e semestre, p. 501.

(2) Sur ces 25,000 francs, le général Trochu restitua plus tard, à la caisse du Ministère de la Guerre, une somme de 5,630 fr. 20.

les commandants, 100, 75 et 50 respectivement pour les capitaines, lieutenants et employés (1).

Le lendemain, 20 septembre, une décision du Ministre de la Guerre attribua aux généraux de division, aux généraux de brigade chargés du commandement des troupes employées à la défense de Paris et aux officiers supérieurs chefs d'état-major, des indemnités pour frais de bureau et de représentation se montant pour chacune de ces diverses catégories d'officiers à 9,533 francs, 7,800 francs et 2,400 francs (2).

Pour les troupes, tant que les vivres de campagne n'étaient pas perçus, la solde était augmentée de 0 fr. 03 par homme.

Avec cette solde, les ordinaires des troupes situées hors Paris ne tardèrent pas à se trouver aux prises avec de graves difficultés (3). Les localités voisines des forts étaient presque complètement abandonnées par les habitants et les ravitaillements y devenaient impossibles.

Aussi, le 15 septembre, l'intendant général de l'armée décidait-il, qu'à la date du même jour, toutes les troupes placées dans les forts ou campées hors Paris recevraient les vivres de campagne (4). Le 17 septembre, le Ministre ordonnait la même mesure en faveur des troupes des 13e et 14e corps (5).

La fourniture de la viande fraîche à toutes ces troupes

---

(1) Le Ministre de la Guerre au Général commandant supérieur de l'artillerie, Paris, 19 septembre.

(2) *Ordre* du général commandant la 1re division militaire, Paris, 23 septembre.

(3) Le Général commandant la 1re division militaire au Gouverneur, Paris, 17 septembre.

(4) *Ordre* de l'Intendant général de l'armée de la Défense nationale, Paris, 15 septembre.

(5) Le Ministre de la Guerre au général Ducrot, Paris, 17 septembre.

commença le 20 septembre. L'entrepreneur fournissait les bestiaux sur pied, l'administration était chargée de l'abat.

Quant aux troupes de l'intérieur de la ville, elles ne perçurent les rations de vivres de campagne qu'à une date postérieure à l'investissement.

La circulaire impériale du 24 août avait décidé que les rations de fourrages seraient allouées aux officiers de place ainsi qu'aux officiers et assimilés montés en temps de guerre (1).

La récolte de foin de 1870 avait été à peu près nulle en raison de la sécheresse. Aussi le Ministre de la Guerre avait décidé, le 5 juillet, que la ration de foin serait partout diminuée et qu'il serait donné de la paille en substitution.

Cette mesure, jointe aux distributions de paille de couchage, amena une telle diminution dans l'approvisionnement de la paille que, le 6 septembre, le sous-intendant Périer, établissant la situation des approvisionnements de fourrage, constatait qu'il était urgent de diminuer la ration de paille et de la ramener de 7 à 5 kilogrammes, sous peine d'être exposé à ne plus avoir d'approvisionnement de cette denrée dans un délai très restreint (2). Le Ministre sanctionna cette proposition par un tarif établi dans ce sens, le 9 septembre. Les substitutions de foin ne pouvaient plus se faire qu'en avoine (3).

Ce tarif ne mit pas fin aux difficultés et, le 17 septembre, le général Soumain dut prendre une mesure plus radicale. Par un ordre daté de ce jour, il décida que la ration réglementaire de route, qui ne comprenait

---

(1) Le Gouverneur au général Soumain, Paris, 30 août.

(2) *Situation* des approvisionnements des fourrages, Paris, 6 septembre.

(3) *Ordre du jour* du Général commandant la 1re division militaire, Paris, 9 septembre.

que du foin et de l'avoine, serait appliquée désormais aux chevaux de l'armée de Paris. Seules, les parties prenantes isolées pouvaient substituer de la paille au foin, poids pour poids (1).

Service médical (2). — Lors de la déclaration de guerre, le service hospitalier de la place de Paris était placé sous la direction de M. Blaisot, sous-intendant de 1re classe, relevant lui-même de M. Danlion, intendant militaire de la 1re division territoriale.

Outre les hôpitaux militaires de la place (Val-de-Grâce, 976 lits; Gros-Caillou, 633 lits; Saint-Martin, 496 lits), M. Blaisot avait la surveillance du Magasin central des hôpitaux, de la Pharmacie centrale et des Docks du campement. Au début, ces divers établissements eurent surtout à fournir et à expédier aux différentes formations de guerre le personnel médical et le matériel nécessaires.

Après les premières grandes batailles, on dut songer à l'évacuation des blessés et des malades des armées d'opérations. Les intendants généraux Bosq et Robert furent désignés pour diriger et assurer ce service. Tandis que le second s'occupait principalement de la partie matérielle des évacuations et se rendait aux armées, l'intendant général Bosq fut chargé surtout de

(1) *Ordre du jour* du Général commandant la 1re division militaire, Paris, 17 septembre. — La situation ne fit qu'empirer et on verra plus tard que, le 11 octobre, la paille de couchage faisait complètement défaut dans Paris. Le Comité de défense, sur la proposition du général Frébault, dut étudier le remplacement de cette denrée par des copeaux de bois.

(2) Une grande partie de ce chapitre a été rédigée d'après un *Rapport* établi, après la guerre, par le sous-intendant, depuis intendant général Courtot, qui était alors adjoint de l'Intendance à Paris pendant le siège (Archives du Ministère de la Guerre).

l'hospitalisation des malades et de leur répartition dans les divers établissements du territoire.

Par suite de l'organisation des chemins de fer, des ressources de la capitale et de sa force attractive, la plus grande partie des blessés et malades furent, au début, dirigés sur Paris. Il fallut, dès lors, se préoccuper de créer dans cette ville les ressources nécessaires. Tout d'abord, on envoya en province tous les malades, en traitement dans les hôpitaux de Paris, qui étaient susceptibles de voyager. Pour les loger, on fit appel à la charité publique dans les départements qui, en peu de jours, offrit au Ministère de la Guerre 35,000 lits environ (1).

En outre, à leur arrivée à Paris, les blessés et malades pouvant voyager furent réexpédiés sur les autres grandes villes. Jusqu'au 15 septembre, l'administration organisa

---

(1)

2e	division militaire	....	3,350 lits.
3e	—	....	7,700 —
4e, 5e et 6e	—	(territoires envahis)	»
7e	—	....	2,000 —
8e	—	....	1,000 —
9e	—	....	1,600 —
10e	—	....	2,300 —
11e	—	....	2,600 —
12e	—	....	1,350 —
13e	—	....	900 —
14e	—	....	600 —
15e	—	....	4,200 —
16e	—	....	1,600 —
17e	—	(Corse)................	»
18e	—	....	1,150 —
19e	—	....	2,600 —
20e	—	....	300 —
1e	—	....	1,100 —
22e	—	....	650 —
		Total	35,000 lits.

chaque jour des convois dont quelques-uns comptaient 350 hommes.

Mais dès le milieu d'août, quand la menace d'un siège parut imminente, il fallut songer à installer un service spécial d'hospitalisation en vue des événements qui allaient se dérouler.

Outre les hôpitaux militaires de l'intérieur de la place, on pouvait compter sur l'hôpital de Vincennes (621 lits) et sur l'infirmerie des Invalides (415 lits). On décida également d'installer un hôpital de 500 lits à l'École spéciale militaire de Saint-Cyr (1) et d'utiliser les hospices du Vésinet et de Saint-Maurice.

Tous ces établissements étaient bien loin d'être suffisants : il fallait donc, de toute nécessité, créer de nouvelles ressources. Le Comité de défense s'en préoccupa dès le 25 août.

Ce jour-là, il convoqua M. Husson, directeur de l'Assistance publique pour obtenir de lui des renseignements sur la possibilité d'évacuer les hôpitaux civils de la Ville en vue d'installer des blessés. Ce fonctionnaire fit connaître qu'il n'y avait à ce moment que 700 places disponibles et disséminées dans les divers établissements hospitaliers et qu'il ne lui paraissait pas possible de faire évacuer les hôpitaux sauf peut-être l'hospice des aliénés de Bicêtre. Quant au personnel, M. Husson s'engageait à mettre 100 médecins à la disposition du Gouvernement ; il signala qu'il y avait encore 1,700 docteurs en médecine exerçant à Paris et ajouta que l'Assistance publique avait des quantités de médicaments suffisantes pour pouvoir en céder aux établissements militaires (2).

---

(1) On renonça bientôt à cette installation en raison de l'imminence de l'investissement.

(2) Voir aux Documents, p. 89.

Le lendemain, 26 août, l'intendant militaire Danlion fit connaître, de son côté, au Comité que l'évacuation de l'hospice de Bicêtre donnerait 1,760 places et que les services municipaux allaient faire installer 1,200 lits au premier étage du Palais de l'Industrie (1).

D'autre part, l'intendant général Bosq avait, dès le 13 août, été chargé de rechercher dans Paris les locaux susceptibles d'être transformés en ambulances.

Son rapport du 4 septembre fit connaître au Ministre le résultat de son travail. Il avait noté 83 écoles communales, lycées, établissements religieux, pensionnats, pouvant être utilisés pour soigner 510 officiers et 12,656 sous-officiers et soldats. Dans ce chiffre étaient compris 55 locaux municipaux choisis parmi ceux offrant les conditions les meilleures pour leur destination au point de vue de l'hygiène ou des facilités d'occupation et d'organisation et permettant d'hospitaliser 101 officiers et 8,539 hommes de troupe.

Tous ces locaux étaient à meubler; il fallait, en outre, y organiser le service médical et pharmaceutique, puis y affecter le personnel chargé de soigner et nourrir les malades.

L'intendant Bosq proposa d'utiliser, pour leur aménagement, les offres de lits faites par des particuliers. Bon nombre d'habitants s'étaient en effet engagés à recevoir des blessés; la majorité d'entre eux l'avait fait par charité, quelques-uns, peut-être, parce qu'aux termes de l'article 5 de la Convention de Genève du 22 août 1864, tout blessé recueilli et soigné dans une maison y sert de sauvegarde, et que l'habitant qui en a recueilli est dispensé du logement des troupes, ainsi que d'une partie des contributions de guerre. Mais, au triple point de vue des soins à donner, du maintien de la discipline et de

(1) Voir aux Documents, p. 93.

l'état civil des hommes, il était impossible de répartir les blessés par petit nombre, et même quelquefois individuellement chez l'habitant. C'est pourquoi l'intendant général Bosq demanda au préfet de la Seine, d'inviter les personnes qui avaient offert des lits ou des ameublements à les envoyer dans un des locaux de leur arrondissement choisis pour servir d'ambulance (1).

En dehors des bâtiments dont il vient d'être question, on organisa des ambulances dans des salles de toute sorte.

Les appartements de réception des Tuileries, sauf la salle des Maréchaux et la salle du Trône, les appartements du pavillon de Marsan furent, dès le 14 septembre, aménagés pour recevoir 400 officiers. Les lits furent fournis par le Garde-meuble (2).

On installa aussi 200 lits, fournis par les Lits militaires, dans les galeries de l'ancien musée des Souverains, au Louvre, et on étudia l'appropriation au même but, pour 800 malades, de la caserne des gendarmes à pied qui faisait partie du même palais (3).

On utilisa aussi quelques salles du Palais-Royal (4).

Enfin le génie, comme on l'a vu, construisit de grands baraquements-hôpitaux au Luxembourg, près de l'Orangerie et dans la grande allée du Jardin des Plantes (5).

Un autre baraquement avait été entrepris sur la

(1) *Compte rendu* au Ministre de l'exécution de ses ordres, en date du 13 août, au sujet du choix des emplacements susceptibles d'être convertis en ambulances, Paris, 4 septembre.

(2) L'intendant général Wolf au Gouverneur de Paris, Paris, 14 septembre; le chef d'escadron Dupérier au général Schmitz, Paris, 15 septembre; le Gouverneur au Directeur du Garde-meuble, Paris, 15 septembre.

(3) Le Gouverneur au Directeur des bâtiments du Louvre, Paris, 15 septembre.

(4) L'intendant général Wolf au Gouverneur de Paris, Paris, 14 septembre.

(5) Voir plus haut, p. 135.

pelouse de Longchamp, mais il fut abandonné. Ces établissements de santé provisoires se composaient de baraques en planches, élevées au-dessus du sol et d'une contenance moyenne de 20 lits. L'ensemble de ces baraques pouvait contenir environ 2,240 hommes (1).

L'initiative privée aidait puissamment, dans ces circonstances, les efforts des pouvoirs constitués.

La Société française de secours aux blessés, la Société internationale, les Ambulances de la Presse, le Comité évangélique de secours pour les soldats blessés, nombre d'ambulances privées prodiguèrent leur concours. La première de ces sociétés pouvait mettre, dès le 26 août, 10,740 lits au service de l'autorité militaire, dont 3,479 à Paris (2). Son dévouement, d'ailleurs, ne la sauva pas d'insinuations malveillantes et calomnieuses contre lesquelles le Gouvernement dut s'élever publiquement (3).

Grâce à tous ces efforts, au 4 septembre, l'Administration de la guerre disposait: des trois hôpitaux militaires à l'intérieur de l'enceinte, de ceux de Vincennes, du Vésinet, de Saint-Maurice, de Saint-Cyr, des cinq ambulances pourvues du matériel par le Magasin central et créées à l'école Colbert (230 lits), à l'école communale de la rue Balagny, à l'école communale de la rue du Poteau (120 lits), à celle de la rue Clignancourt et dans une maison de la rue de Clichy. Elle pouvait, en outre, utiliser 500 à 600 lits dans les hospices de l'Assistance publique, 500 à 600 lits dans des maisons particulières, soit un total de 5,000 à 6,000 lits auxquels

(1) Travail du général Petit (Archives du Comité du génie).

(2) Elle avait antérieurement créé un certain nombre d'ambulances qui avaient été envoyées aux armées.

(3) Le comte de Flavigny, président de la Société de secours aux blessés, au Colonel, chef de cabinet du Ministre de la Guerre, Paris, 1er septembre; proclamation du Gouverneur de Paris, Paris, 3 octobre.

s'ajoutèrent bientôt les installations en cours d'organisation préparées par l'intendant général Bosq et dont on vient de parler, aux Tuileries, au Louvre, dans les écoles publiques et privées, au Palais de l'Industrie, à l'École militaire où l'on créa quatre hopitaux de 500 lits, au Luxembourg, au Jardin des Plantes, etc. (1).

Toutes ces ressources formèrent, au moment de l'investissement, un ensemble d'environ 13,000 lits. Ce nombre allait se trouver momentanément diminué par la disparition des hôpitaux de Saint-Cyr et du Vésinet, mais de nouvelles installations vinrent bientôt combler ce déficit et, au mois de décembre, grâce à l'effort accompli, nos blessés pouvaient compter sur 37,000 lits (2).

Ces lits venaient à propos.

Le jour de l'investissement, les hôpitaux militaires comprenaient déjà 1,386 malades (3).

La variole, qui avait sévi en août et avait diminué d'intensité à la fin de ce mois, avait repris un nouveau développement avec l'arrivée des mobiles de province, en particulier des bataillons de Vendée et de Bretagne. Les effectifs dépassaient d'ailleurs 100,000 hommes pour l'armée active et 100,000 hommes également pour la mobile.

(1) *Rapport* de l'intendant Courtot.

(2)

Hôpitaux militaires desservis par l'administration (personnel et matériel auxiliaires)	9,500 lits.
Assistance publique	3,000 —
Presse et Sociétés de secours	2,000 —
Ambulances municipales	2,000 —
Corporations religieuses	4,000 —
Ambulances privées (de toutes contenances et de toutes origines)	16,500 —
TOTAL	37,000 lits.

(3) Militaires en traitement dans les hôpitaux à la date du 19 septembre 1870, Paris, 19 septembre.

Ces masses considérables comprenaient beaucoup de jeunes soldats transportés brusquement d'une vie calme dans une vie active. Mal casernés, ceux-ci fournissaient de nombreux malades dont une grande quantité de vénériens (1).

En dehors de ces ressources centrales, l'autorité militaire avait dû parer aux premiers besoins des blessés sur le terrain. Les grandes unités, notamment le 13e et le 14e corps, avaient conservé les formations qui leur étaient normalement affectées.

Dans chaque fort, une section d'ambulance desservie par un médecin-major et quelques étudiants en médecine, assurait le service d'une infirmerie de vingt lits destinée à recevoir les blessés non transportables, les autres devant être évacués sur les formations sanitaires de la place (2). On utilisa ainsi, pour le Mont-Valérien et Vincennes, deux ambulances légères de cavalerie qui existaient alors, sans destination définitive, aux 13e et 14e corps d'armée (3). Deux grandes ambulances furent en outre créées à Saint-Denis et à Vincennes (4). Immé-

(1) Dans une lettre du 1er septembre au Gouverneur, le docteur Nélaton signale les difficultés que rencontre l'organisation de tout service de santé en présence du nombre considérable de maladies vénériennes. Il demandait que le préfet de police fût invité à faire des razzias chez les logeurs avoisinant les casernes, la prostitution clandestine étant la cause du mal. Il demandait, en outre, que l'entrée de la ville fût interdite aux filles de mauvaise vie que la banlieue et la province déversaient alors sur Paris dans des proportions inusitées, et il terminait sa lettre par ces mots : « Si Paris devait supporter l'épreuve d'un siège, en moins d'un mois, l'armée compterait de 4,000 à 5,000 vénériens. »

(2) *Rapport* du médecin principal Champouillon sur l'organisation des ambulances dans les forts, Paris, 1er septembre.

(3) L'intendant général Wolf au Gouverneur, Paris, 11 septembre; le Gouverneur au Général commandant le 13e corps, Paris, 11 septembre.

(4) Le Ministre de la Guerre à l'Intendant militaire de la 1re division, Paris, 13 septembre.

diatement derrière l'enceinte, un ordre du Gouverneur, daté du 16 septembre, organisa des « ambulances de rempart » destinées à donner les premiers soins. Dès ce jour-là, vingt-six emplacements étaient choisis pour celles-ci entre la porte d'Aubervilliers et la porte de la Gare (19e, 20e, 12e et 13e arrondissements).

Dans chaque secteur, en outre, le commandement fit créer, à proximité des fortifications, des ambulances dont l'installation continua, après l'investissement, avec la collaboration du génie militaire.

Enfin, le 10 septembre, un décret du Gouvernement institua une commission centrale d'hygiène et de salubrité (1) à laquelle le Gouverneur donna, le 15, mission d'organiser le service des ambulances dans tous les arrondissements de la périphérie : à cet effet, cette commission avait pleins pouvoirs « de requérir tous officiers municipaux, tous agents de la force publique, tous médecins et pharmaciens, de prendre possession de tous locaux publics et privés nécessaires à l'établissement des ambulances, de requérir enfin tout le matériel et tous les médicaments propres à leur service (2) ».

Cette commission se chargea en outre de veiller à l'hygiène de la ville : enlèvement régulier des immondices sur la voie publique, arrosage des rues, approvisionnement et emploi des désinfectants, etc. (3).

Ainsi que l'avait fait prévoir au Comité de défense le

---

(1) Cette commission avait pour président : Jules Ferry ; pour vice-président : M. Henri Brisson ; pour membres : MM. Sainte-Claire Deville, Bouchardat, Chauveau-Lagarde, de Montmahon, et les docteurs Sée et Onimus (*Journal officiel* du 11 septembre 1870).

(2) *Journal officiel* du 17 septembre.

(3) Ce fut sur son initiative que, peu après l'investissement, toutes les ambulances particulières existant à l'intérieur de la ville furent réunies en dix groupes, un pour chacun des neuf secteurs, et un comprenant les quartiers du centre de la ville.

Directeur de l'Assistance publique, le personnel médical put être recruté facilement (1). Tous les médecins civils offrirent leurs services aux ambulances. Les demandes furent centralisées par le médecin inspecteur Michel Lévy qui dressa des listes d'après lesquelles le Service de l'intendance fit appel, au fur et à mesure des besoins, aux médecins inscrits et les commissionna, en désignant généralement ceux dont le domicile était voisin des ambulances nouvellement créées. On utilisa comme aides-majors les étudiants en médecine pourvus de seize inscriptions.

Un médecin et deux aides-majors furent affectés au service de 50 blessés ou de 80 fiévreux; le premier reçut une solde mensuelle de 200 francs et les seconds 100 ou 150 francs, suivant qu'ils étaient ou non docteurs.

Les pharmaciens furent recrutés d'une manière analogue.

Quant aux infirmiers, ils furent fournis soit par le personnel militaire des sections (hommes de l'active et de la mobile), soit par des volontaires civils ou religieux (hommes ou femmes).

Sous le rapport de la surveillance administrative et médicale, chaque ambulance militaire releva de l'un des quatre grands hôpitaux (y compris les Invalides). Des officiers d'administration auxiliaires, choisis et commissionnés par l'intendance, furent chargés de la gestion, sous l'autorité du comptable de l'hôpital, et reçurent, pour ce service, une solde mensuelle de 150 francs.

Au point de vue médical, le médecin en chef de l'hôpital avait la surveillance des annexes qui lui étaient rattachées.

Enfin, d'une manière générale, tous les hôpitaux et

(1) L'intendant général Wolf au médecin inspecteur Larrey, Paris, 15 septembre.

ambulances relevaient de l'intendant général Bosq, placé lui-même sous la direction de l'intendant général Wolf, directeur du service de l'intendance de l'armée de Paris.

La haute direction médicale de l'ensemble des forces militaires fut dévolue au baron Larrey, médecin inspecteur (1).

(1) *Rapport* de l'intendant Courtot.

CHAPITRE VIII

Services divers. — Mesures spéciales.

Organisation des transports dans la place. — Si l'on se rappelle ce qui a été dit précédemment concernant les divers travaux nécessités par l'armement de la place, on se rend compte que des transports considérables durent être effectués pour :

1° Mettre en place dans les forts et sur l'enceinte, les différentes bouches à feu emmagasinées dans les forts ;

2° Répartir dans les forts et sur l'enceinte les munitions et poudres existantes ;

3° Débarrasser les gares de tout le matériel d'artillerie expédié sur Paris (900 pièces avec leurs armements et munitions, 2 millions de kilogrammes de poudre) ;

4° Répartir dans les forts et magasins les approvisionnements en vivres, et retirer des gares les denrées arrivées journellement (1).

Dès le 26 juillet, le service de l'intendance avait passé un marché avec M. Dailly, maître de postes à Paris,

---

(1) A ces catégories, il faudrait ajouter, pour être complet :

1° Les transports des denrées et du matériel expédiés en août aux différents corps de l'armée du Rhin ;

2° Les transports nécessités par les constructions des travaux nouveaux (ceux-ci furent faits, il est vrai, en général, par les entrepreneurs des travaux).

On ne s'occupera pas de ces deux catégories de transports ; on s'en tiendra uniquement à ceux ordonnés par l'autorité militaire pour l'armement et l'approvisionnement de la place.

pour assurer le service des transports dans le département de la Seine et dans les communes de Seine-et-Oise comprises dans le périmètre des forts (1).

Les unités d'artillerie ou du train d'artillerie, stationnées dans la place, pouvaient fournir également un certain nombre d'attelages.

Ces ressources furent suffisantes tant que l'on ne poussa pas activement l'armement de la place. Mais, après le 8 août, quand on voulut hâter les travaux, on dut avoir recours à d'autres moyens. On accepta tout d'abord le concours des ingénieurs et agents des Ponts et Chaussées qui, sous la direction de MM. Lalanne et Krantz, offrirent leurs services. Le premier de ces deux ingénieurs se chargea de la direction du transport des bouches à feu destinées à l'armement de l'enceinte et de leur mise en place sur les remparts ; le second s'occupa plus spécialement de quelques travaux dans les forts et de l'approvisionnement en bois, nécessaire à la confection des gabions et des fascines (2).

Dans un rapport que l'on trouvera aux Documents, l'on verra que M. Lalanne, du 9 au 21 août, fit transporter, des forts sur les murs de l'enceinte, à une distance moyenne de 4 kilomètres, 524 pièces, représentant avec leurs accessoires un poids total de 976,255 kilogrammes (3).

Le service de l'artillerie avait néanmoins besoin d'un supplément d'attelages pour toutes ses manipulations de matériel. Le Ministre fit venir de province 1,000 chevaux du train d'artillerie qui arrivèrent à Paris le 16 août, et

(1) Le Maréchal commandant le 1er corps d'armée au Général commandant les dépôts de la Garde impériale, Paris, 26 juillet.

(2) *Rapport* sur les travaux exécutés, pour le compte de l'artillerie, sous la direction de M. Lalanne, inspecteur général des Ponts et Chaussées, Paris, 5 octobre.

(3) Ces transports occasionnèrent une dépense de 39,472 francs.

il ordonna le même jour la réquisition de 300 chevaux (avec harnais et conducteurs) appartenant à la Compagnie des omnibus (1).

Notons enfin que les Compagnies de chemins de fer mirent à la disposition de l'État tout leur matériel de camionnage, chevaux et voitures. L'effectif des premiers, en temps normal, était de 2,500 animaux. Ce renfort rendit de précieux services.

Pour coordonner les transports des grandes quantités de munitions et poudres à diriger des gares sur les forts ou les divers magasins, le Ministre créa, le 14 août, une commission spéciale chargée de l'arrivage du matériel d'artillerie dans Paris. La présidence en fut donnée au colonel d'artillerie Bossut (2). Cette commission recevait les avis des arrivages, centralisait les demandes des commandants d'artillerie des forts ou secteurs, et réglait les transports et le service des attelages.

Utilisation du chemin de fer de Ceinture pour le transport des troupes. — Dès le 16 septembre, le Gouverneur prescrivit d'étudier dans quelle mesure on pourrait utiliser les gares et voies ferrées à l'intérieur de Paris pour le transport des troupes.

Après entente avec les Compagnies, il fut admis :

1° Que le service des trains pour le public sur la ligne de Ceinture, toutes les demi-heures pendant le jour, serait maintenu, et que ces trains seraient composés de telle sorte que 800 à 900 places fussent toujours libres pour la troupe;

2° Qu'un service de nuit pourrait être organisé, s'il

---

(1) Le Ministre de la Guerre au général Princeteau, Paris, 16 août.

(2) Les autres membres en étaient : le chef d'escadron Levassor-Sazeray, le capitaine Bey, le garde d'artillerie Laverné, le sous-chef artificier Cabry.

était nécessaire, à raison d'un train par heure, ou même d'un train toutes les demi-heures;

3° Que les embarquements pourraient avoir lieu dans l'une quelconque des vingt-cinq gares du chemin de fer de Ceinture, où l'autorité militaire pourrait embarquer, à n'importe quelle heure, sur une simple réquisition remise au chef de station, 3,000 à 3,500 hommes en une heure en utilisant les deux trains lancés dans chaque sens;

4° Que des embarquements de 3,000 hommes pourraient avoir lieu simultanément dans chacune des gares Saint-Lazare, du Nord et de l'Est, mais qu'il serait nécessaire de prévenir les chefs de ces stations trois heures d'avance, ou bien que 9,000 hommes pourraient être embarqués, à la fois, à la gare Saint-Lazare seule, en prévenant dans le même délai (1).

Communications télégraphiques et optiques à l'intérieur de la ligne des forts. — Dès le commencement d'août, le Gouvernement s'était préoccupé d'installer des communications télégraphiques entre les forts et les principaux établissements militaires de la capitale. Le Ministre de l'Intérieur prescrivit à la Direction générale des télégraphes (2) de procéder, d'après les instructions du service du génie, à l'installation d'un réseau aérien et d'un réseau souterrain pour relier entre eux le quartier général de la place Vendôme, les casernes, puis les forts. On commença par le réseau aérien.

Le 19 août, l'état-major du Gouverneur communiquait déjà avec le Bureau central de la rue de Grenelle, avec les principales casernes (3) et avec les forts de Vin-

(1) Travail du général Petit (Archives du Comité du génie).

(2) Cette Direction était alors confiée à M. de Vougy qui fut remplacé, le 4 septembre, par M. Steenackers.

(3) École militaire, casernes Napoléon, du Prince-Eugène, de Reuilly (*Ordre* du général commandant le 13e corps d'armée, Paris, 19 août).

cennes et de Charenton, puis, le 24, avec tous les forts. Enfin, deux jours plus tard, toutes les casernes étaient reliées à la place Vendôme (1).

Mais, pour communiquer entre eux, les ouvrages, même voisins, devaient passer par l'intermédiaire du réseau de Paris. Aussi, le 19 septembre, le général commandant supérieur à Saint-Denis demanda l'établissement d'un réseau direct entre ceux de son commandement. Ce ne fut qu'en octobre que la mesure fut généralisée (2).

Le 26 août, le Directeur des télégraphes avait proposé de relier les forts à certains points de l'enceinte; cette proposition fut ajournée. Le 28, on décida de pourvoir de communications télégraphiques les sièges de commandement des neuf secteurs (3); cette installation n'était pas encore terminée le 19 septembre. Par contre, à cette date, les postes de sapeurs-pompiers étaient reliés entre eux (4).

Tous ces travaux furent exécutés par le personnel technique de la Direction des télégraphes. On dressa toutefois des escouades de soldats pour la réparation des lignes sous la direction des fonctionnaires qui les avaient construites (5).

D'autre part, les travaux du réseau souterrain, dont

---

(1) *Rapports* du commandant Brossé sur la situation des communications télégraphiques de Paris et des forts, Paris, 26 août et 29 août.

(2) Le Chef de service des lignes télégraphiques à Saint-Denis au Directeur des télégraphes à Paris, D. T., Saint-Denis, 19 septembre 1870, 7 h. 30 soir.

(3) Séance du Comité de défense des 26 et 28 août.

(4) Dépêche du 16 septembre du commissaire du Gouvernement au directeur général des télégraphes à Tours (*Enquête sur les actes du Gouvernement de la Défense nationale*, t. IV, p. 19); déposition de M. Steenackers (*Ibid.*, t. V, p. 350).

(5) Le Directeur général des télégraphes au Gouverneur, D. T., Paris, 30 août, 4 h. 45 soir.

l'organisation était confiée au génie, avaient été poussés activement et, dès le 7 septembre, le Mont-Valérien, les forts de la Briche, l'Est, Aubervilliers, Ivry, étaient reliés télégraphiquement de cette manière avec Paris. Vincennes l'était également, sauf une courte lacune. Le même jour, le commandant Brossé, chargé de ce service, rendait compte au Directeur du génie que Romainville, Noisy et Rosny seraient reliés deux ou trois jours plus tard et que les forts du Sud auraient leurs communications établies la semaine suivante (1).

Toutefois, l'organisation n'était pas encore complète au 19 septembre. Tous ces réseaux aboutissaient au Bureau central de la rue de Grenelle ou aux bureaux de la Place.

Les transmissions dans les forts furent assurées par des agents civils mis à la disposition de l'autorité militaire, revêtus d'un uniforme, assimilés au grade de sous-lieutenant, et faisant partie de l'état-major du commandant du fort (2). Ils avaient droit aux rations de vivres.

Au cours du siège, toutes ces installations furent encore améliorées, et presque tous les ouvrages pourvus d'un poste télégraphique.

Communications sémaphoriques. — Les lignes télégraphiques aériennes reliant les forts aux bureaux de l'intérieur de la place pouvant être détruites et les lignes souterraines n'étant pas prêtes, on songea, vers le milieu d'août, à créer des communications optiques. Dès le 12, le Ministre de la Marine appela à Paris quarante employés des postes sémaphoriques avec leur matériel, et l'on

(1) Le commandant Brossé au colonel de Courville, Paris, 7 septembre.

(2) Le Ministre de la Guerre au Gouverneur de Paris, Paris, 4 septembre.

commença de suite l'installation d'un certain nombre de signaux optiques, sur le modèle de ceux organisés sur les côtes. On éleva sur les terre-pleins des forts, des bastions ou au sommet de certains monuments bien visibles, des mâts avec vergues pour l'usage du télégraphe marin à pavillons ou de signaux à grande distance au moyen de bombes et de cônes. Pour la nuit, on se servit de puissants réflecteurs munis de deux écrans mobiles, l'un opaque, l'autre rouge, permettant des combinaisons de signes analogues à celles du télégraphe.

Le lieutenant de vaisseau Kœnig fut chargé de centraliser le service des postes sémaphoriques. A chacun d'eux, on affecta plusieurs timoniers de la marine, habitués à ce service, munis des appareils d'observation nécessaires, de feux de Bengale et de fusées de diverses couleurs pour les communications de nuit (1).

Le plus important des postes à l'intérieur de l'enceinte était à l'Arc de Triomphe : il communiquait avec ceux installés à la Tour Solférino (Butte Montmartre), à la Tour Saint-Sulpice, à la Tour Saint-Jacques, au Panthéon (2), à l'Opéra (alors en construction), et ceux-ci avec les postes des bastions 17, 23, 73, 76, 84, 91. A l'extérieur, les forts de l'Est, d'Aubervilliers, de Nogent, de Vincennes, la redoute de Gravelle, les forts de Charenton, Issy, Vanves, du Mont-Valérien, la cathédrale de Saint-Denis, l'ouvrage de Gennevilliers, etc. (3), communiquaient soit avec l'Arc de Triomphe, soit avec les organisations de l'intérieur.

On créa également, sur la proposition du comte

(1) Vice-amiral de La Roncière Le Noury, *La marine au siège de Paris*, p. 26 et suiv.

(2) Ce poste fut supprimé, un peu après l'investissement.

(3) Le nombre de ces postes varia naturellement selon les péripéties de la défense.

Daru (1), un certain nombre de postes d'observation sur des points ou édifices élevés, d'où l'on pouvait surveiller les mouvements de l'ennemi. Lors de l'investissement, trois postes de ce genre seulement avaient été organisés, le premier à la Tour Solférino sous la direction de quatre ingénieurs-hydrographes, le second à l'Observatoire, d'où le commandant Bibesco suivit, le 19 septembre, tout le combat de Châtillon et le troisième, 100, rue Lepic, dans un observatoire privé mis à la disposition de la défense par son propriétaire. Par la suite, d'autres postes furent créés au Trocadéro, au Panthéon, à Passy (la Muette), au donjon de Vincennes, à la Porte-Maillot, aux forts de Romainville, Nogent, Bicêtre, Montrouge, du Mont-Valérien, etc., etc. (2).

Ces postes furent pourvus de bureaux télégraphiques et d'appareils optiques divers pour faciliter les observations. On repéra avec soin tous les villages et points du terrain remarquables, visibles de chaque observatoire, on mesura les distances, et tous ces renseignements furent consignés dans des tables spéciales à chacun d'eux (3).

Cette dernière organisation fut l'œuvre du lieutenant-colonel du génie Laussedat.

Ballons-Observatoires. — Des propositions pour l'utilisation de ballons au cours des opérations militaires avaient été adressées au Ministre, dès le 16 juillet, par M. Godard, mais il semble qu'en raison des préoccupations du moment, elles furent négligées. Cependant, le Ministre des Travaux publics lut au Comité de défense,

---

(1) Séance du Comité de défense du 30 août.

(2) De Sarrepont, *Histoire de la Défense de Paris*, p. 146.

(3) Voir dans l'ouvrage de l'amiral de La Roncière Le Noury, p. 575, les renseignements spéciaux concernant les forts de Romainville, Noisy, Rosny, Ivry, Bicêtre, Hautes-Bruyères, Montrouge.

le 18 août (1), divers rapports établis par une commission d'ingénieurs créée par lui, et chargée d'étudier plusieurs questions parmi lesquelles l'usage de ballons captifs. Vers la même date de nouvelles offres de personnel et de matériel aérostatiques furent faites au Gouvernement par MM. Godard, Nadar et de Fonvielle, et, avec l'autorisation du Ministre, le Gouverneur nomma le colonel du génie Usquin président d'une commission ayant pour mission d'étudier ces propositions, et de traiter avec ces aéronautes (2).

Le 22 août, le colonel Usquin, rendant compte de ses premiers travaux, faisait connaître que des ballons captifs pourraient être utilisés, pour l'observation des mouvements de l'ennemi, à la condition qu'ils ne s'élèveraient pas à une hauteur supérieure à 250 ou 300 mètres, les difficultés d'attache du câble fixe et les mouvements du ballon rendant les observations difficiles à une hauteur plus grande. En même temps, il signalait que l'on pouvait utiliser de suite deux ballons de 1,200 et 1,400 mètres cubes appartenant aux frères Godard, et un de 800 mètres, propriété de l'Empereur, emmagasiné au Garde-meuble. Il proposait d'utiliser les deux premiers à Montmartre et à la barrière d'Orléans pour faire des observations au Nord et Sud de la place, et le troisième, plus léger, dans l'un des forts de Noisy, Rosny ou Nogent d'où il pourrait être déplacé à volonté (3).

Ces propositions furent agréées en partie, et, dans les premiers jours de septembre, les deux ballons Godard furent installés à Montmartre et au Nord du fort de Bicêtre, près de l'usine à gaz de Vaugirard. Un personnel

---

(1) Voir aux Documents, p. 56.

(2) Le général Véronique au Gouverneur de Paris, 22 août; le Gouverneur au colonel Usquin, Paris, 22 août.

(3) Le colonel Usquin au Gouverneur, Paris, 22 août.

militaire fut mis à la disposition du colonel Usquin et des aéronautes, pour la manœuvre des câbles, la transmission des renseignements, etc. Les ascensions commencèrent mais ne donnèrent pas grands résultats, même pendant les journées des 18 et 19 septembre où de si nombreuses colonnes ennemies étaient en marche autour de Paris (1). Mais, à ces dates, les aérostats s'élevaient à 120 ou 130 mètres à peine, et M. Nadar, rendant compte d'une de ses ascensions, disait qu'ils ne commenceraient à rendre des services réels que pendant le siège (2).

En fait, les observations de ce genre cessèrent peu de jours après l'investissement, car l'un des ballons utilisés à ce service, le *Neptune*, partit le 23 septembre, emportant les premières correspondances pour la province, et l'on ne songea plus à employer les aérostats comme postes d'observations.

Communications de Paris avec la province. — Il était facile de prévoir que les lignes télégraphiques reliant la capitale et les départements seraient interrompues. En fait, comme on le verra, le mouvement enveloppant des Allemands se termina le 19 septembre et ce jour-là, à 1 h. 10 de l'après-midi, le bureau central des télégraphes annonça au Gouvernement que le dernier fil qui mettait en communication Paris avec le reste du pays venait d'être coupé (3).

Dans la prévision de cet accident, l'idée avait été émise, dans le courant d'août, par le directeur général des lignes télégraphiques d'immerger deux câbles dans la Seine,

---

(1) Différents Historiques de régiments allemands signalent qu'ils virent ces ballons en arrivant, le 19 septembre, devant Paris.

(2) *Rapport* n° 3 de M. Nadar, Paris, 18 septembre.

(3) Le Bureau central des télégraphes au Gouverneur, D. T., Paris, 19 septembre, 1 h. 10 soir.

l'un en amont se dirigeant vers Joigny, l'autre en aval descendant jusqu'à Rouen. Le 21 août, le Comité de défense, avait repoussé cette idée, craignant que ces câbles ne fussent détruits facilement. Le 26, revenant sur sa décision il en prescrivit l'exécution puis, pendant vingt jours, il se désintéressa de la question, et cependant le sujet avait une telle importance qu'il méritait qu'on ne le perdit pas de vue. Ce ne fut qu'à la séance du 14 septembre que, sur l'intervention de M. Dupuy de Lôme, le Comité revint à ce projet. Sur la demande de renseignements qu'il formula alors, il fut informé que le câble d'aval allait être posé, avec Rouen comme point d'atterrissement, mais qu'il n'avait pu être procédé à l'établissement de celui qui devait être immergé en amont (1).

Le câble de Rouen ne fut prêt à fonctionner que le 23 septembre. Le travail avait été assez long car, pour éviter les indiscrétions, l'inspecteur Richard, chargé de le poser, avait voulu n'opérer que la nuit.

A son arrivée à Rouen, le câble était relié, par une ligne aérienne, aux bureaux du Havre. La transmission se faisait directement entre la capitale et cette dernière ville où les dépêches étaient reçues dans un local séparé, par des employés choisis, et réexpédiées à Tours. Il avait été décidé que tous les services de province, même ceux de Rouen et du Havre, adresseraient d'abord à Tours toutes leurs dépêches, et qu'à Tours on jugerait s'il y avait lieu de les transmettre. Tous les télégrammes devaient être chiffrés. Le personnel du bureau de Tours avait été choisi spécialement et avait prêté serment de ne pas révéler l'existence du câble, dont l'usage, du reste, était réservé au Gouvernement seul et caché soigneusement à tous les fonctionnaires et au public. Il semblerait même que tous les Ministres ne l'aient pas

(1) Séances du Comité de défense des 21 et 26 août, 14 et 17 septembre.

connu, et que seuls, ceux de l'Intérieur, de la Guerre et des Affaires étrangères aient été au courant de son installation.

Ce câble, malheureusement, ne fonctionna que jusqu'au 27 septembre. Interrompu, une première fois, le 24, à la suite de la rupture du pont de Mantes, il fut coupé définitivement le 27, par les Allemands, à la suite d'indications fournies par un éclusier de l'île Saint-Germain (1).

Dès lors, Paris n'eut plus que des communications accidentelles avec la province.

On avait bien tenté quelques autres efforts pour échapper à cet inconvénient, mais aucun ne donna de résultat jusqu'au moment où l'on utilisa les aérostats et les pigeons. Dans la séance du 21 août, le Comité de défense avait proposé de chercher à conserver le plus longtemps possible les lignes ferrées du Sud et de l'Ouest. Le général de Chabaud la Tour expliqua qu'on pourrait obtenir ce résultat en utilisant des troupes de cavalerie battant la campagne, appuyées sur de petites fractions d'infanterie occupant les points principaux des voies ferrées. On s'explique mal aujourd'hui comment cette proposition put satisfaire le Comité. Son énoncé suffit à montrer sa fragilité (2).

Dans cette même séance, il avait été décidé d'organiser un service de coureurs porteurs de nouvelles (3),

---

(1) *Collection* des dépêches échangées par pigeons voyageurs, préface sommaire.

(2) Voir aux Documents, p. 68.

(3) Aucun service de renseignements sur le territoire n'ayant été organisé dès le temps de paix, le général Guiod signala, le 22 août, au Comité de défense des fortifications de Paris, « l'utilité qu'il y aurait à posséder des espions et surtout à organiser sur une grande échelle, dans tout le pays dont on est maître, un service de donneurs de nouvelles ». Le Comité décida de s'adresser, à cet effet, au Préfet de

et, le 22 août, le Directeur général des Postes en avait reçu la mission. Quelques jours plus tard, ce fonctionnaire rendit compte au Gouverneur qu'il avait constitué un corps de trente hommes alertes, intelligents, sûrs, choisis avec soin parmi les employés de l'administration. Revêtus de vêtements civils, ces coureurs devaient chercher à franchir les lignes ennemies, à pied, en voiture ou à cheval, dès que Paris serait investi, et porter leurs correspondances en lieu sûr (1).

Les 19 et 20 septembre, trois voitures, deux cavaliers et cinq piétons, ainsi envoyés, ne purent franchir les lignes ennemies (2). Les jours suivants, ces tentatives furent renouvelées. Jusqu'au 30 septembre, cinq agents seulement purent passer; quatre rentrèrent à Paris, le cinquième fut fait prisonnier (3). Ces insuccès, qui amenèrent l'abandon rapide de cette organisation, furent d'ailleurs causés autant par la surveillance exercée par les Allemands que par celle de nos propres troupes (4).

M. Rampont, qui prit la Direction des postes le 11 sep-

police. Mais celui-ci répondit que le personnel spécial dont il disposait ne pouvait rendre de services en dehors de Paris.

(1) M. Vandal, directeur général des postes, au Gouverneur, Paris, 23 août; le Gouverneur à M. Vandal, Paris, 23 août; M. Vandal au Gouverneur, Paris, 25 août; le Gouverneur au Ministre de la Guerre, Paris, 26 août; le Ministre au Gouverneur, Paris, s. d. (27 août).

(2) Le Directeur général des postes au général Trochu, Paris, 21 septembre.

(3) Steenackers, *Les Télégraphes et les Postes pendant la guerre de 1870-1871*, Paris, Charpentier, 1883, in-12, p. 289 et suiv.

(4) M. Rampont, directeur des postes, consulté au sujet de nos communications avec l'extérieur, constate que les rigueurs des francs-tireurs et soldats français sont un obstacle plus difficile à vaincre que les lignes prussiennes. Tous ses courriers lui sont ramenés par nos postes avancés (*Procès-verbaux du Conseil du gouvernement de la Défense nationale*, p. 152).

tembre (1), se préoccupa de trouver d'autres modes de transport des lettres après l'investissement, et de suite, il songea aux ballons. Dès le 16, la construction de plusieurs aérostats avait été décidée. M. Cornu, ingénieur des mines et professeur à l'École polytechnique, avait été chargé de la direction de ce service, et des crédits lui avaient été ouverts pour la construction de trois de ces engins (2).

De son côté, le vice-amiral de La Roncière Le Noury avait préparé un traité à passer avec M. Godard, pour la fourniture au prix de 50 francs pièce, de ballons de 10 à 15 mètres cubes, destinés à emporter un kilogramme de correspondances, et construits de telle sorte qu'ils ne puissent tomber qu'à une distance de 12 lieues au moins de Paris. Le premier devait être prêt à partir le vendredi 23 septembre. Il semble que ce projet ait été établi à la suite de la réception d'un télégramme expédié le 17, à 1 heure du matin, par le sous-préfet de Neufchâteau, et annonçant la chute à Pargny, d'un petit ballon expédié par la garnison de Metz avec environ 5,000 petits billets adressés par les officiers et soldats à leurs familles.

Ce système de ballons non montés ne reçut pas toutefois d'application à Paris, et le *Neptune*, qui partit effectivement le 23, était conduit par l'aéronaute Duruof. Ceux qui furent lancés par la suite, transportèrent tous une ou plusieurs personnes. Jusqu'à l'armistice, 65 aérostats quittèrent Paris, ayant emporté 164 personnes, 381 pigeons, 5 chiens, des appareils et engins divers, enfin 10,675 kilogrammes de dépêches (3).

Un avocat, M. Ségalas, proposa à la fin d'août au

(1) *Enquête sur les actes du Gouvernement de la Défense nationale*, t. V, p. 345.

(2) *Ibid.*, t. IV, p. 19.

(3) Steenackers, *Les Télégraphes et les Postes pendant la guerre de 1870-1871*, p. 392, 394 et 457.

directeur des télégraphes, M. de Vougy, d'utiliser les pigeons voyageurs comme moyen de transmission en cas de siège. Dès le 2 septembre, M. Ségalas avait installé dans la tour de la Direction des télégraphes une soixantaine de ces animaux. Autorisé par M. Steenackers, le successeur de M. de Vougy, à continuer l'installation de ce service, M. Ségalas réunit 130 pigeons provenant pour la plupart de départements du Nord ou de la Belgique. De son côté, M. Steenackers avait ordonné la création d'un service analogue par son administration, mais cette organisation ayant été commencée trop tard, rien n'avait pu être fait lors de l'investissement et l'on ne disposait que des oiseaux de M. Ségalas (1). C'est du moins ce que déclarait le commissaire du Gouvernement de la Direction des télégraphes à Paris, dans une dépêche qu'il adressa le 18 septembre à M. Steenackers, alors parti à Tours. Mais M. Rampont, dans sa déposition, assure que l'administration avait réuni avant l'investissement, au Jardin des Plantes, 800 à 900 pigeons provenant également du Nord de la France et de la Belgique (2).

Quoi qu'il en soit, les uns et les autres ne pouvaient être employés que difficilement pour l'envoi de dépêches en province, puisque l'on eût voulu surtout communiquer avec Tours ; d'autre part, on n'avait pas eu la précaution de transporter hors de Paris, avant la rupture des communications, les pigeons des colombiers de la capitale. Il fallut alors rechercher, chez les particuliers, les pigeons voyageurs qui pouvaient exister. Le premier ballon qui quitta Paris, le 23 septembre, n'emporta aucun de ces messagers ; les suivants en emportèrent trois ou

(1) *Enquête sur les actes du Gouvernement de la Défense nationale*, t. VII, p. 118.

(2) *Ibid.*, t. V, p. 346, vol. 2.

quatre, destinés seulement à permettre à l'aéronaute de faire connaître à l'Administration des postes dans quelles conditions, ils avaient atterri. Ce ne fut que plus tard que l'*Armand-Barbès*, parti le 7 octobre, emporta seize volatiles dont quelques-uns devaient servir à la Délégation de Tours pour communiquer avec Paris. Par la suite, tous les ballons emportèrent un nombre de pigeons assez grand, que les aéronautes, dès leur atterrissement, expédiaient à la Délégation (1).

Service des incendies. — Le Comité de défense décida, dans sa séance du 26 août, que le régiment des sapeurs-pompiers commandé par le colonel Willerme serait tout entier laissé à son service spécial et que les postes installés dans la Ville seraient multipliés de manière à ce que partout où un commencement de sinistre viendrait à se déclarer, il y eût à côté un secours immédiat (2).

A la date du 17 septembre, ce régiment comptait 1,294 hommes (3).

A l'approche de l'investissement, les pompiers des communes voisines de la capitale reçurent ordre de rentrer à Paris avec leur matériel et ils furent mis à la disposition du colonel des pompiers. Le 17 septembre, celui-ci disposait de 125 de ces hommes, mais ce nombre augmenta rapidement et quinze jours après, il était estimé que l'on avait de 1,200 à 1,300 de ces auxiliaires.

Ces ressources paraissaient suffisantes au colonel Willerme. Aussi n'accueillit-il qu'indirectement les nombreuses offres de concours volontaires qui lui furent

(1) Steenackers, *Les Télégraphes et les Postes pendant la guerre de 1870-1871*, chap. V, VI et XIII.

(2) *Rapport* du colonel Willerme sur le service de secours contre l'incendie pendant l'état de siège, Paris, 17 septembre.

(3) Le 3 octobre, cet effectif était de 1,498.

faites. Le 9 septembre, le journal *le Moniteur de la Garde nationale mobile* ayant demandé l'autorisation d'organiser un corps de pompiers civils, le colonel déclara que le meilleur moyen d'utiliser ces bonnes volontés était la création de postes de guetteurs chargés de signaler la chute des projectiles, afin que l'on pût combattre, dès leur début, les incendies qu'ils occasionneraient.

Le nombre total des postes entre lesquels étaient répartis les hommes du régiment de Paris et des compagnies de banlieue, qui était de 80 avant la guerre, fut porté à 122, chiffre qu'il atteignit le 17 septembre puis, au 3 octobre, à 170. Leur effectif variait de 3 à 9 hommes. Ils étaient placés près des endroits les plus dangereux : magasins de fourrages, entrepôts de marchandises, usines à gaz ou dans ceux dont les sauvetages importaient le plus : musées du Louvre, du Luxembourg, bibliothèques, palais, etc. Dans les établissements qui renfermaient des richesses artistiques, des escouades de jeunes ingénieurs concouraient en outre à la surveillance de tous les instants.

Tous les postes furent réunis télégraphiquement avec l'état-major du régiment, les diverses casernes du corps et le bureau des Eaux de la Ville.

Le matériel dont le colonel Willerme disposait, y compris celui de la banlieue, comprenait 205 pompes dont 30 étaient en réserve pour parer à toutes les éventualités. Il fallait du reste ajouter à ce nombre celles possédées par les administrations publiques et privées, les palais, les ministères, etc. Enfin six pompes à vapeur très puissantes avaient été installées sur les bords de la Seine ou du canal Saint-Martin.

Pour alimenter les appareils et éviter l'emploi des chaînes d'hommes, des pompes alimentaires assez puissantes avaient été ajoutées au matériel. Soixante baquets, de 700 litres chacun, distribués sur les points les plus convenables, étaient destinés à parer aux premiers besoins. Les habitants avaient été invités à faire des réserves d'eau, surtout dans les parties hautes de leurs habitations et les possesseurs de réservoirs alimentés par des machines devaient tenir ceux-ci constamment sous pression. Les tonneaux des arroseurs municipaux devaient être en outre tenus pleins.

Pour indiquer rapidement aux pompiers les réservoirs et les puits et assurer l'ouverture rapide des conduites d'eau, le colonel Willerme avait obtenu que la Compagnie des eaux mît à sa disposition 86 fontainiers qui étaient répartis entre les différents postes (1).

De plus, des précautions furent prises pour parer aux dangers que présentaient les accumulations de matières inflammables.

Le Préfet de police, le 23 août, sur le désir du Conseil de défense, exigea que tous les approvisionnements de ce genre fussent réunis par les soins de chaque propriétaire sur un seul point de son établissement et couverts de 2 mètres de terre dans tous les sens (2). Le 12 septembre, ordre fut donné par le Gouverneur à tous les dépositaires d'huiles de pétrole d'en faire la déclaration dans les vingt-quatre heures (3).

A Bercy, on prit également des dispositions pour mettre à l'abri un million d'hectolitres de vin et 30,000 hectolitres de spiritueux à divers degrés qui occupaient l'entrepôt, près des fortifications (4). Il en fut de même à la Pharmacie centrale du quai d'Orsay que l'on isola des vastes dépôts de bois qui avaient été accumulés à la Manufacture des tabacs, afin de mettre en sûreté ses réserves d'alcool, d'éthers et d'essences (5).

---

(1) *Rapport* du colonel Willerme, Paris, 17 septembre.

(2) Le Gouverneur au Préfet de police, Paris, 23 août.

(3) *Journal officiel* du 13 septembre.

(4) Le Gouverneur au Ministre de l'Intérieur, Paris, 23 août.

(5) Le Directeur de la manufacture des tabacs au Gouverneur, Paris, 27 août.

Expulsion des étrangers et des bouches inutiles hors de la capitale. — La question du séjour en France des étrangers, particulièrement de ceux d'origine allemande, et de leur entrée ou de leur sortie du territoire, avait préoccupé le Gouvernement dès le début de la guerre.

Avant son départ de Paris, le représentant de la Confédération de l'Allemagne du Nord avait chargé l'ambassadeur des États-Unis, M. Washburne, de prendre sous sa protection les sujets originaires de la Prusse et des autres États confédérés. Celui-ci, autorisé par le Gouvernement de Washington, avait accepté et en avait informé officiellement le Gouvernement français le 17 juillet (5). Les sujets de la Saxe, du grand-duché de Hesse, du duché de Saxe-Cobourg-Gotha relevèrent également des États-Unis. Ceux de la Bavière et du grand-duché de Bade furent placés sous la protection de la Suisse et ceux du Wurtemberg sous celle de la Russie.

Un avis, inséré au *Journal officiel* du 21 juillet (1) à la suite d'une décision prise par le Gouvernement français, avait fait connaître que les sujets prussiens et ceux des États alliés, qui se trouvaient alors en France, seraient autorisés à y continuer leur résidence et leurs entreprises commerciales tant que leur conduite ne fournirait aucun motif de plaintes. L'admission, sur le territoire de l'Empire, des sujets des mêmes États, était subordonnée à des autorisations spéciales et individuelles. Quant au départ des confédérés prussiens, le Gouvernement avait décidé de laisser sortir seulement ceux qui avaient passé l'âge du service militaire actif et de retenir au contraire

(5) Adolf Hepner, *Der Schutz der Deutschen in Frankreich 1870-71*, Stuttgart, Dietz Nachs, 1907, in-12. — L'auteur publie une grande partie de la correspondance échangée entre le gouvernement français, l'ambassadeur des États-Unis et divers agents diplomatiques au sujet des étrangers.

sur le territoire français ceux qui voudraient le quitter pour entrer dans l'armée ennemie.

L'ambassadeur des États-Unis protesta immédiatement contre cette dernière décision par une longue lettre qu'il adressa, le 25 juillet, au duc de Grammont, Ministre des Affaires étrangères (1). Celui-ci en conféra avec ses collègues, et le Conseil des Ministres résolut de maintenir les décisions prises. Toutefois, comme on s'était rendu compte qu'il était assez difficile de reconnaître les individus libérés du service militaire ou non, on fixa à 40 ans la limite d'âge au-dessus de laquelle les étrangers pouvaient être autorisés individuellement à quitter la France. C'est dans ce sens que le duc de Grammont répondit, le 3 août, à l'ambassadeur des États-Unis (2).

Des instructions spéciales déterminèrent les formalités à remplir par les confédérés pour justifier de leur âge et demander leurs sauf-conduits, qu'ils n'obtenaient qu'après enquête et par décision du Ministre de l'Intérieur (3). Une circulaire fut adressée, le 5 août, à cet effet aux chefs de légion de gendarmerie.

Une ordonnance de police, antérieure au 5 août, astreignit les étrangers à réclamer, dans le délai de trois jours, un permis de séjour. Quinze mille demandes parvinrent à la Préfecture de police, mais on n'y fit aucune

(1) Adolf Hepner, *loc. cit.*, p. 7.

(2) Adolf Hepner, *lot. cit.*, p. 13. — L'ambassadeur des États-Unis écrivit une longue lettre au duc de Grammont, le 9 août, dans laquelle il discutait la décision du Gouvernement français, en invoquant des précédents historiques.

(3) Le Ministre des Affaires étrangères au Ministre de la Guerre, Paris, 25, 29 et 30 juillet ; le Ministre de l'Intérieur aux Préfets, Paris, 28 juillet ; le Ministre des Affaires étrangères au Ministre de l'Intérieur, Paris, 30 juillet ; le Ministre de l'Intérieur au Ministre de la Guerre, 31 juillet et 1er août ; le Ministre de la Guerre aux Chefs de légion de gendarmerie, Paris, 5 août.

réponse. C'est que, bientôt, les idées du Gouvernement s'étaient modifiées. Les mesures restrictives apportées au départ des étrangers avaient paru avoir des inconvénients et il sembla préférable de diminuer le plus possible le nombre des Allemands résidant en France, et, pour cela, de les pousser à abandonner le pays et surtout Paris. A la veille de sa chute, le ministère Ollivier était décidé à se débarrasser des sujets allemands, et, pour faciliter leur exode, le Ministre de l'Intérieur télégraphia aux préfets que ces étrangers pourraient quitter la France avec un passeport ou sur un simple visa des agents étrangers chargés de les protéger.

D'autre part, l'opinion publique s'exagérait les dangers que pouvait faire courir la présence de ces étrangers et, par la voie des journaux, réclamait leur expulsion immédiate (1).

L'ambassadeur des États-Unis s'émut de ces polémiques, et voulut intervenir auprès du Gouvernement, mais, sur ces entrefaites, le ministère Ollivier démissionna. Le ministère du 10 août se montra, lui aussi, partisan de l'expulsion, mais il fut interpellé au Corps législatif, le 12 août, sur cette question. Le Ministre de l'Intérieur ayant déclaré que, depuis le 10 août, il prenait des mesures pour « expulser » les étrangers, cette expression souleva des protestations (2).

Un député déclara « qu'il y aurait de graves inconvénients, au point de vue de l'humanité et de la civilisa-

---

(1) Un article du *Figaro*, paru dans le numéro du 9 août, demandait l'expulsion immédiate des Allemands hors Paris, l'embarquement dans les 24 heures au Havre de ceux qui avaient de l'argent pour leur voyage et l'arrestation de ceux qui étaient sans ressources. Après avoir lu cet article, M. Washburne courut chez le Ministre des Affaires étrangères, mais le Ministre était démissionnaire (Adolf Hepner, *loc. cit.*, p. 25).

(2) *Journal officiel* du 13 août.

tion, à chasser de France ou même de Paris, sans distinction, toutes les personnes appartenant aux nations avec lesquelles nous sommes en guerre ». Un autre député reprocha au Gouvernement d'avoir commis deux fautes : « La première, c'est de n'avoir pas laissé sortir les Allemands quand ils demandaient à partir, c'était une violation du droit des gens ; la seconde faute, ce serait de les expulser dans les circonstances actuelles, car, apparemment, quand les étrangers sont mis sous la protection des ambassades américaine et anglaise, vous entendez respecter le droit des gens et le faire respecter. Oh ! les fléaux de la guerre sont assez grands pour qu'on ne veuille pas y impliquer des victimes qui n'ont commis aucun délit (1). »

Ces paroles, destinées à combattre des mesures prises dans l'intérêt général et pour la sûreté du pays, n'étaient pas faites pour faire disparaître les hésitations du Gouvernement qui cependant, à ce moment, aurait eu besoin de se sentir soutenu complètement dans tout ce qu'il faisait pour assurer et renforcer la Défense nationale.

La question des étrangers ne fut donc pas résolue, le Gouvernement manquant d'autorité pour la faire aboutir puisqu'il ne sentait pas d'appui auprès du Parlement et que, d'autre part, l'ambassadeur des États-Unis le sollicitait de donner des délais assez longs pour le départ des sujets allemands. Cependant, leur exode commença vers cette époque (2). Mais quand, après les combats sous Metz, la marche des armées allemandes sur Paris et la

---

(1) *Journal officiel* du 13 août.

(2) Adolf Hepner, *loc. cit.*, p. 34 ; l'ambassadeur des États-Unis au Ministre des Affaires étrangères, Paris, 17 août.

L'ambassadeur des États-Unis avançait des subsides aux partants ; les compagnies de chemins de fer français leur accordaient demi-tarif ; on les acheminait par la Belgique, sur Herbesthal, à la frontière prussienne.

perspective d'un siège parurent imminentes, l'opinion publique, dans la capitale, s'émut de plus en plus de la présence de nombreux étrangers dont elle grossissait même le nombre.

Le Comité de défense s'en occupa dans sa séance du 22 août, et souhaita l'expulsion des 30,000 nationaux allemands présents à Paris (1).

Le 24 août, le général Trochu prit un premier arrêté aux termes duquel : « Toute personne dépourvue de moyens d'existence et dont la présence à Paris constituerait un danger pour l'ordre public ou la sécurité des personnes et des propriétés, ou qui s'y livrerait à des manifestations de nature à affaiblir ou à entraver les mesures de défense et de la sûreté générale, sera expulsée de la capitale (2). »

Le Préfet de police crut, à son tour, devoir appeler, le 27 août, l'attention du Gouverneur sur les dangers que « ferait courir la présence de nombreux étrangers appartenant à des pays en guerre avec la France et qui seraient les amis, les parents, tout au moins les compatriotes des soldats campés sous les murs de la capitale ». Après avoir refait l'historique des mesures contradictoires édictées successivement, puis après avoir rappelé les dernières instructions envoyées par le Ministre de l'Intérieur aux préfets, il ajoutait : « Soit que le ministère ait cru devoir s'arrêter devant les difficultés que pouvait offrir une expulsion en masse, soit qu'il ait été touché des observations présentées à ce sujet à la tri-

(1) Procès-verbaux du Comité de défense, séance du 22 août.

Le Ministre de l'Intérieur estimait à 40,000 le nombre des sujets allemands. Ce chiffre ne paraît pas exagéré, car, le 2 septembre, l'ambassadeur des États-Unis avait signé environ 30,000 passeports aux confédérés de l'Allemagne du Nord quittant Paris. (Adolf Hepner, *loc. cit.*, p. 35).

(2) *Journal officiel* du 26 août.

bune du Corps législatif, sa décision est restée sans publicité, de sorte qu'elle n'a même pas eu la portée d'une mesure comminatoire et elle a laissé planer une véritable indécision, tant dans l'esprit des individus intéressés que dans celui des administrations locales elles-mêmes. »

Dans la même lettre, le Préfet de police estimait à 10,000 ou 12,000 le nombre de sujets allemands encore à Paris et demandait que l'on prît un parti définitif sur une question qui ne pouvait rester plus longtemps en suspens : « Il est certain, ajoutait-il, qu'une décision du Gouverneur de Paris, invitant les sujets allemands à quitter la capitale dans un délai déterminé, soit pour sortir de France, soit pour être internés dans l'intérieur de l'Empire, arriverait au même résultat par le simple effet comminatoire d'une pareille mise en demeure. Paris serait aussitôt évacué spontanément par la grande majorité des sujets dont il s'agit. »

Le Gouverneur se rendit à ces raisons et signa, le 28 août, un nouvel arrêté prescrivant que tout individu non naturalisé Français et appartenant à l'un des pays actuellement en guerre avec la France devait quitter Paris et le département de la Seine dans un délai de trois jours, puis sortir de France ou se retirer dans un département au Sud de la Loire. Tout contrevenant devait être arrêté et jugé immédiatement par les tribunaux militaires (1). L'arrêté du Gouverneur mettait enfin un terme à l'indécision et aux hésitations dues à la faiblesse du Gouvernement, et le départ des sujets allemands s'accéléra.

On avait songé aussi à faire sortir de Paris les gens dangereux pour l'ordre, ou dont la présence était inutile. Le 20 août, un membre du Comité de défense avait pro-

(1) *Journal officiel* du 29 août.

posé d'expulser les repris de justice et les gens sans aveu. Deux jours après, le général Trochu fit connaître que, d'après les renseignements que lui avait fournis le Préfet de police, le nombre des repris de justice n'était pas aussi considérable qu'on le croyait et que, d'autre part, les hommes les plus dangereux ne tombaient pas sous le coup des rigueurs légales. Par contre, il proposait de faire évacuer hors de Paris les malades des hôpitaux civils, de ne conserver que l'hospice de Bicêtre et celui d'Ivry, de chasser de Paris les nationaux allemands, et de diriger sur les départements du Sud et du Sud-Ouest la population française inutile à la défense. Trois jours plus tard, le 25, le général d'Autemarre demanda que l'on fît partir les 200,000 ouvriers qui se trouvaient dans la place et qui seraient sans travail pendant le siège. Puis le Comité formula le vœu que les populations de la banlieue fussent invitées à quitter leurs demeures, et averties qu'elles ne seraient pas reçues dans Paris (1). Pour faciliter l'exode des familles pauvres, le Conseil des Ministres décida, le 28 août, d'accorder la circulation gratuite sur les chemins de fer à une certaine classe d'habitants et, le 29 août, le Préfet de police fit afficher un avis invitant les personnes qui ne pouvaient être utiles à la défense, à s'éloigner de Paris (2).

Il n'a pas été possible d'évaluer les résultats de ces mesures en ce qui concerne la diminution de la population de Paris. Il est certain qu'un grand nombre d'habitants, français et étrangers, quittèrent la capitale, mais il est non moins certain que beaucoup des habitants de la banlieue, et même de villages à une assez grande distance de Paris, se refugièrent dans cette ville (3), de

(2) Procès-verbaux du Comité de défense, séances des 20, 22 et 25 août.

(2) *Journal officiel* du 29 août.

(3) M. Morillon, *loc. cit.*, p. 132, dit, d'après un Rapport de

sorte que le chiffre de la population totale ne paraît pas avoir varié.

Évacuation des richesses artistiques. — Le président du Comité d'artillerie fit connaître au Comité de défense, le 20 août, que des dispositions étaient prises pour évacuer sur les ports le musée d'artillerie de Saint-Thomas-d'Aquin ; à ce propos, un membre du Comité proposa que des mesures analogues fussent prises pour éloigner de Paris les principales richesses artistiques de la capitale (1). Des ordres furent en effet donnés par le Gouvernement qui fit envoyer en province les drapeaux des Invalides (2), les plus précieux tableaux du Louvre, etc.

Ces objets furent en général dirigés sur les ports : Brest, Bayonne, etc., d'où l'on espérait pouvoir facilement les expédier, le cas échéant, en pays étranger (Amérique, Espagne, etc.).

D'autre part, M. de Kératry fit rentrer à Paris les objets précieux qui se trouvaient dans les châteaux impériaux voisins de la capitale (3).

M. Antonin Proust, du 14 octobre, que 113 communes de Seine-et-Oise et de Seine-et-Marne étaient représentées à Paris. Le nombre des indigents provenant de ces communes s'élevait à 8,000.

(1) Procès-verbaux du Comité de défense, séance du 20 août.

(2) Sur la demande du Ministre de la Marine (Procès-verbaux du Comité de défense, séance du 21 août).

(3) *Procès-verbaux des séances du Conseil du Gouvernement de la Défense nationale*, p. 19.

CHAPITRE IX

Flottille de la marine sur la Seine.

Dans sa séance du 19 août, le Comité de défense décida d'utiliser, pour la défense de la Seine, des canonnières à faible tirant d'eau que possédait la marine.

L'amiral Rigault de Genouilly, Ministre de la Marine, disposait en effet, à ce moment, des canonnières et batteries cuirassées à tranches démontables qui devaient opérer primitivement sur le Rhin, sous les ordres du contre-amiral Exelmans. Cet officier général se trouvait à cette date enfermé avec quelques marins à Strasbourg, mais le matériel, non encore expédié, restait disponible dans les ports.

Le Ministre fit venir à Paris :

Le yacht le *Puebla;*

Cinq batteries flottantes cuirassées armées chacune de deux canons rayés de 14 centimètres ;

Huit canonnières non blindées (l'*Estoc*, la *Caronade*, l'*Escopette*, la *Bayonnette*, la *Claymore*, le *Perrier*, la *Rapière*, le *Sabre*), armées chacune d'un canon de 16 centimètres et d'un canon de 4 de montagne ;

Six chaloupes à vapeur pontées, dites vedettes, armées d'un canon de 12 ;

Six canots à vapeur (1).

A ces unités, vint se joindre une canonnière armée

---

(1) Pour plus de détails sur cette flottille, voir vice-amiral de La Roncière le Noury, *La Marine au siège de Paris*, p. 14.

d'un canon de 24 centimètres et appelée canonnière Farcy, du nom de son inventeur.

Tout ce matériel, transporté par chemin de fer, commença à arriver à Paris le 23 août et les arrivages continuèrent jusque dans les premiers jours de septembre (1). Le montage des canonnières eut lieu à Saint-Denis; les différentes embarcations y furent lancées à la Seine, puis dirigées sur Saint-Cloud où la flottille fut réunie.

Celle-ci fut placée sous les ordres du capitaine de vaisseau Thomasset qui prit le titre de « chef de division » et arbora son guidon de commandement sur le *Puebla*. Le capitaine de frégate Rieunier lui servit de second et de chef d'état-major (2).

Le Comité de défense, après entente avec le Ministre, avait décidé, le 22 août, que l'on formerait avec cette flottille deux sections, l'une en amont, l'autre en aval de la place, et que des portières seraient ménagées dans les estacades pour permettre la circulation des embarcations (3). Des dépôts de charbon furent créés à l'intérieur de Paris, et un dépôt de munitions devait être installé à l'île de Billancourt.

Toute la flottille était prête le 14 septembre. Son rôle avait été défini quelques jours auparavant dans une conférence de son chef avec le général de Chabaud la Tour (4).

« Elle devait garder les deux points en aval et en

---

(1) Le Préfet maritime de Cherbourg au Ministre de la Marine, D. T., Cherbourg, 1er septembre, 10 h. 23 matin.

(2) Le Ministre de la Marine au Ministre de la Guerre, Paris, 21 août; le Ministre de la Guerre au général Trochu, Paris, 17 septembre; liste numérique et nominative des officiers et marins formant les équipages de la flottille de la Seine, Paris, 23 août.

(3) Procès-verbaux du Comité de défense, séance du 22 août.

(4) *Ibid.*, séance du 9 septembre.

amont, où la Seine traverse l'enceinte de Paris ; éloigner les brûlots que l'ennemi eût pu lancer sur l'immense matériel flottant remisé le long des quais ; protéger les barrages, les ponts de bateaux et s'opposer à toute tentative de construction de ponts de la part de l'ennemi ; enfin agir sur toute l'étendue de la rivière pour y protéger toutes les opérations de l'armée de terre (1). »

On pensait aussi l'utiliser, soit pour transporter des troupes, soit pour accompagner des bateaux-omnibus chargés de troupes. Ceux-ci pouvaient porter chacun 250 hommes, ce qui permettait, avec 20 d'entre eux, de déplacer en peu de temps 5,000 hommes du centre de Paris, à l'une ou l'autre des extrémités du trajet fluvial (2).

Quand l'investissement devint imminent, la flottille fut chargée d'enlever tous les moyens de transport ou de passage sur la Seine, de faire rentrer dans la ville ce qu'il était possible et de couler le reste. Ce fut surtout en aval que ces opérations furent exécutées.

Puis, ainsi qu'il avait été décidé auparavant, la flottille fut fractionnée : une partie, sous les ordres du capitaine de frégate Goux (2 batteries flottantes, 3 canonnières, 2 chaloupes-vedettes) se rendit à Bercy tandis que l'autre partie, sous les ordres directs du capitaine de vaisseau Thomasset (3 batteries, 5 canonnières, 4 chaloupes-vedettes et la canonnière Farcy) était maintenue entre Javel et Billancourt (3).

Cette répartition, faite définitivement, le barrage du

(1) *La Marine au siège de Paris*, p. 22; *Note* du capitaine de vaisseau Thomasset à l'amiral de Dompierre d'Hornoy, Paris, 25 août.

(2) Procès-verbaux du Comité de défense, séance du 9 septembre.

(3) Le Ministre de la Marine au capitaine de vaisseau Thomasset, Paris, 19 septembre ; le capitaine de vaisseau Thomasset au général de Chabaud la Tour, Port-Javel, 20 septembre.

pont d'Iéna put être terminé, ce qui coupa toute communication par eau entre les deux tronçons (1).

Le 18 septembre, la section de Bercy remonta jusqu'à Port-à-l'Anglais, puis revint mouiller en arrière de l'estacade, à hauteur des fortifications. Là, les trois canonnières placées en travers de la Seine, pouvaient battre de leurs feux les deux rives et les routes et chemins qui les longeaient.

Quant à la section de Javel, son chef avait placé deux batteries à une centaine de mètres en amont du pont de bateaux construit par l'artillerie à Billancourt, d'où elles battaient les deux bras du fleuve, les coteaux de Meudon et de Clamart. D'autre part, trois canonnières étaient à hauteur de l'île de Billancourt ; le reste de la section stationnait au port de Javel (2).

(1) Le capitaine de vaisseau Thomasset au général Schmitz, Paris, 20 septembre.

(2) Le capitaine de vaisseau Thomasset au général de Chabaud la Tour, Port-Javel, 20 septembre.

IIIe PARTIE

Constitution de la garnison de Paris.

CHAPITRE PREMIER

Généralités.

Lors de la déclaration de guerre, la garnison de Paris (1) comprenait :

Les corps de la Garde, avec leurs dépôts (2), sauf trois de ses régiments de cavalerie ;

Douze régiments d'infanterie de ligne (3) ;

---

(1) Y compris les forts, Versailles, Vincennes, Saint-Germain et les places annexes (Courbevoie, Saint-Cloud, Rueil, Saint-Denis).

(2) L'infanterie de la Garde comprenait : un bataillon de chasseurs à pied (Paris), quatre régiments de voltigeurs (Paris), trois régiments de grenadiers (Courbevoie, Saint-Cloud et Rueil), un régiment de zouaves (Versailles).

La cavalerie de la Garde se composait de : un régiment de dragons et un régiment de lanciers (Paris), un régiment de chasseurs (Fontainebleau), un régiment de guides (Melun), un régiment de carabiniers (Compiègne), un régiment de cuirassiers (Saint-Germain).

L'artillerie comprenait un régiment monté, un régiment à cheval et un escadron du train d'artillerie, tous à Versailles.

La Garde comptait, en outre, un escadron du train des équipages (Versailles), le corps des Cent-Gardes (caserne de Bellechasse, Paris) et l'escadron des gendarmes d'élite.

(3) 7e, 19e, 29e, 41e, 51e, 59e, 62e, 69e, 71e, 81e, 90e et 95e de ligne.

Trois bataillons de chasseurs à pied (1);

Six régiments de cavalerie (2);

Deux régiments d'artillerie (3).

Neuf des régiments d'infanterie de ligne avaient leurs dépôts hors de la capitale et de ses annexes (4). Leurs bataillons, présents à Paris, ne comptaient que six de leurs compagnies (5).

Par contre, les trois bataillons de chasseurs à pied avaient leurs dépôts à Vincennes. Quant aux dépôts des régiments de cavalerie, ils tenaient tous garnison en province.

Tous ces régiments ayant été affectés, dès le début, aux corps d'armée de campagne, il ne resta à Paris, après leur départ, que les unités non mobilisées, les dépôts des corps de la Garde, des trois régiments d'infanterie et des trois bataillons de chasseurs.

Ces forces étaient insuffisantes, même pour assurer le service de place et la sûreté du Gouvernement.

Dès les 20 et 21 juillet, arrivèrent, à Paris, quatre régiments d'infanterie, les 25e, 26e, 28e et 70e de ligne, venant de Belle-Ile, Lorient, Cherbourg, Nantes et Brest. Ils s'installèrent dans les casernes et les forts et envoyèrent même des détachements en province, pour la garde des maisons centrales (6).

---

(1) 7e, 15e et 18e bataillons.

(2) 3e, 10e et 12e chasseurs à cheval; 2e, 5e et 7e hussards.

(3) 4e et 11e d'artillerie.

(4) Les 29e et 59e régiments avaient leurs dépôts aux forts de Nogent et de Charenton. Le dépôt du 90e était à Saint-Germain.

(5) Les 7e et 8e compagnies des bataillons des régiments de Paris et de Lyon étaient, en général, dans les mêmes garnisons que les dépôts.

(6) Les 25e et 26e occupèrent la caserne du Prince-Eugène. Le 26e détacha immédiatement deux compagnies à Poissy. Le 28e fut logé à

Ces régiments appartenaient à la 4e division (général Levassor-Sorval) du 6e corps lequel, comme on le sait, devait, en principe, former le noyau de l'armée de réserve que l'on avait projeté de constituer au camp de Châlons.

Le 22 et le 23 juillet, arrivèrent aussi les huit escadrons des 5e et 6e cuirassiers, venant de Vendôme et du Mans, qui furent logés aux quartiers Dupleix et du quai d'Orsay.

Ces unités d'infanterie et de cavalerie assurèrent immédiatement le service de place et fournirent les nombreux piquets que l'agitation politique rendit nécessaires, particulièrement les 8, 9 et 10 août, lors de l'ouverture de la session du Corps législatif et de la chute du Ministère Ollivier.

Le 9 août, débarquèrent, dans la capitale, quatre régiments d'infanterie de marine, formés dans les ports. En même temps, l'on ordonnait de diriger sur Paris dix bataillons de marins.

Les unités de ces deux catégories de troupes étaient destinées, dans le principe, à la défense de la place.

A la suite des revers subis par les armes françaises, en Alsace et en Lorraine, le 6 août, la division Levassor-Sorval reçut brusquement, dans la nuit du 10 au 11, l'ordre de partir immédiatement pour Metz où était appelé tout le 6e corps.

Le lendemain, 12 août, la division d'infanterie de marine (général de Vassoigne) fut dirigée, elle-même,

---

la caserne Napoléon mais envoya son Ier bataillon à Melun. Les Ier et IIe bataillons du 70e allèrent à Vincennes, cinq compagnies du IIIe bataillon au fort de Vanves et la sixième à Clairvaux (Aube). Le 30 juillet, le Ier bataillon du 70e détacha quatre de ses compagnies aux forts de Bicêtre et d'Ivry (*Historiques* manuscrits des 25e, 26e, 28e et 70e régiments).

sur le camp de Châlons pour entrer dans la composition du 12e corps (1).

La garnison de Paris se trouva, par suite de ces départs, encore une fois réduite aux unités de dépôt des corps de la Garde et des régiments qui la composaient en temps de paix.

Mais, dès le 14 août, commencèrent à arriver dans la place les quatrièmes bataillons appelés pour constituer le 13e corps, dont la création avait été décidée la veille.

A partir du 21, débarquèrent d'autres quatrièmes bataillons, destinés à former les divisions actives affectées quelques jours après au 14e corps, puis des compagnies de marche d'infanterie de marine et des bataillons de marins.

Le 25 et les jours suivants, la garnison fut, par contre, réduite par le départ du 13e corps qui revint cependant en entier y reprendre sa place avant le 8 septembre.

Enfin, dans les premiers jours de ce dernier mois, arrivèrent les compagnies de dépôt, appelées, au nombre de 80, pour constituer la garnison des forts.

Tels sont, rapidement résumés, les mouvements divers des troupes d'infanterie qui constituèrent la masse principale des troupes de Paris appartenant à l'armée active. Pour être complet, il faudrait y ajouter les mouvements des corps de cavalerie et d'artillerie, qui furent incessants mais qui, effectués par petites fractions, n'influencèrent pas d'une manière sensible la composition de la garnison dont on a voulu simplement retracer ici les variations dans leurs grandes lignes.

A côté de l'armée active, se forma une véritable armée de mobiles avec dix-huit bataillons de la Seine et soixante-quinze bataillons de province, renforcée elle-même

(1) Le Ministre de la Guerre au Ministre de la Marine, Paris, 12 août.

bientôt par de nombreuses unités de corps francs, de corps auxiliaires et des bataillons de gardes nationaux sédentaires (1).

---

(1) On trouvera dans les chapitres ci-après, consacrés à chaque arme pour les troupes actives, ou à chaque catégorie de corps spéciaux, un certain nombre de renseignements sur les unités appelées ou mobilisées à Paris. Le lecteur pourra ainsi se rendre compte des résultats auxquels les efforts de l'autorité militaire étaient parvenus le 19 septembre, jour où l'investissement de la capitale fut complet.

CHAPITRE II

Infanterie.

1° *Troupes restées à Paris après le départ des régiments.* — Les corps d'infanterie de la garnison de Paris mobilisés avaient laissé dans la place, après leur départ, outre leurs dépôts, un certain nombre de compagnies énumérées dans les tableaux suivants :

CORPS.	NOMBRE de COMPAGNIES.	NUMÉROS des COMPAGNIES.	EFFECTIFS au 14 août.	
			OFFICIERS.	HOMMES.
I. — Garde.				
1er grenadiers............	3	7es	10	232
2e —	3	7es	6	209
3e —	3	7es	9	342
1er voltigeurs.............	3	7es	14	362
2e —	3	7es	10	276
3e —	3	7es	11	332
4e —	3	7es	10	219
Bataillon de chasseurs à pied.	2	9e et 10e	5	145
Régiment de zouaves.......	2	7es	4	111
TOTAUX.........	25 (1)		79	2,228

(1) Toutes ces compagnies, les dépôts ainsi que les dépôts de cavalerie et d'artillerie de la Garde étaient placés sous le commandement du général de division Mellinet dont le quartier général était à l'Ecole militaire.

Les ateliers du dépôt, les compagnies hors rang des différents régiments d'infanterie de la Garde étaient dans les forts, savoir : à Issy pour les 1er, 2e et 3e grenadiers, 2e et 3e voltigeurs, le bataillon de chasseurs et le régiment de zouaves ; à Courbevoie pour le 1er voltigeurs, au Mont-Valérien pour le 4e voltigeurs.

Tous les effectifs donnés pour la Garde, les chasseurs à pied et l'infanterie de ligne sont fournis par la situation de la place du 14 août. Ils ne représentent, par suite, que les présents disponibles pour le service. Il y aurait lieu d'ajouter aux effectifs les compagnies hors rang, puis les hommes ne marchant pas pour les prises d'armes, si l'on voulait avoir le total des rationnaires.

Au 1er septembre, ces effectifs s'étaient accrus des rappelés de la loi du 10 août, des

CORPS.	NOMBRE de COMPAGNIES.	NUMÉROS des COMPAGNIES.	EFFECTIFS au 14 août. OFFICIERS.	HOMMES.
II. — Chasseurs à pied (1).				
7e bataillon	2	7e et 8e	3	100
15e —	2	7e et 8e	4	98
18e —	2	7e et 8e	9	150
III. — Infanterie de ligne.				
29e régiment	6	7es et 8es des 3 bataillons.	16	223
59e —	6	Id.	21	724
90e —	6	Id.	»	»
TOTAL GÉNÉRAL	49		132	3,823
Garde de Paris (2)	16	»	56	1,841
Sapeurs-pompiers	12	»	40	1,279

engagés, etc. Les situations mensuelles de cette date, comprenant tous les présents donnent, pour la Garde, les effectifs ci-après :

I. — GARDE.	Officiers.	Hommes.
1er grenadiers	11	561
2e grenadiers	13	497
3e grenadiers	11	709
1er voltigeurs	8	637
2e voltigeurs	11	616
3e voltigeurs	13	606
4e voltigeurs	12	479
Zouaves	7	438
Chasseurs à pied	8	327
TOTAL	94	4,870

(1) Les dépôts et les compagnies hors rang des trois bataillons de chasseurs étaient à Vincennes. Les mêmes éléments du 29e de ligne étaient au fort de Nogent, ceux du 59e, au fort de Charenton et ceux du 50e, à Saint-Germain.

Le tableau ci-après donne les effectifs des mêmes corps au 1er septembre, d'après les situations mensuelles. A cette date, les dépôts se sont accrus des hommes rappelés, par suite de la loi du 10 août, des recrues de la classe 1869 et des engagés pour la durée de la guerre. Par contre, les unités désignées pour la formation des 13e et 14e corps, ainsi que pour la garnison des forts, ont été prélevées et ne figurent plus dans la deuxième colonne.

II. — CHASSEURS A PIED.				
7e bataillon	1	8e	6	1163
15e —	1	7e	8	794
18e —	1	8e	5	785
III. — INFANTERIE DE LIGNE.				
29e régiment	Dépôt et C. H. R.	»	9	1173
59e —	Id.	»	9	786
90e —	Id.	»	2	260

(2) La Garde de Paris, devenue Garde républicaine, fut désignée le 11 septembre pour prendre part aux opérations actives.

2° *Troupes d'infanterie arrivées de province du 14 août au 14 septembre.* — La création du 13e corps ayant été décidée le 12 août, on appela, du 14 au 23 août (1), pour le former, un certain nombre d'unités, savoir :

27 quatrièmes bataillons (2);

6 bataillons de deux régiments d'ancienne formation (35e et 42e);

3 compagnies de chasseurs à pied.

Pour constituer ensuite des divisions actives et plus tard le 14e corps, on fit venir, du 20 au 31 août :

36 quatrièmes bataillons (3);

6 compagnies de chasseurs à pied.

---

(1) A Paris même, au moyen des effectifs laissés dans les dépôts, on mobilisa pour le 13e corps trois quatrièmes bataillons, ceux du 29e, du 59e et du 90e, ainsi que les 7es compagnies des 7e et 18e bataillons de chasseurs à pied et la 8e du 15e bataillon.

(2) Ces quatrièmes bataillons et ceux des 29e, 59e et 90e de ligne mobilisés à Paris furent groupés en dix régiments de marche (nos 5 à 14) à trois bataillons; avec les 35e et 42e de ligne, on eut les douze régiments nécessaires aux trois divisions du corps d'armée. A chaque division, on adjoignit deux compagnies de chasseurs à pied, en utilisant, outre celles nouvellement arrivées, les 7es compagnies des 7e et 8e bataillons et la 8e compagnie du 15e bataillon. On trouvera plus loin l'énumération des quatrièmes bataillons et des compagnies de chasseurs appelés à Paris.

(3) Douze de ces bataillons arrivèrent les 28, 29 et 31 août à Paris, déjà formés en une division dont les deux brigades comprenaient les régiments de marche nos 23 à 26 créés à Lyon. Cette division, placée sous les ordres du général de Maussion, reçut deux compagnies de chasseurs à pied venant d'Auxonne.

Avec les autres quatrièmes bataillons, on forma à Paris, et conformément à un décret du 19 août, les régiments de marche nos 15 à 22 qui constituèrent les deux autres divisions du corps d'armée (généraux de Caussade et d'Hugues). Ces divisions comprenaient chacune aussi deux compagnies de chasseurs à pied.

D'après les *Historiques*, le 15e régiment fut formé le 22 août; le 16e, le 1er septembre; le 17e, le 31 août; les 18e et 19e, le 28 août; les 21e, 22e, 24e et 26e, le 1er septembre.

Du 29 août au 9 septembre, arrivèrent 79 compagnies de dépôt destinées à la garnison des forts (1).

Du 29 août au 14 septembre, arrivèrent également des détachements des trois régiments de zouaves et des trois régiments de tirailleurs algériens. La destination primitive de la plupart d'entre eux était l'armée du Rhin, mais le Ministre donna l'ordre, le 3 septembre, d'arrêter à Paris ceux qui n'avaient pas encore rejoint (2).

Le 10 septembre, on forma un nouveau régiment de marche n° 28, avec les compagnies de dépôt des voltigeurs et des grenadiers de la Garde. Ce régiment fut envoyé à Saint-Denis et placé sous les ordres du général Carrey de Bellemare, commandant la défense de ce secteur. Les compagnies de dépôt des zouaves de la Garde furent versées au 3e régiment de marche de zouaves en formation à Saint-Cloud, par ordre du 8 septembre (3).

---

(1) A la suite des demandes du Comité de défense, le Ministre avait prescrit, le 27 août, la réunion à Paris de 86 compagnies de dépôt. On a retrouvé les ordres adressés à 81 corps de province, mais la compagnie de dépôt du 85e vint à Paris et reçut l'ordre, deux jours après, d'aller à Besançon. Une autre (84e) reçut contre-ordre avant son départ, et ne vint pas. Les 79 autres étaient arrivées le 6 septembre. Il semble que, en comptant la compagnie du 85e, on obtiendrait la liste complète des corps qui auraient été désignés pour fournir les 86 compagnies, en faisant figurer dans cette liste les six compagnies (8es) des IIe et IIIe bataillons des 29e, 59e et 90e en garnison à Paris. Mais cinq de ces compagnies, celles des 29e, 59e et une du 90e, quittèrent Paris le 15 septembre, de sorte qu'en dernier lieu, il ne resta à Paris que 80 compagnies de dépôt au lieu de 86.

(2) Les détachements des 1er et 3e régiments de tirailleurs furent ainsi arrêtés à Paris et celui du 2e, arrivé à Saint-Cloud, y fut maintenu jusqu'à nouvel ordre. Mais ces détachements quittèrent Paris le 18 septembre, pour rejoindre l'armée de la Loire (Le Ministre de la Guerre au Président du Gouvernement, Paris, 17 septembre).

Il resta toutefois à Paris, on ne sait pour quelle cause, la valeur d'une compagnie de tirailleurs.

(3) *Note* de la 2e Direction du Ministère de la Guerre à la 1re Direction, Paris, 14 septembre.

Toutes les unités appelées de province à Paris furent mises en route hâtivement, particulièrement celles destinées au 13e corps, et sans qu'on fût bien fixé sur les règles qui devaient être suivies pour leur constitution.

Le 6 août, le Ministre avait prescrit aux généraux commandant les divisions militaires de faire partir, quand l'ordre en serait venu, les quatrièmes bataillons avec tous les hommes disponibles, en réservant dans les dépôts les éléments nécessaires pour la constitution des cadres des 5e et 6e compagnies dont la formation était annoncée (1). Mais tous les hommes disponibles formaient un contingent considérable dans beaucoup de corps. Certains régiments exécutèrent l'ordre littéralement et envoyèrent des bataillons à quatre compagnies, à l'effectif total de plus de 1,000 hommes (2), d'autres crurent bien faire d'envoyer, en même temps que les quatre premières compagnies, les cadres des futures 5e et 6e compagnies de façon à encadrer leurs disponibles.

En présence de cette situation fort embrouillée, on dut rectifier le 19 août les ordres initiaux et fixer à 600 hommes l'effectif des bataillons à quatre compagnies (3).

Ces bataillons reçurent, du 24 au 31 août, leurs 5e et 6e compagnies et leur effectif fut porté à 800 hommes (4). Le général Vinoy demanda que ce chiffre fut encore

---

(1) L'ordre de formation des 5e et 6e compagnies dans les quatrièmes bataillons fut donné le 13 août (*Mesures d'organisation depuis le début de la guerre*, p. 6).

(2) Le Ministre écrivait lui-même, le 19 août, au Général commandant la 1re division militaire : « On nous a mis en route des quatrièmes bataillons à l'effectif de 1,000 hommes, ce qui est ridicule. »

(3) Le général Corréard, commandant la 20e division militaire, au Ministre de la Guerre, Clermont-Ferrand, 21 août.

(4) *Note* de la 2e Direction du Ministère de la Guerre pour la 1re Direction, Paris, 22 août.

augmenté jusqu'à 900 hommes (1). Ces variations retardèrent la constitution définitive de ces corps.

Lorsque l'organisation des régiments de marche n°s 15 à 20 fut ordonnée pour les divisions qui devinrent les deux premières du 14e corps, les quatrièmes bataillons se mobilisèrent d'une façon mieux ordonnée, en deux échelons mis en route à quelques jours d'intervalle : le premier de quatre compagnies à 600 hommes et le deuxième de deux compagnies à 100 hommes chacune. Cette manière de faire semble avoir été suivie scrupuleusement, tout au moins pour les deux premières divisions. Quant à la troisième, qui fut concentrée à Lyon, elle en partit avec l'effectif prévu qui s'y était probablement mobilisé aussi en deux échelons.

La formation de toutes ces unités et les mouvements qui leur furent prescrits firent l'objet de nombreux télégrammes ou instructions du Ministre, envoyés par les diverses Directions. Quelques-uns de ces ordres étaient contradictoires ou incomplets, mais, si l'on se rend compte du travail formidable que durent exiger une mobilisation et une répartition rapide des unités nouvelles, on pourra considérer comme négligeable, surtout au milieu des circonstances difficiles que l'on traversait, les quelques erreurs ou omissions qui se produisirent (2).

L'existence, pendant quelques jours, à Paris et à Tours, de deux ministères de la guerre, dont les attributions n'avaient pas été suffisamment délimitées, produisit aussi quelques ordres contradictoires. Ainsi, les dépôts des

---

(1) Le général Vinoy au Ministre de la Guerre, 23 et 25 août.

(2) Le 18 août, par exemple, l'ordre est donné par le Ministre au Général commandant la 10e division militaire à Montpellier, d'envoyer le IVe bataillon du 59e de ligne à Paris. Ce bataillon était à Paris et n'avait jamais fait partie de la division de Montpellier.

Le 19 août, le Ministre ne fixe pas de destination aux compagnies de chasseurs qu'il demande à Grenoble.

29e, 59e et 90e régiments d'infanterie furent envoyés à Bourges (29e et 59e) et au Mans (90e), le 15 et le 16 septembre, par ordre du délégué du Ministre de la guerre à Tours (1), sans que le Ministre, à Paris, en eût été averti et lorsque ce dernier prescrivit, le 17, de maintenir ces dépôts à Paris, cet ordre était devenu inexécutable (2).

De même, le représentant du Ministre de la Guerre à Tours, donna télégraphiquement, le 17 septembre, au général commandant les troupes à Versailles, l'ordre de faire partir les détachements de zouaves réunis à Saint-Cloud pour les dépôts des nouveaux régiments de marche de zouaves, qui se formaient à Antibes, Avignon et Montpellier (3). Mais le Ministre de la Guerre à Paris, après avoir tout d'abord acquiescé à ce projet et confirmé ces ordres (4), changea d'avis et télégraphia, le 18, à Tours de n'avoir plus à compter sur ces zouaves qu'il gardait dans la capitale (5).

---

(1) Le Délégué de la Guerre au Général commandant la 1re division militaire, Tours, 16 septembre.

Néanmoins, une compagnie de dépôt du 90e qu'on retrouve plus tard dans le 38e régiment de marche, formé à Saint-Denis, resta, sans qu'on ait pu retrouver en vertu de quel ordre.

Une compagnie du 29e est encore portée à Paris dans deux rapports des 18 et 19 septembre, ainsi que sur la situation de la place du 18 septembre. Mais il semble qu'il y ait là une erreur.

(2) Le Ministre de la Guerre au général Lefort, Paris, 17 septembre; le général Soumain, commandant la 1re division militaire au Ministre de la Guerre, Paris, 17 septembre.

(3) Le Délégué de la Guerre au Général commandant les troupes à Versailles, Tours, 17 septembre.

(4) Le Ministre de la Guerre au Président du Gouvernement, Paris, 17 septembre. — Dans la même lettre, le Ministre prescrivait au général Trochu de diriger sur Tours les tirailleurs algériens présents dans la capitale. Cet ordre put être exécuté.

(5) Le Ministre de la Guerre au Ministre intérimaire de la Guerre à Tours (D. T.), Paris, 18 septembre, 1 heure soir.

Un grand nombre d'officiers nommés et affectés aux nouvelles formations ou aux compagnies de dépôt n'ayant pas rejoint, les cadres étaient fort incomplets. Le Ministre invita le Gouverneur à utiliser, à titre auxiliaire pendant la durée de la guerre, les anciens officiers habitant le département de la Seine ou les départements environnants (1).

Quant à la troupe, l'ordre avait été donné, tout d'abord, de ne pas faire entrer de jeunes soldats dans la composition des quatrièmes bataillons, mais, par suite des accroissements d'effectifs exigés, il fallut recourir au nouveau contingent de la classe 1869 et, dans la plupart des bataillons, les jeunes soldats figurèrent dans une proportion qui atteignit quelquefois plus du quart de l'effectif (2).

Les détachements de zouaves comptaient d'anciens disciplinaires et des soldats des bataillons d'Afrique parmi lesquels il fut fort difficile de maintenir l'ordre en raison de l'insuffisance des cadres. Ce sont ces détachements qui formèrent le noyau des zouaves qui prirent part, le 19 septembre, au combat de Châtillon.

Les régiments d'infanterie de marche comprenaient trois bataillons provenant de régiments d'infanterie différents. Les bataillons s'administraient chacun pour leur compte sous la direction de conseils éventuels dits de surveillance (3). Mais ces conseils n'administraient

---

(1) *Note* de la 2e Direction du Ministère de la Guerre à la 1re Direction, Paris, 7 septembre; *Rapport* de la place de Paris, 12 septembre.

(2) Le IVe bataillon du 16e de ligne, à l'effectif de 600 hommes, comptait 150 recrues (Le général Corréard, commandant la 20e division militaire au Ministre de la Guerre, Clermont-Ferrand, 22 août).

Le détachement de 200 hommes envoyé de Montpellier, le 25 août, au IVe bataillon du 46e de ligne, pour porter son effectif à 800 hommes, comptait 90 recrues (Le Général commandant la division de Montpellier au Ministre de la Guerre, 25 août).

(3) Ces Conseils se composaient, pour chaque régiment : du colonel

pas les bataillons ; ceux-ci restaient dépendants de leurs régiments d'origine avec lesquels ils continuaient à correspondre directement. Ce fut d'ailleurs pour cette raison que, dans la constitution des régiments de marche, il ne fut pas opéré de tiercement. Les bataillons restèrent organiquement composés comme ils étaient arrivés, d'où de grandes différences entre eux en ce qui concernait le nombre de leurs officiers. Bien que ce mode d'administration compliquât considérablement l'organisation en cours et embarrassât d'une façon inextricable la comptabilité et le service, il fut cependant jugé préférable.

Plusieurs régiments n'avaient, du reste, pas attendu d'ordres à ce sujet et avaient formé des conseils éventuels, dès l'établissement du procès-verbal de constitution du corps.

La plupart des bataillons et des compagnies de dépôt, convoqués à Paris, ayant reçu l'ordre de partir d'urgence, arrivèrent avec des déficits considérables en effets d'habillement, campement, munitions, etc. (1). Les ordres du Ministre, en date du 6 et du 14 août, prescrivaient d'envoyer ces unités sans se préoccuper de compléter cet équipement, ce qui devait être fait à Paris.

En raison du nombre d'effets qui faisaient défaut, les généraux commandant les corps d'armée prescrivirent aux corps et aux parties prenantes isolées de ne pas faire de demandes par la filière hiérarchique et de se faire donner par les magasins de l'État, ouverts à toute heure,

---

ou lieutenant-colonel, président ; du plus ancien chef de bataillon ; d'un capitaine faisant fonctions de major ; d'un officier payeur, secrétaire ; d'un officier délégué pour l'habillement.

(1) Le Général commandant la 11e division militaire au Ministre de la Guerre, Perpignan, 29 août.

tous les effets dont ils avaient besoin et qui étaient délivrés au fur et à mesure de leur arrivée des fabriques (1).

Les soldats devaient emporter en campagne la capote et la veste, la tente-abri et autant que possible la demi-couverture.

Les numéros des régiments d'origine furent supprimés et remplacés par le numéro du nouveau corps suivi de la lettre M., mais, pour sauvegarder les intérêts des unités primitives, les numéros de celles-ci furent placés à l'intérieur du képi.

Enfin, pour les raisons que l'on a vues, les bataillons conservèrent leurs noms dans la correspondance des officiers de détails avec les régiments d'origine.

3° *Troupes d'infanterie restées à Paris le 19 septembre.* — Après le départ des compagnies de dépôt des 29e, 59e et du dépôt entier du 90e ainsi que des détachements de tirailleurs algériens qui furent dirigés, à l'exception d'une compagnie, sur l'armée de la Loire, la garnison de Paris se composa, au 19 septembre, des troupes d'infanterie dont le détail suit :

Compagnies hors rang des 29e et 59e ;
Compagnies hors rang des dépôts de la Garde ;
Compagnies hors rang des 7e, 15e et 18e bataillons de chasseurs;
3 compagnies de dépôt non mobilisées de ces bataillons (2);
2 compagnies de dépôt du bataillon de chasseurs à pied de la Garde.

Troupes mobilisées à Paris.

28e régiment de marche à 3 bataillons de 7 compagnies;
3 quatrièmes bataillons à 6 compagnies (3);

---

(1) Les détachements de zouaves et de tirailleurs algériens débarquèrent à Marseille et à Toulon sans armes. Ils furent armés à Lyon.

(2) 8es compagnies des 7e et 18e bataillons, 7e compagnie du 15e.

(3) IVes bataillons des 29e, 59e et 90e de ligne.

3 compagnies de chasseurs à pied (1);
1 compagnie de dépôt (2).

Troupes venues de province et d'Algérie.

2 régiments d'ancienne formation (3);
9 compagnies de chasseurs à pied (4);
79 compagnies de dépôt (5);
63 quatrièmes bataillons à 6 compagnies (6);
1 régiment de zouaves à 3 bataillons en formation;
1 compagnie de tirailleurs algériens.

Soit un total de :

2 régiments de ligne d'ancienne formation à 3 bataillons;
23 régiments de marche à 3 bataillons;
1 régiment de zouaves en formation à 3 bataillons;
17 compagnies de chasseurs à pied;
80 compagnies de dépôt;
1 compagnie de tirailleurs;
14 compagnies hors rang.

représentant, en dehors des compagnies hors rang, le nombre de 566 compagnies auxquelles il y a lieu d'ajouter

---

(1) 7es compagnies des 7e et 18e bataillons, 8e compagnie du 15e.

(2) 90e de ligne.

(3) 35e et 42e de ligne.

(4) 7es compagnies des 3e, 5e, 6e, 8e, 9e, 12e et 14e bataillons, 8es compagnies des 4e et 9e bataillons.

(5) Ces compagnies appartenaient aux 79 régiments suivants : 1er, 2e, 3e, 4e, 5e, 7e, 8e, 9e, 10e, 11e, 12e, 13e, 14e, 16e, 17e, 19e, 20e, 21e, 22e, 23e, 24e, 25e, 26e, 27e, 28e, 30e, 31e, 32e, 33e, 34e, 35e, 36e, 37e, 38e, 39e, 41e, 42e, 43e, 46e, 47e, 48e, 49e, 51e, 52e, 53e, 54e, 55e, 56e, 58e, 61e, 62e, 64e, 65e, 66e, 67e, 68e, 69e, 70e, 71e, 72e, 73e, 75e, 76e, 77e, 81e, 82e, 83e, 8[illegible]e, 87e, 88e, 89e, 91e, 93e, 94e, 95e, 97e, 98e, 99e, 100e.

(6) IVe bataillons des 2e, 3e, 5e, 9e, 10e, 11e, 12e, 13e, 14e, 15e, 16e, 19e, 20e, 21e, 23e, 25e, 26e, 27e, 28e, 30e, 31e, 32e, 34e, 35e, 37e, 38e, 39e, 41e, 42e, 43e, 46e, 47e, 48e, 49e, 51e, 55e, 56e, 58e, 59e, 61e, 66e, 67e, 68e, 69e, 70e, 71e, 72e, 73e, 75e, 76e, 81e, 82e, 83e, 86e, 87e, 88e, 89e, 93e, 95e, 97e, 98e, 99e et 100e régiments d'infanterie.

un régiment de gendarmerie à pied à 3 bataillons, créé le 11 août, les deux bataillons de la Garde de Paris et aussi, mais pour mémoire puisqu'il n'était pas destiné à participer aux opérations, le régiment des sapeurs-pompiers.

CHAPITRE III

Cavalerie.

Après le départ pour l'armée des régiments de cavalerie mobilisés, il ne restait à Paris que les dépôts des régiments de dragons et de lanciers de la Garde, puis un escadron laissé par chacun des six régiments de cavalerie de la Garde. Les dépôts des autres régiments de cavalerie étaient en province.

D'après la situation de la place du 14 août, les unités de cavalerie présentes à Paris étaient les suivantes :

CORPS.	NOMBRE D'ESCADRONS	NUMÉROS des UNITÉS.	EFFECTIF le 14 août.	
			OFFICIERS.	HOMMES.
I. — Garde.				
Régiment de carabiniers	1	4e	12	144 (1)
— cuirassiers	1	5e	8	90 (1)
— dragons	1	1er	5	161 (1)
— lanciers	1	1er	7	135 (1)
— chasseurs	1	6e	8	222 (1)
— guides	1	6e	9	181 (1)

(1) A la date du 1er septembre, les situations mensuelles donnent, pour les mêmes fractions, les effectifs suivants, accrus, depuis le 14 août, des hommes rappelés, des engagés et des recrues de la classe 1869.

	Officiers.	Hommes.
Régiment de carabiniers	14	491
— cuirassiers	14	499
— dragons	13	472
— lanciers	14	406
— chasseurs	14	414
— guides	15	452

Dans ces effectifs sont compris également les dépôts des régiments de chasseurs, guides, carabiniers et cuirassiers de la Garde, rappelés à Saint-Germain et Paris, par ordre ministériel du 19 août et arrivés vers le 22 (Le général Mellinet au Ministre de la Guerre, Paris, 1er septembre).

CORPS.	NOMBRE d'ESCADRONS	NUMÉROS des UNITÉS.	EFFECTIF le 14 août.	
			OFFICIERS.	HOMMES.
Un escadron de Cent-Gardes.......	1	»	9	105
Garde de Paris..................	4	»	25	520

On songea tout d'abord à utiliser quatre escadrons de la Garde pour créer un régiment de marche de la Garde, et un décret du 20 août désigna les escadrons des carabiniers, des cuirassiers, des dragons et des lanciers pour entrer dans sa composition (1).

La mobilisation de ces escadrons fut commencée mais, dès le 28, l'ordre de la suspendre arriva. Elle avait d'ailleurs été rendue très pénible et très lente par l'éloignement des magasins que les corps n'avaient été autorisés à faire revenir à Paris que le 19 août, et qui, en raison de l'encombrement des voies ferrées, mirent un certain temps à arriver.

Ce régiment de marche de la Garde devait, quand l'ordre de le créer fut donné, entrer dans la composition de la division de cavalerie du général Reyau, affectée au 13e corps. Par suite d'hésitations dans la désignation des unités, la composition de celle-ci ne fut définitivement arrêtée que le 2 septembre.

Pour la constituer, on fit venir à Paris, du 25 août au 9 septembre : le 6e hussards et le 6e dragons, régiments d'ancienne formation maintenus provisoirement à Lyon et qui formèrent la 1re brigade. La 2e brigade comprit le 9e cuirassiers (4 escadrons) qui, très éprouvé à Frœschwiller était venu se reconstituer à Paris puis à Versailles et quatre escadrons formant le 1er cuirassiers de marche, arrivés de Vendôme à Paris le 7 septembre.

(1) *Journal militaire officiel*, 1870, 2e semestre, p. 345.

Pour former la division du 14e corps que l'on organisait concurremment et que l'on mit sous les ordres du général de Champéron, on fit venir aux mêmes époques deux régiments d'ancienne formation à quatre escadrons : 1er et 9e chasseurs venant d'Afrique (1re brigade, général Cousin), deux régiments de marche de dragons (nos 1 et 2), formés à Tours et à Cambrai (1) (2e brigade, général de Gerbrois).

Le 9e chasseurs n'arriva à Paris qu'à partir du 6 septembre ; les régiments de dragons ne furent prêts que le 7. On ajouta à cette division un escadron formé de détachements des 1er, 2e et 3e spahis qui arrivèrent à Paris le 3 et le 7 septembre.

Ces deux divisions de cavalerie prirent part aux opérations qui seront décrites plus tard sur la Marne et sur Seine, puis la division de Champéron rentra à Paris tandis que la division Reyau était envoyée à l'armée de la Loire.

Vers le 9 septembre, le Gouvernement de la Défense nationale, décida de créer une nouvelle brigade de cavalerie à trois régiments dont il donna le commandement au général de Bernis.

On utilisa enfin pour celle-ci les escadrons de dépôt de la Garde.

Avec les 6es escadrons des lanciers, des guides, des chasseurs et des dragons on forma le 1er régiment de marche de cavalerie mixte qui fut prêt le 12 septembre.

L'escadron des Cent-Gardes, les 6es escadrons des carabiniers et des cuirassiers de la Garde auxquels on adjoi-

---

(1) 1er régiment de marche de dragons : 4e escadron du 1er, 3e du 3e, 5e du 9e, 5e du 10e ; 2e régiment de marche de dragons : 1er du 2e, 2e du 4e, 5e du 5e, 1er du 8e. Ces régiments de marche étaient créés en vertu du décret du 26 août (*Journal militaire officiel*, 1870, 2e semestre, p. 366).

gnit le 6e escadron du 1er cuirassiers, venu de Vendôme, constituèrent le 2e régiment de cuirassiers de marche qui fut prêt le 9 septembre.

Pour obtenir le 3e régiment de la brigade de Bernis, on fit venir de Lyon, le 9 septembre, le 1er régiment de marche de lanciers, formé avec le 3e escadron du 1er lanciers, le 1er du 4e, le 3e du 7e, le 3e du 8e.

Ce régiment fut, du reste, bientôt distrait de la brigade et mis à la disposition du corps d'armée de Saint-Denis. Il fut remplacé, tout au moins provisoirement, à partir du 14 septembre, par le régiment de gendarmerie à cheval.

Ce dernier avait été créé à Versailles en vertu d'un décret du 11 août et constitué à six escadrons avec des contingents des légions départementales (1).

On verra plus loin que l'escadron des gendarmes d'élite, ancien escadron des chasses, réparti dans les véneries impériales, fut concentré à Paris. Par contre, les ateliers et pelotons hors rang de la Garde que l'on avait enfin rappelés dans la capitale la quittèrent pour Lyon le 10 septembre.

Au milieu de la fièvre intense qui régnait à Paris, tous ces mouvements ne se firent pas sans quelque trouble, soit à cause du défaut de ressources du casernement, soit à cause de l'affectation la plus pressante à donner aux différents corps, affectation qui occasionna souvent des réclamations et des contre-ordres.

Comme dans les régiments de marche d'infanterie, les

(1) *Journal militaire*, 2e semestre 1870, p. 335 ; le général Vinoy au Ministre, Paris, 28 août ; *Note* de la 3e Direction du Ministère de la Guerre, Paris, 28 août. — La formation du régiment de marche de la Garde qui avait été commencée le 20 août, fut contremandée le 28 août et le régiment fut remplacé dans la division de cavalerie du 13e corps par le 1er régiment de marche de cuirassiers en formation à Vendôme.

escadrons continuèrent à relever, pour l'administration, des corps dont ils étaient détachés. Chacun d'eux était considéré comme détachement, s'administrant isolément et recevant toutes les allocations en deniers et en nature au titre de ces mêmes corps. La solde de l'état-major était perçue et régularisée par le 1er escadron de chaque régiment de marche.

Un conseil éventuel fut créé également dans chacun de ces régiments pour en diriger l'administration dans tous ses détails et pour surveiller l'ensemble des opérations de comptabilité.

Au 19 septembre, après le départ de la division Reyau et des dépôts de la Garde, il ne restait à Paris que trente-six escadrons de cavalerie (1) représentant un nombre approximatif de 4,000 sabres.

---

(1) Huit escadrons des 1er et 9e régiments de chasseurs; huit escadrons des 1er et 2e régiments de marche de dragons; un escadron de spahis; quatre escadrons du 1er régiment de marche de cavalerie mixte; quatre escadrons du 2e régiment de marche de cuirassiers; six escadrons du régiment de gendarmes à cheval; quatre escadrons du 1er régiment de marche de lanciers; un escadron de gendarmes d'élite.

A ces trente-six escadrons, il faut encore ajouter quatre escadrons de la Garde de Paris.

CHAPITRE IV

Artillerie.

1° *Troupes régulières.* — Le personnel des troupes d'artillerie de Paris ne comprenait plus, à la fin de juillet, que quelques dépôts insignifiants de la Garde impériale à Versailles (1), deux batteries constituées du 11e, une du 4e (2) et des batteries nouvelles, en formation dans ces deux régiments à Vincennes (3).

Quant au matériel de campagne, il consistait, du moins autant qu'on puisse s'en rendre compte, en une batterie de 12 rayé, deux batteries de manœuvres à l'École militaire, des batteries à balles en construction à Meudon et du matériel épars dans les écoles d'artillerie de Versailles et de Vincennes.

Il est plus difficile pour l'artillerie que pour les autres armes de montrer comment se constituèrent les troupes qui entrèrent dans la composition de la garnison de Paris, car la mobilisation de cette arme est plus complexe que celle des autres. Certaines batteries arrivèrent à Paris toutes constituées : d'autres y furent formées avec des fractions provenant de régiments d'artillerie différents

---

(1) *Note* de la 4e Direction du Ministère de la Guerre pour la 1re Direction, Paris, 30 juillet.

(2) 3e batterie (montée) et 1re batterie (à pied) du 11e régiment, 2e batterie (à pied) du 4e régiment.

(3) La 3e batterie du 4e pouvait être prête vers le 3 août (*Note* de la 4e Direction pour la 1re, Paris, 30 juillet).

ou de régiments du train d'artillerie. Les unes vinrent avec, les autres sans leur matériel.

D'autre part, des batteries et certaines unités destinées aux parcs ou grands parcs de l'armée du Rhin arrivèrent à Paris, en partirent pour rejoindre cette armée, puis, ne le pouvant pas, revinrent dans la capitale en totalité ou en partie, et il est presque impossible de les suivre dans leurs déplacements.

D'une manière générale, tout le matériel et le personnel d'artillerie provenant des diverses directions d'artillerie du territoire et envoyés à Paris par ordre du Ministre, puis le personnel et le matériel revenant de l'armée du Rhin, furent dirigés sur la place de Vincennes où les Directions d'artillerie et les dépôts des 4e et 11e régiments d'artillerie les utilisèrent pour compléter la formation des diverses batteries.

L'exposé qui suit se ressentira forcément de la confusion des mouvements des divers détachements et de la diversité des procédés de mobilisation.

Unités constituées au moyen des éléments stationnés à Paris. — Le personnel des deux régiments de la Garde fut accru d'abord par des prélèvements faits sur les 4e et 11e régiments (1). Puis, comme ces deux corps, il fut

---

(1) Le 6 août, par exemple, le 4e passe 30 hommes et le 11e, 80 hommes aux deux régiments de la Garde. Ces régiments qui ne comprenaient plus que des dépôts insuffisants le 30 juillet, avaient, le 1er septembre, les effectifs suivants : régiment monté (11e batterie et dépôt), 8 officiers, 417 hommes ; régiment à cheval (P. H. R. et dépôt), 7 officiers, 417 hommes.

La situation des disponibles de la place du 14 août donne les effectifs suivants pour les 4e et 11e régiments : 4e régiment, 19 officiers, 1,035 hommes ; 11e régiment, 23 officiers, 792 hommes.

Ces effectifs sont devenus le 1er septembre (situation mensuelle) : 4e régiment : 16 officiers, 1,789 hommes ; 11e régiment : 23 officiers, 1,282 hommes.

complété au moyen des anciens canonniers rappelés au service et dirigés sur Paris à la demande du Comité de défense (1). On put constituer dans ces quatre régiments, du 21 août au 2 septembre, avec les éléments restés à Paris, quatre batteries montées qui furent armées de canons à balles le 6 septembre, une batterie de 12 à cheval et sept batteries à pied sans matériel (2). Les batteries à pied n° 13 des 4e et 11e régiments ne furent prêtes que le 14 septembre (3).

En outre, le 11e régiment d'artillerie était en mesure, le 18 septembre, d'envoyer un détachement de 103 hommes au Havre où le personnel d'artillerie faisait complètement défaut; mais ce détachement ne put partir, la voie ferrée étant coupée.

Unités constituées au moyen des contingents venus de province. — On fit venir à Paris les cadres ou les éléments qu'on put réunir en province de cinquante-sept batteries : vingt-huit montées, dont une du régiment d'artillerie de marine, deux à cheval, vingt-sept à pied dont onze fournies par le régiment d'artillerie de la marine.

Ces batteries dont on trouvera l'énumération plus loin furent complétées, armées, définitivement constituées à Paris, ou plus exactement à Vincennes, au moyen du personnel et du matériel qui y vinrent dans l'ordre suivant :

---

(1) Le Ministre au Gouverneur de Paris, 29 août.

(2) 11e batterie (canons à balles) du régiment monté de la Garde; 11e batterie à cheval (12 rayé) du régiment à cheval de la Garde; 17e batterie du 4e, 3e et 17e batteries du 11e, toutes trois montées et pourvues de canons à balles; batteries à pied : 1re bis, 2e principale, 2e bis, 13e du 4e régiment, 1re principale, 1re bis, et 13e batteries du 11e régiment.

(3) Le général Guiod au Ministre, 14 septembre. — A cette date cependant, aucun officier n'avait encore été désigné pour les commander.

Le 13 août, l'ordre fut donné de faire venir de Rennes et de Toulouse à Vincennes deux fractions du grand parc de l'armée du Rhin, ainsi que le parc de réserve générale d'artillerie de la même armée (1).

Au moyen des ressources de ces parcs et de celles fournies par le matériel des écoles d'artillerie de Vincennes et de Versailles, mis à la disposition de la Direction de Paris, on s'occupa activement de constituer avant tout de nouvelles batteries de 12 et de 4 (2).

La place de Vincennes dut recevoir, en outre, des Directions d'artillerie ci-après désignées, le matériel de douze batteries de 4 à quinze voitures (3) et de trois batteries de 12 à vingt-une voitures, destinées à la défense mobile de Paris, savoir :

	Batteries de 4.	Batteries de 12.
Bourges	1	»
Grenoble	2	»
Rennes	3	2
La Fère	1	»
Toulouse	2	»
Lyon	3	1
TOTAUX	12 (4)	3 (5)

(1) Le général Guiod au Directeur de l'artillerie, Paris, 17 août. — Les deux fractions dont il s'agit sont probablement la 2e batterie principale à pied du 7e régiment et la 1re batterie bis à pied du 10e régiment. Quant au parc de la réserve générale d'artillerie, ainsi qu'en font foi les situations de l'armée du Rhin du mois d'août, sa composition était la suivante : demi-batterie de la 2e bis du 14e régiment, détachement de la 2e compagnie d'ouvriers, détachement de la 4e compagnie d'artificiers, quatre compagnies du train d'artillerie sous le commandement du colonel Hennet.

(2) Le général Guiod au Directeur de l'artillerie, Paris, 28 août.

(3) Le même au même, Paris, 25 août.

(4) La batterie de 4 à 15 voitures était ainsi composée : 6 pièces sur affût, 6 caissons, 1 affût de rechange, 1 chariot de batterie, 1 forge.

(5) La batterie de 12 à 21 voitures comprenait : 6 pièces sur affût, 12 caissons, 1 affût de rechange, 1 chariot de batterie, 1 forge.

Ces mouvements occasionnèrent un grand trouble, offrirent de sérieuses difficultés, et le Ministre se plaignit de n'avoir pas été renseigné à temps sur leur exécution ni sur les batteries à organiser (1).

Tout ce matériel ne fut pas employé exclusivement, selon son affectation primitive, à la formation de batteries de la défense mobile; une grande partie fut prélevée pour armer les batteries des 13e et 14e corps.

Le 6 septembre, le Ministre donna l'ordre de diriger sur Vincennes l'état-major, le peloton hors rang et le dépôt du 8e régiment d'artillerie (750 hommes et 450 chevaux) ainsi que ceux du 15e régiment (400 hommes et 250 chevaux) (2). Ces portions centrales devaient venir à Vincennes avec tous les effets et approvisionnements qu'elles pouvaient emmener.

A tout le matériel et le personnel appelés à Paris, il faut ajouter tout ce qui reflua de l'armée du Rhin et de Sedan.

Le 5 septembre, un détachement de 143 hommes, 18 pièces et 2 caissons fut dirigé de Landrecies sur Vincennes. Ce détachement appartenait organiquement au 4e corps.

Le 8 septembre, une partie du parc du 6e corps d'armée (3), venant également de Landrecies, arriva à Paris (4).

Le 9 septembre, un convoi de munitions de 40 voitures attelées à six chevaux et venant de l'armée du Rhin

---

(1) Le général Guiod au Directeur de l'artillerie, Paris, 28 août.

(2) Les batteries 1, 1 bis et 2 bis du 8e régiment devaient rester à La Fère pour le service de la place. Les batteries 1, et 1 bis du 15e régiment étaient maintenues à Douai.

(3) Le parc du 6e corps n'avait pu être dirigé sur Metz, en raison de la rupture de la voie ferrée Frouard—Metz. Il avait été ultérieurement affecté au 12e corps (Général Lebrun, *Bazeilles-Sedan*, p. 24).

(4) Cette fraction de parc comprenait :

arriva d'Arras, après avoir été dirigé sur Bapaume; le matériel fut versé à l'approvisionnement de Vincennes tandis que les hommes et les chevaux étaient mis en subsistance au 4e régiment d'artillerie (1).

Enfin, le parc du 12e corps qui avait été constitué à Paris et n'avait pas rejoint le camp de Châlons fut dissous le 8 septembre; son personnel devint disponible et passa sous les ordres directs du commandant supérieur de l'artillerie de Paris (2).

	Officiers.	Troupe.	Chevaux.
État-major	4	»	4
Détachement de la 2e batterie bis du 8e d'artillerie	1	27	2
6e compagnie d'ouvriers	»	13	»
2e compagnie d'artificiers	»	11	»
Détachement des 3es compagnies principale et bis du 1er régiment du train d'artillerie	3	69	106
Totaux	8	120	112

Matériel.

1 caisson modèle 1840 chargé de cartouches modèle 1866, incomplet; 7 caissons de 4 de campagne, complets; 3 caissons de 4 de campagne, incomplets; 2 affûts de rechange de 4; 1 caisson de 12 de campagne, incomplet; 1 forge; 1 chariot de parc contenant une mitrailleuse; 2,000 fusées percutantes; des sachets vides et des sachets remplis, dans trois barils; 1 chariot à bagages pour le service de la 3e compagnie bis.

Il restait en outre à Landrecies des fractions du 1er régiment du train d'artillerie qui devaient arriver postérieurement, mais qui ne vinrent pas.

(1) Une portion de troupes d'artillerie des 8e et 15e régiments et de la 5e compagnie d'ouvriers fut dirigée sur Rennes les 11 et 13 septembre.

(2) Ce personnel comprenait :

Directeur : lieutenant-colonel Roche, de l'artillerie de marine; sous-directeur : chef d'escadron Pachon, du 11e d'artillerie; capitaine adjoint : capitaine Meunier, de l'artillerie de marine; gardes : Coursin,

Avec tous ces éléments, le service de l'artillerie forma, par dédoublement des anciennes unités ou par formation d'unités nouvelles, des batteries de campagne, montées ou à cheval (1), et des batteries à pied qui s'ajoutèrent aux unités venues de province.

Quinze batteries montées furent affectées à chacun des 13e et 14e corps. Six batteries, dont quatre montées, une à cheval et une à pied, furent affectées à la défense mobile.

Les batteries de la réserve des corps d'armée et celles de la défense mobile furent groupées au parc des Tuileries à partir du 14 septembre.

Un certain nombre d'éléments, venus d'abord à Paris, furent dirigés sur des points différents du territoire.

Les dépôts et les compagnies hors rang des deux régiments d'artillerie de la Garde furent envoyés à Bourges.

En résumé il resta, le 19 septembre, à Paris :

Les dépôts et P. H. R. des 4e et 11e régiments d'artillerie ;

Trente-cinq batteries montées ou à cheval (2) ;

Dallard, Ditz ; contrôleur : Ventejoux ; ouvriers d'État : Voinot, Amignot ; chef artificier : Baraban ; un détachement à pied de l'artillerie de marine : 50 hommes ; un détachement de la 9e compagnie d'ouvriers d'artillerie ; un détachement de la 1re, d'artificiers ; 1er régiment du train d'artillerie : 10e compagnie principale ; 14e principale ; 15e bis ; 16e principale.

(1) Le Ministre au général Guiod, Paris, 12 septembre.

(2) Ce chiffre se composait de :

1° Cinq batteries mobilisées à Paris : 11e batterie du régiment monté de la Garde, 11e batterie du régiment à cheval de la Garde, 17e batterie du 4e, 3e et 17e batteries du 11e (toutes ces batteries étaient affectées au 14e corps sauf la 3e du 11e affectée au 13e corps, et la 11e batterie à cheval affectée à la défense mobile) ;

2° Trente batteries venues de province : 3e et 4e batteries du 2e, 3e et 4e du 6e, 3e et 4e du 9e, 3e et 4e du 10e, 4e du 12e, 3e et 4e

Trente-quatre batteries à pied (1).

En outre, à la même date, les batteries n° 1 bis et n° 2 bis du régiment d'artillerie de marine étaient en transformation et se dédoublaient pour former deux batteries montées.

Les débris des batteries du même régiment, échappées de Sedan (11e et 12e) étaient également en transformation pour devenir batteries montées.

On organisait une nouvelle batterie de 12 montée avec la 2e batterie à pied du 7e régiment et des détachements du train d'artillerie (2).

Avec les débris de parcs de diverses origines réunis à Paris, on forma les parcs des 13e et 14e corps et celui de la défense mobile, mais les parcs de ces deux corps d'armée ayant été envoyés à Tours le 11 septembre, on dut leur en constituer d'autres.

---

du 13e, 3e et 4e du 14e, 15e batterie d'artillerie de marine, affectées au 13e corps;

8e et 17e mixtes du 3e, 17es batteries des 6e, 7e, 8e, 9e, 12e, 13e, 14e et 15e régiments, 13es batteries à cheval des 18e et 19e régiments, affectées au 14e corps ;

17e batterie du 2e, 12e et 18e batteries du 3e, 17e du 10e, affectées à la défense mobile.

(1) 1° Sept batteries mobilisées à Paris : 1re bis, 2e principale, 2e bis et 13e batteries du 4e, 1re principale, 1re bis et 13e batteries du 11e.

2° Vingt-sept batteries mobilisées en province : 1re principale et 13e batteries du 2e, 1re principale du 6e, 1re bis, 2e principale et 13e du 7e, 13e du 8e, 13e du 9e, 1re bis et 13e du 10e, 2e principale du 13e, 1re principale et 13e du 14e, 13e du 15e, 9e du 18e, 9e du 19e, 1re bis, 2e bis, 11e bis, 13e bis, 15e bis, 16e, 17e, 18e, 19e, 23e, 27e batteries du régiment d'artillerie de marine.

Il y a lieu d'ajouter, à ces trente-quatre batteries une demi-batterie à pied (2e bis du 14e) provenant du parc de la réserve générale de l'armée du Rhin.

(2) Le lieutenant-colonel Roche au général Guiod, Paris, 19 septembre.

Dès le 16 septembre, le nouveau parc du 13e corps était prêt. Il comprenait :

34 caissons modèle 1858 chargés de munitions de 4 rayé de campagne;
48 caissons modèle 1827 chargés de munitions de 12 rayé de campagne;
21 caissons modèle 1827, cartouches modèle 1866;
12 chariots de parc chargés en munitions de canons à balles;
3 chariots de batterie modèle 1827, vides.
3 forges de campagne.

Celui de la défense mobile comprenait, le 19, au moins :

12 caissons chargés de 4 rayé de campagne;
27 caissons chargés de 12 rayé de campagne;
3 chariots de munitions pour canons à balles.

Ces parcs furent réunis dans le jardin des Tuileries.

En outre, le 20 septembre, le matériel en service qui était à Meudon fut transporté, 159, rue de Vanves. Il se composait de :

6 canons à balles avec avant-trains chargés;
6 caissons de 12 avec avant-trains fermés et chargés;
3 canons à balles avec avant-trains non chargés;
2 canons de 4 se chargeant par la culasse (système de Meudon);
1 canon de 7 se chargeant par la culasse (système de Meudon);
2 canons de 8 se chargeant par la culasse (pièces du dépôt central);
1 canon à balles à 16 coups.

Compagnies du train d'artillerie. — On fit venir à Paris environ vingt-cinq compagnies du train d'artillerie. Mais certaines d'entre elles qui avaient déjà fourni des fractions à l'armée du Rhin, ne purent envoyer dans la capitale que des détachements. D'autre part, sept au moins de ces compagnies furent dirigées sur Tours. De sorte qu'il ne resta, dans la capitale, que huit compagnies (1).

Le personnel et les chevaux de ces unités servirent à atteler les parcs ou entrèrent dans la composition de certaines batteries, qui, pour cette raison, furent appelées batteries mixtes.

Compagnies d'ouvriers d'artillerie et d'artificiers. — Le personnel de l'artillerie comprenait encore trois compagnies d'ouvriers (2) et la 2e compagnie d'artificiers, employées à la confection des munitions (3).

Pontonniers. — Un équipage de pont de corps d'armée échappé de Sedan et un équipage de réserve expédié de Belfort furent réunis à Paris et servis par les 5e et 10e compagnies du régiment de pontonniers (16e d'artillerie).

2° *Personnel auxiliaire d'artillerie.* — D'après l'armement de la place, fixé au début à 2,500 pièces environ, on avait estimé à 7,500 (4) le nombre d'artilleurs nécessaires, à raison de trois par bouche à feu. Dès le 18 août, le général Princeteau, président du Comité d'artillerie, estimait à 4,000 le nombre d'artilleurs dont il disposait, provenant de l'artillerie de terre, de la marine et de la mobile de Paris (5). Il ajoutait que ces

---

(1) 9e, 10e, 14e et 16e compagnies du 1er régiment du train d'artillerie, 2e, 3e, 6e et 14e compagnies du 2e régiment.

(2) 4e compagnie (détachement), 6e et 9e compagnies (Le Ministre de la Guerre au Gouverneur, Paris, 6 septembre).

(3) Cette compagnie était venue du Bouchet. Il y avait en outre, dans la place, des détachements des 1re et 4e compagnies, ce dernier employé à l'atelier de l'avenue de Suffren (Le général Soumain au Général commandant les dépôts de la Garde impériale, Paris, 23 août).

(4) 3,500 pour les forts, 4,000 pour l'enceinte (Procès-verbaux du Comité de défense, séance du 18 août).

(5) On verra plus loin, au chapitre consacré à la mobile, que le département de la Seine avait formé six batteries.

hommes devaient être tout d'abord réservés pour la défense des forts.

Pour l'enceinte, le Comité pensa alors à appeler le corps des artilleurs de Lille et des batteries de mobiles de province (1), enfin, à faire refluer vers la capitale tous les anciens canonniers rappelés par la loi du 10 août.

De plus, le Gouverneur décida, le 26 août (2), d'organiser des compagnies auxiliaires d'artillerie et provoqua, dans toutes les mairies de Paris, l'enrôlement de tous les gardes nationaux ou autres citoyens ayant servi dans l'artillerie de terre. Sur la proposition du général Guiod, il fut convenu que l'on formerait une compagnie par secteur de l'enceinte (3).

Comme cadres, on songea à utiliser des anciens officiers, des élèves de l'École polytechnique, de l'École des ponts et chaussés et de l'École des mines.

Le 8 septembre, sur l'ordre du Gouverneur, les compagnies furent convoquées dans les mairies où s'étaient faites les inscriptions à l'effet de procéder à leur organisation et à l'élection des officiers (4). Elles étaient complètement organisées le 19 septembre.

La solde des simples canonniers fut fixée, par décision ministérielle du 10 septembre, à 2 francs par jour; celle des brigadiers à 2 fr. 50, et celle des sous-officiers à 3 francs. Les officiers eurent le même traitement que les officiers d'artillerie de mobile.

---

(1) On fit venir neuf batteries de mobiles de province. Voir, plus loin, le chapitre consacré à la garde mobile.

(2) Le Gouverneur au général Guiod, Paris, 26 août.

(3) Les enrôlements étaient reçus, pour le 1er secteur, à la mairie du 12e arrondissement; 2e secteur, mairie du 20e; 3e secteur, mairie du 19e; 4e secteur, du 18e; 5e secteur, du 17e; 6e secteur, du 16e; 7e secteur, du 15e; 8e secteur, du 14e; 9e secteur, du 13e. Un bureau central d'enrôlement était en outre ouvert au Comité de l'artillerie à Saint Thomas-d'Aquin.

(4) *Avis* du Gouverneur, affiché dans Paris et daté du 7 septembre.

La troupe porta une blouse avec ceinture et un képi de garde national avec des canons croisés en drap rouge sur le devant.

Corps des volontaires d'artillerie. — Les ouvriers mécaniciens d'un certain nombre d'usines qui travaillaient pour le service de l'artillerie à Paris, demandèrent, le 5 septembre, à être admis à faire le service des bouches à feu sur les remparts de l'enceinte, sous la conduite de leurs contremaîtres et chefs d'établissements.

Ces ouvriers, n'étant pas d'anciens militaires, ne pouvaient être incorporés dans les compagnies de canonniers auxiliaires et le Comité de défense, ayant décidé d'accepter leur offre, résolut de les grouper en unités séparées.

Dès le 9 septembre, 300 s'étaient présentés pour être enrôlés (1). Ils restèrent groupés par atelier d'origine, et, dans chaque atelier, fractionnés par brigade de dix hommes destinés à servir une pièce. Les pointeurs et chefs de pièces furent désignés par leurs camarades ; les chefs d'établissement et leurs contremaîtres marchèrent avec leurs ouvriers.

Comme signe distinctif, ces canonniers volontaires portèrent sur la manche gauche de leur vêtement des canons croisés en drap rouge et, autant que possible, un képi de garde national.

Tout d'abord ils ne furent pas militarisés, mais, plus tard, leur nombre s'accrut (2) et ils furent répartis en quatre batteries, sous les ordres du capitaine Pothier.

---

(1) Ces hommes provenaient des ateliers de MM. Warsat, Pihet, Bouhey, Beauchamp, Mignon et Rouart, Guyot-Sionnet, constructeurs mécaniciens.

(2) Au 18 octobre, il était de 450.

L'une de celles-ci fut employée à la confection de munitions pour canons à balles, puis pour canons de 7. Les trois autres (1) étaient destinées au service des mitrailleuses-mortiers, se chargeant par la culasse et commandées dans l'industrie par le Ministre des travaux publics.

Batterie de l'École polytechnique. — Les élèves de la 1re division de l'École polytechnique avaient, dès le mois d'août, demandé à constituer un corps spécial d'artillerie.

Le 23 août, ils avaient été autorisés à s'exercer à la manœuvre du canon sur le polygone de Vincennes (2). Bien que le Ministre eût préféré les répartir dans les états-majors particuliers de l'artillerie et du génie (3), ils furent, le 7 septembre, formés en batterie à l'exception de quelques-uns d'entre eux, détachés pour le service de l'artillerie dans quelques forts ou secteurs. Cette batterie, dite batterie de l'École polytechnique, fut affectée au service des bastions 85, 86, 87, 88, 89. Elle était sous les ordres du capitaine Mannheim.

---

(1) En octobre, elles furent casernées aux écuries de l'Alma, 99, quai d'Orsay. Le capitaine Pothier y installa le parc où devaient être réunies et réparées les mitrailleuses livrées par l'industrie.

(2) Le général Guiod aux commandants des 4e et 11e régiments d'artillerie, Paris, 23 août.

(3) Le Ministre de la Guerre au Gouverneur, Paris, 31 août.

CHAPITRE V

Génie.

1° *Troupes régulières.* — Les troupes du génie étaient réduites, au commencement d'août, à de simples détachements dont les effectifs étaient à peine suffisants pour assurer à Paris le service des chefferies et des forts (1).

Pour former le génie du 13e corps, on dut faire venir d'Arras et de Montpellier trois compagnies qui furent affectées à chacune des trois divisions. Ce furent la 1re et la 15e compagnie de sapeurs du 2e régiment (Montpellier), la 2e compagnie de sapeurs du 3e régiment (Arras).

D'autre part, le Comité de défense avait fixé à sept le nombre des compagnies à répartir entre les forts et il avait exprimé le désir qu'une huitième compagnie fût laissée en réserve entre les mains du commandant du génie (2). Le Ministre ne put donner satisfaction à ces desiderata : il lui fut impossible de faire venir à Paris plus de sept compagnies sur lesquelles il fallait pourvoir le 14e corps. Les dépôts des régiments du génie avaient

(1) Situation des disponibles de la place au 14 août :

	Officiers.	Hommes.
2e régiment du génie, à Vanves.............	4	98
3e régiment du génie, à Romainville.........	2	87
3e régiment du génie, à Noisy	2	69
3e régiment du génie, au Mont-Valérien......	4	68
3e régiment du génie, au poste-caserne n° 2..	3	69

(2) Le Ministre de la Guerre au Général de division, Directeur supérieur des travaux de défense, Paris, 27 août.

déjà formé chacun six compagnies et il ne semblait pas possible d'en organiser rapidement de nouvelles. Sur ces sept compagnies, une seule était d'ancienne formation : la 2e compagnie de mineurs du 3e régiment, d'Arras. Les six autres étaient : les 16es compagnies de sapeurs des 2e et 3e régiments créées, comme les 15es, en vertu d'un décret du 14 juillet, les 17es et 18es compagnies de sapeurs des mêmes régiments dont la formation avait été ordonnée le 21 août.

Les deux sections dont se composait la 16e compagnie du 2e régiment furent affectées respectivement aux deux premières divisions du 14e corps, les deux sections de la 16e du 3e régiment le furent à la 3e division et au quartier général du même corps d'armée. Les 17e et 18e compagnies de sapeurs du 2e régiment, les 2e (mineurs), 17e (sapeurs) et 18e (sapeurs) du 3e régiment furent réservées pour le service des forts. Le Ministre n'accorda donc que ces cinq compagnies, pour ce dernier service, au lieu des sept demandées par le Comité de défense, mais il porta leur effectif de 150 à 200 hommes. Quant à la réserve, réclamée par le même Comité, elle fut constituée, jusqu'à la formation du 14e corps seulement, par les deux compagnies qui entraient dans celui-ci. A partir de ce moment, il n'y eut plus de réserve disponible.

Au moment de l'investissement, il y avait donc à Paris dix compagnies du génie, sapeurs ou mineurs (1).

Ces compagnies, venues pour la plupart avec des effectifs réduits, avaient été portées à 200 hommes par l'arrivée, vers le 3 septembre, de renforts fournis par divers détachements venant des dépôts.

En outre de ces compagnies, il y avait dans la place

(1) 1re, 15e, 16e, 17e 18e compagnies de sapeurs du 2e régiment, 2e compagnie de mineurs, 2e, 16e, 17e, 18e compagnies de sapeurs du 3e.

une compagnie de sapeurs-conducteurs. Le noyau en avait été formé par un détachement de sapeurs-conducteurs du 2e régiment, fort de 62 hommes et 125 chevaux, qui avait d'abord été affecté à la 11e compagnie chargée du service télégraphique à l'armée du Rhin. Après les défaites du 6 août, cette unité, dont le service spécial n'avait pu être organisé, entra dans le 12e corps comme simple compagnie de sapeurs, et le détachement à cheval devint disponible. Il resta quelques jours à Reims ; un ordre du Ministre le fit venir à Paris où il arriva le 26 août. Là, on le mit sous les ordres du capitaine Baylac, du 3e régiment, et grâce à l'arrivée de renforts de ce dernier corps, son effectif s'éleva progressivement à 140 hommes et 280 chevaux.

Plusieurs compagnies étaient venues sans leurs parcs de section. La Direction du Génie se préoccupa immédiatement de les munir d'outils, soit par des commandes à l'industrie privée, soit par des emprunts aux dépôts de Perpignan ou Bayonne, etc. Elle fit venir un parc de Civita-Vecchia, trois parcs de compagnie d'Arras et utilisa aussi le matériel disponible à la suite de l'évacuation du camp de Châlons. Le génie trouva en outre de grandes ressources, sous ce rapport, dans le concours des services publics et des grandes compagnies privées.

A la date de l'investissement, les cinq compagnies affectées aux divisions actives avaient leurs réserves d'outils, et les deux corps d'armée possédaient leurs parcs. Un parc de réserve était, en outre, établi à Grenelle avec atelier de construction et de réparations (1).

2° *Personnel auxiliaire du génie.* — Les travaux à exécuter dans Paris étaient si considérables et le per-

---

(1) *Mémoire* du général Petit (Archives du Comité du Génie).

sonnel du génie, officiers et troupes, si restreint qu'il fallut songer, comme pour l'artillerie, à se procurer un personnel auxiliaire. On décida d'abord d'utiliser les ressources que pouvaient présenter les grands services de l'État ou de la Ville. Bientôt, l'initiative privée offrit d'autres éléments et successivement se formèrent les corps ci-après.

Corps auxiliaire du génie militaire. — Le 9 août, jour de la proclamation de l'état de siège, le préfet de la Seine, sur la demande du Ministre de la Guerre (1), chargeait les ingénieurs du service municipal de l'exécution des plans étudiés par les officiers du génie militaire pour fermer les fortifications de Paris. Le service était immédiatement organisé et réparti entre trois ingénieurs en chef et onze ingénieurs ordinaires, chargés chacun d'un arrondissement avec le nombre nécessaire de conducteurs, piqueurs et chefs cantonniers. Ce personnel s'accrut dans la suite (2) par l'arrivée d'ingénieurs des Ponts et Chaussées et des Mines du département de la Seine et des départements voisins (3).

Le préfet confia la haute direction de ce service à un inspecteur général des Ponts et Chaussées, M. Alphand.

Le même jour, la direction du service traitait, en présence des généraux et colonels directeurs des fortifications, avec les entrepreneurs de Paris ayant les approvisionnements les plus considérables. Ces derniers déclarèrent qu'ils ne faisaient aucune condition et qu'ils mettaient leurs fortunes, leur personnel, leur matériel et

---

(1) *Journal officiel* du 9 août.

(2) 2 inspecteurs généraux, 4 ingénieurs en chef, 16 ingénieurs ordinaires, 80 conducteurs et 160 piqueurs (major de Sarrepont, *Histoire de la Défense de Paris*, p. 128).

(3) *Enquête sur les actes du Gouvernement de la Défense nationale*, *loc. cit.*, t. I, p. 295.

leur expérience à la disposition de l'autorité pour la défense de Paris. Le soir même, les officiers du génie, les ingénieurs et les entrepreneurs prenaient possession des chantiers.

La veille, la Ville de Paris avait décidé de mettre à la disposition du nouveau service auxiliaire son personnel d'ouvriers que MM. Alphand et Viollet-Leduc organisèrent militairement (1).

Le 24 août, un décret instituait officiellement ce service sous le nom de « Corps auxiliaire du génie » comprenant (2) :

1° Un état-major ;

2° Une section d'ouvriers de corps d'état, divisée en six compagnies fortes de 100 à 150 hommes ;

3° Une section de sapeurs du génie, divisée également en six compagnies fortes de 150 à 250 hommes.

Ce corps était aux ordres du général du génie de Chabaud la Tour. Les ouvriers qui en faisaient partie recevaient, en temps d'activité, une solde réglée d'après la série des prix de la Ville de Paris.

M. Alphand fut nommé commandant en premier, M. Viollet-Leduc commandant en second (3).

---

(1) *Enquête sur les actes du Gouvernement de la Défense nationale*, t. I, p. 291.

(2) *Journal officiel* du 25 août. — L'état-major était composé de : un commandant en premier, un commandant en second, un capitaine adjudant-major, un officier d'habillement et d'armement, un officier instructeur, un adjudant sous-officier.

Le cadre de chaque compagnie comprenait : un capitaine en premier, un capitaine en second et un troisième capitaine lorsque l'effectif de la compagnie dépassait 150 hommes, deux lieutenants en premier, deux lieutenants en second, un sergent-major, un sergent fourrier, un caporal fourrier, huit sergents, seize caporaux, deux tambours, deux clairons.

(3) *Enquête sur les actes du Gouvernement de la Défense nationale*, t. I, p. 295.

L'uniforme consistait en un vêtement noir ou bleu avec deux haches de sapeur en croix, en drap rouge, sur la manche gauche, un képi en drap bleu avec deux haches en sautoir sur le bandeau. Les insignes des grades étaient placés sur le bas des manches, en tresse dorée pour les officiers et les sous-officiers, en laine rouge pour les caporaux.

Les hommes étaient armés de la carabine Minié (1).

Le même jour, un avis fut publié pour faire connaître aux ouvriers des différents corps d'état qui pouvaient désirer faire partie du corps auxiliaire du génie qu'ils devaient se présenter n° 9, place de l'Hôtel-de-Ville où leurs titres seraient examinés.

En septembre, le corps comprenait douze compagnies, dont six d'ouvriers d'état : maçons, charpentiers, serruriers, forgerons, plombiers, etc., et six de sapeurs terrassiers. Neuf de ces compagnies étaient affectées aux secteurs de l'enceinte et trois restaient en réserve à l'Hôtel de Ville. L'effectif de chacune d'elles était à cette époque d'environ 250 hommes.

Dès le 4 septembre, six de ces unités étaient employées sur les chantiers.

Elles comprenaient un nombre relativement important de gradés. Plusieurs étaient commandées par des architectes très habiles qui sacrifièrent quelquefois la solidité à l'élégance, que, cependant, les travaux entrepris ne comportaient pas.

Ce corps, malgré les services incontestables qu'il rendit, ne laissa pas que de causer quelques mécomptes qui occasionnèrent d'assez nombreux froissements entre ses collaborateurs et les officiers du génie militaire.

---

(1) M. Alphand au général de Chabaud la Tour, 29 août (Archives du Génie, Défense de Paris, carton III).

Concours des services de l'État, municipaux et des grandes entreprises. — En dehors de ce corps auxiliaire, beaucoup de services municipaux ou d'entreprises publiques tinrent à honneur de contribuer à la défense.

Ainsi, la surveillance des égouts put, le 10 septembre, être confiée au service municipal. Ses agents étaient revêtus pour cet objet d'un costume ou signe spécial et pourvus d'armes.

Dans les mêmes conditions, la surveillance des catacombes et galeries souterraines, la continuation des travaux déjà commencés pour établir des communications couvertes entre la ville et les forts du Sud furent confiées aux agents du service des Mines (1) qui formèrent le bataillon des mineurs auxiliaires à l'effectif de 200 hommes, sous les ordres des ingénieurs Jacquot et Descos.

Les agents du service de la Navigation de la Seine formèrent deux sections de pontonniers auxiliaires, composées chacune de trois escouades actives et une de réserve. Ces sections étaient chargées de la garde et de l'entretien des ponts et estacades. Ce petit corps comprenait 80 hommes armés. La section d'amont était commandée par l'ingénieur Boule, la section d'aval par M. Gadot.

D'autre part, l'ingénieur Ducros proposa d'organiser des brigades de cantonniers. Le Ministre des Travaux publics déclara cette organisation impossible pour toute la France, mais il donna satisfaction à cette demande pour le département de Seine-et-Oise. L'ingénieur en chef de ce département mit ainsi à la disposition du général de Chabaud la Tour une brigade qui rendit de grands services, principalement pour la construction des ouvrages de Gennevilliers.

---

(1) Procès-verbaux des séances du Comité de Défense des 20 et 24 août.

Les employés du service des Postes et Télégraphes travaillèrent aux communications de télégraphie optique ou électrique. Quatorze d'entre eux furent, à partir du 12 septembre, chargés de la mise de feu des mines établies sous les ponts.

En dehors des administrations municipales ou de l'État, diverses organisations civiles apportèrent leur concours au génie.

Parmi celles-ci, il faut citer les Compagnies de chemins de fer dont les ingénieurs s'occupèrent des travaux à faire sur les voies ferrées tandis que les ouvriers disponibles travaillaient sur l'enceinte et à l'intérieur de la ville.

Enfin, la Compagnie des bateaux omnibus de la Seine mit son personnel à la disposition du génie pour les transports à exécuter par eau et pour la construction des ponts de bateaux.

Des ingénieurs des Ponts et Chaussées, du service dit de la deuxième enceinte, reprirent, en l'élargissant, le projet du maréchal Vaillant relatif à un retranchement intérieur. Le Comité de défense accepta ce projet, à condition que les nouveaux travaux n'altéreraient ni les formes ni les communications de la fortification permanente (1). Les travaux commencèrent aussitôt sous les ordres de M. Lalanne, inspecteur général des Ponts et Chaussées et de l'ingénieur en chef Beaulieu.

Sur la demande du Ministre des Travaux publics, tout le personnel municipal du service des Travaux publics de Paris fut mis, le 10 septembre, à la disposition du général de Chabaud la Tour.

Corps du génie volontaire. — Ce corps était en voie d'organisation au moment de l'investissement.

(1) Procès-verbal de la séance du Comité de Défense du 18 septembre.

Un certain nombre d'ingénieurs, membres de l'Association des anciens élèves de l'École centrale, MM. Laurens, Huet, Paul Flachat et Forest s'étaient réunis le 11 septembre et avaient offert leurs services au Ministre des Travaux publics. Ce dernier décida la formation d'un corps dit « mineurs volontaires » que le Ministre des Finances l'aida à constituer. Un cadre d'ingénieurs civils qui devait remplir les fonctions d'officiers du génie, sous la direction du génie militaire, s'organisa rapidement et fut en mesure de concourir aux travaux dès le 15 septembre, mais la constitution du corps en six compagnies, sous le commandement de M. Flachat, n'eut lieu que le 22 septembre, par décret du Gouvernement de la Défense nationale. Le corps prit alors le nom de « Génie volontaire ».

Les officiers ne recevaient aucune rétribution et étaient commissionnés par le Ministère de la Guerre. Organisé par les soins du Ministère des Travaux publics, ce corps restait sous l'administration de ce ministère (1).

Il fut employé à l'intérieur du Mont-Valérien, aux environs du fort de Romainville, au plateau d'Avron et sur plusieurs autres points du camp retranché.

Commissions civiles. — Le Ministre des Travaux publics de l'Empire avait déjà réuni une Commission civile dite « des Travaux publics », composée d'ingénieurs afin d'étudier diverses questions intéressant la défense, telles que l'éclairage artificiel des magasins à poudre, les applications de la lumière électrique, les appareils explosibles à employer éventuellement, les ballons captifs, etc. (2).

---

(1) *Rapport* sommaire de M. Flachat sur les travaux exécutés par le corps du génie volontaire, 4 janvier 1871 (Archives du Génie, carton VI).

(2) Procès-verbaux des séances du Comité de Défense du 18 août et jours suivants.

M. Reynaud, de l'Institut, en était le président. Le 26 août, le général de Chabaud la Tour désigna le colonel de la Griverie pour être adjoint à cette commission.

Le Ministre des Travaux publics de la Défense nationale alla plus loin que son prédécesseur. Il demanda, le 15 septembre, en Conseil de Gouvernement que les travaux de la défense fussent uniquement « confiés à l'initiative d'ingénieurs civils qui seuls sauraient mettre de côté la routine et les préjugés des officiers du génie militaire (1) ».

Il avait créé, par décision du 13 septembre (2), la Commission du génie civil dont le but était de répartir les services des ingénieurs civils et de centraliser leurs offres. Elle siégeait au Conservatoire des Arts et Métiers et se composait de MM. Tresca, sous-directeur du Conservatoire, président; Laurens, président de l'Association des anciens élèves de l'École centrale; Martelet, ingénieur des Mines; Martin, président de la Société des anciens élèves des Arts et Métiers; Vuillemin, président de la Société des Ingénieurs civils.

Le 7 septembre, le Ministre de l'Instruction publique avait, lui aussi, créé un Comité composé de savants et de membres de l'Institut sous la présidence de M. Berthelot (3). Ce comité était à la disposition du Comité de défense pour l'examen de toutes les questions qu'il jugeait utile de lui soumettre.

Enfin, il faut signaler que M. Arago demanda, à la séance du Gouvernement du 13 septembre, la construc-

(1) *Procès-verbaux des séances du Conseil du Gouvernement de la Défense nationale*, p. 122.

(2) Major de Sarrepont, *loc. cit.*, p. 122.

(3) M. Jules Simon, Ministre de l'Instruction publique, au général de Chabaud la Tour, 7 septembre 1870 (Archives du Génie, carton XIII).

tion de barricades pour lesquelles, disait-il, « il faut rompre avec toutes les routines du génie militaire (1) ».

Le général Trochu crut devoir approuver cette mesure. Il ajouta que des ingénieurs civils et des hommes spéciaux se mettraient en relation avec les officiers du génie, et qu'il serait fait appel aux « barricadeurs de Paris (2) ».

Le *Journal officiel* du 19 septembre annonça en effet la formation d'une Commission des barricades et celui du 23 septembre donna sa composition.

La présidence en était dévolue à M. Henri Rochefort. Elle devait « former autour de Paris une enceinte inexpugnable ». Ses études et ses plans étaient exécutés par les soins du Ministère des Travaux publics (3).

Corps franc Milne-Edwards. — Autorisé par décision ministérielle du 19 août, sur la proposition du général de Chabaud la Tour, M. Milne Edwards organisa, soit à l'aide de dons, soit à ses frais, une compagnie de gardes nationaux auxiliaires recrutée parmi les membres et employés de l'Université, du Muséum, de l'Observatoire et destinée à prendre part aux travaux de défense de Paris. Le commandement en fut confié à M. Desnoyers, ingénieur civil (4).

Du 15 août au 8 septembre, cette compagnie, avec un

(1) *Procès-verbaux du Gouvernement de la Défense nationale*, p. 115.

(2) *Ibid.*

(3) Ces « barricadeurs de Paris », selon l'expression du général Trochu, siégeaient au Ministère des Travaux publics. Chaque secteur eut un chef d'atelier prenant le titre d'ingénieur. Le 17 octobre, la Commission adressa son rapport officiel sur le plan de la troisième enceinte ainsi préparée. Ce plan fut exécuté postérieurement (Sarrepont, *loc. cit.*, p. 134).

(4) *Enquête sur les actes du Gouvernement de la Défense nationale*, t. VI, p. 266.

effectif moyen de 70 hommes, fournit 1,731 journées de travailleurs.

Elle fut employée presque exclusivement à la mise en état de défense du fort de Bicêtre et principalement à l'achèvement du bastion d'attaque (1).

L'installation des ambulances dans les lycées, la nécessité de pourvoir à la mise en sûreté des collections du Muséum restreignirent rapidement l'effectif de ce corps qui cessa d'exister à la fin de la première quinzaine de septembre.

(1) *Rapport* de M. Desnoyers au général de Chabaud la Tour, 25 septembre.

CHAPITRE VI

Formation du 14e corps.

La création du 13e corps a été étudiée à propos de son envoi à l'armée de Châlons (1). Il ne reste donc à parler que de la formation du 14e corps.

La date exacte où cette dernière fut décidée est assez difficile à établir. Il est certain que les IVes bataillons appelés à Paris et qui y arrivèrent à partir du 20 août étaient destinés, dans l'esprit du Ministre, à former des divisions actives (2) en même temps qu'une division du même genre était constituée à Lyon (3). Mais l'emploi de ces divisions était incertain; leurs chefs, plusieurs jours après leur constitution, ne savaient de quelle autorité ils dépendaient. Croyant appartenir à l'armée de Paris, ils adressaient leur correspondance de service au Gouverneur qui, ignorant la création de ces unités, en référait, le 26 août, au Ministre pour lui demander des explications (4).

Cependant, il avait été question auparavant de former un 14e corps et des ordres en ce sens paraissent avoir été donnés dans les divers bureaux du ministère, car on a retrouvé une note qui circula parmi eux pour les prévenir que le 14e corps ne serait pas constitué et que

---

(1) *L'Armée de Châlons*, t. III, *Sedan*, p. 279 et suiv.

(2) Le Gouverneur au Ministre de la Guerre, Paris, 26 août; composition de la 2e division, 26 août.

(3) Quelques jours plus tard, elle devint la 3e division du 14e corps.

(4) Le Gouverneur au Ministre de la Guerre, Paris, 26 août.

les deux divisions nouvellement formées prendraient les titres de 1re et 2e divisions actives d'infanterie (1).

Mais, sur la lettre du général Trochu, en date du 26 août, dans laquelle il était parlé d'une armée de Paris, le Ministre écrivait: « Il n'y a pas d'armée de Paris, mais bien le 14e corps d'armée. » Et, le 27 août, il informait officiellement le Gouverneur que l'on allait constituer un 14e corps et lui en donnait la composition. C'est donc vers cette date seulement qu'il faut faire remonter la décision de créer le 14e corps. Ce n'est qu'à partir de ce moment, en tout cas, que, dans la correspondance, on commence à désigner les divers éléments qui devront le composer, notamment en ce qui concerne les services, puisque les divisions étaient déjà en voie d'organisation.

Le 28, le Ministre avertissait le Gouverneur que cette nouvelle unité était organisée, comme le 13e corps, de manière à pouvoir agir au dehors (2).

Commandement; états-majors et services. — Des fluctuations s'étaient produites également en ce qui concernait le commandement. Le projet de le donner au général de Wimpffen, projet que celui-ci relate dans son ouvrage (3) et dont l'aurait entretenu le Ministre le 28 août, semble avoir reçu tout au moins un commencement d'exécution car on a retrouvé une pièce adressée le 29 août par la 6e direction à M. le général de Wimpffen,

---

(1) *Note* sans date, au crayon, mais émargée par les différents chefs de bureau du Ministère.

(2) Le nouveau corps d'armée avait pour titre officiel : 14e corps de l'armée du Rhin. C'est du moins ce que portent en marge les imprimés dont se servit au début l'état-major du 14e corps. Les 13e et 14e corps devaient, en effet, dans la pensée du Ministre, participer aux opérations de l'armée du maréchal de Mac-Mahon (Le Ministre de la Guerre au Gouverneur, Paris, 10 septembre).

(3) De Wimpffen, *Sedan*, p. 122.

commandant le 14e corps (1). Cependant, le général de Palikao, dans son livre : *Un Ministère de la Guerre de 24 jours*, déclare n'avoir aucun souvenir de la proposition qu'il aurait faite à ce sujet (2).

Le 28 août au soir, le général Renault avait dû être nommé définitivement à ce commandement puisque le Ministre (1re Direction) lui envoyait la composition de son état-major, mais cette nomination ne devait pas encore être connue officiellement. Le Gouverneur écrivait en effet, le 29, au général de Palikao pour lui demander la procédure qu'il devait suivre à l'égard des demandes que les généraux de Caussade et d'Hugues continuaient à lui adresser, et, ainsi qu'on vient de le voir, la 6e Direction croyait toujours le général de Wimpffen pourvu de ce commandement.

Le 31 août, un ordre général donna la composition complète du 14e corps, composition qui subit, par la suite, de nombreuses modifications et qui fut définitivement arrêtée par un nouvel ordre général du 10 septembre (3).

A cette même date du 31 août, le général Renault prit effectivement le commandement (4) exercé jusque-là provisoirement par le général de Caussade.

Jusqu'au 3 septembre, un certain nombre de généraux et de chefs de corps manquèrent ; d'autre part, un

---

(1) D'autre part, on peut lire encore dans un ordre de bataille dressé par le bureau des états-majors le nom du général de Wimpffen rayé et remplacé par celui du général Renault. — Voir aussi *L'Armée de Châlons*, t. III, *Sedan*, p. 66, note 4.

(2) De Palikao, *Un Ministère de la Guerre de 24 jours*, p. 122.

(3) L'ordre général, copié sur le *Journal* de la 2e armée, mentionne que le 14e corps avait été formé par décret impérial du 31 août. C'est aussi ce que dit le général Ducrot (*La Défense de Paris*, t. I, p. 429). On n'a pu retrouver ce décret. — Voir aux Documents l'ordre général du 10 septembre.

(4) Registre du 14e corps, *Rapport* du 12 septembre.

nombre relativement considérable d'officiers subalternes n'avaient pu rejoindre encore et cette situation se prolongea quelque temps, en raison des difficultés que rencontrèrent beaucoup d'entre eux pour arriver à Paris.

Les officiers des états-majors du corps d'armée et des trois divisions d'infanterie, ainsi que ceux des états-majors de l'artillerie et du génie, avaient été désignés le 28 août.

Les fonctions de chef d'état-major général étaient confiées au général Appert.

Le commandement de la 1re division d'infanterie fut donné au général de Caussade, celui de la 2e division, au général d'Hugues et celui de la 3e, au général de Maussion.

Le 3 septembre, le général de Champéron reçut le commandement de la division de cavalerie créée par ordre du même jour.

Les services administratifs de l'intendance et des subsistances furent constitués le 5 septembre, après quelques hésitations provenant probablement du retard apporté à désigner le chef de service qui fut l'intendant Baillod. Jusqu'au 10 septembre, l'organisation administrative, dans les divisions d'infanterie, fut rattachée, tant bien que mal, à celle du territoire, les intendants nouvellement nommés n'étant pas encore installés. Le 10, ces derniers prirent leur service, pour les 1re et 3e divisions dans les locaux de l'ancienne intendance de la Garde (École militaire), pour la 2e division à la caserne Bonaparte (quai d'Orsay), mais la division de cavalerie n'avait pas encore de sous-intendant le 20 septembre. Les troupes d'administration devaient être fournies par la 9e section.

Lorsque les troupes affluèrent à Paris, on rencontra tant de difficultés pour les nourrir que des faits regrettables se produisirent. Les soldats furent quelquefois abandonnés à eux-mêmes. Après avoir dissipé leur prêt franc qui leur avait été remis par les fourriers, ils se répandaient dans les rues en se plaignant et en mendiant.

Les corps éprouvaient de grands embarras pour toucher les vivres et les effets à cause du manque de voitures et, en général, l'intendance fut obligée de préparer les chargements qui leur étaient destinés. Un certain nombre reçurent leurs voitures vers le 5 septembre mais quelques-uns, tels le 24e et le 26e de marche, n'en avaient pas encore le 14 septembre.

Les vivres de campagne furent alloués le 17 septembre aux 13e et 14e corps. En l'absence d'approvisionnements sur les points où le 14e corps devait se porter aux environs de Paris, il fallut une activité exceptionnelle au service de l'intendance pour prévoir et pour distribuer les vivres nécessaires. Encore, ce service était-il obligé de se tenir au courant, par ses propres informations, des mouvements qui devaient être exécutés.

Le service du Trésor n'était organisé ni au quartier général ni dans les divisions le 18 septembre et le général en chef dut demander au Gouverneur de Paris de provoquer des mesures à ce sujet, de la part de l'administration des Finances (1), car les corps étaient entrés en campagne et il était impossible d'envoyer des officiers toucher la solde à Paris. La gratification d'entrée en campagne avait été accordée aux officiers et aux employés militaires du 14e corps le 29 août (2), mais la plus grande incertitude régnait à l'administration centrale au sujet des droits acquis par les corps de l'armée de la défense, leur personnel n'ayant pas fait l'objet de notifications officielles (3).

---

(1) Le général Renault au Gouverneur, Paris, 18 septembre.

(2) Le Ministre de la Guerre au général de Wimpffen, commandant le 14e corps, Paris, 29 août.

(3) *Note* de la 6e Direction à la 1re Direction, 21 septembre.

Le personnel de santé et administratif des ambulances fut désigné par lettre ministérielle du 31 août. Quand la division de Champéron fut distraite du corps d'armée, elle emmena son service médical, mais elle laissa son ambulance pour assurer le service de divers forts et celle-ci fut mise à la disposition de l'intendant général Wolf. Le 15 septembre, on dut établir un nivellement entre les corps d'infanterie de façon à ce que chacun d'eux fût pourvu de deux médecins. Dans chaque division, un officier de santé assurait le service des batteries divisionnaires.

Le personnel vétérinaire fut organisé le 7 septembre.

La prévôté fut constituée, pour le quartier général et les divisions d'infanterie et de cavalerie, à la date du 31 août.

Ce fut seulement le 12 septembre qu'un escadron put être fourni par le régiment de chasseurs de l'ex-Garde pour assurer le service des escortes, à raison d'un peloton par état-major de corps d'armée ou de division. Cet escadron ayant été mis à la disposition du 13e corps le 14 septembre, un escadron du régiment de gendarmerie à cheval fut désigné pour le remplacer.

Composition des troupes. — Infanterie. — On affecta au 14e corps les trois divisions d'infanterie formées le 19 août avec des régiments de marche ; la brigade de droite de chacune d'elles comprenait deux compagnies de chasseurs à pied.

La 1re division (général de Caussade) était composée de la 1re compagnie de chacun des 3e et 4e bataillons de chasseurs à pied, des 15e et 16e régiments de marche (1re brigade), des 17e et 18e régiments de marche (2e brigade) (1).

(1) 15e régiment de marche : IVes bat. des 10e, 14e et 26e de ligne ;

A la 2e division (général d'Hugues), étaient affectés une compagnie de chacun des 6e et 9e bataillons de chasseurs à pied, les 19e et 20e régiments de marche (1re brigade), les 21e et 22e régiments de marche (2e brigade) (1).

Enfin la 3e division, formée à Lyon (général de Maussion), groupait une compagnie de chacun des 12e et 14e bataillons de chasseurs à pied, les 23e et 24e de marche (1re brigade), les 25e et 26e de marche (2e brigade) (2).

Le 16 septembre, le VIIe bataillon de la garde nationale mobile de la Seine (3e régiment) qui se trouvait, au fort de Châtillon, englobé dans la zone d'opérations du 14e corps, fut momentanément mis sous les ordres du général Renault et placé par lui à la division de Caussade avec laquelle il combattit le 19.

Le 15 septembre, par ordre du commandant du corps d'armée, on forma, dans chaque bataillon, un groupe de « francs-tireurs » ou éclaireurs, composé d'un officier, d'un sergent, deux caporaux, un clairon et trente soldats (3).

Cavalerie. — Le 3 septembre, la division de cavalerie de Champéron, composée des brigades de Gerbrois et Cousin, avait été créée pour le 14e corps. Après avoir été envoyée quelques jours hors Paris, pour prendre part

---

16e régiment de marche : IVes bat. des 35e, 38e et 39e de ligne;
17e régiment de marche : IVes bat. des 42e, 46e et 68e de ligne;
18e régiment de marche : IVes bat. des 82e, 88e et 97e de ligne.

(1) 19e régiment de marche : IVes bat. des 16e, 27e et 58e de ligne;
20e régiment de marche : IVes bat. des 73e, 83e et 87e de ligne;
21e régiment de marche : IVes bat. des 5e, 37e et 56e de ligne;
22e régiment de marche : IVes bat. des 72e, 76e et 99e de ligne.

(2) 23e régiment de marche : IVes bat. des 21e, 3e et 13e de ligne;
24e régiment de marche : IVes bat. des 34e, 31e et 30e de ligne;
25e régiment de marche : IVes bat. des 47e, 48e et 61e de ligne;
26e régiment de marche : IVes bat. des 66e, 89e et 98e de ligne.

(3) *Historique manuscrit* du 15e régiment de marche.

aux opérations dirigées par le général Reyau, elle y rentra, mais fut détachée du corps d'armée par un ordre du 14 septembre. Le même ordre la remplaça par la brigade de Bernis composée du 2e régiment de marche de cuirassiers (4 escadrons) et du 1er régiment de marche de cavalerie mixte (4 escadrons) auxquels on adjoignit le régiment de gendarmerie à cheval (6 escadrons) (1).

Artillerie et génie. — Le 14e corps, pour lequel il avait été prévu tout d'abord six batteries divisionnaires de 4 et six batteries de réserve (deux à balles; deux de 12 et deux de 4) (2), put être pourvu, le 12 septembre, de quinze batteries dont neuf divisionnaires (six de 4 et trois à balles) et six de réserve (deux de 4, deux de 12 et deux à cheval) (3).

D'après un ordre du Ministre en date du 30 août, la Direction de l'artillerie de Paris avait dû préparer, pour le 14e corps, un parc dont la composition avait été fixée à 93 voitures à 6 chevaux, 45 à 4 chevaux et 3 à 2 chevaux (4).

---

(1) 2e régiment de marche de cuirassiers formé de l'ancien escadron des Cent-Gardes, des escadrons de dépôt des carabiniers et cuirassiers de la Garde et du 1er cuirassiers. — 1er régiment de marche de cavalerie mixte, formé des escadrons de dépôt des régiments de dragons, lanciers, chasseurs et guides de la Garde.

(2) *Note* de la 4e Direction (artillerie) du Ministère de la Guerre à la 1re Direction, Paris, 28 août.

(3) 1re division : 17es batteries des 4e, 6e et 7e régiments;

2e division : 17es batteries des 8e, 11e et 13e régiments;

3e division : 17es batteries des 9e et 12e régiments, 11e batterie du régiment monté de la Garde;

Réserve : 17e batterie du 14e régiment, 17e batterie du 15e régiment, 8e mixte et 17e batterie du 3e régiment, 13es batteries des 18e et 19e régiments (*Note* de la 4e Direction (artillerie) du Ministère de la Guerre pour la 1re Direction, Paris, 6 septembre).

(4) Le Ministre de la Guerre au Général commandant le 14e corps, Paris, 30 août.

Mais le 10 septembre, le Ministre, considérant que les 13e et 14e corps d'armée, primitivement désignés pour agir avec l'armée du maréchal de Mac-Mahon, devaient dès lors se borner aux opérations autour de la capitale et qu'ils n'avaient, par suite, pas besoin de parcs sur roues, donna l'ordre d'expédier leurs parcs sur la Loire. Celui du 14e corps partit le 12 pour Tours en ne laissant à Paris que 30 voitures formant les trois réserves divisionnaires (en matériel et en personnel), plus six chariots de batteries (1).

Le 21 septembre, le parc, désorganisé par ce départ, ne comprenait plus que 26 caissons chargés pour canons de 4 rayés, 4 chariots chargés pour canons à balles, 3 caissons chargés de cartouches 1866, 24 caissons chargés pour canons de 12 rayés de campagne et 1 chariot de parc pour transport des outils, gabions, etc.

Le départ des parcs avait fait subir un déficit important à l'approvisionnement en munitions: 1,026,000 cartouches, modèle 1866, ainsi qu'une partie de l'approvisionnement des mitrailleuses des corps d'armée. Le général Guiod protesta avec énergie et réclama leur retour mais sans pouvoir l'obtenir du Ministre. Le 15 septembre, les hommes de l'infanterie du 14e corps avaient chacun à leur disposition 120 cartouches, dont 90 dans le sac ou la giberne, 30 à la réserve divisionnaire. L'artillerie était approvisionnée à 164 coups par pièce (2).

On sait que des difficultés s'élevèrent entre le commandement supérieur de l'artillerie de la place et les commandants des corps d'armée au sujet du personnel de l'artillerie (3) dont, en particulier, le général Renault faisait ressortir l'insuffisance le 16 septembre.

---

(1) Le Ministre de la Guerre au Gouverneur de Paris, Paris, 10 septembre.

(2) *Rapport* du 14e corps du 15 septembre.

(3) Voir plus haut, p. 76.

Les mêmes difficultés se produisirent pour le génie. Chaque division et le quartier général avaient à leur disposition une section du génie (1re et 2e sections de la 16e compagnie du 2e régiment aux 1re et 2e divisions, 1re et 2e sections de la 16e du 3e régiment au quartier général et à la 3e division), mais ces sections étaient dispersées dans les forts pour les travaux de la défense.

Administration, discipline. — Dans la première quinzaine de septembre, de sérieux efforts furent faits pour compléter l'organisation intérieure du 14e corps.

Le 1er septembre, le Ministre avait écrit au général Renault pour l'inviter à prendre d'urgence toutes les mesures nécessaires pour terminer rapidement cette organisation.

Il s'agissait, en effet, d'aller au plus pressé puisque le corps d'armée était destiné à une action lointaine et devait partir à bref délai (1). Aussi, les premiers ordres du général en chef reflètent-ils la préoccupation dominante de mettre les hommes en état d'entrer en campagne avec le nécessaire, le plus tôt possible.

Cependant, le général Renault rendait compte au Ministre, le 4, de l'impossibilité où se trouvaient les deux dernières divisions de marcher immédiatement. Quant à la 1re, qu'on eût pu embarquer à la rigueur, elle était fort incomplète (2). Le 6, le Ministre, répondant au général Renault, émettait l'espoir que l'organisation du corps d'armée « se compléterait de jour en jour (3) ».

On travaillait, en effet, sans relâche à toutes les parties du service, et le 9, les divisions étaient prêtes à entrer

---

(1) Le Général commandant le 14e corps d'armée aux Généraux commandant les 1re, 2e et 3e divisions, Paris, 3 septembre.

(2) Le général Renault au Ministre de la Guerre, Paris, 4 septembre.

(3) Le Ministre de la Guerre au général Renault, Paris, 6 septembre.

en campagne (1). Les corps avaient deux jours de vivres, les ambulances étaient complètes, le service des subsistances organisé, celui des boucheries en mesure d'assurer le service dans chaque division. Il manquait encore, il est vrai, des officiers et l'instruction du tir était insuffisante.

On appréciera mieux ces résultats quand, en étudiant les opérations pendant les derniers jours qui précédèrent l'investissement, on se rendra compte de la dispersion initiale des troupes et des mouvements qu'elles durent faire dans Paris et sa banlieue, mouvements nécessités par la répartition des casernements assignés par le commandement territorial, par l'état d'esprit de la population ou par les travaux entrepris pour la défense.

L'état moral et sanitaire du corps d'armée se ressentit, dès les premiers jours, de la dispersion et des mouvements incessants des unités.

Le 8 septembre, le général en chef demanda au Gouverneur que les divisions, en particulier celle qui était casernée dans la partie Nord-Est de Paris, fussent réunies et soustraites au contact de ce qu'il appelait « la mauvaise partie de la population (2) ». Mais, il est à remarquer que la division campée au Champ de Mars laissa aussi beaucoup à désirer sous le rapport de la discipline et du bon esprit (3). On sait, d'ailleurs, que toutes ces troupes étaient encadrées en général par des officiers fatigués ou ayant perdu depuis longtemps le contact des

(1) *Rapport* du 14e corps du 9 septembre.

(2) *Rapport* du 14e corps, du 8 septembre ; le général Renault au Ministre de la Guerre, Paris, 10 septembre.

(3) Le général de Malroy au général de Caussade, Paris, 31 août. — Cette division avait détruit et brûlé la barrière d'un chantier sur le quai d'Orsay, près de ses bivouacs.

corps de troupe (1), et qu'elles étaient presque totalement dépourvues d'éducation militaire, puisque, dans certaines unités, la moitié environ des hommes étaient de jeunes soldats (2). L'instruction militaire était également insuffisante ; un grand nombre des hommes rappelés ne connaissaient pas la manœuvre du fusil 1866, et les jeunes soldats n'avaient aucun entraînement préalable. Le 3 septembre, le général en chef recommandait à ses généraux de division d'exercer leurs hommes, de leur faire exécuter des tirs (3). Mais les divers déplacements que firent les divisions à partir du 10 septembre, pour se porter en dehors de l'enceinte, empêchèrent de se conformer à ces prescriptions.

En résumé, l'instruction et l'éducation militaires de ces troupes étaient, pour ainsi dire, nulles. Leur santé se ressentit également de leur situation précaire ; la fièvre typhoïde en particulier fit son apparition dans la 2e division (4), dès la première quinzaine de septembre.

Effectifs. — D'après la situation du 5 au 6 septembre, le chiffre des disponibles du 14e corps, à cette date, se montait à 606 officiers, 32,879 hommes de troupes, 649 chevaux (5).

---

(1) Général Ducrot, *La Défense de Paris*, t. Ier, p. 77.

(2) Le général d'Hugues au Commandant du 14e corps, Paris, 2 septembre.

(3) Le général Renault aux généraux de division du 14e corps, Paris, 3 septembre.

(4) Le général Renault au Ministre de la Guerre, Paris, 10 septembre.

(5) Cette situation du 5 au 6 septembre ne comprend pas les effectifs des deux compagnies de chasseurs à pied de la 1re division, non plus que le génie des trois divisions et de la réserve ; elle ne compte aucun élément de cavalerie.

CHAPITRE VII

Troupes et services divers.

Train des équipages. — Au commencement d'août, il y avait, à Paris, un certain nombre d'unités et de détachements du train des équipages dont il est impossible de déterminer la valeur et dont aucun, d'ailleurs, ne paraît être resté dans la capitale, à l'exception d'une compagnie du train de la Garde affectée plus tard au quartier général du 14e corps d'armée.

Des unités furent appelées de province, notamment de Vernon (1), pour assurer le service de la place et des forts, de telle sorte que le train des équipages comprenait approximativement, le 19 septembre, en dehors de la compagnie du train de la Garde et du dépôt de celui-ci, huit compagnies (2).

Sections d'ouvriers d'administration et d'infirmiers. — *Remonte.* — Il paraît impossible, faute de documents,

---

(1) Le 6 septembre, le Ministre avait prescrit l'évacuation de cette place. Deux compagnies, les 17e et 18e furent appelées à Paris, tandis que le dépôt devait, en deux colonnes, gagner Chartres et Tours, pour de là être dirigé sur Lyon. La première de ces colonnes comptait 12 officiers et vétérinaires, 1,543 hommes de troupe, 935 chevaux, 105 voitures. La deuxième avait un effectif de 17 officiers, 900 hommes et 800 chevaux. La 19e compagnie fut dirigée de Vernon sur Tours, pour rejoindre le 15e corps.

(2) 16e, 17e et 18e compagnies du 1er régiment du train des équipages, 5e et 6e compagnies du 2e régiment, 2e, 17e et 18e compagnies du 3e régiment.

d'établir la situation de ces sections au 19 septembre. La situation de la place du 18 septembre accuse un effectif de 4,281 ouvriers d'administration et de 1,385 infirmiers, mais ne donne aucune indication sur leur organisation, ni les numéros des sections qui avaient fourni ces hommes. Toutefois, on a relevé, dans les documents, la présence des détachements suivants :

Un détachement de la 9e section d'ouvriers d'administration, venu de Toulouse et affecté au 14e corps (60 hommes);

Un détachement de la 2e section (230 hommes), venu de Versailles le 16 septembre ;

Des détachements des 4e, 11e et 13e sections ;

Des détachements de la 1re et de la 6e section d'infirmiers.

Enfin, il existait à Paris, avant le siège, un détachement de la 6e compagnie de remonte, dont l'effectif, au 3 septembre, était de 81 hommes.

Gendarmerie. — Les troupes de gendarmerie stationnées à Paris au commencement d'août se composaient :

1° De la garde de Paris (2 bataillons et 4 escadrons);

2° Des brigades de gendarmerie de la 1re légion;

3° De l'escadron des gendarmes d'élite, ancien escadron des Chasses impériales.

La garde de Paris fut désignée, le 8 septembre, par le Gouverneur de Paris pour fournir, le cas échéant, un service de guerre. Elle devait servir, dans des circonstances prévues, « de réserve d'élite aux défenseurs de l'enceinte qui auraient été forcés d'en céder une partie (1) ».

Cette mesure fut prise à la suite d'une pétition adressée

---

(1) Le Gouverneur au Colonel commandant la garde de Paris, 8 septembre.

au Gouvernement par le corps qui se plaignait d'être mis en suspicion et insulté journellement par la population (1).

Le 10 (2), un décret rendit à ce régiment le nom de Garde Républicaine qu'il avait déjà porté avant le mois de décembre 1852.

Du 24 août au 14 septembre ces troupes s'augmentèrent :

a) Pour le service de la défense :

1° Des deux régiments de gendarmerie l'un à pied, l'autre à cheval, créés par décret du 11 août (3). L'effectif du régiment à pied fut porté, le 27 août (4), à 1,600 hommes au moyen d'un prélèvement, sur les différentes légions départementales, d'un contingent de 400 hommes qui devait permettre d'élever de 83 à 116 le complet de chaque compagnie du régiment. Quant au régiment de gendarmerie à cheval, dont il a déjà été parlé au sujet de la cavalerie, il comprenait six escadrons. Il prit le numéro 1 quand, après le 19 septembre, il fut créé un second régiment de même arme;

2° D'un groupe de gendarmes des compagnies des départements, de ceux de la région de l'Est en particulier, replié sur Paris, qui devait être organisé en compagnies et en escadrons provisoires pour concourir, sous le commandement du colonel Tyrbas de Chamberet, chef de la 4e légion (5), à la défense des points les plus menacés de la capitale ;

(1) Pétition du colonel et des officiers délégués aux membres du Gouvernement de la Défense nationale, Paris, 7 septembre.

(2) *Journal militaire officiel*, 1870, 2e semestre, p. 425.

(3) *Ibid.*, p. 335.

(4) *Ibid.*, p. 369.

(5) Le colonel de Chamberet ramena notamment à Paris 230 gendarmes à cheval et 170 gendarmes à pied, qui se trouvaient réunis à

3° Des militaires de l'escadron des gendarmes d'élite détachés dans les diverses chasses, également repliés sur Paris (1) et qui, plus tard, entrèrent dans la composition du 2e régiment de gendarmes à cheval;

4° D'un groupe de gendarmes coloniaux dirigés de Toulon sur Paris vers le 27 août.

b) Pour le service spécial de la gendarmerie :

Des gendarmes de la 1re légion stationnés à Vincennes ou disséminés dans le département de la Seine, sous le commandement du colonel Bouttier, chef de la 1re légion.

Le colonel de Chamberet ayant été nommé commandant en second de la 1re division de la garde nationale mobile, le Ministre désigna, par décision du 16 septembre, le colonel Bouttier pour continuer l'organisation commencée des escadrons et compagnies provisoires et réunir tous les militaires de la gendarmerie, arrivant à Paris, à quelque légion qu'ils appartinssent (2).

En résumé, il y avait à Paris, le 19 septembre :

Garde républicaine : 4 escadrons, 23 officiers, 556 hommes; 2 bataillons à 8 compagnies, 56 officiers, 1,930 hommes (3);

Un régiment de gendarmerie à pied, 48 officiers, 1,600 hommes;

Un régiment de gendarmerie à cheval : 46 officiers, 720 hommes;

Gendarmerie de la 1re légion : 18 officiers, 242 hommes à pied, 633 hommes à cheval;

Reims. Ces hommes avaient évacué cette ville le 4 septembre, puis s'étaient dirigés sur Soissons avec la division d'Exéa (Le général commandant la 4e division militaire au Ministre de la Guerre, Soissons, 5 septembre).

(1) Le Ministre de la Guerre au Président du Gouvernement, 17 septembre.

(2) Le Gouverneur au général Soumain, Paris, 18 septembre.

(3) Effectifs au 14 septembre.

Un groupe de gendarmes coloniaux;

Un groupe de gendarmes de différentes légions destiné à former des compagnies et escadrons provisoires.

Douaniers. — Un décret impérial du 9 août mit à la disposition du Ministre de la Guerre les corps armés des douanes de 37 départements (1).

Immédiatement, des ordres furent donnés pour faire venir à Paris le nombre de préposés nécessaires pour former six bataillons à 600 hommes, mis sous le commandement de M. Bigot, inspecteur principal des douanes; chaque bataillon devait être commandé par un inspecteur ayant le grade de chef de bataillon, auquel un adjudant-major de la ligne et un instructeur de Saint-Cyr devaient être adjoints pour l'instruction.

Les détachements des divers départements arrivèrent à Paris à partir du 12 août et furent répartis dans les douze postes-casernes de l'enceinte, et à la caserne des Magasins-Réunis. Le 20 août, 142 officiers et 4,128 préposés étaient assemblés dans la capitale et l'on s'occupait activement de les armer (2).

Mais les prestations de campagne n'ayant pas été accordées aux préposés, la situation de ceux d'entre eux qui étaient mariés devint si pénible que le Ministre des Finances intervint en leur faveur et obtint qu'ils fussent renvoyés pour assurer le service des frontières (3). En même temps, il proposa de ne conserver que 4 bataillons de 700 agents célibataires, ce qui aurait donné

(1) Voir la liste de ces départements au *Journal militaire officiel*, 1870, 2e semestre, p. 314. Cette liste comprend tous les départements frontières ou côtiers à l'exception de ceux de la Moselle, du Bas-Rhin et du Haut-Rhin.

(2) Il en restait à armer 924 (Le général de Malroy au général Schmitz, Paris, 20 août).

(3) Le Ministre des Finances au Ministre de la Guerre, 23 août.

un effectif de 2,800 douaniers au lieu de celui de 3,600 primitivement fixé, lequel avait d'ailleurs été dépassé comme on vient de le voir. Mais le Ministre de la Guerre, tout en approuvant le renvoi des douaniers mariés, demanda (1) qu'ils fussent remplacés par des célibataires.

Ce remplacement ne paraît pas avoir eu lieu car l'effectif des douaniers présents à Paris, le 18 septembre (2), n'était que de 78 officiers et 2,539 hommes, répartis en six bataillons, toujours sous les ordres de l'inspecteur Bigot, et logés dans les postes-casernes n°s 1 à 15 et à la caserne des Magasins-Réunis.

Gardes forestiers. — Le 15 août, un décret impérial mettait à la disposition du Ministre de la Guerre, les agents et gardes domaniaux et communaux des forêts dans les départements de la Seine, de Seine-et-Oise, Oise, Aisne, Seine-et-Marne, Aube, Loiret, Yonne, Côte-d'Or, Saône-et-Loire et Ain (3).

Au moyen de ces contingents, le directeur général des forêts organisa, après entente avec les Ministres de la Guerre et des Finances (4), un régiment qui comprit deux bataillons de sept compagnies chacun. Dès le 22 août, cette organisation était en cours, mais ce ne fut qu'à partir du 27, les ordres nécessaires n'ayant été envoyés qu'à cette date, que les forestiers qui, d'ailleurs, étaient déjà habillés, reçurent leurs armes et leurs effets d'équipement par les soins de la Direction d'artillerie de Paris et de l'intendance de la 1re division.

Les titres des officiers ne furent adressés à ce régiment

(1) Le Ministre de la Guerre au Ministre des Finances, 27 août.
(2) Situation de la Place au 18 septembre.
(3) *Journal militaire officiel*, 1870, 2e semestre, p. 341.
(4) *Note* de la 2e Direction, 22 août.

que le 9 septembre, et le commandement en fut confié au lieutenant-colonel Carraud.

Le 19 septembre, l'effectif s'élevait à 44 officiers et 1,048 gardes forestiers (1).

Un décret du 28 août (2), complétant celui du 15, avait mis à la disposition du Ministre de la Guerre les forestiers de tous les départements de l'Empire. Mais, la plupart de ceux-ci restèrent en province.

Le 29 août (3), un décret de l'Impératrice régente avait également mis à la disposition de la Guerre les gardes forestiers des domaines de la Couronne qui dépendaient de la maison de l'Empereur.

Ceux-ci avaient été organisés, dès le 3 septembre, en quatre compagnies agissant isolément et armées de carabines Minié transformées (4).

Trois seulement de ces compagnies entrèrent à Paris avant l'investissement. Ce furent : la 1re compagnie forte de 84 hommes, formée des gardes des forêts de Fontainebleau, Sénart et Mormant, sous les ordres de M. de La Rue, inspecteur des forêts à Mormant ; la 3e compagnie comptant, sous les ordres de M. de Corbigny, 111 gardes des forêts et parcs de Saint-Cloud, Saint-Germain et Versailles, et qui fut casernée aux Magasins-Réunis de la place du Château-d'Eau ; enfin, la 4e compagnie, composée de 61 gardes des forêts de Rambouillet avec l'inspecteur de Poinctes pour chef, logée au lycée Saint-Louis.

La 2e compagnie (M. de La Panouse, 68 gardes des forêts de Compiègne et Laigne) n'était pas rentrée à Paris.

---

(1) Situation de la Place au 18 septembre.

(2) *Journal militaire officiel*, 1870, 2e semestre, p. 369.

(3) *Ibid.*, p. 370.

(4) *Rapport* de M. Levret, sous-inspecteur des forêts, 4 septembre.

Ces unités furent placées sous le commandement général du marquis de Castelbajac, capitaine des chasses de la maison de l'Empereur.

Sapeurs-Pompiers. — Le 15 août, le Ministre de l'Intérieur prescrivit aux préfets de diriger sur Paris toutes les compagnies de sapeurs-pompiers des départements, et le Ministre de la Guerre donna des instructions au général commandant la 1re division militaire pour assurer dans Paris le casernement de tous ces hommes (1).

L'appel du Ministre de l'Intérieur souleva une émotion considérable.

Qu'entendait, en effet, le Ministre par « toutes les compagnies de pompiers ? » S'agissait-il seulement des compagnies organisées ou bien fallait-il comprendre dans cet appel tous les pompiers volontaires, souvent presque isolés dans les petites localités ?

Certains départements n'avaient pas de compagnies organisées et tous les pompiers n'étaient pas armés. En outre, dans quelles conditions ces pompiers devaient-ils être mis en route ? Avaient-ils droit à une solde ? Leurs familles devaient-elles ou non recevoir une indemnité ? Devait-on mettre en route des pompiers âgés de plus de 40 ans qui n'étaient plus astreints par la loi au service ? Les pompiers qui appartenaient à l'appel des hommes de 25 à 35 ans et qui, par suite, étaient gardes mobiles, devaient-ils être compris dans ce nouvel appel ?

Autant de questions qui restaient en suspens, et qui, malgré la meilleure volonté, devaient empêcher l'exécution complète et immédiate de l'ordre donné. En outre, le défaut d'explications sur les motifs qui poussaient le Gouvernement à prendre une détermination aussi grave occasionnait partout des craintes.

---

(1) Voir *Mesures d'organisation depuis le début de la guerre*, p. 51 (texte), p. 127 (Doc. annexes).

Aussi, de tous côtés, des télégrammes affluèrent-ils pour demander des éclaircissements, et, dès le 16 au matin, le Ministre de l'Intérieur télégraphiait aux préfets de n'envoyer que les pompiers de bonne volonté et très solides (1). D'autres dépêches des autorités départementales exprimaient, d'une part, le désir des fonctionnaires locaux de conserver les pompiers, leur dernière ressource pour maintenir l'ordre en cas de besoin, ainsi que l'impossibilité où ils se trouvaient de contraindre les pompiers à partir, et d'autre part, l'hésitation, souvent même les refus opposés par un grand nombre de pompiers incapables de pourvoir, en leur absence, à la subsistance de leur famille (2).

Néanmoins, de nombreuses compagnies ou des détachements de pompiers volontaires furent immédiatement dirigés sur Paris, dès le matin du 16, beaucoup sans armes, ou pourvus des armes les plus disparates, sans liens organiques, souvent sans officiers. Avec eux arrivèrent de nombreux mobiles, isolés de divers bataillons, qui s'étaient mis en route de leur propre initiative.

Entre temps, le Ministre de la Guerre avait décidé, le 16, de donner une indemnité de 2 francs par jour et par homme, sans autre allocation, aux sapeurs-pompiers envoyés des départements à Paris.

Les inconvénients de la mesure ordonnée se firent sentir de suite, et le Ministre de l'Intérieur télégraphia aux Préfets, le 17 à 9 h. 35 au matin, de suspendre tous les départs.

De son côté, le général Soumain faisait le même jour

---

(1) Le Ministre de l'Intérieur aux Préfets, D. T., Paris, 16 août, 6 h. 55 matin.

(2) Cependant un télégramme du préfet de Tours approuve cette mesure; un autre, émanant de celui de Moulins, témoigne de l'enthousiasme avec lequel les pompiers partent sans savoir comment sera assurée l'existence de leur famille.

un rapport au Ministre de la Guerre à ce sujet et indiquait les embarras considérables que la présence des gardes nationaux et des pompiers, venus des départements, occasionnait dans la capitale.

Le 17, dans la soirée, le Ministre décidait le renvoi dans leur localité d'origine de tous les pompiers de province, mais il priait le Ministre de l'Intérieur de donner des instructions pour que l'on maintînt ces divers détachements organisés sur chacun des points où ils étaient renvoyés (1).

Le 18, le Gouverneur qui n'avait pas encore été informé de cette décision confirmait au Ministre le rapport du général Soumain et lui rendait compte « que Paris s'était empli d'hommes non armés ou pourvus d'armes les plus disparates, sans uniformes ou porteurs d'uniformes les plus imprévus, manquant de l'instruction la plus élémentaire, coûtant fort cher et enfin inutilisables soit pour la défense de Paris, si l'ennemi se présentait sous ses murs, soit pour le maintien de l'ordre, dans des circonstances données (2) ».

L'appel des gardes nationaux et des pompiers de toute origine avait eu, « en outre, de l'avis du Gouverneur, l'inconvénient de faire ressortir la défiance dans laquelle l'autorité dirigeante tenait les gardes nationaux mobiles de la capitale, éloignés par mesure de précaution (3) ».

Le Gouverneur terminait en demandant le renvoi dans leurs foyers de tous ces pompiers qui ne pouvaient rendre que peu de services.

Il a paru intéressant de relater tous ces détails pour montrer les difficultés que peut occasionner une mesure prise à la hâte et insuffisamment préparée. Outre les

(1) Le Ministre de la Guerre au Gouverneur, Paris, 20 août.
(2) Le Gouverneur au Ministre de la Guerre, Paris, 18 août.
(3) *Ibid.*

frais inutiles qu'entraîna cette concentration à Paris, elle augmenta les préoccupations du Gouverneur et surtout celles du général Soumain et de son état-major, au moment où l'organisation de la place réclamait déjà toute leur attention.

Quant au régiment des sapeurs-pompiers de la ville de Paris, sous les ordres du lieutenant-colonel Willerme, il avait été décidé, le 26 août, qu'il serait laissé tout entier à son service spécial. Ce régiment présentait, le 17 septembre, un effectif de 1,294 hommes.

Gardiens de la paix. — La police parisienne, sous l'Empire, était exercée par la gendarmerie de la 1re légion (1), la garde de Paris (2) et le corps des sergents de ville. Ces derniers, au nombre de 5,500 environ, étaient très impopulaires, surtout dans les faubourgs. Les événements du 4 septembre ne firent qu'augmenter les difficultés de leur situation : « Plusieurs faillirent être égorgés chez eux, par les agents des clubs, les 5, 6 et 7 septembre; leurs maisons étaient pillées et leurs femmes traquées (3). »

M. de Kératry, nommé préfet de police le 4 septembre, en remplacement de M. Piétri, dut prendre un arrêté réorganisant complètement le corps de la police.

Les sergents de ville étaient licenciés et remplacés par des gardiens de la paix qui ne devaient pas être armés (4).

En réalité, ce furent les mêmes hommes qui, sous un nom et un costume différents, composèrent ce nouveau

---

(1) 250 gendarmes à pied et 600 gendarmes à cheval.

(2) Deux bataillons à huit compagnies (2,000 hommes) et quatre escadrons (600 cavaliers).

(3) *Enquête sur les Actes du Gouvernement de la Défense nationale*, t. V, p. 302.

(4) *Journal officiel* du 8 septembre.

corps. Mais leurs fonctions furent complètement changées : 300 à peine demeurèrent, sans armes, chargés de la sûreté publique ; les autres formèrent un régiment de marche à six bataillons qui devait coopérer à la défense active de la place (1).

A la fin de septembre, vingt compagnies étaient formées. Le 19 septembre, les gardiens de la paix, destinés aux avant-postes, avaient reçu des chassepots dans la cour de l'École militaire, puis étaient allés bivouaquer au Champ de Mars (2).

L'organisation du corps des gardiens de la paix en une unité de guerre fut facilitée par l'existence de la hiérarchie particulière de brigadiers, officiers de paix, inspecteurs qu'il possédait.

Composé, d'autre part, d'anciens militaires et d'hommes soumis journellement à une forte discipline, ce régiment présentait une solidité remarquable et pouvait rendre de grands services.

M. de Kératry s'exprime ainsi à ce sujet :

« ..... Après avoir formé un magnifique régiment composé de solides soldats, après avoir passé deux nuits à leur remettre des chassepots et à les organiser dans l'École militaire, où je les avais réunis, après les avoir offerts au gouverneur de Paris, j'eus le regret de découvrir que, malgré l'invitation du général Trochu, presque personne ne voulait utiliser leurs services et leur dévouement. Je fus obligé de les conduire moi-même au Point-du-Jour, en costumes bourgeois, car les anciens costumes, abandonnés comme trop dangereux, n'étaient pas encore remplacés. Je les ai menés hors des fortifications ; là, ils étaient exposés à la fois aux coups de fusil

(1) 32 officiers de paix, 15 inspecteurs principaux, 80 brigadiers, 579 sous-brigadiers, 4,644 sergents de ville, 401 auxiliaires (*Enquête sur les Actes du Gouvernement de la Défense nationale*, t. V, p. 302).

(2) Rey et Féron, *Histoire du corps des gardiens de la paix*, p. 276.

tirés des remparts par méprise ou rancune et aux projectiles des Prussiens. L'amiral de Chaillé (1), le premier, avait pris avec plaisir 1,500 gardiens de la paix, et l'éloge qu'il en fit dès les premiers jours ne contribua pas peu à leur faire recouvrer le droit de cité. Les services qu'ils ont rendus pendant le siège ont été éclatants..... (2) ».

---

(1) Commandant du 9e secteur.

(2) *Enquête sur les Actes du Gouvernement de la Défense nationale*, t. V, p. 302.

CHAPITRE VIII

Isolés.

Dès la première quinzaine d'août, un grand nombre de militaires isolés « vaguaient ou séjournaient dans les gares des chemins de fer, dans les villes ou autres localités, avec ou sans titre de route, avec ou sans destination connue (1) ».

Cet encombrement, qui allait causer de graves embarras, tenait à plusieurs causes. Tout d'abord, les régiments actifs avaient quitté leurs garnisons du temps de paix sans leurs réservistes et ceux-ci, après avoir été habillés par les dépôts, devaient rejoindre leurs corps.

Plus tard, de nombreux militaires habillés et valides provenant soit des engagés volontaires, soit d'hommes appartenant aux bataillons actifs et rejoignant leurs corps, après une absence plus ou moins régulièrement motivée, étaient dirigés isolément ou par petits groupes sur les bataillons de guerre. Beaucoup d'entre eux se trouvèrent dans l'impossibilité de parvenir à destination par suite de la destruction des voies ferrées et de la présence de l'ennemi (2). Arrivés à Reims ou sur tout autre point au delà duquel le passage était interdit, ces hommes étaient renvoyés à Paris n'ayant pu rallier leurs régiments. Le commandant de la place de Paris, d'après les ordres du Ministre, dirigeait

(1) *Note* pour la 1re Direction, 21 août.

(2) Le Sous-Intendant au Général commandant la 1re division militaire, 19 août.

ces isolés sur leurs dépôts. Là, on leur prescrivait de rejoindre les IVes bataillons dont beaucoup avaient précisément été dirigés sur Paris, mais n'y étaient plus, ce qu'ignoraient complètement les corps d'origine (1).

Le service de l'intendance, d'ailleurs, n'était pas et ne pouvait pas être tenu constamment au courant par le commandement, des mouvements de troupes et des déplacements des corps. Par suite, il « ne discontinuait pas de diriger des hommes sur des points du territoire occupés par l'ennemi, ou bien sur des régiments de marche dont on ignorait la direction (2) », de telle sorte que ces hommes se répandaient en traînards sur tout le pays.

A ces isolés, vinrent s'ajouter tous les soldats des 1er et 5e corps qui avaient quitté leurs régiments au cours de la retraite de ces corps d'armée, puis les milliers d'éclopés que le maréchal de Mac-Mahon, après avoir quitté le camp de Châlons, dut diriger de Reims sur Paris (3) et enfin les échappés et les évadés de Sedan qui n'avaient pu rejoindre ni le corps Vinoy ni les détachements qui se formèrent à Hirson, Avesnes, Landrecies et en d'autres points, et qui ne savaient où aller.

Un grand nombre d'hommes valides, dont les services auraient pu être d'une grande utilité, étaient ainsi perdus pour l'armée et occasionnaient des dépenses de frais de route aussi inutiles qu'onéreuses à l'État.

En outre, ils étaient une cause permanente de désordre (4), à Paris surtout où le plus grand nombre

---

(1) Le Général commandant la 1re division militaire au Ministre, Paris, 27 août.

(2) Le Sous-Préfet d'Épernay au Ministre de la Guerre, D. T., Épernay, 25 août, 1 h. 55 soir.

(3) Le maréchal de Mac-Mahon au Ministre de la Guerre, D. T., Reims, 22 août, 8 h. 30 matin.

(4) Le Ministre de la Guerre au Général commandant supérieur de

affluait, risquant de faire naître le découragement dans la population. A Vincennes, de graves désordres eurent lieu parmi les isolés, appartenant en majeure partie à l'artillerie et au train d'artillerie (1). A Paris, le spectacle qu'offrait la place Vendôme où tous ces débris venaient chercher une destination au bureau de la Place, comme l'écrivait le général Soumain au Gouverneur, était navrant (2).

Depuis le début de la guerre jusqu'à l'investissement, cette situation lamentable inquiéta l'autorité militaire, « Les commandements de place n'étaient pas organisés en vue d'une situation aussi difficile (3) » et les mesures prises restèrent souvent vaines en face de cet encombrement que l'on n'avait pas su prévoir.

Dès le 20 août, le Ministre avait ordonné que tous les militaires qui rejoignaient les dépôts stationnés dans les places des 4e, 5e et 6e divisions, avec lesquelles il n'existait plus de communications, seraient répartis dans les dépôts de la 1re division militaire où ils seraient mis en subsistance et utilisés le mieux possible (4).

Il rappela, au sujet des isolés, l'avis inséré au *Journal officiel* du 15 août et les diverses circulaires du Ministre de l'Intérieur conférant aux autorités civiles le droit de les mettre en route et de leur délivrer des titres leur permettant de bénéficier sur les voies ferrées du trans-

---

l'artillerie de Paris, Paris, 8 septembre ; le général Soumain au Gouverneur, Paris, 7 septembre.

(1) Le général Soumain au Ministre de la Guerre, Paris, 13 septembre.

(2) Le général Soumain au Gouverneur, Paris, 7 septembre.

(3) Le Général Soumain au Ministre de la Guerre, Paris, 1er septembre.

(4) Le Ministre de la Guerre au Général commandant la 1re division militaire, Paris, 20 août. — L'Intendance avait proposé de former à Châlons un grand dépôt d'isolés mais le Ministre jugeait que Châlons et son camp étaient déjà suffisamment encombrés.

port à prix réduit. Il prescrivit de prendre les mesures nécessaires pour que tout soldat rencontré isolément fût conduit devant les autorités militaires ou à défaut devant les autorités civiles qui devaient lui assurer une destination (1).

Mais ces mesures, peut-être parce qu'elles ne furent pas assez rigoureusement appliquées, ne suffirent pas. Reims, en particulier, fut rapidement encombré d'engagés volontaires et d'isolés de l'armée du maréchal de Mac-Mahon. On dut encore rechercher leur origine et l'ordre fut donné de déférer les déserteurs au conseil de guerre et d'évacuer les autres hommes sur Lille (2).

A Paris, on dut faire recevoir, à leur arrivée, les éclopés venant de Reims par des officiers qui les passaient en revue et les répartissaient suivant leur provenance, ceux de l'Est dans les dépôts voisins, ceux d'Algérie dans les dépôts d'Aix et ceux des autres régions dans les dépôts de leurs corps.

L'encombrement continuant toujours et les va-et-vient inutiles ne cessant pas, le général commandant la 1re division militaire fut autorisé par le Ministre, le 30 août, à faire incorporer dans les régiments stationnés à Paris, les isolés qui étaient arrivés ou arriveraient dans la capitale, après avoir cherché inutilement à rallier leurs corps. Le Ministre prescrivit en outre qu'aucun homme de troupe ne serait plus dirigé isolément, par l'autorité militaire, sur les portions de corps mobilisés. Les hommes susceptibles de faire un bon service à la portion active durent n'être mis en route, à l'avenir, qu'en déta-

(1) Le Ministre de la Guerre aux Généraux commandant les divisions et subdivisions, aux Préfets, aux Intendants, aux Chefs de légions de gendarmerie, Paris, 21 août.

(2) Le Ministre de la Guerre au Général commandant la 4e division militaire, D. T., Paris, 27 août.

chements (1) et d'après l'ordre du Ministre, qui pouvait seul juger de l'opportunité de l'envoi des renforts et indiquer exactement les points sur lesquels il y avait lieu de les diriger.

Il fallut alors créer à Paris un dépôt d'isolés, afin de parer aux inconvénients déjà considérables résultant pour les services de la Place et de l'Intendance du nombre sans cesse accru des hommes de cette catégorie. Ce dépôt fut organisé par le général commandant la 1re division, le 1er septembre, à la caserne de la Courtille dont la contenance était de 500 places. On en confia le commandement à un capitaine du régiment de gendarmerie à pied assisté de deux officiers, d'un maréchal des logis et de deux brigadiers du même corps. Tous les isolés, passagers, disciplinaires ayant accompli leur peine ou militaires sortant des hôpitaux devaient être reçus dans ce dépôt en attendant qu'ils pussent constituer des détachements (2).

Mais ce dépôt devint bientôt insuffisant, l'ordre ayant été donné, le 4, de diriger sur Paris tous les militaires isolés ou en détachements qui se présentaient dans les subdivisions de l'Oise, du Nord, de l'Aisne, de la Somme et du Pas-de-Calais, et provenant, pour la plupart, de l'armée du maréchal de Mac-Mahon (3).

Le général Soumain dut faire évacuer successivement diverses casernes pour leur faire place (4). Les isolés d'infanterie furent groupés à Paris, ceux appartenant à la

---

(1) Le Ministre de la Guerre aux Généraux commandant les divisions et subdivisions, aux Intendants militaires, Paris, 30 août.

(2) Le général Soumain au Ministre de la Guerre, Paris, 1er septembre.

(3) Le Ministre aux Généraux commandant les subdivisions de l'Oise, du Nord, de l'Aisne, de la Somme et du Pas-de-Calais, D. T., Paris, 4 septembre, 9 heures matin.

(4) Le général Soumain au Gouverneur, Paris, 7 septembre.

cavalerie à Versailles, et ceux de l'artillerie à Vincennes (1).

Ces isolés ayant causé les plus grands embarras dans la ville par leur attitude et leurs récits exagérés, on prit le parti de les évacuer par masses de 700 ou 800 sur des villes de l'intérieur d'où on les acheminerait sur leurs dépôts d'origine (2). Le 7 septembre, les évacuations commencèrent sur l'ordre du Gouverneur. Le même jour, la Place faisait arrêter, à la Ceinture, les trains spéciaux qui amenaient des isolés, en particulier, à la gare de la Chapelle, les évadés de Sedan venus par le chemin de fer du Nord (3). Un service d'ordre était établi dans les gares pour empêcher ces hommes de se laisser désarmer ou de vendre leurs armes, ainsi que cela s'était déjà produit. Puis ces détachements étaient dirigés, sans entrer dans Paris, sur les villes du Centre désignées pour les recevoir.

Néanmoins, les départements continuèrent à envoyer des isolés en grand nombre à Paris et le général de Malroy s'en plaignait vivement, le 15, au chef d'état-major du Gouverneur dont il réclamait des mesures fermes contre cet envahissement qu'il attribuait à l'intendance (4).

Seules, l'approche de l'ennemi et la rupture des voies ferrées mirent un terme à ces mouvements regrettables en obligeant les généraux commandant le territoire à diriger tous les isolés sur le centre de la France. Mais

---

(1) Le Ministre de la Guerre au Général commandant la 1re division militaire, Paris, 6 septembre.

(2) *Note* pour la 1re Direction; le Ministre au Général commandant la 1re division, 11 septembre.

(3) Le Gouverneur au Ministre de la Guerre, Paris, 7 septembre; l'inspecteur principal Thurel au Chef de gare de Landrecies, Saint-Quentin, 8 septembre.

(4) Le général de Malroy au général Schmitz, Paris, 15 septembre.

beaucoup furent envoyés à Tours, le nouveau siège du Gouvernement et y causèrent aussi de l'embarras.

Cette question des isolés a été exposée avec quelques détails, car elle mérite de retenir l'attention. Elle montre la nécessité d'assurer fortement l'ordre et la discipline sur les derrières des armées, de prévoir l'organisation de dépôts d'isolés ou de convalescents et l'encadrement solide des détachements à envoyer de l'intérieur vers les corps en opérations.

CHAPITRE IX

Troupes de la marine.

1° *Infanterie de marine.* — Le décret impérial du 14 juillet 1870, appliqué aux troupes de la marine, rappela sous les drapeaux tous les réservistes de cette arme, hommes en congé renouvelable, de la deuxième portion du contingent, etc.

Dès le 18 juillet, le Ministre de la Marine décida de former quatre régiments de marche d'infanterie de marine, chacun à trois bataillons de six compagnies de 130 hommes.

Les généraux de Vassoigne, Reboul, Martin des Pallières reçurent, à la même date, l'ordre de se rendre, le premier à Cherbourg et Brest, le second à Toulon, le troisième à Rochefort, pour diriger et surveiller la mobilisation de ces quatre régiments (1).

Le 22 juillet, le Ministre décida que ces corps seraient embrigadés, sous les ordres des généraux Reboul et Martin des Pallières, puis constitués en une division active dont le commandement serait donné au général de Vassoigne. Cette division devait participer à l'expédition de la Baltique, que la marine se préoccupait d'organiser, et entrer dans la composition du corps de débarquement, formé principalement d'infanterie et d'artillerie de marine, et dont le général Trochu devait prendre le commandement. Mais, dans les premiers jours d'août, le Gouvernement renonça à cette expé-

---

(1) *Archives* du Ministère de la Marine (Bureau des troupes).

dition et les troupes de la marine furent appelées à Paris.

Le 7 août, les régiments d'infanterie de marine quittèrent les ports et se dirigèrent par voie ferrée sur la capitale (1). On les caserna à leur arrivée, le lendemain, à l'intérieur de la ville et à Saint-Denis (2).

Ils furent, tout d'abord, placés sous le commandement du maréchal Baraguey d'Hilliers, chef du 8e corps d'armée territorial (3).

Cette mesure semble indiquer que la division de Vassoigne était alors destinée à constituer la garnison de Paris, de concert avec les autres troupes de la marine (artillerie de marine, équipages de la flotte) qui devaient y arriver incessamment. Du reste, dans une lettre en date du 9 août, par laquelle le Ministre de la Marine informait son collègue de la Guerre de l'arrivée de la division, l'amiral Rigault de Genouilly écrivait : « D'un autre côté, j'ai donné des ordres pour qu'il soit formé dans les ports dix bataillons de marins pour *concourir à la défense de Paris* ».

Cependant, le 12 août, le Ministre de la Guerre ordonna le départ immédiat pour le camp de Châlons des troupes du général de Vassoigne (4), et le Ministre de la Marine écrivit à ce sujet à son collègue « qu'il voyait avec grande satisfaction donner à l'infanterie de marine les moyens de s'associer aux efforts que l'armée de terre est appelée à faire pour la défense du pays (5) ».

---

(1) Le Ministre de la Marine et des Colonies au Général commandant la place de Paris, Paris, 7 août; les Préfets maritimes de Brest, Lorient, Rochefort, Toulon au Ministre de la Marine, D. T., 7 août.

(2) Le 4e régiment n'arriva que le 9 août (Le Ministre de la Marine au maréchal Baraguey d'Hilliers, 9 août).

(3) Le Ministre de la Marine au maréchal Baraguey d'Hilliers, 9 août.

(4) Le Ministre de la Guerre au Ministre de la Marine, Paris, 12 août.

(5) Le Ministre de la Marine au Ministre de la Guerre, 12 août.

Pour remplacer dans la capitale les troupes d'infanterie de marine dirigées sur Châlons, on songea à utiliser les ressources en hommes qui existaient dans les dépôts des quatre régiments.

Le 15 août, un décret ordonna la création de douze nouvelles compagnies pour être affectées au service des dépôts de France (1).

Puis, par dépêche du 21, le Ministre de la Marine prescrivit aux préfets maritimes, de créer dans chaque régiment deux compagnies de marche.

Ces unités, désignées par les lettres A et B, devaient être constituées à 200 hommes, officiers compris (2).

Le 1er septembre, le Ministre de la Marine prescrivit encore la formation dans chacun des dépôts de l'infanterie de marine, de deux nouvelles compagnies, organisées comme les précédentes et qui devaient être désignées par les lettres C et D. Elles étaient également destinées à la garnison de Paris (3).

---

(1) 1er régiment : 1re compagnie bis, 2e bis et 3e bis ; 2e régiment : 1re bis et 2e bis ; 3e régiment : 1re bis, 2e bis et 3e bis ; 4e régiment : 1re bis, 2e bis et 3e bis (Le Ministre de la Marine aux Préfets maritimes, Paris, 18 août).

(2) Le Ministre de la Marine aux Préfets maritimes, 21 et 23 août.

(3) Le général de division de Barolet avait été envoyé par le Ministre de la Marine en mission dans les différents ports de guerre pour y présider à la formation et à l'encadrement des unités nouvelles. Aux dates des 20 et 26 août, 3 et 8 septembre, cet officier général envoya de Toulon, Rochefort, Brest, Cherbourg, des rapports sur la situation morale et matérielle des dépôts. Après sa visite, le 3 septembre, au 2e régiment à Brest, le général de Barolet, dans son *Rapport* au Ministre, écrivait que les compagnies de marche envoyées à Paris avaient été formées avec « les anciens militaires rappelés au service et les jeunes soldats dont l'instruction militaire est suffisamment avancée ; que ce mélange d'anciens et de nouveaux soldats présente toutes les garanties d'entrain et de solidité qu'on peut désirer ».

On trouvera aux Documents des extraits des quatre rapports du général

Le 2 septembre, le Ministre de la Marine donna l'ordre de diriger sur Paris les compagnies provisoires A et B (1), et le 7, les compagnies C et D. Les premières arrivèrent dans les journées du 4 et du 5 septembre et formèrent deux bataillons; les dernières n'arrivèrent à Paris que les 9 et 10, et constituèrent également deux bataillons. Les deux compagnies A et B du 1er régiment et les deux compagnies correspondantes du 2e furent placées sous les ordres du chef de bataillon Vesque; les compagnies A et B des 3e et 4e régiments furent commandées par le chef de bataillon Borgone; les compagnies C et D des 1er et 2e régiments, par le commandant Darré; les mêmes unités des 3e et 4e régiments, par le commandant Boussignon (2). Chaque bataillon comprenait, en

---

de Barolet, dans lesquels il donne de nombreux détails sur le degré d'instruction des dépôts et les effectifs.

A la date du 19 août, avant la formation des compagnies A et B, le dépôt du 4e régiment d'infanterie de marine à Toulon comptait 1,836 hommes répartis en deux compagnies actives et une compagnie hors rang.

A la date du 25 août, le dépôt du 3e régiment d'infanterie de marine, à Rochefort, présentait un effectif de 1,753 hommes répartis en trois compagnies actives et une compagnie hors rang.

Le 2 septembre, l'effectif général du dépôt du 2e régiment, à Brest, était de 2,337 hommes répartis entre la compagnie hors rang et cinq compagnies actives, y compris les compagnies A et B; la 21e compagnie, rappelée de Cochinchine, était attendue.

Enfin, le 7 septembre, le dépôt du 1er régiment comptait 1,821 hommes répartis entre la compagnie hors rang, six compagnies actives et les compagnies C et D.

Les dépôts présentaient donc des ressources importantes et avaient pu compléter facilement, à 200 hommes, les quatre compagnies de marche formées dans chaque régiment.

(1) Le Ministre de la Marine au vice-amiral de La Roncière, Paris, 3 septembre.

(2) Le Ministre de la Marine au vice-amiral de La Roncière, Paris, 7 septembre.

outre, un petit état-major et une section hors rang comptant 18 sous-officiers, caporaux et soldats (1).

A leur arrivée à Paris, ces troupes furent réparties dans les forts occupés par la marine, d'après les instructions de l'amiral de La Roncière le Noury.

Invité par le Ministre (2) à étudier les moyens de grouper dans un même bataillon les quatre compagnies A, B, C, D du même régiment, le vice-amiral de La Roncière répondit que la mesure ne lui paraissait pas opportune, « que les hommes commençaient à s'habituer à leurs forts et à leurs chefs ; que c'est une question d'administration qui se fera plus tard ». Toutefois, le 26 septembre, une décision ministérielle fit, sans déplacer les unités, passer d'un régiment dans un autre un certain nombre de compagnies A, B, C, D, de manière que les compagnies réunies dans le même bataillon appartinssent au même régiment (3).

A partir du 6 septembre, arrivèrent à Paris des détachements d'infanterie de marine, comprenant plusieurs centaines d'isolés échappés de Sedan et que le Ministre fit diriger sur les forts occupés par la marine où ils devaient rejoindre les unités de marche de leurs anciens régiments (4).

Mais le nombre de ces hommes allant tous les jours en augmentant, le vice-amiral de La Roncière le Noury

---

(1) 1 adjudant, 1 sergent secrétaire du commandant, 1 sergent secrétaire de l'officier payeur, 1 sergent vaguemestre, 1 caporal clairon, 1 caporal d'infanterie, 1 caporal tailleur, 1 caporal cordonnier, 1 caporal armurier, 4 soldats ouvriers, 2 infirmiers, 2 secrétaires, 2 armuriers; total, 18 (Le Ministre de la Marine aux Préfets maritimes, 23 août).

(2) Le Ministre de la Marine au vice-amiral de La Roncière, Paris, 8 septembre.

(3) Le même au même, Paris, 26 septembre.

(4) Le même au même, Paris, 6 septembre.

demanda, le 10 septembre, et obtint qu'ils fussent renvoyés dans leurs dépôts respectifs. Le commandant en chef de la division des marins détachés à Paris déclarait, en effet, que leur présence, parmi les jeunes soldats des bataillons de marche, lui paraissait constituer « plutôt un dissolvant qu'une acquisition de valeur (1) ».

En résumé, après le départ de la division active de l'infanterie de marine qui entra, à Châlons, dans la composition du 12e corps, cette arme envoya dans les forts de la capitale, quatre bataillons de marche solidement encadrés, présentant un effectif total de 3,200 hommes, qui contribuèrent puissamment à la défense (2).

2° *Artillerie de marine.* — En vue de l'expédition sur les côtes de la Baltique, un certain nombre de batteries à pied du régiment d'artillerie de marine avaient été transformées en batteries montées vers la fin de juillet.

Disponibles à Lorient, quatre de ces unités (11e, 12e, 13e, 15e) furent appelées à Paris, le 9 août, en même temps que 1,300 sous-officiers et canonniers répartis, avec leurs officiers, en huit batteries à pied (1re, 2e, 16e, 17e, 18e, 19e, 23e, 27e). L'ensemble de ces troupes présentait un effectif de 2,000 artilleurs (3).

Les batteries montées furent affectées à la division de Vassoigne.

---

(1) Le vice-amiral de La Roncière au Ministre de la Marine, 10 septembre.

(2) Voir dans l'ouvrage du vice-amiral de La Roncière, *La Marine au siège de Paris*, page 525, la liste nominative des officiers et la répartition du personnel d'infanterie et d'artillerie de marine, ainsi que des bataillons de matelots, envoyés à Paris. On trouvera aussi cette répartition plus loin, au chapitre donnant la composition de la garnison affectée aux forts extérieurs et aux secteurs de l'enceinte, le 19 septembre.

(3) Le Ministre de la Marine au Maréchal commandant le 1er corps d'armée à Paris, 9 août.

Les 11e (4 de campagne), 12e (4 de campagne) et 13e (canons à balles), la rejoignirent à Châlons et furent faites prisonnières avec elle, à Sedan. La 15e batterie (12 de campagne), qui n'avait pu rejoindre à temps le 12e corps, rétrograda de Mézières sur Paris avec le 13e corps, auquel elle resta définitivement affectée.

Quant aux batteries à pied, elles arrivèrent dans la capitale à la fin d'août ou dans les premiers jours de septembre. On les répartit aussitôt dans les forts et sur l'enceinte.

Dans le courant de septembre, on créa, à Paris, cinq nouvelles unités à pied de la marine au moyen des ressources que fournirent les évadés de Sedan, les anciens militaires, les engagés volontaires (batteries à pied d'artillerie de marine : 1re bis, 2e bis, 11e bis, 13e bis, 15e bis). Elles furent affectées, elles aussi, aux forts et aux secteurs.

Grâce à des attelages fournis par le train d'artillerie, on reconstitua les 11e et 12e batteries montées, et on transforma en batteries montées les 1re et 2e à pied, ce qui donna quatre nouvelles batteries de campagne.

En résumé, l'artillerie de marine participa à la défense de Paris, avec seize batteries (onze à pied, cinq montées), après avoir fourni trois batteries montées à l'armée du maréchal de Mac-Mahon (1).

3° *Matelots.* — Les quatre bataillons et les seize batteries montées ou à pied dont il vient d'être question ne constituèrent pas le seul appoint apporté par la marine à la défense de Paris. L'amiral Rigault de Genouilly proposa de faire appel aux équipages (2) des navires de

---

(1) Voir pour plus de détails : *Historique de l'Artillerie de marine*, in-8°, Paris, Dumoulin, 1889.

(2) « En 1854 et 1855, ils avaient mis pied à terre devant Sébastopol..... L'amiral Rigault de Genouilly qui y commandait les batteries débarquées de la flotte avait su leur faire acquérir une juste

guerre, inactifs dans les ports, qui tenaient à honneur de défendre le territoire national :

« Dès que, le 7 août, la nouvelle de nos insuccès parvint à Paris, et qu'il fallut songer à armer la capitale, le Ministre de la Marine et des Colonies sollicita pour la marine l'honneur de défendre tous les forts (1)... Six forts seulement, Romainville, Noisy, Rosny, Ivry, Bicêtre, Montrouge et les deux batteries de Saint-Ouen et de Montmartre furent, dès le principe, confiés exclusivement à la marine. En outre, une flottille, composée de navires de divers modèles, fut destinée à opérer sur la Seine. (2) »

« Les ordres furent immédiatement expédiés dans les ports de former douze bataillons de marins, renfermant tous les matelots-canonniers et matelots-fusiliers disponibles. On en trouva les éléments principaux dans les équipages des bâtiments déjà armés à Brest et à Cherbourg et destinés au corps expéditionnaire de la Baltique, dont le départ venait d'être contremandé. L'équipage entier du vaisseau-école des canonniers, le *Louis XIV*, fournit le plus important et le plus solide contingent de matelots-canonniers...

« ... Tout ce personnel arriva à Paris, par les voies ferrées au fur et à mesure de sa complète formation... Le personnel de la flottille fut envoyé de Toulon pour les batteries flottantes et les vedettes, de Brest pour les canonnières (3). »

Treize bataillons de marins, présentant ensemble un

---

renommée..... Ce sont ces souvenirs sans doute qui ont inspiré à l'illustre amiral la féconde pensée d'appeler les marins à la défense de Paris » (La Roncière le Noury, *La Marine au siège de Paris*, p. 6).

(1) Le Ministre de la Marine au Général commandant la place de Paris, 7 août.

(2) La Roncière le Noury, *loc. cit., Préliminaires*, p. 1.

(3) La Roncière le Noury, *loc. cit.*, p. 2 et 3.

effectif total de 8,300 hommes, arrivèrent à Paris avant la fin d'août. Ils furent répartis dans les six forts désignés, à raison de deux bataillons par fort, en principe. Le Ier bataillon ne comptait pour ainsi dire pas dans l'effectif des combattants, puisqu'il n'était composé que du personnel des états-majors, des secrétaires, plantons, etc., soit 80 hommes à peine. Le XIe bataillon était formé de huit compagnies du *Louis XIV*, réparties dans tous les forts, qui reçurent chacun une compagnie, sauf Rosny et Ivry qui en reçurent deux. Le XIIIe bataillon, à l'effectif de 550 hommes, arma la batterie de Montmartre, et le IIe, détacha de Noisy 400 hommes pour armer la batterie de Saint-Ouen.

Dans le courant du siège, de nombreux détachements de marins furent employés à armer divers ouvrages sur toute la périphérie des positions de défense ; mais leurs effectifs furent fournis par les douze bataillons précédents.

Quant au personnel de la flottille dont il a été déjà parlé, il se composa de 20 officiers et 500 marins environ.

Le commandement en chef des marins armant les forts, fut confié, le 8 août, au vice-amiral baron de La Roncière le Noury, précédemment nommé au commandement de la flotte destinée à l'expédition de la Baltique. Son chef d'état-major général fut le capitaine de vaisseau Le Normant de Kergrist, et le chef du service administratif, le commissaire de la marine Le Fraper.

Au point de vue du commandement, les forts de la marine formèrent deux groupes séparés. Les trois forts de Romainville, Noisy, Rosny composèrent la *Subdivision des forts de l'Est*, sous les ordres du contre-amiral Saisset, dont le quartier général était au fort de Noisy. Ceux d'Ivry, Bicêtre, Montrouge, formèrent la *Subdivision des forts du Sud*, sous les ordres du contre-amiral Pothuau, qui s'établit au fort de Bicêtre.

Chaque fort fut placé sous le commandement supérieur d'un capitaine de vaisseau, investi des droits et prérogatives que conférait aux commandants supérieurs le décret du 13 octobre 1863, portant règlement sur le service des places. Ces fonctions furent données à des capitaines de frégate dans les forts où résidaient les contre-amiraux.

Le commandement de la batterie établie à Saint-Ouen, dans le parc Le Gentil, fut confié au capitaine de frégate Coudein; celui des deux batteries établies sur les buttes Montmartre au capitaine de frégate Lamothe-Tenet. Ces batteries furent mises, le 14 septembre, sous la direction supérieure des commandants de l'artillerie de leur circonscription.

Tout le personnel marin fut soigneusement épuré dès le début, et les officiers ou les hommes qui, par leur conduite ou leurs antécédents, ne furent pas jugés dignes de l'honneur de prendre part à la défense, furent renvoyés dans les ports (1).

Le vice-amiral commandant en chef, par un ordre général du 13 août, régla le service intérieur des forts et résuma sa pensée par l'article 1er : « Les forts seront tenus comme des vaisseaux. »

La division des marins fut administrée suivant les règles en usage dans la marine. « Dans ce but, l'équipage entier du vaisseau le *Louis XIV* étant venu à Paris, ce vaisseau devint nominalement le centre administratif de la division des marins. Chaque bataillon fut considéré comme un bâtiment annexe du *Louis XIV* et s'administrant comme tel avec un rôle particulier et un conseil d'administration.....

« On rassembla dans les forts pour 75 jours en moyenne d'approvisionnements de toutes sortes : vivres de campagne, effets d'habillement, chauffage, lumi-

(1) La Roncière le Noury, *loc. cit.*, p. 6 et 7.

naire, savon et tabac. Des marchés furent passés pour assurer le renouvellement de ces approvisionnements.

« Un certain nombre de médecins de la marine, sous la direction centrale d'un médecin principal, furent attachés à chaque fort. Des infirmeries de vingt-quatre lits par fort, au moins, furent disposées et munies de tous les médicaments et matériel nécessaires (1). »

(1) La Roncière le Noury, *loc. cit.*, p. 10.

CHAPITRE X

Effectifs.

Il est difficile de donner les effectifs exacts des troupes de l'armée régulière stationnées à Paris le 19 septembre. On n'a retrouvé, en effet, aux Archives de la Guerre aucune des situations détaillées établies par les corps et services. Toutefois, il existe une série de situations journalières, commençant au 22 août (1) et dressées par le général commandant la Place de Paris. Elles font ressortir les disponibles intra et extra-muros réellement prêts à marcher en cas de prise d'armes. Mais elles sont fort incomplètes, car elles ne comprennent aucun état-major ni service ; les troupes de cavalerie n'y figurent pas non plus ; enfin, les chiffres donnés ne représentent que les disponibles. Pour avoir l'effectif des rationnaires ou des hommes enfermés dans Paris, il faudrait y ajouter, outre la cavalerie, les états-majors et services, les hommes malades et ceux en traitement dans les hôpitaux.

On comprend du reste, qu'étant donné le nombre des corps, compagnies, détachements isolés s'administrant séparément ou occupant des points éloignés, l'état-major de la Place de Paris ait eu de grandes difficultés à réunir les situations d'effectif de toutes les unités. Aussi le général de Chaumont, commandant la Place, appelé à signer la situation générale du 18 septembre, écrivait-il au bas de cette pièce : « Situation problématique ; je ne

(1) La situation du 14 août existe aussi aux Archives de la Guerre.

connais pas de moyen d'en obtenir une à peu près exacte. »

On ne pouvait songer à publier aux *Documents* toute la série des situations de la Place ; on s'est borné à donner celles de ces pièces se rapportant au 4 et au 19 septembre, et à résumer dans un tableau les totaux des diverses situations journalières.

Voici les effectifs des disponibles, donnés par quatre de ces situations :

	Officiers.	Troupes.
14 août	648	19,101
22 août	975	48,478
4 septembre	1,250	63,758 (1)
19 septembre	2,010	104,426 (1)

(1) En déduisant les effectifs d'infanterie et d'artillerie de la garde nationale mobile de la Seine, compris sur ces situations.

CHAPITRE XI

Garde nationale mobile.

---

§ 1er. — *Garde nationale mobile de la Seine.*

Le 17 août, le général Trochu avait obtenu de l'Empereur, le renvoi à Paris des 18 bataillons de mobiles de la Seine (1), qui se trouvaient alors au camp de Châlons. Le mouvement s'effectua dans les journées des 18 et 19.

Allégés par la suppression de leurs bagages (2), les bataillons se rendirent d'abord par voie de terre à Reims, où ils prirent le train pour Paris. Comme ils devaient camper à Saint-Maur, et qu'on ne voulait pas les laisser traverser à pied les rues de la capitale, on les dirigea par le chemin de fer de Ceinture jusqu'à la gare de Nogent-sur-Marne, où ils débarquèrent.

Le séjour à Saint-Maur se prolongea du 20 août au 8 septembre, date à laquelle ces unités furent dispersées à l'extérieur de l'enceinte, sur la ligne des forts.

Pendant leur concentration au camp de Saint-Maur, le général Berthaut, leur chef, s'efforça de leur donner

---

(1) *Mesures d'organisation depuis le début de la guerre*, p. 15 et suiv.

(2) Les havresacs et les ustensiles de campement furent laissés à Châlons pour le 1er corps (Ordre du maréchal de Mac-Mahon au général Berthaut, camp de Châlons, 17 août). — Les mobiles confectionnèrent, d'autre part, des ballots étiquetés, avec leurs couvertures, leur linge personnel, le campement restant, et ces ballots furent transportés directement à Paris par les soins de l'intendance.

le complément d'instruction et de discipline qui leur était si nécessaire; en même temps, il améliora leur armement et leur équipement. Les hommes reçurent par ses soins des havresacs neufs (1), des vestes, des ceintures de flanelle, des couvertures, et ils échangèrent les fusils à tabatière apportés de Châlons contre le fusil modèle 1866, qui leur fut délivré sur la demande du Gouverneur (2), et sur un ordre du Ministre en date du 22 août.

La plupart des bataillons reçurent leur nouvel armement avant le 31 août; tous l'avaient, sans exception, à la date du 8 septembre. Des tirs avec le chassepot purent même avoir lieu, à partir du 31 août, au polygone de Vincennes (3).

Malheureusement, la cohésion des mobiles ne s'améliorait pas d'une manière aussi satisfaisante que leur état matériel.

Le général Trochu déclarait pourtant « qu'ils avaient toute sa confiance (4) », excellent moyen de les rendre vraiment dignes et de leur faire acquérir de sérieuses qualités militaires.

Il les passa en revue, le 24 août, sur le champ de courses de Vincennes, et écrivit ensuite au général de Palikao (5) « qu'il avait trouvé cette troupe, si discutée, fort au-dessus de ce qu'on l'a dit; ..... qu'il n'avait recueilli..... aucune marque des dispositions qu'on prête à quelques individualités turbulentes; qu'il n'avait

(1) Le général Trochu prescrivit, le 21 août, au général Soumain, de faire transporter d'urgence, au camp de Saint-Maur, 13,500 sacs pris au magasin central de campement, pour être distribués aux mobiles.

(2) Le Gouverneur au Ministre de la Guerre, Paris, 21 août.

(3) Le général Berthaut au Général commandant la place de Paris, 1er septembre.

(4) Proclamations des 17 et 24 août.

(5) Le Gouverneur au Ministre de la Guerre, Paris, 25 août.

entendu aucun cri malsonnant et qu'il se sentait affermi dans la confiance qu'il avait toujours eue que les enfants de Paris, convenablement menés, arriveraient à tenir l'un des premiers rangs parmi les défenseurs de la capitale.... »

Toutefois, il est à remarquer que le général Trochu qui jugeait les mobiles très aptes à se battre derrière des fortifications n'avait pas en eux la même confiance pour des opérations actives. Quelques jours plus tôt, vers le 10 août, au moment de son départ pour le camp de Châlons, il avait manifesté au baron Jérôme David, combien il était désespéré d'aller prendre le commandement d'une division qui lui paraissait formée d'éléments incapables de soutenir une lutte en rase campagne (1). Et, en arrivant au camp de Châlons, il avait écrit au Ministre que les mobiles ne lui paraissaient pas pouvoir aborder l'ennemi, et que c'était « envoyer la jeunesse de Paris à une destruction certaine, que de la mettre en rase campagne, en présence des Prussiens (2) ».

Informé de l'état moral de ces bataillons pendant leur séjour au camp de Saint-Maur, le Gouverneur fut obligé de demander au Ministre de prendre des mesures pour calmer leur effervescence.

Le 30 août (3), il apprit qu'il existait, dans quelques bataillons de la garde mobile, à Saint-Maur, une certaine excitation, causée par la nouvelle loi votée par le Corps législatif (4), et qu'on faisait circuler dans les compagnies

---

(1) *Enquête sur les actes du Gouvernement de la Défense nationale*, t. V, p. 66. — Cette division devait comprendre une brigade de mobiles et une brigade d'infanterie de marine.

(2) *Ibid.*

(3) Le général Berthaut au Gouverneur, 30 août.

(4) Loi du 29 août 1870. — Cette loi permettait d'employer la garde mobile en rase campagne (*Mesures d'organisation, loc. cit.*, Documents, p. 44).

des publications contre l'incorporation de la garde mobile dans l'armée.

Il écrivit alors au Ministre (1), pour lui rappeler « qu'il paraissait arrêté en principe, que les troupes réunies au camp de Saint-Maur étaient destinées d'une manière définitive à la défense des forts, et lui demander l'autorisation de faire cesser les bruits qui se propageaient en faisant connaître à la troupe la destination qui lui était réservée pendant le siège. En ce qui concernait l'application de la loi du 29 août, le Gouverneur ajoutait : « Il y aurait, en effet, un réel avantage à ne pas verser dans l'armée une quantité aussi considérable d'éléments d'une nature peu disciplinée, et ce qui pourrait être appliqué heureusement pour les gardes mobiles de province, pourrait occasionner des inconvénients, si l'on étendait la mesure à ceux de Paris.... »

Le général de Palikao ayant confirmé sa décision de répartir les mobiles dans les forts, le Gouverneur demanda, le 31 août, au Ministre, de maintenir encore ces bataillons à Saint-Maur, en raison des facilités d'instruction, particulièrement pour le tir à la cible. Le Ministre acquiesça à cette demande (2).

De son côté, M. Thiers, dans la séance du 1er septembre, avait exprimé, au sein du Comité de défense, le regret que la garde mobile du camp de Saint-Maur ne fût pas conservée en un groupe compact, susceptible de constituer une de ces réserves spéciales, dont il préconisait la création en arrière des forts, prêtes à se porter au secours des points directement attaqués (3).

Le général Trochu se faisait l'écho de cette protestation

---

(1) *Mesures d'organisation*, etc., *loc. cit.*, Documents, p. 119; le Gouverneur au Ministre de la Guerre, Paris, 30 août.

(2) Le Ministre de la Guerre au Gouverneur, 3 septembre.

(3) Procès-verbaux du Comité de défense, séance du 1er septembre.

dans une lettre au Ministre, en date du 2 septembre, dans laquelle, parlant de la garde mobile de Paris, il écrivait : « Peut-être est-ce ici la cas de vous exprimer, avec toute la réserve que je dois, le regret que j'ai éprouvé en apprenant que cette troupe serait fractionnée dans les forts. On ne peut se dissimuler que la spécialité de cette troupe ne réside que dans l'élan qu'elle aurait à une heure donnée, pour repousser, comme réserve, l'ennemi pénétrant sur les remparts, pour faire une sortie latérale sur ses flancs... (1). » Malgré la protestation du Gouverneur, le général de Palikao maintint sa décision (2), qui ne fut, du reste, pas immédiatement appliquée.

Les événements du 4 septembre eurent leur contre-coup à Saint-Maur. Le général Berthaut rendit compte au général Soumain, dès le 5, que la veille, des groupes de 200 à 300 individus s'étaient présentés au camp de Saint-Maur, pour emmener les mobiles à Paris, et surtout pour prendre leurs armes; puis, que, dans la nuit du 4 au 5, un groupe de 500 à 600 hommes s'était présenté devant le XVIe bataillon (3), en criant : « Vive la mobile à Paris! des armes! », et traînant avec eux des voitures pour emporter les fusils.

Les mobiles résistèrent à ces premiers groupes, mais

---

(1) *Mesures d'organisation, loc. cit.*, p. 90. — Voir aussi, même volume, p. 120, la lettre du Gouverneur au général Berthaut, 30 août.

(2) Le Ministre avait, dès le 1er septembre, écrit au général Trochu : « Je compte assez sur le patriotisme des bataillons de la Seine, pour être convaincu qu'ils obéiront sans hésitations aux ordres qui pourront leur être donnés, en vue de la défense du sol de la patrie..... ; ainsi que je l'ai déjà dit, ces bataillons, armés de chassepots, peuvent suppléer à l'insuffisance numérique des troupes de ligne pour défendre les forts extérieurs de Paris, et ce n'est qu'en cas de nécessité que je leur assignerai une autre destination ».

(3) Bataillon de Belleville-Ménilmontant.

dans la matinée du 5, écrivait le général Berthaut, « des meneurs ont pénétré dans le camp et ont excité les gardes mobiles à se rendre à Paris, à l'enterrement d'un de leurs camarades tué par un agent de police... » Le général Berthaut ajoutait : « Je crois que la meilleure mesure à prendre, serait de *mettre le plus tôt possible les bataillons dans les forts* (1). »

Le lendemain 6, le Gouverneur de Paris, devenu Président du Gouvernement, se vit obligé de prendre, à son tour, la décision contre laquelle il avait protesté quatre jours auparavant. Il prévint, en effet, le général Berthaut que « les gardes mobiles de la Seine allaient être répartis dans les forts de Paris, au premier poste du danger. Ils concourront à la défense des abords de la capitale avec leurs camarades des armées de terre et de mer (2) ».

Le Gouverneur indiquait leur répartition et ajoutait que les mouvements ordonnés devraient être terminés le 8. Le général Berthaut désigna les bataillons qui devaient occuper les divers forts (3), mais dès le 8, le mouvement à peine commencé, des modifications furent apportées à cette répartition et les changements se continuèrent jusqu'à la fin de septembre (4). Les mobiles finirent cependant par rejoindre leurs emplacements définitifs : il y eut alors douze bataillons à Saint-Denis et

---

(1) Le général Berthaut au Général commandant la place de Paris, 5 septembre.

(2) Le Gouverneur au général Berthaut, Paris, 6 septembre.

(3) Le général Berthaut au Gouverneur, 7 septembre.

(4) Le déplacement des bataillons dans la journée du 8, se fit dans d'assez mauvaises conditions. A leur arrivée dans les forts, certains bataillons avaient un quart ou une moitié de leur effectif manquant à l'appel (Le Commandant du fort de l'Est au Gouverneur, D. T., 8 septembre, 11 h. 40 matin et 5 h. 15 soir). — Le Gouverneur fit paraître, le 8 au soir, un ordre menaçant de poursuites pour abandon de poste devant l'ennemi les mobiles qui n'auraient pas rejoint dans les 48 heures.

dans les forts qui en dépendaient, trois bataillons dans les forts de Vanves et Issy (IVe, V^{e} et IXe) et trois autres à l'intérieur (VIe, VIIe et VIIIe) à la disposition du Gouverneur. Dès le 8 septembre, les mobiles de la Seine passèrent sous les ordres du général Soumain, et le général Berthaut dont le commandement était supprimé fut placé à la tête d'une division de bataillons de mobiles de province.

On trouvera dans les tableaux publiés en fin de volume des renseignements sur les effectifs et les mouvements de ces bataillons jusqu'au 19 septembre, et surtout sur les emplacements qu'ils occupaient à cette date.

§ 2. — *Gardes nationales mobiles des départements.*

Arrivée des mobiles de province à Paris. — Par lettre du 28 août, le général Trochu avait porté à la connaissance du général de Palikao qu'une armée de 120,000 hommes de troupes de ligne, était jugée nécessaire par le Comité de défense, défalcation faite de la garnison de l'enceinte (1). Le Ministre répondit au Gouverneur (2) qu'il avait été décidé, en conseil de Gouvernement,

---

(1) Dans sa séance du 27 août, le Comité décide qu'en dehors de la garnison de l'enceinte (constituée par la garde nationale sédentaire) et des corps spéciaux à qui incombe la garde des magasins ou l'extinction des incendies (garde de Paris, douaniers, pompiers, etc.), il est nécessaire d'avoir à Paris une armée de 120,000 hommes de troupes de ligne (40,000 hommes pour la garnison des forts, 80,000 pour manœuvrer sur les deux rives de la Seine afin d'empêcher le blocus de Paris). Enfin, comme complément à ces 120,000 hommes de troupes de ligne, le Comité estime qu'il conviendrait de faire venir à Paris les bonnes gardes mobiles de la province (Procès-verbaux des séances du Comité de défense, séance du 27 août).

(2) Le Ministre de la Guerre au Gouverneur, Paris, 30 août; *Mesures d'organisation*, etc., *loc. cit.*, Documents, p. 2.

qu'« eu égard aux exigences de la situation, 100,000 hommes de garde nationale mobile seraient réunis dans la capitale... ».

Quant à la garnison des forts elle ne pourrait comprendre, en fait de troupes de ligne, que ce qui resterait disponible après la constitution du 13e et du 14e corps d'armée. Du reste, les 13,000 hommes de garde nationale mobile de la Seine pouvait remplacer ce qui manquait de troupes de ligne; les derniers faits de guerre qui avaient eu lieu à Toul, Verdun, Schlestadt, prouvaient suffisamment que ces 13,000 hommes, armés du fusil modèle 1866, étaient en mesure de jouer pour la défense, un rôle aussi utile que celui de l'armée régulière composée alors, en grande partie, de recrues.

Dans sa séance du 28, le Comité, ayant appris le départ pour Reims des 2e et 3e divisions du 13e corps, résolut de demander au Ministre que les troupes destinées à constituer la garnison de Paris fussent « *définitivement* et *irrévocablement* constituées (1) ».

Le général de Palikao répondit que « conformément aux indications du Conseil de défense, la garnison des forts et celle de l'enceinte était constituée *numériquement* (2) ». Et il ajoutait :

« ... 100,000 hommes de garde nationale mobile formant les 21 régiments et les 21 bataillons indiqués dans le tableau ci-joint vont venir à Paris rejoindre les 6 régiments de la Seine qui y sont déjà réunis, ce qui portera à plus de 120,000 hommes l'effectif des troupes de cette garde, à votre disposition. Je les ferai arriver

(1) Procès-verbaux du Comité de défense, séance du 28 août; le Gouverneur au Ministre de la Guerre, 29 août.

(2) Le Ministre de la Guerre au Gouverneur, Paris, 31 août; *Mesures d'organisation*, etc., *loc. cit.*, Documents, p. 76.

successivement à Paris, au fur et à mesure que vous m'aurez fait connaître que leur installation et leurs subsistances sont assurées... Je pense que si vous formez quatre groupes de 25,000 hommes chacun, comme je vous en donnais hier l'idée par ma lettre traitant la question des 100,000 gardes nationaux mobiles, il serait peut-être utile de désigner quatre généraux de division pour commander ces quatre groupes... »

Ainsi, le général Trochu devait pourvoir lui-même aux moyens de nourrir, loger et commander les bataillons qui allaient incessamment arriver à Paris. Rien n'avait été prévu à cet effet.

La concentration d'un nombre quelconque de bataillons de mobiles à Paris n'avait pas plus été étudiée qu'en aucun autre point du territoire (1).

Le Ministre de la Guerre avait cru, d'après les comptes rendus qui lui étaient parvenus, pouvoir dresser cette liste de 21 régiments de mobiles à 3 bataillons et de 21 bataillons isolés qui semblaient prêts à faire un mouvement. Mais le général Trochu, se renseignant directement auprès du Ministre de l'Intérieur et des préfets, sur le degré d'organisation de ces unités, constata que toutes ne pouvaient être mises en route (2), et dut en faire modifier la liste plusieurs fois. De telle sorte que les 75 bataillons départementaux qui se réunirent à Paris furent mis en mouvement dans les circonstances les plus diverses; quelques-uns même, comme on le verra, vinrent d'eux-mêmes dans la capitale ou y furent envoyés par les préfets, de leur propre initiative(3).

---

(1) *Mesures d'organisation, loc. cit.*, p. 37.

(2) Le Gouverneur au Ministre de la Guerre, Paris, 2 septembre ; *Mesures d'organisation, loc. cit.*, Documents, p. 86.

(3) Le préfet du Puy-de-Dôme envoya de sa propre autorité un bataillon de son département à Paris.

La confusion qui avait présidé à leur rassemblement dans les centres de formation se perpétua lors de leur concentration à Paris.

Cependant, à peine habillés, armés, encadrés, la plupart de ces bataillons qui s'énervaient déjà en province, au milieu de leurs familles, répondirent avec enthousiasme à l'appel du Gouvernement; leur foi patriotique restait entière au moment où ils s'embarquèrent en chemin de fer. Les mouvements s'effectuèrent avec assez d'ordre et c'est au milieu des applaudissements de la population parisienne qu'ils entrèrent dans la capitale.

L'arrivée à Paris des mobiles départementaux devait se faire graduellement, en raison des mesures prises chaque jour pour leur installation (1).

Le 5 septembre, le général Trochu écrivait au Ministre que « l'acheminement de la garde mobile départementale sur Paris pouvait commencer dès à présent » et le priait de vouloir bien appeler télégraphiquement les troupes suivantes mises à sa disposition :

Quatre bataillons de la Seine-Inférieure, cinq de la Somme, quatre de l'Oise, cinq des Côtes-du-Nord, quatre d'Ille-et-Vilaine, formant un total de 26,400 hommes (2).

Le Ministre envoya, le 6, aux commandants des divisions militaires, des ordres à cet effet, en ajoutant à la liste précédente le IVe bataillon du Finistère (Morlaix) qui n'y figurait pas.

Les quatre bataillons de la Seine-Inférieure, les cinq de la Somme, les quatre d'Ille-et-Vilaine ainsi que

---

(1) Les bataillons appelés à Paris devaient tous avoir un effectif de 1,200 hommes, répartis en sept compagnies, la 8e compagnie restant comme dépôt en province, avec les hommes en excédent de ce chiffre maximum. Un assez grand nombre de bataillons ne se conformèrent pas à cet ordre et amenèrent leur 8e compagnie; les compagnies de dépôt de ces bataillons furent alors formées à Paris.

(2) Le Gouverneur au Ministre de la Guerre, Paris, 5 septembre.

quatre bataillons des Côtes-du-Nord (sur cinq) arrivèrent à Paris les 8 et 9 septembre. Le IVe bataillon du Finistère arriva le 8, accompagné du Ier bataillon que le général commandant à Rennes avait envoyé pour remplacer le bataillon des Côtes-du-Nord qui n'était pas prêt.

Quant aux bataillons de l'Oise, ils reçurent contre-ordre avant leur mise en route. Le Gouvernement de la Défense nationale avait, en effet, adressé, le 6, aux préfets de l'Oise, de Seine-et-Oise et de Seine-et-Marne, l'ordre d'organiser la défense dans ces trois départements avec toutes les ressources disponibles (mobiles, gardes nationaux sédentaires, pompiers, hommes de bonne volonté) (1).

Le même contre-ordre s'appliqua au IIe bataillon de Seine-et-Marne, que le général Trochu avait appelé directement à Paris et qui fut maintenu à Meaux pour servir de soutien à la cavalerie du général Reyau. Quelques-uns de ces contre-ordres n'eurent que des résultats fâcheux comme dans les départements de l'Oise et de Seine-et-Marne où les mobiles protestèrent et demandèrent leur envoi immédiat à Paris. D'autre part, les populations des départements situés à l'Est de la capitale, prises de panique à l'approche des Prussiens, communiquaient leur émoi aux bataillons de mobiles tirés de leur sein et l'ordre de rester sur place augmenta la confusion dans les rangs de ces derniers (2).

Le 7 septembre, le Ministre prescrivit la mise en route sur Paris des bataillons suivants :

Trois bataillons de l'Ain, un bataillon de l'Aube (celui

---

(1) Le Ministre de l'Intérieur aux Préfets de l'Oise, de Seine-et-Oise et de Seine-et-Marne, D. T., 6 septembre, 4 heures soir.

(2) On verra les mouvements de ces bataillons quand on étudiera les premières opérations à l'Est de Paris.

qui était à Tours) (1), trois de la Côte-d'Or, un de la Drôme, un de l'Indre, trois de Saône-et-Loire, trois du Tarn, trois de la Vienne.

Ils arrivèrent tous dans les journées des 9 et 10. Le IVe bataillon de la Côte-d'Or, qui n'avait pas été appelé, protesta contre le départ des trois premiers bataillons de son département et se mit, sans aucun ordre, en route pour Paris, après avoir violenté un chef de gare (2). Ce bataillon arriva le 10 au soir. Dans la journée du 8, était arrivé, le Ier bataillon du Puy-de-Dôme, que le préfet de Clermont avait envoyé de lui-même sans y avoir été invité (3).

Le général Trochu le garda, pour ne pas créer de désordre, mais, il télégraphia au préfet, qu'il renverrait impitoyablement tout nouveau bataillon qui arriverait à Paris, sans en avoir reçu l'ordre du Gouverneur ou du Ministre de la Guerre.

Le 8 septembre, furent appelés à Paris : quatre bataillons du Loiret, deux de l'Aube (Ier et IIe qui étaient à Orléans), trois de la Loire-Inférieure.

Ils arrivèrent les 9, 10, et 11 septembre.

Le 9, le Ministre envoya des ordres aux trois bataillons de la Vendée, qui se mirent en route les 11 et 12, pour arriver le 13. Le 10, le général Trochu télégraphia

---

(1) Le département de l'Aube étant menacé d'être envahi par la IIIe armée allemande, les trois bataillons de mobiles qui y avaient été formés, furent transportés par voie ferrée, le 23 août, sur Orléans (Ier et IIe) et sur Tours (IIIe).

(2) Le Général commandant à Dijon au Gouverneur de Paris, D. T., Dijon, 10 septembre, midi 20.

(3) « Vu la gravité des circonstances, le Préfet du Puy-de-Dôme requiert M. le Général commandant provisoirement la 20e division militaire de faire partir, ce soir même, le Ier bataillon du Puy-de-Dôme et de le diriger sur Paris par les voies ferrées » (Le Préfet du Puy-de-Dôme au Général commandant la 20e division militaire, Clermont-Ferrand, 7 septembre).

au préfet de l'Hérault, d'envoyer immédiatement les trois bataillons de son département et aux préfets des départements des Côtes-du-Nord, du Finistère, de l'Ile-et-Vilaine, de la Loire-Inférieure, du Morbihan et de la Vendée, de faire partir tous les bataillons prêts à être mis en mouvement.

En conséquence, les IIe et IIIe bataillons de l'Hérault arrivèrent dans les journées des 14 et 15 ; le Ier n'arriva que le 18, par la ligne de Chartres, par suite de l'interruption des trains sur celle d'Orléans.

Le IVe bataillon des Côtes-du-Nord arriva le 13 ; les IIe, IIIe, Ve bataillons du Finistère, les 12 et 13.

Le IIe bataillon d'Ille-et-Vilaine arriva le 12.

La Loire-Inférieure n'envoya pas le bataillon supplémentaire sur lequel on comptait.

Le Ve bataillon du Morbihan fut mis en route sur Paris, dès les 11 ; les Ier et IIe bataillons du même département n'arrivèrent que le 15, un nouvel ordre télégraphique avait dû être expédié le 13, par le Gouverneur au préfet du Morbihan, d'envoyer ces deux bataillons dans l'état où ils se trouvaient. Quant aux IIIe et IVe bataillons qui étaient attendus également, ils ne vinrent pas.

Le IVe bataillon de la Vendée, arriva à Paris, le 14.

Enfin, les 12 et 13 septembre, quatre bataillons de Seine-et-Marne, et les six bataillons de Seine-et-Oise, reçurent l'ordre de rentrer à Paris (1).

---

(1) Les quatre bataillons de Seine-et-Marne, maintenus dans leur département en vertu de la dépêche du 6 septembre, précédemment citée, refluèrent sur Paris en même temps que les troupes de cavalerie envoyées à l'Est de la capitale (divisions Reyau et de Champéron) pour surveiller l'approche des Prussiens. Les Ier, IIe et IIIe bataillons gagnèrent Paris le 12 septembre, le IVe, venu à Noisy le 12, rentra à Paris le 13.

Le 11 septembre, le Gouverneur télégraphia au préfet de Seine-et-Oise de diriger sur Paris tous les bataillons de mobiles de son départe-

Le 13 septembre, à midi, le général Trochu passa en revue la garde mobile sur l'avenue des Champs-Élysées, et aussi la garde sédentaire, disposée sur les grands boulevards, de la Bastille à la place de la Concorde.

Il fit paraître, à cette occasion un ordre retentissant dans lequel il disait :

« Jamais aucun général d'armée n'a eu sous les yeux le grand spectacle que vous venez de me donner : trois cents bataillons de citoyens, organisés, armés, encadrés par la population tout entière acclamant dans un concert immense la défense de Paris et la liberté (1). »

Répartition des bataillons en quatre divisions. — Le 16 septembre, le Gouverneur adressa au Ministre un état de répartition des 75 bataillons départementaux entre les quatre divisions de mobiles, organisées le 8 (2). Ces divisions, de 25,000 hommes chacune, étaient placées sous le commandement de quatre officiers généraux avec quelques auxiliaires. L'organisation de ces quatre commandements, recommandée par le général de Palikao, le 31 août (3), ne s'était pas faite sans difficultés, en

---

ment de manière à ce qu'ils fussent arrivés pour le 13 avant midi. Il était temps, du reste, que le mouvement s'exécutât : « La population des villes d'Étampes et de Pontoise, affolée par la peur et craignant que la présence des bataillons de la garde nationale mobile ne soit, près de l'ennemi, une cause de représailles, poussait ces jeunes gens à la désertion et à la débandade » (Le Général commandant la 2e subdivision de la 1re division militaire au Général commandant la 1re division, 10 septembre).

Le 11 septembre, le général Trochu télégraphia au général commandant la 2e division militaire à Rouen, qu'il envoyait au Havre les quatre bataillons de l'Oise qu'il ne voulait pas recevoir à Paris.

(1) *Journal officiel* du 15 septembre.

(2) En réalité, cet état comportait 79 bataillons, mais quatre d'entre eux ne purent arriver à Paris.

(3) Le Ministre de la Guerre au Gouverneur, Paris, 31 août.

raison de la pénurie des cadres de l'état-major général et de la nécessité de pourvoir de leurs chefs les neuf secteurs constitués sur l'enceinte (1).

Dès le 2 septembre, le général Trochu avait signalé au Ministre, parmi « les généraux énergiques et entendus à qui ce commandement pourrait être confié (2) », le général Le Flô, qui demandait à être rappelé à l'activité, et le général Berthaut, commandant les mobiles de la Seine. Le général Le Flô, étant devenu Ministre de la Guerre, après le 4 septembre, les commandements des divisions de mobiles furent fixés par un arrêté du 8 du Gouverneur (3) et par un décret du 11 septembre (4).

L'ensemble des arrondissements de Paris était divisé en quatre groupes, dans chacun desquels étaient logés, au fur et à mesure de leur arrivée à Paris, les mobiles affectés à chacune des divisions.

En voici l'énumération et le commandement :

1re division de mobiles (8e arrondissement, 9e à l'Ouest de la rue Laffite, 16e, 17e arrondissements) : général de Liniers, quartier général à l'Élysée ;

2e division de mobiles (1er, 2e arrondissements, 9e à l'Est de la rue Laffitte, 18e arrondissement) : général de Beaufort d'Hautpoul, quartier général au Palais-Royal ;

3e division de mobiles (3e, 4e, 10e, 11e, 12e 19e, 20e arrondissements) : général Berthaut, quartier général aux Arts-et-Métiers ;

4e division de mobiles (5e, 6e, 7e, 13e, 14e, 15e arrondissements) : général Corréard, quartier général au Luxembourg.

Les bataillons d'un même département arrivèrent sou-

(1) Le Gouverneur au Ministre de la Guerre, Paris, 1er septembre.

(2) Le Gouverneur au Ministre de la Guerre, Paris, 2 septembre.

(3) Le Gouverneur au général Soumain, Paris, 8 septembre.

(4) *Journal officiel* du 13 septembre.

vent à quelques jours de distance, certains qui étaient désignés pour venir à Paris ne purent y arriver (1). Il en résulta que, dans leur groupement par division, le Gouverneur ne put respecter la formation en régiments qui avait été ordonnée précédemment par le Ministre, et certains régiments se trouvèrent disloqués entre plusieurs divisions. Les commandants de ces régiments devenaient, par suite, sans emploi, mais le Gouverneur les utilisa, en leur donnant autorité sur deux ou trois bataillons, de départements divers, isolés dans une même division, et réunis alors pour former un groupe au point de vue du commandement, tout en continuant à s'administrer séparément (2).

Logement, alimentation, habillement, armement. — Le général Trochu avait pris dans les derniers jours d'août, des mesures provisoires pour assurer le logement et l'alimentation des mobiles de province.

Le 30 de ce mois, il disait au Ministre (3) : « J'écris, sans perdre de temps, à M. le Ministre de l'Intérieur pour le prier d'inviter le préfet de la Seine à se concerter immédiatement avec les maires de Paris afin d'assurer le logement chez l'habitant de 100,000 gardes mobiles des départements qui sont attendus dans la capitale... Il semble bien difficile que des distributions régulières puissent leur être faites, dans l'état de dispersion infinie où ils seront. Peut-être, Votre Excellence jugera-t-elle qu'il vaut mieux remplacer, en bloc, ces prestations par une prime journalière qui serait calculée sur le prix moyen des denrées à Paris... »

Précisant sa pensée, le Gouverneur écrivit le surlende-

(1) IIIe et IVe du Morbihan ; Ier et IIe de la Loire-Inférieure.
(2) Le Gouverneur au Ministre de la Guerre, Paris, 16 septembre.
(3) Le même au même, Paris, 30 août.

main au Ministre que la solde journalière qu'il proposait ne lui semblait, en aucun cas, devoir être « inférieure à 1 fr. 50 », qu'il s'était mis en rapport, pour le logement des mobiles, non seulement avec les maires de Paris, mais encore « par la voie des journaux » avec les propriétaires, industriels, usiniers, etc., qui auraient des locaux disponibles et voudraient bien les lui offrir gratuitement (1).

Les bataillons de mobiles départementaux furent donc, à leur arrivée, presque en totalité, logés chez l'habitant (2) jusqu'au 17 septembre, date à laquelle ils se disposèrent à aller occuper les baraquements construits spécialement pour eux, sur les boulevards extérieurs, depuis l'Arc de Triomphe jusqu'à la place Daumesnil (3).

Le 16 septembre, le général Trochu avait, en effet, écrit au Ministre : « Le logement des troupes chez l'habitant, système qui offre de si nombreux inconvénients, surtout s'il est prolongé, n'a été adopté que comme mesure provisoire... Dès les premiers jours, j'ai cherché à parer à cet état de choses et, après m'être concerté avec l'administration de l'Hôtel de ville, j'ai donné des ordres pour que des baraques fussent dressées tout le long de la chaussée médiane de la grande ligne que forment les anciens boulevards extérieurs. »

En ce qui concerne les subsistances, le Ministre avait avisé le Gouverneur, le 2 septembre, de son désir de maintenir, pour les gardes nationales appelées à Paris, les distributions régulières. Néanmoins, pour faciliter pendant les premiers jours de leur établissement dans la

(1) Le Gouverneur au Ministre de la Guerre, Paris, 2 septembre.

(2) Quelques-uns étaient casernés dans de grands locaux vides.

(3) Le mouvement devait commencer le 17, à raison de 3,000 hommes par jour (Le Gouverneur au Ministre de la Guerre, Paris, 16 septembre).

capitale, l'administration de leurs ordinaires, il adoptait provisoirement la mesure proposée par le Gouverneur, et il leur allouait la somme de 1 fr. 50 en remplacement de vivres. Cette mesure devait cesser lorsque le général Trochu croirait pouvoir lui substituer le mode régulier adopté pour toutes les troupes de ligne.

La plupart des bataillons n'étaient pas totalement habillés et équipés, lors de leur arrivée à Paris. Jusqu'au 20 septembre, ils complétèrent ou renouvelèrent leur habillement et leur équipement.

Les blouses bleues furent remplacées par des vareuses; on leur distribua des pantalons, des couvertures, du linge, des chaussures et du campement.

En principe, le linge et les chaussures devaient être achetés par les gardes mobiles eux-mêmes qui recevaient à cet effet une première mise à titre de masse; mais, dans la réalité, de nombreuses distributions furent faites.

L'armement des bataillons de mobiles consistait, d'une manière générale, en fusils à tabatière pour ceux des sept premières divisions territoriales, en fusils rayés à percussion pour les autres. Toutes ces armes, distribuées dans les centres de formation, étaient loin d'être en bon état; un grand nombre avaient besoin de réparations. Un des premiers soins du Gouverneur fut de faire distribuer aux mobiles, venus de province, le fusil modèle 1866 que possédaient déjà, depuis le 30 août, les dix-huit bataillons de la Seine.

L'opération se poursuivit jusqu'à la fin de septembre.

Avant l'investissement, 53 bataillons sur 75 étaient armés du chassepot (1).

---

(1) Côte-d'Or (4 bat.), Côtes-du-Nord (5 bat.), Finistère (5 bat.), Hérault (2 bat.), Ille-et-Vilaine (5 bat.), Loiret (3 bat.), Morbihan (3 bat.), Puy-de-Dôme (1 bat.), Saône-et-Loire (3 bat.), Seine-et-Marne (4 bat.), Seine-et-Oise (3 bat.), Seine-Inférieure (3 bat.), Somme (3 bat.), Tarn (3 bat.), Vendée (4 bat.), Vienne (2 bat.).

Service et mouvements des mobiles. — Les heures, laissées libres par la perception des effets ou des armes et leur distribution, étaient employées à l'exécution des premiers mouvements de l'école du soldat et de l'école de peloton, ainsi qu'à la charge du fusil, sur les points de rassemblement fixés par les chefs de bataillon au centre du quartier où était logée leur unité.

Dès qu'ils étaient équipés et armés, les bataillons de mobiles fournissaient des compagnies de garde aux remparts, à côté de la garde sédentaire, et des détachements de piquet, en certains points de l'intérieur de l'enceinte (Hôtel de ville, Préfecture de police, etc.). Ils fournissaient aussi des travailleurs pour la mise en état de l'enceinte et des postes avancés.

A partir du 17, ces bataillons firent des mouvements, soit pour aller occuper les baraquements construits sur les boulevards extérieurs, soit pour aller renforcer certains points de la ligne des forts extérieurs que l'on jugeait utile de fortifier et de défendre à l'approche des Prussiens.

Le 15 septembre, les IIe, IIIe et V^e^ bataillons des Côtes-du-Nord se dirigèrent vers le plateau d'Avron pour en garnir les abords; on les installa dans le village de Rosny (IIe), dans le parc du château de Montereau (IIIe), au Sud du fort de Rosny, pour le relier à celui de Nogent (V^e^) (1). Ils mirent en état de défense le village de Rosny, la trouée qui sépare les deux forts de Rosny et de Nogent et aidèrent au placement des torpilles; entre temps, on les exerça au maniement du chassepot que la moitié des hommes ne connaissait pas.

Le 18, dans l'après-midi, les Ier et IVe bataillons d'Ille-et-Vilaine furent dirigés sur Clamart; de là, le Ier batail-

---

(1) Le Ve bataillon occupa la redoute de Fontenay, la voie ferrée et les premières maisons du village de Nogent.

lon se rendit à Meudon et le IVe à Châtillon. Ce dernier bivouaqua sur le plateau et, pendant le combat du 19, il était dans la redoute ; les deux bataillons rentrèrent à Paris, le 19 au soir, et réoccupèrent leurs quartiers respectifs.

Le 19, les IVe et V[e] bataillons de la Loire-Inférieure reçurent l'ordre d'aller au Mont-Valérien (1) où ils restèrent jusqu'à la capitulation. A l'intérieur de l'enceinte, quelques bataillons de mobiles furent déplacés pendant les journées des 17, 18 et 19 afin de renforcer la défense de certains secteurs : on trouvera leurs emplacements dans le tableau général publié aux Pièces annexes.

Effectif. — L'effectif total des 75 bataillons départementaux de mobiles appelés à Paris avant l'investissement s'élevait à 93,500 hommes et 1,800 officiers.

Il faut y ajouter celui de trois compagnies de l'Yonne (500 hommes) venues à Paris, à une date qu'il n'a pas été possible de déterminer, mais antérieurement au 10 septembre, et mises à la disposition du Ministre du Commerce, pour la garde des parcs à bestiaux.

§ 3. — *Artillerie de la garde nationale mobile à Paris.*

Le département de la Seine avait formé six batteries de mobiles qui se constituèrent à Vincennes dès la fin de juillet et furent naturellement affectées à la défense de Paris. Leur effectif total était d'environ 600 hommes qui renforcèrent les troupes d'artillerie de la place dont le nombre était encore insuffisant à la fin d'août.

Informé que le Ministre de la Guerre avait l'intention

(1) Pour remplacer les IIe et IIIe bataillons de mobiles de la Seine envoyés à Saint-Denis.

d'appeler dans la capitale, pour concourir à sa défense, cent mille gardes mobiles de province, le général Trochu écrivit le 27 août au général de Palikao : « ... C'est surtout le choix des canonniers de la garde mobile qui a de l'importance. Nous n'avons jusqu'à présent qu'un nombre très insuffisant d'artilleurs pour le service des pièces de l'enceinte et pour le remplacement des hommes qui seraient hors de combat ou malades (1). Il serait donc très intéressant qu'il vous parût possible de faire venir à Paris, après informations prises, les détachements d'artillerie de garde mobile qui répondraient le mieux par leur instruction aux exigences de la situation .»

Le 2 septembre, le Comité de défense « renouvelle le vœu qu'on appelât à Paris, pour concourir à la défense de l'enceinte, les artilleurs des gardes nationales des départements du Nord, lesquels sont d'excellents canonniers... ».

Déjà, par une circulaire du 25 août, le Ministre avait invité les généraux commandant les divisions militaires à lui envoyer d'urgence des renseignements sur l'état de la garde mobile, placée sous leurs ordres, y compris les unités d'artillerie.

Le 2 septembre, il apprit ainsi que les deux batteries de la Loire-Inférieure et deux batteries du Rhône étaient

(1) Dans une délibération en date du 27 août, le Comité de défense avait évalué à 9,000 artilleurs l'effectif nécessaire pour le service des pièces des forts et de l'enceinte; or, il y avait, à cette date, comme disponibles :

Hommes de l'artillerie de terre..................	4,000
Hommes de l'artillerie de marine................	500
Canonniers marins..............................	1,000
Artilleurs mobiles de Paris	500
TOTAL...........	6,000

Il manquait donc 3,000 hommes dont 500 pouvaient être encore fournis par l'artillerie de marine.

prêtes à partir, et, le 7, il informa le Gouverneur que les quatre batteries précédentes ainsi que toutes les batteries de la garde mobile de la 3e division militaire « dont le maintien sur les points qu'elles occupent ne paraîtra pas indispensable à la défense des places du Nord » avaient reçu l'ordre de se diriger immédiatement sur Paris, par le chemin de fer.

De plus, le 12, le Ministre appela la batterie des mobiles de la Drôme.

Dès le 9, arrivèrent les deux batteries de la Loire-Inférieure (1re et 2e) et la 6e batterie du Pas-de-Calais; on les logea chez l'habitant comme les bataillons de mobiles.

Le 10, arrivèrent deux batteries du Rhône (1re et 2e) et deux compagnies de pontonniers du même département et le 14, la batterie de la Drôme.

Toutes ces unités étaient à pied, les hommes habillés pour la plupart comme les fantassins de la mobile et armés de mousquetons.

Les trois batteries de Seine-et-Oise s'étaient réunies, le 1er août, au Mont-Valérien, où les hommes avaient été directement convoqués ; on les employa jusqu'au milieu de septembre à la confection de cartouches pour mitrailleuses.

L'ensemble des batteries de mobiles, appelées de la province à Paris, présente un effectif de 2,000 hommes environ, auxquels il faut ajouter les 600 hommes de la Seine. Tous ces artilleurs mobiles étaient répartis en quinze batteries et deux compagnies de pontonniers.

CHAPITRE XII

Garde nationale sédentaire.

Organisation. — Après les premiers échecs en Lorraine et en Alsace, le Gouvernement impérial avait décidé de réorganiser la garde nationale sur les bases de la loi de 1851 ; puis, la loi du 12 août (1) avait assuré à cette réforme une application très étendue (2).

A Paris, en vertu des dispositions précédentes, le nombre des bataillons avait été porté de 51 à 60 et leur effectif fixé à 1,500 hommes. Mais le Gouvernement impérial, peu confiant dans ces bataillons, ne se hâtait pas de les armer, et, le 21 août, le général Trochu écrivait au Ministre de l'Intérieur que l'opinion publique ne comprenait pas l'hésitation du Gouvernement à armer la garde nationale. Lui-même en était, au contraire, partisan et considérait « qu'il y avait un véritable danger à ne pas prendre aujourd'hui une mesure qui sera commandée dans quelques jours par la gravité des événements (3) ».

Le Gouvernement de la Défense nationale partagea la manière de voir du général Trochu, et décida d'augmenter le nombre des bataillons; dès le 6 septembre, une circulaire du Ministre de l'Intérieur ordonna la création, dans la garde nationale de la Seine, de 60 batail-

---

(1) *Journal militaire officiel*, 1870, 2e semestre, p. 333.

(2) *Mesures d'organisation, loc. cit.*, p. 48.

(3) *Ibid.*, p. 130.

lons nouveaux (1) à l'effectif, comme les anciens, de 1,500 hommes formés en 8 compagnies. Ces unités devaient être recrutées dans chaque arrondissement par les soins d'une commission de seize membres, nommée par le maire et chargée de dresser la liste des citoyens à incorporer. Aussitôt qu'un bataillon était ainsi constitué, le maire devait faire procéder à l'élection des officiers, sous-officiers et caporaux ; le chef de bataillon élu, emportant alors le procès-verbal de formation, devait se rendre à l'état-major de la garde nationale de la Seine où un bon pour la distribution des armes lui était immédiatement délivré (2).

Dans la circulaire du 6 septembre, il n'était pas dit explicitement qu'il fût nécessaire d'être électeur pour devenir garde national et cependant il semble que cette condition était considérée comme indispensable par le Gouvernement, car, dans une circulaire de la veille relative à l'élection des cadres de la garde nationale, le Ministre de l'Intérieur avait écrit : « Les gardes nationaux de Paris, c'est-à-dire *tous les électeurs* inscrits sur les listes électorales, sont convoqués..... » (3). D'ailleurs,

---

(1) Ces bataillons devaient être formés par les arrondissements ci-après :

Ier arrond. (2 bat.), IIe arrond. (2 bat.), IIIe arrond. (4 bat.), IVe arrond. (3 bat.), V^e^ arrond. (3 bat.), VIe arrond. (3 bat.), VIIe arrond. (2 bat.), VIIIe arrond. (2 bat.), IXe arrond. (3 bat.), X^e^ arrond. (4 bat.), XIe arrond. (5 bat.), XIIe arrond. (2 bat.), XIIIe arrond. (2 bat.), XIVe arrond. (2 bat.), XVe arrond. (2 bat.), XVIe arrond. (1 bat.), XVIIe arrond. (2 bat.), XVIIIe arrond. (3 bat.), XIXe arrond. (2 bat.), XXe arrond. (3 bat.), XXIe arrond. (4 bat.), XXIIe arrond. (4 bat.). — Les XXIe et les XXIIe arrondissements étaient formés des circonscriptions de Sceaux et de Saint-Denis.

(*Enquête sur les Actes du Gouvernement de la Défense nationale*, t. Ier, p. 304.)

(2) *Ibid.*

(3) *Ibid.*

comme on avait limité à 1,500 le nombre des hommes à incorporer dans chaque bataillon, les commissions nommées par les maires pouvaient égaliser les effectifs, limiter les admissions quand ces effectifs étaient atteints, et choisir jusqu'à un certain point les hommes à incorporer.

Dans la précipitation des événements et de la constitution des bataillons, les commissions ne purent tenir compte de ces restrictions. Chacun demandait à être armé et l'allocation d'une solde journalière, fixée à 1 fr. 50 par le décret du 12 septembre, augmenta encore les demandes d'enrôlement.

L'engouement fut tel que le Gouvernement ne crut pas, tout d'abord, devoir résister au développement de cette troupe. Le chiffre de 120 bataillons, fixé par le décret du 6 septembre, fut de beaucoup dépassé, sans qu'un nouveau décret fût intervenu. Le 30 septembre, il avait été créé 194 bataillons nouveaux ce qui, avec les 60 anciens, portait le nombre des unités à 254 (1). Certains bataillons avaient été formés avec le personnel de quelques industries ou grandes administrations, tels, par exemple, les bataillons de la Compagnie du gaz, des Petites Voitures, des Omnibus, des Chemins de fer de l'Est, du Nord, d'Orléans, etc. Les effectifs de ces 254 bataillons étaient des plus divers et allaient de 350 à 2,600 hommes (2). Enfin, les éléments qui les composaient avaient une valeur physique et surtout morale très variable.

Le développement exagéré du nombre de ces batail-

(1) Arrêté du Ministre de l'Intérieur en date du 30 septembre; *Enquête sur les Actes du Gouvernement de la Défense nationale*, t. Ier, p. 305.

(2) *Enquête sur les Actes du Gouvernement de la Défense nationale*, t. Ier, p. 305.

lons, les difficultés créées par leur commandement déterminèrent enfin le Ministre de l'Intérieur à interdire, le 1er octobre, la formation de toute nouvelle unité (1).

Commandement. — L'organisation du commandement en chef de la garde nationale de la Seine et la constitution de ses nombreux bataillons provoquèrent un certain nombre d'incidents qui ne pouvaient qu'aggraver encore les circonstances défavorables dans lesquelles se présentait la formation de cette troupe.

Au début, le commandement supérieur « des gardes nationales de la Seine » avait été confié au général d'Autemarre d'Érvillé qui présida à l'organisation des nouveaux bataillons nos 52 à 60. D'après la loi du 12 août, ces bataillons avaient le droit d'élire leurs cadres, tandis que les 51 premiers conservaient ceux précédemment nommés par le Gouvernement impérial (2). Sentant que l'élection des cadres de ces nouvelles unités allait ébranler leur autorité, beaucoup d'officiers des anciens bataillons démissionnèrent aussitôt.

Les élections, dans les neuf nouveaux bataillons, produisirent une certaine agitation et le général d'Autemarre, présageant des difficultés, crut devoir donner sa démission (3).

Le général de La Motterouge, membre du Corps législatif, lui succéda le 29 août et le Gouverneur salua sa prise de commandement par un ordre du jour des plus flatteurs (4).

Le nouveau commandant supérieur des gardes natio-

---

(1) *Journal officiel* du 1er octobre 1870.

(2) *Enquête sur les Actes du Gouvernement de la Défense nationale*, t. Ier, p. 294.

(3) *Souvenirs* du général de La Motterouge, t. III, p. 421.

(4) Ordre du 2 septembre.

nales de la Seine trouva les 60 bataillons déjà existant dans une période de transformation (1).

Une loi en date du 2 septembre 1870 (2) ordonna l'élection de tous les officiers dans les anciens bataillons de la garde nationale de Paris et une circulaire de Gambetta, insérée au *Journal officiel* du 5, prescrivit que les gardes nationaux seraient convoqués de nouveau pour achever cette opération, interrompue le 4 septembre.

Le 8 septembre, le général de La Motterouge fut informé par son chef d'état-major qu'il était devenu impopulaire parmi ses subordonnés et qu'il était question de lui enlever son commandement. Il se rendit immédiatement chez le Gouverneur et lui offrit sa démission qui fut acceptée (3).

Le même jour, 8 septembre, M. Tamisier, capitaine d'artillerie en retraite, ancien député à l'Assemblée législative de 1848, fut nommé à sa place (4).

Le nouveau commandant supérieur présida à la formation des nombreux bataillons qui furent créés après le 4 septembre.

M. Tamisier ayant lui-même donné sa démission après le 31 octobre, le commandant en chef fut confié, le 4 novembre, au général Clément Thomas, commandant supérieur du 3e secteur, qui le conserva jusqu'à l'armistice.

Enfin, il y a lieu de remarquer que la garde nationale

---

(1) *Souvenirs* du général de La Motterouge, t. III, p. 408.

(2) *Journal officiel* du 3 septembre.

(3) *Souvenirs* du général de La Motterouge, t. III, p. 455, 456 et 457.

(4) *Journal officiel* du 9 septembre.

Quelques jours plus tard le général de La Motterouge quittait Paris et se rendait à Bourges après avoir été investi, par le général Le Flô, du commandement du 15e corps, en voie d'organisation sur la Loire.

sédentaire, au contraire de ce qui eut lieu pour la mobile, resta toujours sous les ordres directs du Ministre de l'Intérieur. Le Ministre de la Guerre n'avait à intervenir ni dans sa formation, ni dans son administration, ni dans la désignation de ses cadres.

Recrutement. — Le recrutement des divers bataillons se ressentit naturellement de l'échelonnement de leur formation et des idées qui avaient cours lors de leur création. Les 51 premiers bataillons, organisés en temps de paix, furent constitués avec de bons éléments choisis. Les neuf suivants donnèrent lieu à une nouvelle sélection dans les demandes d'enrôlement, mais, à mesure que le nombre des unités s'accrut, il fallut être moins difficile sur le choix et incorporer des hommes dont la bonne volonté laissait à désirer (1).

Armement. — L'armement de toutes ces unités se fit avec d'autant plus de hâte que l'on croyait qu'une attaque de vive force serait dirigée contre la place et que la surexcitation générale augmentait au fur et à mesure que l'ennemi approchait (2).

On peut affirmer que, dès le 19 septembre, jour de l'investissement, plus de 200,000 gardes nationaux étaient armés. Ceux-ci avaient reçu une grande partie des armes apportées par les 100,000 mobiles départementaux auxquels le fusil Chassepot avait été distribué après leur arrivée à Paris. En même temps, on leur avait

---

(1) Voir pour plus de détails sur le recrutement de ces bataillons : *Enquête sur les Actes du Gouvernement de la Défense nationale*, Rapport du colonel Chaper, t. Ier, p. 304 et 305; déposition du colonel Chaper, t. V, p. 476 et 477.

(2) *Enquête sur les Actes du Gouvernement de la Défense nationale*, t. Ier, p. 305; *Enquête parlementaire sur l'insurrection du 18 mars 1871*, p. 361.

distribué des armes des modèles les plus divers. On peut toutefois classer ces armes en deux catégories :

1° Des fusils à tir rapide (presque en totalité fusils à tabatière), entrant pour un tiers environ dans l'armement total ;

2° Des armes se chargeant par la bouche (une moitié de ces armes étaient des fusils rayés à balle oblongue et l'autre moitié des fusils lisses à balle sphérique (1).

Autant que possible, on donna à chaque bataillon un armement uniforme (2), mais cette règle ne fut pas toujours suivie, étant donnée la précipitation au milieu de laquelle les distributions furent faites. C'est ainsi que, dans certaines unités, on trouve à la fois des fusils lisses et des armes à tir rapide (remingtons, sniders, chassepots), ces dernières cependant en très faible quantité (3).

« Sans tenir compte du petit nombre de carabines à

---

(1) D'après le général Tamisier, on aurait distribué à la garde nationale de Paris, jusqu'à la fin du siège :

1° Armes à tir rapide : 101,000 fusils à tabatière ; 2,000 carabines à tabatière ; 3,000 fusils modèle 1866 ; 4,500 sniders ; 500 remingtons ;

2° Armes se chargeant par la bouche, 120,000 fusils rayés à balle oblongue ; 85,000 fusils lisses à balle sphérique. (*Enquête sur les Actes du Gouvernement de la Défense nationale*, Déposition du général Tamisier, t. V, p. 456).

Le colonel Chaper, dans son Rapport, *loc. cit.*, t. Ier, p. 305, outre ces divers modèles, cite encore les carabines Minié, les carabines de dragons rayées, les carabines de dragons lisses, les mousquetons de gendarmerie. — D'après un *Rapport*, daté du 30 septembre et publié au *Journal officiel* du 1er octobre, 228 bataillons de gardes nationaux de Paris auraient été armés et auraient reçu, avant cette date, 280,000 fusils, savoir : 95,000 fusils à tabatière, 120,000 fusils à percussion rayés, 55,000 à percussion lisses, 10,000 carabines, armes anglaises ou de modèles divers.

(2) Les gardiens de la paix, organisés en régiments de marche, reçurent des chassepots.

(3) Le colonel Chaper cite un bataillon, le 207e, qui avait 1,228 fusils à percussion rayés, 307 à tabatière, 52 carabines Minié, 150 fusils à

tabatière, des fusils chassepots, sniders et remingtons, qui avaient tous une cartouche spéciale, différente, on voit que les munitions de la garde nationale, pour la masse des armes, étaient de trois espèces différentes et se composaient : 1° de cartouches pour fusils et carabines à tabatière ; 2° de cartouches à balle oblongue particulière pour fusil rayé se chargeant par la bouche ; 3° de cartouches à balle sphérique pour le fusil lisse. L'armement de la garde nationale était donc varié, ce qui était un grand vice, et, de plus, il exigeait l'emploi de munitions différentes, ce qui était encore un plus grand défaut (1). »

Des désordres assez graves paraissent s'être, en outre, produits dans la distribution des fusils (2), de sorte qu'il fut délivré un nombre d'armes plus élevé que l'effectif des bataillons ne le comportait.

Habillement. — D'après la loi de 1851, remise en vigueur par la loi du 12 août 1870, les gardes nationaux devaient s'habiller à leurs frais, mais le Gouvernement reconnut vite que cette mesure était inapplicable, beaucoup des nouveaux incorporés étant sans ressources (3).

---

percussion lisses, 4 carabines de dragons. D'après le colonel Chaper également, on aurait distribué, en octobre, 4 fusils Remington par bataillon.

(1) *Enquête sur les Actes du Gouvernement de la Défense nationale*, t. V, p. 456.

(2) Le 30 septembre, 280,000 fusils avaient été délivrés à 228 bataillons, ce qui donne un effectif moyen de 1,228 hommes par bataillon. Ce chiffre est évidemment trop fort.

Voir, pour cette question de l'armement de la garde nationale : *Enquête sur les Actes du Gouvernement de la Défense nationale* (Rapport Chaper), t. Ier, p. 304 et 306 ; *Enquête parlementaire sur l'insurrection du 18 mars 1871*, p. 361 (Déposition du colonel de Montagut) ; *Procès-verbaux du Conseil du Gouvernement de la Défense nationale*, p. 163.

(3) *Enquête sur les Actes du Gouvernement de la Défense nationale* (Déposition du colonel Chaper), t. V, p. 484.

La Mairie de Paris fut chargée de pourvoir à l'habillement de la garde nationale. Étienne Arago, maire de Paris, secondé par Charles Floquet, son adjoint, organisa ce service. D'après la circulaire du 6 septembre portant création des bataillons nouveaux, l'uniformité de la tenue n'était plus obligatoire ; le type désigné communément sous le nom de *vareuse* était simplement recommandé (1).

Des effets nombreux et variés furent, en réalité, distribués, comprenant couvertures, vareuses, pantalons, souliers, ceinturons, képis, cartouchières, porte-baïonnette, ceintures de flanelle, cravates de laine (2). « En sept semaines, malgré l'inexactitude des fournisseurs et des fabricants, malgré la mauvaise qualité de certains produits, malgré les indignes procédés de la spéculation, malgré surtout l'hésitation du commerce à livrer les marchandises, la Mairie centrale fit des distributions complètes à 250,000 hommes (3) ».

Solde. — Le Gouvernement se préoccupa également d'assurer la solde et les subsistances des gardes nationaux auxquels tout travail était devenu impossible et qui se trouvaient, pour la plupart, dénués de ressources. Un décret du 11 septembre établit d'abord qu'il serait distribué des bons de vivres à ceux qui en feraient la demande ; mais, le lendemain 12, l'État attribua une solde journalière de 1 fr. 50 (4) aux *gardes nécessiteux*

(1) Circulaire du 6 septembre du Ministre de l'Intérieur (*Enquête sur les Actes du Gouvernement de la Défense nationale*, t. Ier, p. 304).

(2) *Enquête sur les Actes du Gouvernement de la Défense nationale*, t. V, p. 243.

(3) *Ibid.*

(4) *Procès-verbaux du Conseil du Gouvernement de la Défense nationale*, p. 110.

et y ajouta plus tard un supplément pour leurs femmes et pour chacun de leurs enfants (1).

Le payement devait se faire dans les mairies, sous le contrôle d'agents du Ministère des Finances et être restreint aux hommes qui ne pouvaient se passer de cette indemnité (2).

Malheureusement, cette règle, d'une application difficile, surtout dans une époque aussi agitée, donna lieu à des abus : plusieurs bataillons touchèrent indûment (3) cette solde, et, plus tard, l'allocation de 0 fr. 75 attribuée aux femmes donna lieu à des gaspillages considérables (4).

Logement, groupement et emploi. — Les gardes nationaux n'étaient pas casernés. Ils restaient, en principe, chez eux. On les rassemblait en des points déterminés, lorsqu'il en était besoin.

L'arrêté du 8 septembre, créant les commandements des neuf secteurs de l'enceinte, comportait une répartition dans chacun d'eux de tous les bataillons de la garde nationale « formés ou à former ». Les chefs de bataillon ne devaient recevoir pour le service de guerre que les ordres du commandant de leur secteur.

La garde nationale était ainsi, dès le début du siège,

---

(1) Décret du 28 novembre, accordant 0 fr. 75 aux femmes des gardes nationaux.

(2) *Enquête sur les Actes du Gouvernement de la Défense nationale*, t. V, p. 456.

(3) Par suite du mode de recrutement, certains bataillons, particulièrement ceux des arrondissements du centre, n'étaient composés que de citoyens aisés, et d'autres, formés dans les arrondissements de la périphérie, comprenaient des citoyens de condition beaucoup plus modeste. (Déposition du colonel Chaper, *Enquête sur les Actes du Gouvernement de la Défense nationale*, t. V, p. 482).

(4) *Enquête sur les Actes du Gouvernement de la Défense nationale*, t. V, p. 481 et 482, et t. Ier, p. 311.

affectée uniquement à la garde des remparts et au service intérieur de la place. Elle avait pour mission de s'opposer à toute attaque de vive force que l'ennemi aurait pu diriger contre la place. Son rôle primordial fut donc un rôle défensif. Plus tard, on songea à l'utiliser pour les opérations offensives (1). Le 17 octobre, parut à l'*Officiel* un décret en date du 16, ordonnant la formation, dans chaque bataillon, d'une compagnie de volontaires; quatre compagnies réunies devaient former un bataillon de guerre.

Mais les enrôlés n'abondèrent pas (2) et cette tentative d'organisation échoua, en partie, à cause du défaut de précision du décret sur les services demandés à ces troupes.

Le 9 novembre, parut enfin un décret disposant que chacun des bataillons armés fournirait quatre compagnies de guerre, dont le recrutement, l'effectif et le commandement étaient prévus.

Les hommes valides des catégories ci-dessous devaient fournir les effectifs des compagnies de guerre :

1° Volontaires de tout âge;

2° Célibataires ou veufs sans enfants, de 20 à 35 ans;

3° Célibataires ou veufs sans enfants, de 35 à 45 ans;

4° Hommes mariés ou pères de famille de 20 à 35 ans;

5° Hommes mariés ou pères de famille de 35 à 45 ans.

Pour comprendre les dispositions de ce décret, il faut savoir que la loi du 10 août avait été imparfaitement appliquée à Paris.

Cette loi avait d'abord rappelé dans l'armée tous les anciens militaires de 20 à 35 ans, célibataires ou veufs

(1) La garde nationale sédentaire était en pleine voie de formation au 19 septembre. Il a été impossible de déterminer exactement le degré où son organisation était arrivée à cette date.

(2) *Enquête sur les Actes du Gouvernement de la Défense nationale*, t. Ier, p. 309.

sans enfants. Plus tard, on avait rappelé aussi sous les drapeaux les jeunes gens de la deuxième partie du contingent qui avaient déjà reçu, les années précédentes, un commencement d'instruction militaire.

« La levée de ces deux premières catégories d'hommes, compris dans la loi du 10 août, s'était faite rigoureusement en province, et même dans les départements envahis où la plupart des appelés s'étaient rendus, non sans périls, à l'armée. A Paris, on avait été beaucoup moins sévère, et bien des témoignages nous portent à croire qu'un très grand nombre d'hommes de ces deux catégories s'étaient dérobés au service et n'avaient pas été recherchés. Quant aux célibataires ou veufs sans enfants qui n'avaient jamais paru sous les drapeaux avant le 10 août, on n'en avait pas appelé un seul à Paris jusqu'au 8 novembre (1). Mais il y a plus. La plupart de ces hommes, qui n'avaient pas été appelés, ne faisaient même pas partie de la garde nationale. Le fait est attesté par des témoins et par les journaux du temps (2) ». Ces hommes, en effet, craignant d'être incorporés dans l'armée d'un moment à l'autre, ne s'étaient pas fait inscrire dans la garde nationale ; et ceux d'entre eux, qui, par patriotisme ou pour tout autre motif, demandèrent à être incorporés dans les bataillons de leurs quartiers, se virent refuser par les chefs de bataillon (3).

Un décret du 12 septembre avait bien prescrit l'incorporation de ces hommes dans la garde nationale, mais il ne fut qu'en partie exécuté (4). Le 10 décembre, parut au

---

(1) *Enquête sur les Actes du Gouvernement de la Défense nationale*, t. Ier, p. 310.

(2) *Ibid.*

(3) *Ibid.*

(4) *Ibid.*, t. V, p. 417.

Journal officiel une lettre du général Clément Thomas, commandant supérieur de la garde nationale, au Gouverneur de Paris, demandant que les bataillons de guerre récemment formés fussent groupés en régiments et, le lendemain 11, un décret forma vingt-sept régiments de la garde nationale de Paris.

C'est là le premier groupement effectué avec les bataillons sédentaires de Paris qui, jusqu'à ce jour, étaient restés « isolés » dans les secteurs « sans intermédiaire entre eux et le commandement supérieur (1) ».

Au 19 septembre, époque qui intéresse le plus ici, on peut admettre que plus de soixante bataillons étaient complètement formés, armés et capables de combattre sur les remparts, et que le nombre total des gardes nationaux armés, mais dont la moitié au moins n'était pas encore complètement encadrée, s'élevait à 200,000 hommes. Malheureusement, on n'a pu établir ni la liste des bataillons, ni leur répartition (2). Les documents manquent (3) et, d'autre part, à cette époque, la garde nationale était, comme on l'a vu plus haut, en pleine transformation.

---

(1) Le général Clément Thomas au Gouverneur (*Journal officiel* du 10 décembre).

(2) Cependant, on verra plus loin, dans le chapitre consacré à l'organisation de la défense des secteurs de l'enceinte, l'énumération d'un certain nombre de bataillons, affectés à chacun d'eux par le Gouverneur dès le 8 septembre.

(3) Les Archives de la Guerre ne possèdent que fort peu de documents concernant la garde nationale de Paris. Beaucoup de pièces ont dû disparaître pendant la Commune. D'autre part, il faut se souvenir que la garde nationale a toujours relevé du Ministre de l'Intérieur, tout au moins pour les questions d'organisation, etc.

CHAPITRE XIII

Francs-tireurs.

On a vu les conditions dans lesquelles les corps francs furent autorisés par l'instruction du 28 mars 1868 (1), la large extension que ces unités prirent, dès le début de la guerre, les hésitations, les difficultés, les contradictions qu'engendra leur développement. On n'a donc pas à revenir sur ces questions. Il convient toutefois de rappeler que, dans sa séance du 11 septembre (midi), le Conseil du Gouvernement de la Défense nationale émit le vœu que l'organisation des corps francs ne fût pas trop favorisée mais décida, par contre, que ceux qui existaient seraient entretenus (2).

La situation exacte et complète des corps de volontaires qui existaient à Paris au moment de l'investissement, précisément par suite de toutes les hésitations qui présidèrent à leur formation, est difficile à établir. Le bureau de la garde nationale mobile du Ministère de la Guerre a bien publié un tableau de ces corps organisés en 1870-1871, mais ce document ne donne que les dates des autorisations qui leur furent accordées. Ces autorisations précédaient parfois la création mais généralement la suivaient, à des intervalles plus ou moins longs. Des unités, en assez grand nombre, ne demandè-

(1) *Mesures d'organisation, loc. cit.*, p. 53.

(2) *Procès-verbaux du Conseil du Gouvernement de la Défense nationale, loc. cit.*, p. 103.

rent l'autorisation que bien longtemps après leur formation pour se conformer au décret du 11 octobre (1) qui les astreignait à une revue d'effectif, passée par l'Intendance militaire et les assimilait, sous le rapport de la solde et des vivres, à la garde nationale mobile. Ce décret précisait qu'il ne serait plus délivré d'autorisation de lever des corps francs, à dater de sa promulgation. Certaines unités formées refusèrent de s'y soumettre et continuèrent cependant à exister, en dehors, par conséquent, de l'autorité des Ministres de la Guerre ou de l'Intérieur.

Tout ceci explique la difficulté que l'on a éprouvée à dresser la liste, probablement incomplète, des corps francs qui prenaient part à la défense de Paris à la date du 19 septembre.

Le 28 août, le Ministre de l'Intérieur (2) ne reconnaissait que cinq corps sous son administration, dans la Seine : la Guérilla française, les Volontaires de la Seine et l'escadron des Éclaireurs à cheval, le corps détaché de la Garde sédentaire de Paris et les Francs-tireurs de Saint-Denis.

Au 31 août, le Ministre de la Guerre n'avait autorisé, dans le département de la Seine, que la formation de trois corps destinés à agir en province : les Volontaires de la Seine et la Guérilla française, déjà autorisés par le Ministère de l'Intérieur, et les Francs-tireurs de Neuilly (3).

D'autres autorisations furent accordées ultérieurement et, au moment de l'investissement, les corps reconnus comprenaient :

En infanterie : 5 bataillons, une légion étrangère à

(1) *Journal militaire officiel*, 1870, 2e semestre, p. 533.
(2) Le Ministre de l'Intérieur au Gouverneur, Paris, 28 août.
(3) Le Ministre de la Guerre au Gouverneur, Paris, 31 août.

plusieurs compagnies, 13 compagnies à effectifs divers, le tout présentant un effectif global d'au moins 4,500 hommes ;

En cavalerie : 2 escadrons, dont l'un à 200 hommes.

Mais en dehors de ces corps, beaucoup d'autres existaient, soit en instance d'autorisation, soit en dehors de toute consécration officielle, et l'on a retrouvé, dans les documents antérieurs au 19 septembre, la trace de trente corps de francs-tireurs plus ou moins régulièrement formés. On donnera, plus loin, des renseignements sur quelques-uns d'entre eux.

A la même époque, un certain nombre de formations de province tiennent la campagne aux environs de Paris. Ce sont : les Francs-tireurs de Londres et de Boulogne-sur-Mer, à Creil ; les Éclaireurs de Seine-et-Marne (commandant Lienard), les Éclaireurs rouennais (capitaine Desseaux), entre Rouen et Mantes ; les Guides forestiers de l'Yonne (capitaine de Kervan, sous-inspecteur des forêts), les Francs-tireurs de Vaulx (Seine-et-Marne).

Un certain nombre de corps, organisés en province, demandèrent à être envoyés à Paris. Une compagnie de l'Aude est signalée par le sous-intendant militaire en partance pour Paris, le 13 septembre, sans qu'on trouve trace de son arrivée.

D'autres corps francs, formés à Paris, avaient déjà quitté la capitale lors de l'investissement. Parmi eux se trouvaient les Francs-tireurs de Neuilly, commandés par M. Sageret, qui partirent le 3 septembre pour Belfort, les Francs-tireurs de Saint-Denis dirigés sur Belfort le 31 août, les Francs-tireurs alsaciens (M. Braun, lieutenant au 63e d'infanterie échappé de captivité), envoyés à Belfort, le 16 septembre, les Quarante-gentilshommes de Paris, comprenant 40 officiers. Ce dernier corps, organisé en septembre, fit partie de l'armée des Vosges et fut licencié le 20 octobre 1870.

A la suite de l'application du décret du 11 octobre, le Ministère de la Guerre put établir une liste plus exacte des corps francs existants. Ceux qui passèrent à Paris la revue d'effectif imposée, furent au nombre de 24 unités d'infanterie et de cavalerie, 20 unités d'artillerie (compagnies ou batteries). Par contre, 14 corps, reconnus antérieurement par le Département de la Guerre, ne voulurent pas s'astreindre à cette formalité.

On trouvera à la fin de ce volume un tableau donnant la liste des corps qui devaient exister à Paris le 19 septembre.

Renseignements sur quelques corps francs.

Volontaires de la Seine (1er régiment d'éclaireurs). — Ce corps, nommé d'abord Volontaires de la Seine, puis plus tard, 1er régiment d'éclaireurs, était en voie d'organisation dès le 15 août, sous la direction de M. Mocquart, chef d'escadron démissionnaire. Il fut autorisé le 20 août 1870. La veille, le Ministre de l'Intérieur, l'avait mis à la disposition de son collègue de la Guerre. Des quêtes furent faites chez les habitants pour subvenir à ses besoins. Il comprenait des unités d'infanterie et de cavalerie.

Infanterie. — Quatre bataillons de 600 hommes chacun furent réunis successivement au moyen d'engagements reçus au Palais de l'Élysée. Un certain nombre d'hommes soumis à l'application de la loi du 10 août y ayant été ainsi incorporés, une décision ministérielle du 29 août les y maintint, par exception (1).

Le Ministre prescrivit d'envoyer, aussitôt prêtes, les

(1) Le Ministre de la Guerre au Gouverneur, Paris, 29 août.

unités de ce corps au camp de Châlons, et d'arrêter les enrôlements (1).

M. Lafon, ancien lieutenant-colonel de gendarmerie, prit le commandement et fut chargé de terminer l'organisation des unités envoyées au camp.

Les Ier et IIe bataillons, les premiers en état, furent d'abord campés à Longchamps, puis dirigés le 23 et 25 août sur le camp de Châlons, pour faire partie de l'armée du maréchal de Mac-Mahon. Le premier de ces bataillons fut détruit à la Chapelle, lors de la bataille de Sedan, le second put se jeter dans Mézières (2).

Le IIIe bataillon (effectif au 28 août : 25 officiers, 649 sous-officiers et soldats), quitta l'Élysée, après avoir touché ses armes, le 25 août, et alla camper à Longchamps. Affecté au 13e corps, il arriva le 29 à Reims, et revint à Paris avec la division d'Exéa.

Le IVe bataillon acheva de s'organiser à Paris et s'unit au IIIe, quand le 13e corps fut rentré dans cette ville. Ces deux bataillons, dès le 8 septembre, partirent pour aller opérer, d'abord dans la région de Meaux, comme soutien de la cavalerie, puis aux avant-postes, à Claye, Livry, Gagny et Bondy (3).

Un V[e] bataillon fut formé plus tard, après l'investissement, avec une partie des hommes du IIIe bataillon, qui avaient fait scission avec le commandant (4).

Formés à six compagnies, ces bataillons furent armés de carabines Minié transformées, dont le mauvais fonctionnement eut une fâcheuse influence sur les hommes

---

(1) Le Ministre de l'Intérieur au colonel Lafon, 19 août.

(2) Le lieutenant Ramier, du 1er régiment d'éclaireurs de la Seine, au Gouverneur de Paris, 19 novembre.

(3) *Ibid.*

(4) « Ce corps est divisé en deux camps d'opinions opposées et prêts à en venir aux mains » (M. Tirard, maire provisoire du IIe arrondissement, au Gouverneur de Paris, 4 octobre 1870).

souvent blessés par leurs armes. De nombreux ratés les impressionnaient également.

Une question vitale pour les éclaireurs de la Seine, comme pour tous les autres corps du même genre, était la solde qui ne leur était pas toujours payée à temps par les autorités administratives, si bien que les bataillons étaient obligés de se faire des avances réciproques d'où des complications nombreuses.

Cavalerie. — Deux escadrons d'éclaireurs à cheval, rattachés aux Volontaires de la Seine, furent levés par M. de Pindray, ancien élève de Saint-Cyr. Leur effectif total devait être de 255 hommes. Dès le 30 août, ils recevaient les distributions de fourrages de l'administration militaire (1), et le Ministre signait, le 12 septembre, les commissions d'officiers de leurs cadres.

Les chevaux provenaient des loueurs de voitures parisiens, mais Gustave Flourens demanda, le 20 septembre, que les chevaux de la vénerie impériale leur fussent livrés.

D'abord rattachés au régiment du colonel Lafon, ces escadrons s'en rendirent plus tard indépendants, sous le nom de 1er régiment d'éclaireurs à cheval.

Guérilla française (Francs-tireurs de la Seine). — Deux compagnies autorisées officiellement, le 25 août, et placées sous les ordres de M. Roudier. Leur effectif, au 28 août, était de 10 officiers, 10 sous-officiers et 189 soldats (2). D'après le tableau publié en 1871 par le Ministère de la Guerre, ce corps aurait été licencié le 19 septembre, à Paris, puis réorganisé en province (3).

(1) Le Ministre de la Guerre au Gouverneur, Paris, 30 août.
(2) Le Ministre de l'Intérieur au Gouverneur, Paris, 28 août.
(3) État des corps francs organisés en 1868, 1870 et 1871.

Francs-tireurs de Paris. — Dès le 21 juillet, M. Aronsohn, sachant le Gouvernement impérial favorable à la constitution de corps francs, commença l'organisation des Francs-tireurs de Paris. D'accord avec le maréchal Baraguey d'Hilliers et les bureaux du Ministère de la Guerre, M. Aronsohn devait former trois bataillons de dix compagnies, à 100 hommes chacune (1).

Le Ministre de l'Intérieur, le Préfet de la Seine, la ville de Paris, l'Association polytechnique dont M. Aronsohn était membre, prêtèrent leur concours à cette organisation. L'École municipale Turgot fut mise à la disposition de M. Aronsohn qui se prévalait de services militaires antérieurs en Crimée, en Afrique et d'une mission dont le Ministère de la Guerre l'avait chargé en 1866 auprès de l'armée prussienne (2).

Les enrôlements furent de suite assez nombreux, et, le 25 août, le corps comptait déjà un bataillon et dix compagnies.

Le 1er septembre, plus de 1,200 hommes étaient habillés, équipés (3), grâce à des souscriptions et aux subsides de la ville de Paris et armés de fusils modèle 1866 sur la demande du Gouverneur (4). Le 4 septembre, le bataillon se porta sur le Corps législatif, puis revint à l'Hôtel de ville, et assura, pendant les trois jours suivants, le service de garde à l'Hôtel de ville, au Ministère de l'Intérieur et à celui des Affaires étrangères (5).

---

(1) M. Aronsohn, chef du Ier bataillon des Francs-tireurs de Paris au Ministre de la Guerre, Paris, sans date (cette lettre est postérieure au 16 août et antérieure au 28).

(2) *Ibid.*

(3) Le Commandant Aronsohn au Gouverneur de Paris, Paris, 3 septembre.

(4) Le Gouverneur au Ministre de la Guerre, Paris, 27 août.

(5) *Note* du franc-tireur de Paris Gustave Charié-Marsaine, Nevers, 21 septembre.

Vers la même époque, un deuxième bataillon était en formation, sous la direction de M. Thiérard.

Bientôt, le Ier bataillon reçut l'ordre de se rendre à Melun pour appuyer la brigade de cavalerie de Gerbrois, chargée d'opérer entre la Seine et la Marne. Le bataillon quitta en effet Paris le 9 septembre, et, jusqu'au 17, erra un peu à l'aventure entre Melun, Montereau, Fontainebleau. Des difficultés surgirent entre les officiers, puis entre les hommes (1). M. Aronsohn avait quitté son bataillon le 12, pour venir à Paris « chercher les livrets des officiers et donner au commandant du IIe bataillon en formation, qui sera bientôt habillé, la possibilité d'armer également ses 1,200 hommes (2) ». Mais M. Aronsohn ne rejoignit pas son bataillon.

Après le départ du commandant, l'effervescence s'accrut dans cette unité ; un certain nombre d'hommes rentrèrent à Paris, d'autres regagnèrent leurs foyers (3) ; le plus grand nombre cependant resta groupé à l'Ouest de Melun, et livra, le 18 septembre, à Dannemois, un petit combat à la 4e division de cavalerie prussienne. Obligé de battre en retraite, le bataillon prit la direction d'Orléans, où il se disloqua encore une fois, et se réorganisa bientôt sous les ordres du colonel Lipowski.

Pendant ce temps, le IIe bataillon avait continué sa formation, sous la direction du commandant Thiérard et atteignit rapidement l'effectif de 1,200 hommes, grâce du reste à un certain nombre de francs-tireurs qui avaient quitté le Ier bataillon. La 8e compagnie du IIe bataillon (capitaine Lavigne), qui avait été chargée de garder l'Hôtel de ville après le départ du Ier bataillon et y était restée jusqu'au 15 septembre, reçut à cette

---

(1) *Note* du franc-tireur de Paris Gustave Charié-Marsaine, *loc. cit.*

(2) Le Commandant Aronsohn au général Trochu, Paris, 12 septembre.

(3) *Note* du franc-tireur de Paris Gustave Charié-Marsaine, *loc. cit.*

date l'ordre de se rendre à Juvisy, où, pendant 48 heures, elle inquiéta les premiers uhlans qui voulaient franchir la Seine. Cette compagnie se sépara plus tard de son bataillon, et devint indépendante sous le nom de Tirailleurs parisiens.

Quant au gros du IIe bataillon, il fut licencié le 28 octobre, par décret du 25 (1), mais il fut réorganisé en novembre.

Éclaireurs à cheval de la Seine. — M. Franchetti, ex-officier de chasseurs d'Afrique, avait soumis au général de Chabaud la Tour le projet de surveiller les voies ferrées autour de Paris avec de la cavalerie. Son projet ayant reçu l'approbation de cet officier général, M. Franchetti demanda, le 25 août, la reconnaissance officielle d'un corps de cavaliers qu'il avait réuni sous le nom d'Éclaireurs à cheval de la Seine et qui comprenait déjà 100 hommes.

Le Ministre de l'Intérieur autorisa la formation de ce corps avant le 28 août (2). Il ne devait pas sortir de Paris (3), et était destiné à être mis à la disposition du Comité de défense. Le Gouverneur était chargé de son organisation (4).

Le 5 septembre, le Ministre de la Guerre autorisa définitivement sa constitution et donna des ordres pour que des armes lui fussent délivrées (5). M. Franchetti reçut le titre de chef d'escadrons.

(1) Le Ministre de la Guerre au général Le Flô, Paris, 28 octobre; le général Berthaut au général Ducrot, rond-point de Courbevoie, 29 octobre; le général Ducrot au Gouverneur de Paris, 29 octobre.

(2) Le Ministre de l'Intérieur au Gouverneur, Paris, 28 août.

(3) Le Gouverneur au Ministre de la Guerre, Paris, 27 août.

(4) L'Impératrice donna à M. Franchetti 10 chevaux tout équipés, provenant des écuries impériales.

(5) Le Ministre de la Guerre au Gouverneur, Paris, 5 septembre.

Quelques jours plus tard, on incorpora dans ce corps des chasseurs d'Afrique échappés de Sedan et, le 16 septembre, son effectif atteignait 200 hommes (1).

Jusqu'à l'investissement, les éclaireurs à cheval de la Seine opérèrent sur divers points des environs de Paris, à Colombes, Maisons-Alfort, etc. (2).

Légion des volontaires de la France. — Autorisé par le Ministre de la Guerre, à la date du 7 septembre (3), ce corps était en formation au moment de l'investissement. Il avait été recruté principalement dans la colonie polonaise de Paris, sous la direction du général Heidenrich, qui avait adressé une demande à cet effet au Ministre de la Guerre le 31 août (4).

Au 7 septembre, il comprenait déjà deux compagnies de ligne et une compagnie de chasseurs (5). Son chef fut le lieutenant-colonel Charles Cailloué. Son effectif était fixé à 259 hommes. Les titres des officiers furent envoyés par le Ministre de la Guerre le 28 septembre seulement, ce qui explique que c'est cette date qui figure sur le tableau du Ministère (6).

Cette légion comprit également un escadron commandé par M. G. Fould et le capitaine d'Estampes et

(1) Le quartier général de ce corps était rue de Marignan, où les éclaireurs étaient cantonnés. Plus tard, il fut transporté au quai d'Orsay, dans les anciennes écuries impériales.

(2) M. Franchetti, blessé le 30 novembre à Bry-sur-Marne et mort des suites de ses blessures le 2 décembre, fut remplacé par M. Benoit-Champy.

(3) MM. Cailloué, du Thilh de la Tuque, Verdier et de Chevarrier au Gouverneur, Paris, 25 septembre.

(4) Le général Heidenrich-Kruck au Gouverneur, Paris, 7 septembre.

(5) *Ibid.*

(6) Le Ministre de la Guerre au Gouverneur, Paris, 28 septembre.

monté au moyen de chevaux prêtés par les marchands de chevaux (1).

Francs-tireurs de la presse. — Corps organisé dans les premiers jours de septembre et autorisé officiellement le 9 (2). Son commandant, le romancier Gustave Aymard, qui semble avoir été le promoteur de cette formation, déclarait, le 26 septembre, avoir réuni 600 hommes et dépensé 35,000 francs de ses propres deniers pour leur équipement (3).

Le 18, une compagnie de francs-tireurs de la Presse fit une reconnaissance vers Charenton, Maisons-Alfort, sous les ordres du capitaine Bachelery. Le bataillon fut ensuite envoyé à Aubervilliers.

Tirailleurs de la Seine (bataillon des Ternes). — Corps réuni à la fin d'août par M. Édouard de Vertus, architecte à Paris, formé de volontaires âgés de 35 à 65 ans, et équipé en grande partie au moyen des ressources personnelles du fondateur (4).

Le 2 septembre, l'effectif du corps était de 150 hommes (5). Le 5, le Gouverneur le reconnaissait officiellement, lui accordait le droit aux distributions de pain et, sur l'intervention du général Lebreton, questeur du Corps législatif et commandant honoraire du corps, lui faisait distribuer des armes. Cet armement comprenait des carabines Minié et des fusils Snider (6). L'habillement

(1) M. Fould au Ministre de la Guerre, Paris, 30 novembre; le Ministre de la Guerre au Gouverneur, Paris, 4 décembre.

(2) Le Ministre de la Guerre au Gouverneur, Paris, 9 septembre.

(3) M. Gustave Aymard au Gouverneur de Paris, Paris, 26 septembre.

(4) M. de Vertus au Ministre de la Guerre, Paris, 1er septembre.

(5) Le Ministre de la Guerre au Gouverneur, Paris, 2 septembre.

(6) M. de Vertus au Général commandant les 13e et 14e corps (sans date).

n'était pas assuré au moment de l'investissement (1). La veille, 18 septembre, la solde de la garde nationale avait été allouée à ce bataillon (2) qui compta bientôt 400 hommes.

Francs-tireurs de l'Aisne. — Petit corps formé dans l'Aisne par M. Dollé, le 11 août. Employé d'abord dans la région de Laon, puis dans celle de Corbeil, il rentra à Paris avant l'investissement et prit, vers le 20 septembre, le service de grand'garde à la redoute de Suresnes (3). Il ne demanda que le 12 octobre l'autorisation de toucher des prestations en argent et en nature. A cette époque, il comptait 35 hommes. Le général Le Flô disait qu'il était formé d'éléments choisis avec soin et le général de Beaufort d'Hautpoul déclarait que ce corps franc rendait de très grands services (4).

Il fut officiellement reconnu le 15 novembre.

M. Dollé ayant été fait prisonnier à Rueil, le 1er janvier, le lieutenant Bouard fut nommé capitaine le 12 janvier 1871 (5).

Ce corps fut licencié le 7 février 1871.

Francs-tireurs des Lilas. — La demande de formation de ce corps, destiné à éclairer le front compris entre la porte de Belleville et celle de Ménilmontant et recruté parmi les chasseurs avec l'appui moral et pécuniaire du Conseil municipal des Lilas, fut adressée au Ministre le 23 août, par M. Thomas Anquetil, rédacteur au *Specta-*

---

(1) M. de Vertus au Gouverneur (sans date).

(2) L'Amiral commandant le 5e secteur au Gouverneur, 8 octobre.

(3) Le capitaine Dollé au Ministre de la Guerre, redoute de Suresnes, 12 octobre.

(4) Le Ministre de la Guerre au Gouverneur, Paris, 12 janvier 1871.

(5) *Ibid.*

teur militaire (1). Il ne fut d'abord pas fait de réponse à cette demande qui fut renouvelée le 5 septembre (2). Le 7 septembre, son organisateur avait réuni 48 hommes (3) qui formèrent une compagnie, laquelle fut armée de chassepots et reçut, le 12 novembre, le droit à la solde et aux vivres (4).

Dans la nuit du 18 au 19 septembre, elle occupa, en embuscade, les barricades établies sur la route de Villemonble à Rosny. Les jours suivants, elle effectua des reconnaissances quotidiennes sur les mêmes terrains (5).

Ce corps fut licencié et désarmé en vertu d'une décision ministérielle du 23 novembre (6), mais M. Thomas Anquetil fut autorisé à le reconstituer sur de nouvelles bases par une autre décision du 21 décembre (7).

Francs-tireurs sédentaires. — Corps autorisé par décision ministérielle du 9 septembre (8) et composé d'hommes de 30 à 60 ans, commandés par l'organisateur, M. Deschamps. L'effectif au 26 octobre était de 30 hommes qui furent employés surtout au service des secteurs, intra muros (9).

---

(1) M. Thomas Anquetil, rédacteur au *Spectateur militaire*, de l'*Annuaire encyclopédique*, etc. au Ministre de la Guerre, Paris, 23 août.

(2) M. Thomas Anquetil au Gouverneur de Paris, Paris, 5 septembre.

(3) Liste des francs-tireurs volontaires sédentaires inscrits à la mairie de la commune des Lilas, les Lilas, 7 septembre.

(4) État des corps francs organisés en 1868, 1870 et 1871.

(5) M. Thomas Anquetil au Gouverneur, Paris, 21 septembre au matin; le même au même, bivouac du cimetière de Rosny, 23 septembre au matin.

(6) Le Ministre de la Guerre au Gouverneur, Paris, 23 novembre.

(7) Le même au même, Paris, 21 décembre.

(8) Le même au même, Paris, 9 septembre.

(9) M. Pierre Deschamps au Ministre de la Guerre, Paris, 26 octobre.

Francs-tireurs de la Gironde. — Un corps de ce nom est en formation, le 16 septembre, à Paris, sous la direction de M. Rosas Cavasso et semble n'avoir rien eu de commun avec le corps du même nom formé un peu plus tard à Bordeaux et dirigé ensuite sur la Normandie où il opéra. Effectif du 16 septembre : 100 hommes (1).

Le 17 septembre, trente de ces francs-tireurs, sous le commandement de M. Cavasso sont mis, par le Gouverneur, à la disposition du général Ducrot.

Le tableau du Ministère indique le 12 novembre comme date d'autorisation de ce corps.

Tirailleurs parisiens. — Le 12 septembre, le capitaine Lavigne fut autorisé à rendre autonome la 8e compagnie du IIe bataillon des francs-tireurs de Paris, qu'il commandait, et qui était de garde à l'Hôtel de ville depuis le 4 septembre. Toutefois, cette autonomie ne fut réalisée qu'après l'investissement (2).

Tirailleurs de la Seine. — Corps autorisé le 13 septembre et commandé par M. Dumas. Dans le courant de décembre il était affecté au 6e secteur (3).

Légion étrangère « Les Amis de la France. ». — En formation dès le 10 septembre sous la direction du général belge Van der Meeren qui prit comme noyau une troupe composée de Belges, d'Anglais et d'Italiens qui manœuvrait sur la scène du théâtre du Palais-Royal. Sur la recommandation du directeur du théâtre, le maire de Paris signala cette troupe au Gouverneur (4).

---

(1) Reçu par M. Rosas Cavasso de cent commissions pour les francs-tireurs de la Gironde, Paris, 16 septembre.

(2) Voir *Francs-Tireurs de Paris.*

(3) Le Ministre de la Guerre au Gouverneur, Paris, 20 décembre.

(4) Le Maire de Paris au Gouverneur, Paris, 7 et 10 décembre.

L'autorisation ayant été accordée le 13 septembre, ce corps reçut du Ministère de la Guerre 300 fusils Snider, à baïonnette, et 30,000 cartouches. Le 19 septembre, la légion fut mise, par le Gouverneur, à la disposition de l'amiral Cosnier. Dans le courant d'octobre, l'effectif s'élevait à trois compagnies, et, en novembre, ces unités furent placées sous les ordres du général d'Exéa (1).

La solde et les vivres de campagne leur furent accordés le 20 novembre (2).

Corps civique des carabiniers parisiens. — Compagnie créée par M. Perelli qui reçut, le 24 septembre, les titres délivrés par le Ministre à ses officiers (3). Armée de 200 fusils dont 100 sniders et 100 mausers, cette compagnie était cantonnée à Courbevoie.

Plus tard, il fut créé une deuxième compagnie qui fut logée à la Varenne et mise sous les ordres du général d'Exéa (4).

Ce corps ne réclama qu'en novembre le droit aux allocations militaires. A la revue d'effectif, passée en conséquence de cette demande, le 8 décembre, l'Intendance constata qu'il se composait de 11 officiers et 132 hommes de troupe (5).

M. Perelli mourut le 25 janvier des suites de blessures reçues le 19 du même mois (6).

Tirailleurs-Éclaireurs parisiens. — Autorisé par lettre

---

(1) Le Ministre de la Guerre au Gouverneur, Paris, 27 novembre.

(2) Le même au même, Paris, 20 novembre.

(3) Le même au même, Paris, 24 septembre.

(4) Le même au même, Paris, 21 et 24 octobre.

(5) L'Intendant militaire de la 3e armée au Gouverneur, Paris, 13 décembre.

(6) État des corps francs organisés en 1868, 1870 et 1871.

ministérielle du 23 août (1), ce corps ne fut organisé qu'après le 19 septembre. Son fondateur fut le baron Travot, son commandant M. Fery d'Esclands.

Chasseurs de Neuilly. — M. Paul de Jouvencel, député de Seine-et-Marne, proposait, le 25 août, au Corps législatif, l'organisation de corps francs; l'urgence était votée, mais le 29 août, M. de Jouvencel retirait sa proposition. Dans cet intervalle, M. Noury-Roger, ancien militaire, résidant à Meaux, se basant sur l'espoir que cette disposition serait votée, s'était occupé de réunir un noyau d'hommes, mais les Ministres de l'Intérieur et de la Guerre ayant refusé, le 1er septembre, l'autorisation et les subsides demandés, ce noyau dut être dissous le 2 septembre (2).

Après le 4 septembre, M. Noury, sur l'avis de M. de Jouvencel, reprenait sa tentative et, partant de Meaux le 7 septembre, il recueillit à Pont-aux-Dames 38 hommes amenés de la Ferté-sous-Jouarre par M. Thoumy, architecte, et arrivait le 9 septembre à Neuilly-sur-Seine. Il logeait ses hommes 1, boulevard d'Inkermann où furent établis des bureaux d'enrôlement. Le 12 septembre, ce corps comprenait 523 hommes, provenant des départements de Seine-et-Marne, de Seine-et-Oise et de la Seine. Sur ce nombre, 260 furent réformés le 17 septembre et le corps alla cantonner à la Closerie des Lilas (bal Bullier), boulevard Saint-Michel. Il comptait trois compagnies (3).

Le 19 septembre, il fut placé sur la ligne des boulevards d'Italie, Arago et du Montparnasse, pour arrêter les fuyards (4).

---

(1) Le baron Travot au Gouverneur, Paris, 10 octobre.

(2) *Historique manuscrit* des Chasseurs de Neuilly.

(3) *Ibid.*

(4) M. de Jouvencel au Gouverneur, Paris, 20 septembre.

Ce corps était placé sous le commandement de M. de Jouvencel, mais celui-ci ayant quitté Paris le 20 octobre, le commandement passa au capitaine Noury. Il rendit des services assez sérieux. Il fut dissous le 19 janvier, mais réorganisé le lendemain.

Éclaireurs de la garde nationale de la Seine. — M. de Ribaut, officier de la garde nationale, demanda, dans le courant d'août, l'autorisation de former un corps d'éclaireurs de la garde nationale sédentaire. Le commandant de la garde nationale ayant donné un avis défavorable, cet embryon d'organisation fut abandonné le 22 septembre (1).

Cette idée fut reprise quelques jours plus tard par le lieutenant-colonel de Joinville, avec l'agrément du général Tamisier (2). Le Gouverneur approuva cette formation. Les éclaireurs étaient déjà armés comme gardes nationaux et n'avaient par conséquent pas d'armes à toucher. A la date du 30 septembre, la solde leur fut allouée. Ils s'installèrent, sous les ordres de M. de Joinville, au collège Rollin. L'effectif ne devait être que de 250 hommes. Toutefois, au 5 octobre, il était de 12 officiers et 262 hommes, répartis en 6 compagnies (3).

Guérilla de l'Ile-de-France. — Vers le 1er septembre, M. Larocque, professeur d'enseignement supérieur, sollicita du Ministre de la Guerre l'autorisation de former un corps de volontaires sous le nom de « Guérilla de l'Ile-de-France » recruté dans les départements de la Seine, de Seine-et-Oise, de l'Oise, de Seine-et-Marne et

(1) M. de Ribaut au Gouverneur de Paris, Paris, 22 septembre.

(2) Le lieutenant-colonel de Joinville au Gouverneur, Paris, 3 octobre; le général Tamisier au Gouverneur, Paris, 5 octobre.

(3) Situation sommaire du 4 au 5 octobre.

du Loiret (1). Cette demande fut transmise au Gouverneur qui accorda, le 5 septembre, l'autorisation sollicitée.

L'organisation commença de suite et la Guérilla fut constituée à deux compagnies qui furent casernées au Châtelet. A l'époque de l'investissement, elle avait reçu 260 fusils modèle 1866, et des cartouches (2). Le Gouvernement avait eu l'intention d'envoyer ces unités hors Paris, mais il ne put le faire, car des conflits s'étaient élevés entre les cadres et le corps était livré à la plus grande confusion. On dut le licencier le 23 novembre.

Éclaireurs de la garde nationale du IIe arrondissement. — Ce corps, créé en septembre par le capitaine Cadiot, quitta Paris pour la banlieue le 19. Il passa sous le commandement de M. Saint-Moulin, et ensuite sous celui du capitaine Valet (3).

Il fut employé en reconnaissances en avant de Bondy, puis licencié par décision ministérielle du 27 novembre, sur la proposition du général Trochu (4).

Carabiniers du XIe arrondissement. — M. Othon, se donnant le grade de capitaine commandant les Carabiniers du XIe arrondissement, demanda le 1er septembre au Ministre de la Guerre de vouloir bien reconnaître le corps franc qu'il avait constitué avec quelques amis et qui comptait déjà 30 hommes (5). Le siège de cette unité était à la mairie du XIe arrondissement et le corps

(1) Le Ministre de la Guerre au Gouverneur, Paris, 2 septembre.
(2) Le Gouverneur au Ministre de la Guerre, Paris, 11 septembre.
(3) Le capitaine Valet au général Foy, Paris, 20 décembre.
(4) Le Ministre de la guerre au Gouverneur, Paris, 8 décembre.
(5) Le capitaine Othon, commandant les Carabiniers du XIe arrondissement, au Ministre de la Guerre, Paris, 1er septembre.

était placé sous les auspices du maire. En peu de jours, cette unité compta 160 hommes (1), mais des difficultés graves survinrent bientôt entre les officiers.

Néanmoins, le Gouverneur prescrivit à cette compagnie, le 11 septembre, de se porter à Senlis, pour participer aux opérations de la brigade de cavalerie de Longuerue, et surveiller l'exécution de travaux ordonnés pour couper les routes (2).

Le sous-préfet de Senlis dut assurer, au moyen de réquisitions, la nourriture de cette compagnie qui réclamait en outre une solde (3).

Cette unité se dispersa, au Nord de Senlis, vers Verberie, puis, d'après le rapport du capitaine Othon, le sous-préfet lui ordonna de quitter Senlis, afin d'éviter les représailles qui pourraient être exercées par l'ennemi contre la ville si elle était défendue (4). En se repliant, les carabiniers blessèrent un uhlan appartenant à une patrouille de trois cavaliers qui les observait.

Ce corps franc reçut alors l'ordre de rester à la disposition du commandant de la place de Saint-Denis, et fut envoyé vers Stains et Gonesse, puis se replia à l'approche des troupes allemandes. Le capitaine n'avait plus qu'une cinquantaine d'hommes autour de lui ; tous les autres, dont beaucoup étaient étrangers (Hollandais, Belges, etc.) s'étaient dispersés. Le corps des carabiniers du XIe arrondissement fut licencié le 23 octobre.

---

(1) Les Délégués de la compagnie des francs-tireurs du XIe arrondissement au Gouverneur, sans lieu d'origine et sans date.

(2) Le Sous-Préfet de Senlis au Gouverneur, Senlis, 12 septembre; le capitaine Othon au Gouverneur, Senlis, 13 septembre.

(3) Le Sous-Préfet de Senlis au Président du Gouvernement, Senlis, 12 septembre.

(4) Déclaration du capitaine Othon faite à la mairie du XIe arrondissement, le 20 septembre à 8 heures du soir.

Tirailleurs de Saint-Hubert. — Le 20 août, M. Thomas (1) s'était mis en instance auprès du Ministre de la Guerre pour former une ou plusieurs compagnies de Saint-Hubert, recrutées spécialement parmi les chasseurs. Dans une lettre qu'il adressait le 22 août au Gouverneur, M. Thomas estimait qu'il y avait à Paris 30,000 à 40,000 chasseurs sur le dévouement desquels on pouvait compter si on voulait leur donner des fusils à longue portée (2).

En réalité, lorsqu'il reçut l'autorisation du Ministre portant reconnaissance officielle de l'existence du corps, le 9 septembre, M. Thomas avait réuni environ 200 adhésions. Lui-même fut nommé commandant de ce corps. Il eut, par la suite, de graves difficultés avec les officiers que les hommes, sans tenir compte des résultats des élections qu'ils avaient faites eux-mêmes, passaient leur temps à élire et à destituer.

Des chassepots avaient été distribués aux Tirailleurs de Saint-Hubert qui étaient encore en voie d'organisation au moment de l'investissement. Au début d'octobre, la compagnie n'avait encore pu réussir à se constituer sérieusement (3). Elle avait procédé déjà quatre fois à l'élection de ses officiers, et parlait de recommencer une cinquième fois. Aussi, un certain nombre d'officiers et d'hommes demandèrent à s'en séparer et à prendre du service dans une autre unité (4).

---

(1) Petit-fils du général Thomas, gouverneur de Naples sous Napoléon Ier.

(2) M. Thomas au Gouverneur, Paris, 22 août.

(3) M. Thomas au Ministre de la Guerre, Paris, 20 octobre; le Ministre de la Guerre au Gouverneur, Paris, 29 octobre.

(4) Les caporaux Haat, Lefèvre, et les francs-tireurs Montéin, Train au Gouverneur, 6 octobre; le lieutenant Thellet au Gouverneur, 18 octobre.

Pompiers armés de la Compagnie de l'Est. — L'organisation des corps francs des chemins de fer avait été réglée par le décret du 22 juillet qui mettait ces corps sous le commandement du génie de l'armée et donnait la composition de leurs cadres : 1 commandant assimilé au rang de colonel d'état-major, 4 adjoints assimilés au rang de chef de bataillon, 3 chefs de section assimilés au rang de capitaine, 3 lieutenants, 3 sous-lieutenants, 1 trésorier et 1 comptable du matériel ayant rang de capitaines (1).

Seule, la Compagnie de l'Est organisa réellement un corps de ce genre. Elle fut autorisée le 22 août par le Ministre de l'Intérieur à créer un corps de francs-tireurs chargé de la garde et de la surveillance des gares et de faire manœuvrer les pompes qu'on avait fait rentrer à Paris (2). Le 16 septembre, quand les titres des officiers lui furent envoyés, ce corps comprenait environ 2,300 agents de la compagnie (3). Le commandant en était M. Guebhard. En octobre, il fournissait tous les jours une garde d'environ 400 hommes répartie en deux postes, l'un à Pantin, l'autre au bastion 29, près la porte de Flandre.

Carabiniers de Neuilly. — Le 17 août, le général commandant la garde nationale de la Seine, autorisait le commandant du XXXVe bataillon (Neuilly-sur-Seine), à former une compagnie de francs-tireurs. Le maire de Neuilly délégua deux de ses administrés pour poursuivre l'organisation de ce corps dont l'effectif maximum était fixé à 150 hommes (4).

---

(1) Le Ministre de la Guerre au Gouverneur, Paris, 14 septembre.

(2) Le Ministre des Travaux publics au Directeur de la Compagnie de l'Est, sans date.

(3) Le Ministre de la Guerre au Gouverneur, Paris, 16 septembre.

(4) M. A. des Cilleuls au Gouverneur, Paris, 23 octobre.

Après le 4 septembre, la municipalité nouvelle se désintéressa de cette formation, mais, le 7 septembre, la compagnie franche était officiellement reconnue sous le nom de Carabiniers de Neuilly et mise sous les ordres de M. des Cilleuls.

Sous l'autorité du général commandant le 14e corps, elle manœuvra dans la presqu'île de Gennevilliers (1).

Carabiniers du XXXVIIIe bataillon de la garde nationale mobile. — Le 24 août, M. de Brancion, ancien officier d'ordonnance du maréchal Niel, demanda l'autorisation de former une compagnie de 120 hommes, qui fut tout d'abord nommée « francs-tireurs volontaires » puis prit, en raison de son analogie avec les Carabiniers de Neuilly, le nom de Carabiniers du XXXVIIIe bataillon (2).

Volontaires de Versailles. — Ce corps qui avait pour but de tenir les bois environnants et qui devait se composer d'habitants connaissant parfaitement la région était en voie d'organisation avant le 4 septembre (3). Le 12, il sollicitait du Ministre l'autorisation officielle (4), qui paraît avoir été accordée trop tard pour que ce corps fût constitué avant l'investissement. Il reçut quelque temps après des fusils Chassepot, et son effectif, dans le courant d'octobre, s'éleva à 250 hommes. Son siège central était établi avenue de la Grande-Armée.

Légion des vétérans parisiens. — En vertu d'une autorisation du Gouverneur de Paris, en date du 6 sep-

(1) M. A. des Cilleuls au Gouverneur, Paris, 23 octobre.

(2) M. H. de Brancion à M. Chatelain, secrétaire du comte Walewski, Paris, 24 août.

(3) Les Membres du Comité d'organisation des Volontaires de Versailles au général de Longuerue, Versailles, 14 septembre.

(4) Le Ministre de la Guerre au Gouverneur, 13 septembre.

tembre (1), M. Thomé de Gamond, ingénieur, réunit un corps intitulé « Légion des vétérans parisiens », composé de citoyens ayant dépassé 55 ans.

Ce corps était en voie de formation au moment de l'investissement. Le maire de Paris, qui s'était intéressé à cette formation, invita les maires des vingt arrondissements à recevoir les enrôlements dans leurs bureaux.

Quelques maires formèrent, de leur propre autorité, des compagnies, destinées à fournir un service exclusivement local, avec les hommes qui s'enrôlaient pour la légion des vétérans, ce qui réduisit l'importance de ce corps. Néanmoins, son effectif s'éleva à 4,500 hommes.

M. Gustave Lambert, chef de l'expédition française au pôle Nord, fut élu colonel de la légion (2), mais il donna sa démission le 17 novembre (3), et fut remplacé par M. Ducoux, ancien préfet de police en 1848 (4).

Dans la suite, ce corps qui s'était réuni en vue d'aider la garde nationale, demanda la faveur d'y être encadré. Par la situation des hommes qui le composaient, il pouvait se suffire à lui-même et ne réclamait aucun subside de l'État (5).

Compagnie spéciale des gardes nationaux sauveteurs-mariniers. — L'idée de ce corps avait été émise, le 7 septembre, par M. Pélissier de Lamoulière (6). Il avait pour but de surveiller et de défendre les rives de la Seine, et

---

(1) Apostille du Gouverneur sur une lettre de M. Thomé de Gamond, Paris, 6 septembre.

(2) M. Gustave Lambert au Gouverneur, Paris, 21 octobre.

(3) Le même au même, Paris, 27 novembre.

(4) M. Muller au général Schmitz, Paris, 10 janvier.

(5) *Note* fournie au général Schmitz, le 18 octobre, résumant un *Rapport* adressé au Gouverneur le même jour par M. Thomé de Gamond.

(6) M. Pellissier de Lamoulière au Gouverneur, Paris, 7 septembre.

de veiller à la conservation des bateaux chargés de marchandises, garés en Seine, dont la valeur dépassait 12 millions. Il devait se composer de sauveteurs médaillés, d'anciens militaires médaillés, de mariniers, de forts de la Halle. La Société centrale des sauveteurs médaillés de la Seine avait formé son noyau (1).

L'autorisation ne fut accordée par le Gouverneur qu'après le 25 septembre (2). A cette date, ce corps se composait d'une compagnie non armée et d'une compagnie en formation.

Le poste central était à bord du vapeur le *Cygne*, en aval du pont Louis-Philippe. Son capitaine commandant était M. Meunier, son capitaine en second, M. de Lamoulière. Ce corps fut chargé d'exécuter l'arrêté du Ministre du Commerce du 28 octobre, relatif à la pêche dans la Seine, la Marne et les canaux, les lacs de Boulogne et de Vincennes (3).

Corps franc de la Société générale pour le développement du commerce et de l'industrie en France. — Sur l'initiative de M. Herpin, directeur de cet établissement financier, 362 adhésions avaient déjà été recueillies dans le personnel des employés de la société (4) le 29 août; l'autorisation était accordée dès le 16 septembre (5).

Carabiniers francs-tireurs du XIVe bataillon (1er arrondissement). — Formation analogue à celle des carabiniers de Neuilly, dont le commandement fut exercé par

(1) M. Lezeret de la Maurinie, président de la Société centrale des sauveteurs au Ministre de l'Intérieur, Paris, 15 septembre.

(2) Le Ministre de la Guerre au Gouverneur, Paris, 25 septembre.

(3) *Rapport* du capitaine Meunier au Gouverneur, Paris, 30 octobre.

(4) État nominatif des hommes composant la compagnie de volontaires formée par la Société générale, Paris, 29 août.

(5) Le Ministre de la Guerre au Gouverneur, Paris, 6 septembre.

M. de Vresse, éditeur. Elle prit la garde, le 4 septembre, à l'hôtel du Gouverneur.

Elle était formée d'anciens militaires gradés.

Volontaires de la Défense nationale. — Compagnie formée le 19 septembre, sous les ordres de M. de Meffray, ancien officier d'ordonnance du général de Martimprey, ancien capitaine au titre étranger (1). A la suite de dissentiments avec le contre-amiral Darricau, organisateur du corps, M. de Meffray donna sa démission en novembre (2).

---

(1) *Note* de la 2e Direction du Ministère de la Guerre, Paris, 15 décembre.

(2) Le Ministre de la Guerre au Gouverneur, Paris, 16 novembre.

CHAPITRE XIV

Répartition de la garnison et État des forts et des secteurs au 19 septembre.

Une partie des troupes de l'armée régulière énumérées dans les chapitres précédents avait servi à former les 13e et 14e corps dont la composition a déjà été donnée (1) ; le reste avait été réparti dans les forts et les secteurs de l'enceinte.

Quelques bataillons de mobiles, particulièrement de la garde mobile de la Seine, avaient renforcé la garnison des forts (2), mais la grande majorité était restée dans Paris pour la défense de l'enceinte avec la totalité des bataillons de garde nationale sédentaire.

Il est difficile de retracer en détail les mouvements nécessités par l'armement des forts ou des secteurs, la constitution de leur commandement, de leurs états-majors et services ainsi que celle de leur armement et de leur approvisionnement. D'autre part, pour que l'on puisse se rendre compte de la force de résistance que les uns et les autres pouvaient offrir, lors de l'arrivée de l'ennemi devant la place, il est nécessaire de présenter pour chacun d'eux leur état au 19 septembre.

Pour faciliter les recherches au lecteur, il a semblé préférable de grouper en deux paragraphes distincts les renseignements concernant les forts et ceux relatifs aux secteurs.

---

(1) Voir plus haut, p. 284 et suiv.; *L'Armée de Châlons*, t. III, p. 279 et suiv.

(2) Voir plus haut, p. 347.

En tête de chaque paragraphe, on a rappelé l'ensemble des mesures prises et déjà indiquées dans les chapitres précédents ; puis, on a consacré une notice spéciale à chaque ouvrage ou secteur. Dans ces notices, le lecteur trouvera réunies les principales indications fournies par les documents des Archives de la Guerre, concernant la garnison et l'armement, ce qui lui permettra de se faire une idée de l'état d'organisation de la défense au moment de l'investissement.

§ 1er. — *Forts.*

Après les désastres du 6 août, le Gouvernement impérial avait pris d'énergiques mesures pour assurer la mise en état de défense des forts de Paris.

Les premières préoccupations avaient eu pour objet le renforcement des ouvrages existants et la construction rapide des ouvrages nouveaux qui paraissaient indispensables pour assurer une résistance efficace (1).

Des mesures avaient ensuite été prises pour assurer le commandement supérieur de chacun des forts, anciens ou nouveaux, ainsi que les commandements de l'artillerie et du génie (2).

Quant aux troupes devant composer la garnison de ces ouvrages, elles se divisaient en trois catégories :

1° Troupes de ligne, d'infanterie, d'artillerie, du génie, d'administration ;

2° Personnel de la marine (matelots et fusiliers marins, artillerie et infanterie de marine) ;

3° Garde mobile (bataillons de la Seine, batteries de la Seine et de Seine-et-Oise) (3).

---

(1) Voir plus haut, p. 101.

(2) Voir plus haut, p. 73 et 74.

(3) Après le 19 septembre, des bataillons de mobiles départementaux furent envoyés dans les forts.

L'infanterie de ligne se composa exclusivement de la majeure partie des soixante-dix-neuf compagnies de dépôt, venues de province à la fin d'août ou au commencement de septembre (1) et dont la plupart furent réparties, dès leur arrivée, sur les différents point qu'elles devaient défendre.

Par suite de l'occupation de certains forts par l'infanterie de marine, une quinzaine de ces compagnies restèrent momentanément disponibles ; on les caserna à l'intérieur de l'enceinte ou on les fit camper à l'extérieur (2).

L'artillerie de ligne se réduisit à trois batteries à pied, fournies par les 4e et 11e d'artillerie, envoyées, le 29 août, dans chacun des forts de Nogent, de Charenton et du Mont-Valérien. Deux autres batteries furent formées, dès les premiers jours de septembre, au moyen de détachements des régiments monté et à cheval de la Garde, que complétèrent des hommes provenant du train d'artillerie de la Garde et du 4e d'artillerie ; elles armèrent les forts de Vanves et d'Issy.

Des attelages, en nombre très restreint, furent également envoyés de Vincennes dans les principaux ouvrages de la périphérie pour les mouvements du matériel ou pour le service éventuel des quelques pièces de campagne qui pouvaient s'y trouver.

Le génie fut réparti dans les forts en vertu d'un ordre du Gouverneur en date du 12 septembre ; cinq compagnies (les 17e et 18e du 2e régiment, les 2e (mineurs), 17e et 18e du 3e régiment), portées chacune à l'effectif de

---

(1) Voir plus haut, p. 251 et 252.

(2) Leur nombre s'accrut, le 19 septembre, des quelques unités que rendit libres l'évacuation des ouvrages de Montretout, Châtilllon, Villejuif. Ces compagnies formèrent avec onze des précédentes les trois bataillons du 36e de marche (28 septembre).

200 hommes, fournirent les contingents de sapeurs nécessaires aux anciens ouvrages et aux quatre nouveaux (1).

Le service de l'intendance envoya un peu partout, selon les ressources en personnel dont il disposait, des détachements d'ouvriers d'administration et d'infirmiers militaires. Il réussit ainsi à organiser des boulangeries dans un grand nombre de forts et une ambulance dans chacun d'eux (2).

La marine avait dirigé sur Paris menacé un personnel nombreux, discipliné et instruit.

Douze bataillons de canonniers et fusiliers marins, formés dans les ports, furent répartis, dès leur arrivée dans la capitale, entre les six forts que devaient commander des officiers de marine. Ils servirent également à armer les deux batteries de Saint-Ouen et de Montmartre.

Le XIe bataillon, formé avec l'équipage d'élite du *Louis XIV* (vaisseau-école des canonniers), envoya une compagnie dans chacun des forts de Romainville, Noisy, Bicêtre, Montrouge et deux compagnies dans ceux de Rosny et Ivry. Cette mesure eut pour but de faire profiter la défense de tous les ouvrages de l'habileté particulière de ces pointeurs. Des groupes de trois ou quatre matelots, pris dans tous les bataillons, assurèrent, en outre, dans la plupart des forts extérieurs, le service des signaux sémaphoriques.

Les quatre bataillons d'infanterie de marine renforcèrent les compagnies de fusiliers marins.

---

(1) Les 16es compagnies des 2e et 3e régiments étaient affectées aux divisions et au quartier général du 14e corps.

(2) L'ambulance comprenait en général : un médecin-major de la marine, chef de service, trois ou quatre médecins civils ou étudiants faisant fonctions d'aides-majors et trois soldats infirmiers. Dans cette énumération n'est pas compris le personnel sanitaire des bataillons de la garde mobile qui pouvait se trouver dans les forts.

L'artillerie de marine fournit un contingent de 1,700 artilleurs pour l'armement des forts. Six batteries à pied, sous les ordres du colonel Olivier, armèrent les forts d'Aubervilliers, de l'Est, de la Double-Couronne, de la Briche (1). Une autre batterie (2) envoya dans chacun des six forts occupés par les marins un détachement chargé d'assurer le service des mortiers (marins bombardiers).

Enfin, le corps des médecins de la marine fournit un personnel nombreux et dévoué qui, dans chacun des forts extérieurs de Paris, prit la direction de l'ambulance et du service sanitaire.

La garnison des forts fut complétée au moyen des bataillons de mobiles de la Seine et des batteries de la mobile.

A partir du 8 septembre, par ordre du Gouverneur, les dix-huit bataillons campés à Saint-Maur s'étaient rendus à l'extérieur de l'enceinte sur les emplacements qui leur avaient été désignés (3). Ils étaient munis du fusil modèle 1866 et chaque homme était porteur de 80 cartouches.

Le 19 septembre, les ouvrages nouveaux de Gennevilliers, Montretout, Châtillon, Villejuif ayant été évacués, le Gouverneur fit une concentration de mobiles à Saint-Denis : les Ier, IIe, IIIe bataillons de la Seine allèrent y rejoindre les Xe, XIIe, XIIIe, XIVe, XVIe, XVIIe, XVIIIe ; enfin, le 21 septembre, arriva de Vincennes le XIe bataillon, ce qui porta à onze le nombre de ces unités placées sous le commandement du général de Bellemare. Il ne resta plus alors que quatre

---

(1) 11e bis, 13e bis, 15e bis, 16e, 19e, 23e batteries à pied.

(2) 27e batterie à pied.

(3) Voir la répartition de ces unités au tableau publié à la fin du présent volume.

bataillons dans les forts de Vanves, Issy, Nogent et trois autres (VIe, VIIe, VIIIe), dans la capitale, à la disposition du Gouverneur.

L'artillerie de la garde mobile de la Seine s'était rassemblée à Vincennes, vers la fin de juillet. Les 11 et 12 août, deux batteries (4e et 5e) furent envoyées au fort de l'Est (1) ; mais l'une d'elles seulement y resta (la 4e), l'autre ayant été dirigée le 13 septembre sur le fort d'Aubervilliers.

L'artillerie de la garde mobile de Seine-et-Oise s'était rassemblée au Mont-Valérien ; mais, le 9 septembre, deux batteries de ce département étant rentrées dans Paris pour armer l'enceinte, il n'en resta plus qu'une seule (la 3e) au Mont-Valérien.

Au total, trois batteries seulement de la garde mobile, avant le 19 septembre, furent réparties dans les forts.

Il résulte de ce qui précède que la garnison de tous les forts composant la première ligne de résistance de la place était largement pourvue. La plupart d'entre eux, notamment ceux de l'Est et du Sud, occupés par des artilleurs de marine ou des matelots, étaient susceptibles d'offrir une vigoureuse résistance.

L'armement de défense était presque tout entier en place à la date du 19 septembre ; de nombreuses pièces de la marine étaient venues le renforcer : plus de 1,300 bouches à feu de tous calibres avaient été ainsi mises en batterie.

Le chargement des projectiles et la confection des gargousses, poussés avec activité pendant tout le mois de septembre, donnèrent une abondance considérable de munitions. A la date du 19, dans presque tous les forts,

(1) Les quatre autres batteries armèrent les secteurs dès le 9 septembre.

les canons rayés étaient approvisionnés à 400 coups, les canons lisses à 300.

Le Gouvernement s'était également préoccupé de la question des vivres. Des approvisionnements de toutes espèces furent accumulés dans les anciens ouvrages. Le 19 septembre, jour de l'investissement, les forts de Paris avaient reçu chacun 45 jours de vivres.

Enfin, des travaux considérables avaient été faits par les services de l'artillerie et du génie pour compléter l'armement ou la protection du personnel et du matériel. Tout n'était pas terminé mais le travail accompli avait singulièrement amélioré l'état des ouvrages.

On peut dire, d'une manière générale, qu'aucun d'eux n'était à la merci d'un coup de main, que tous étaient pourvus de la garnison, de l'armement, des approvisionnements nécessaires, qu'ils étaient commandés par des chefs à la hauteur de leur tâche.

Certes, les troupes d'infanterie, d'artillerie, de la ligne ou de garde mobile, n'étaient pas très aguerries, mais on peut supposer qu'à l'abri des remparts des forts elles auraient fait leur devoir dès le premier jour comme elles le firent plus tard, et il semble que l'on peut conclure, d'après tout ce qui précède, que, pour réduire les forts à l'impuissance lors de l'investissement, l'ennemi ne pouvait songer à recourir à de simples démonstrations, à des menaces ou même à une attaque par surprise.

Fort de Charenton.

Commandant du fort : LE BESCHU DE LA BASTAYS, lieutenant-colonel en retraite.

Commandant de l'artillerie : MARÉCHAL, capitaine.

Commandant du génie : MAHIEU, capitaine.

Service de santé : VEILLON, médecin-major de la marine.

PERSONNEL.

État-major. — 3 officiers.

Infanterie. — 6 compagnies des 9ᵉ, 12ᵉ, 14ᵉ, 21ᵉ, 67ᵉ et 98ᵉ de ligne : 12 officiers, 1,180 hommes.

Artillerie. — Commandement de l'artillerie : 3 officiers ; 2ᵉ batterie principale du 4ᵉ régiment : 3 officiers, 246 hommes.

Génie. — Une demi-section de la 18ᵉ compagnie du 2ᵉ régiment : 1 officier, 51 hommes ; une compagnie du bataillon auxiliaire du génie : 3 officiers, 127 hommes.

Administration. — Détachement de la 2ᵉ section d'ouvriers : 15 hommes ; détachement de la 1ʳᵉ section d'ouvriers : 3 hommes.

Effectif total (approximatif) (1) : 26 officiers, 1,600 hommes.

ARMEMENT.

Bouches à feu.	Nombre de pièces.	Nombre de projectiles.
Canons rayés de 16 de la marine	6	»
— de 24	8	»
— de 12 P	8	»
— de 12 S	8	»

(1) Il n'est pas possible de donner pour les forts un effectif exact au 19 septembre, car on n'a pu retrouver pour chacun d'eux une situation à cette date. Les chiffres donnés sont tirés de situations fournies à partir du 9 et jusqu'au 19 septembre. On s'est efforcé surtout d'énumérer les diverses unités existant dans chaque fort, de manière à déterminer l'importance du nombre de ses défenseurs des différentes armes. Mais on n'a pu toujours retrouver l'effectif des services accessoires (état-major, commandement de l'artillerie, du génie, service de santé, télégraphistes, etc.). L'effectif donné n'est donc qu'approximatif et ne donne pas le total des rationnaires, mais il s'en rapproche.

Les chiffres indiquant le nombre de pièces de chaque calibre dans chaque fort au 19 septembre sont exacts. Ceux relatifs au nombre de projectiles sont moins certains, car les situations de quelques forts portent seulement le nombre de projectiles chargés, d'autres ont séparé les projectiles chargés et ceux qui ne l'étaient pas, d'autres enfin n'ont pas mentionné les boîtes à mitraille.

On s'est borné à donner ici le chiffre global des projectiles, chargés ou non, y compris les boîtes à mitraille, relevés sur les diverses situations. Mais, ainsi qu'on l'a dit plus haut, les canons rayés étaient approvisionnés à 400 coups, les autres à 300, et, dans chaque fort, le nombre de projectiles chargés et de gargousses confectionnées avant le 19 permettait d'ouvrir le feu et de le conduire énergiquement pendant un certain temps.

Canons rayés de 4 C.	5	»
Canons lisses de 16	9	»
Canons-obusiers de 12	16	»
Obusiers de 22	4	»
— de 16	5	»
Mortiers de 15	9	»
— de 21	5	»
— de 27	4	»

Total : 87 bouches à feu.

Poudre	»	64,850 kg.
Projectiles pleins	»	22,590
— creux	»	57,170
Cartouches modèle 1866	»	581,874

Redoute de Gravelle.

Commandant du fort : Tellier, chef d'escadrons en retraite.
Commandant de l'artillerie : Decharme, capitaine.
Commandant du génie : de Peyronnay, capitaine (1).
Service de santé : Doué, médecin-major de la marine (2).

PERSONNEL.

Infanterie. — Une compagnie du 70e de ligne : 4 officiers, 213 hommes.

Artillerie. — Détachement du 4e d'artillerie : 27 hommes.

Génie. — Détachement de la 18e compagnie du 2e régiment : 1 officier, 50 hommes.

Administration. — Ambulances : 2 officiers, 3 hommes.

ARMEMENT.

Bouches à feu.	Nombre de pièces.	Nombre de projectiles.
Canons rayés de 16 de la marine	2	800
— de 12	2	718
Cartouches modèle 1866	»	126,520

(1) Commandant le génie des redoutes de Saint-Maur (Gravelle et la Faisanderie).

(2) Faisant aussi le service à la Faisanderie.

Redoute de la Faisanderie.

Commandant de la redoute : Chabaud, chef d'escadrons en retraite.
Commandant de l'artillerie : Panon, capitaine.
Commandant du génie : de Peyronnay, capitaine (1).
Service de santé : Doué, médecin-major de la marine (1).

PERSONNEL.

Infanterie. — Une compagnie du 23e de ligne : 2 officiers, 201 hommes ; cadre de l'école de gymnastique : 2 hommes.
Artillerie. — Détachement du 11e d'artillerie : 28 hommes.
Administration. — Ouvriers d'administration : 11 hommes.

ARMEMENT.

Bouches à feu.	Nombre de pièces.	Nombre de projectiles.
Canons rayés de 16 de la marine	2	800
— de 12 S.	2	650
Canons lisses de 8	2	400
Canons-obusiers de 12	2	644
Cartouches modèles 1866	»	112,000
Poudre en barils	»	300,000 kg.

Fort de Vincennes.

Commandant supérieur de la place de Vincennes : général Ribourt.
Commandant du fort : de Sillégue, colonel.
Commandant de l'artillerie : Morel, lieutenant-colonel.
Commandant du génie : Darrodes, lieutenant-colonel.
Service de santé : Pellegrin, médecin principal de la marine.

PERSONNEL.

État-major. — 10 officiers, 22 hommes de troupe.
Infanterie. — 7e bataillon de chasseurs : 5 officiers, 317 hommes ; 15e bataillon de chasseurs : 8 off., 1,297 h. ; 18e bataillon de chasseurs : 9 off., 1,400 h. ; compagnies de dépôt des 38e, 66e, 82e, 86e et 100e de ligne : 10 off., 1,000 h. ; XIe bataillon de mobiles de la Seine (2) : 24 off., 984 hommes.

---

(1) Chargé également du service à la redoute de Gravelle.
(2) Dirigé sur Saint-Denis le 21 septembre.

Artillerie. — Dépôt du 4e d'artillerie : 10 officiers, 700 hommes; dépôt du 11e d'artillerie (1) : 13 off., 1,060 h.; 6e compagnie d'ouvriers d'artillerie : 2 off., 159 h.; 9e compagnie d'ouvriers d'artillerie : 3 off., 240 hommes.

Génie. — Détachement des 2e et 3e génie : 10 officiers, 450 hommes.

Administration. — 1re section d'ouvriers d'administration : 316 hommes; section de commis aux écritures : 221 hommes.

ARMEMENT.

Vieux fort : 75 bouches à feu; Fort-Neuf : 52 bouches à feu.

Munitions. — Dès le 9 septembre, il existait environ 60 coups pour chaque pièce de l'armement des deux forts. A la même date, l'arsenal possédait en outre :

57,500 coups de canon de 4 R. de campagne;
8,400 coups de canon de 12 R. de campagne;
10,000 kilogrammes de poudre à canon en barils;
43,000 kilogrammes de poudre à fusil;
5,700,000 cartouches modèle 1866;
423,000 cartouches pour armes à tabatière;
500,000 cartouches pour armes à percussion.

Fort de Nogent.

Commandant du fort : Pistouley, lieutenant-colonel en retraite.
Commandant de l'artillerie : David, chef d'escadron.
Commandant du génie : Revin, chef de bataillon.
Service de santé : Aude, médecin-major de la marine.

PERSONNEL.

Infanterie. — Trois compagnies des 31e, 61e et 77e de ligne : 8 officiers, 590 hommes de troupe; XIe bataillon et deux compagnies du XIIIe bataillon des mobiles de la Seine : 30 officiers, 1,114 hommes (2).

(1) Le 20 septembre, le général Guiod donna des ordres pour que ces dépôts fussent dirigés sur Paris; il ne devait rester à Vincennes pour le service des pièces que les détachements des 6e et 9e compagnies d'ouvriers.

(2) Tous les mobiles furent dirigés les 21 et 22 septembre sur Saint-Denis.

Artillerie. — 2e batterie bis du 4e régiment : 2 officiers, 205 hommes.
Génie. — 2 officiers, 40 hommes.
Administration. — Service des subsistances : 18 hommes ; service de santé : 3 médecins, 3 infirmiers.
Effectif total (1) : 2,015 hommes.

ARMEMENT.

Bouches à feu.	Nombre de pièces.	Nombre de projectiles.
Canons rayés de 24	6	2,400
— de 12 P	4	3,667
— de 12 S	8	5,307
— de 4 C	5	976
Canons lisses de 16	14	10,670
Canons-obusiers de 12	8	3,057
Obusiers de 16	6	3,264
— de 22	3	1,283
Mortiers de 15	6	2,100
— de 22	4	1,400
— de 27	2	700
Total des bouches à feu : 66.		
Cartouches modèle 1866	»	564,715
Cartouches modèle 1863	»	285,188

Fort de Rosny.

Commandant du fort : MALLET, capitaine de vaisseau.
Commandant de l'artillerie : BERNARD, capitaine d'artillerie de marine.
Commandant du génie : BÉNÉZECH, chef de bataillon.

PERSONNEL.

État-major. — 3 officiers.
Infanterie (2). — Ve bataillon de marins, Toulon : 17 officiers, 703 hommes ; 4e compagnie du IIIe bataillon de marins : 2 off., 120 h. ;

(1) Le Commandant supérieur du fort de Nogent au Gouverneur, D. T., Nogent, 18 septembre, 2 h. 55 soir.
(2) Trois bataillons de mobiles des Côtes-du-Nord se trouvaient, le 19 septembre, aux abords du fort de Rosny.

Ier bataillon d'infanterie de marine : 19 off., 881 h.; 3e et 8e compagnies du XIe bataillon de marins (équipage du *Louis XIV*) : 176 h.

Artillerie. — Détachement de la 27e batterie d'artillerie de marine : 3 officiers, 18 hommes.

Génie. — Une section de la 2e compagnie du 3e génie : 2 officiers, 49 hommes.

Effectif total approximatif : 46 officiers, 1,847 hommes.

ARMEMENT.

Bouches à feu.	Nombre de pièces.	Nombre de projectiles.
Canons rayés de 16 de la marine	10	4,062
— de 24	7	1,989
— de 12 P	6	
— de 12 S	9	2,053
— de 4 C	6	1,407
Canons lisses de 16	12	395
Canons-obusiers de 12	10	3,253
Obusiers de 16	4	»
— de 22	3	870
Mortiers de 15	8	360
— de 22	4	280
— de 27	2	131
Total des bouches à feu : 81 (1).		
Poudre en barils	»	46,200
Poudre de mine	»	845
Cartouches modèle 1866	»	1,034,082
— 1863	»	25,020

Redoutes de la Boissière et de Montreuil.

Commandant des ouvrages : N.....

PERSONNEL.

Infanterie. — Sept compagnies des 7e, 32e, 56e 62e, 71e, 81e 95e de ligne, trois compagnies pour relier ces deux redoutes (2) : 17 officiers, 1,449 hommes.

(1) Dix-neuf de ces pièces, 3 de 12 S, 2 de 4 C, 6 canons-obusiers de 12 et 8 mortiers de 15, se trouvaient dans l'ouvrage avancé.

(2) Le chef d'état-major de la division des marins détachés à Paris

ARMEMENT.

Lors de l'investissement, il n'y avait encore aucune pièce dans ces deux ouvrages.

Fort de Noisy.

Le contre-amiral SAISSET, commandant la subdivision des forts de l'Est (Romainville, Noisy, Rosny et les ouvrages qui en dépendent), réside à Noisy, avec un état-major particulier de 5 officiers.

Commandant du fort : MASSIOU, capitaine de frégate.

Commandant de l'artillerie : MOUNIER, capitaine.

Commandant du génie : DEVÈZE, lieutenant-colonel.

PERSONNEL.

État-major. — 14 officiers.

Infanterie. — IVe bataillon de marins : 20 officiers, 750 hommes ; IVe bataillon d'infanterie de marine : 20 officiers, 777 hommes ; 3e, 5e et 6e compagnies du IIIe bataillon de fusiliers marins : 10 officiers, 330 hommes ; 2e compagnie du XIe bataillon de marins (équipage du *Louis XIV*) : 91 hommes.

Artillerie. — Détachement de la 27e batterie d'artillerie de marine : officiers, 34 hommes.

Génie. — Une section de la 2e compagnie du 3e régiment : 2 officiers, 5 hommes.

Effectif total : 68 officiers, 2,036 hommes.

ARMEMENT.

Bouches à feu.	Nombre de pièces.	Nombre de projectiles.
Canons rayés de 16 marine	9	»
— de 24	4	1,426
— de 12 P	4	2,580
— de 12 S	4	»
— de 4 C	9	2,803
Canons lisses de 16	8	7,325
Canons-obusiers de 12	8	2,527

---

au chef d'état-major du commandant en chef de l'armée de Paris, 13 septembre.

Bouches à feu.	Nombre de pièces.	Nombre de projectiles.
Obusiers de 16	6	246
— de 22	3	248
Mortiers de 15	8	2,520
— de 22	6	1,890
— de 27	4	1,260
Total des bouches à feu : 73.		
Poudre en grains	»	38,000 kg.
Cartouches modèle 1866	»	829,100

Fort de Romainville (1).

Commandant du fort : ZÉDÉ, capitaine de vaisseau.
Commandant de l'artillerie : SALMON, capitaine de frégate.
Commandant du génie : HAMEL, lieutenant-colonel.

PERSONNEL.

État-major. — 14 officiers.

Infanterie. — IIe bataillon de marins : 16 officiers, 720 hommes ; 1re et 2e compagnies du IIIe bataillon de fusiliers marins : 4 officiers, 210 hommes ; IIIe bataillon d'infanterie de marine : 20 officiers, 777 hommes ; 1re compagnie du XIe bataillon de marins (équipage du *Louis XIV*) : 89 hommes.

Artillerie. — Détachement de la 27e batterie de marine : 2 officiers, 15 hommes.

Génie. — Détachement de la 2e compagnie du 3e régiment : 2 officiers, 72 hommes.

Effectif total : 58 officiers, 1883 hommes.

ARMEMENT.

Bouches à feu.	Nombre de pièces.	Nombre de projectiles.
Canons rayés de 16 (marine)	10	3,280
— de 24	4	3,354
— de 12 P	9	»

(1) Au Nord du fort de Romainville se trouvaient les ouvrages de Pantin que devaient occuper quelques fractions d'infanterie.

Bouches à feu.	Nombre de pièces.	Nombre de projectiles.
Canons rayés de 12 S	5	4,056
— de 4 C	6	3,206
Canons lisses de 16	9	9,770
Canons-obusiers de 12	12	8,231
Obusiers de 16	4	2,090
— de 22	3	1,869
Mortiers de 15	7	4,160
— de 22	2	1,400
— de 27	2	700
Total des bouches à feu : 73.		
Cartouches modèle 1866	»	650,300

Fort d'Aubervilliers.

Commandant du fort : DE TRYON, colonel en retraite.

Commandant de l'artillerie : DE PRÉPETIT DE GARENNES, chef d'escadron d'artillerie de marine.

Commandant du génie : LASVIGNES, capitaine.

Service de santé : DE FORNEL, médecin-major de la marine.

PERSONNEL.

État-major. — 3 officiers.

Infanterie. — 6 compagnies de dépôt des 5e, 20e, 41e, 43e, 55e, 64e : 13 officiers, 1270 hommes; XIVe bataillon de mobiles de la Seine : 26 officiers, 904 hommes; bataillon des Francs-tireurs de la Presse (1) : 600 hommes.

Artillerie. — État-major : 1 officier; 11e et 19e batteries d'artillerie de marine : 7 officiers, 260 hommes; 5e batterie de mobiles de la Seine : 3 officiers, 138 hommes.

Génie. — Détachement de la 17e compagnie du 2e régiment : 3 officiers, 50 hommes.

Administration et infirmiers. — 4 officiers, 19 hommes.

Effectif total : 60 officiers, 2641 hommes (non compris les francs-tireurs).

(1) Arrivés au fort le 19 septembre.

ARMEMENT.

Bouches à feu.	Nombre de pièces.	Nombre de projectiles.
Canons rayés de 16 (marine)	3	1,070 (1)
— de 24	5	1,444
— de 12 P	8	»
— de 12 S	8	5,327
— de 4 C	5	641
Canons lisses de 16	14	145
Canons-obusiers de 12	10	1,154
Obusiers de 16	6	132
— de 22	2	30
Mortiers de 15	4	180
— de 22	6	100
— de 27	2	100
Total des bouches à feu : 73.		
Cartouches modèle 1866	»	754,644
— modèle 1867	»	365,472
— modèle 1863	»	1,365,000

Fort de l'Est.

Commandant du fort : SENTUPÉRY, lieutenant-colonel en retraite.
Commandant de l'artillerie : LIVACHE DU PLAN, chef d'escadron.
Service de santé : JACOLOT, médecin-major de la marine.

PERSONNEL.

État-major. — 16 officiers, 1 homme.

Infanterie. — 3 compagnies des 16e, 25e et 73e de ligne : 8 officiers, 557 hommes ; XVIe bataillon de mobiles de la Seine : 27 officiers, 1,564 hommes.

Artillerie. — État-major : 3 officiers ; 11e batterie *bis* d'artillerie de marine : 6 officiers, 150 hommes ; détachement d'artillerie de terre : 13 hommes ; 4e batterie de mobiles de la Seine : 4 officiers, 164 hommes.

(1) Ces chiffres ne comprennent que les projectiles chargés au 9 septembre.

Génie. — Détachement de la 17e compagnie du 2e régiment : 1 officier, 50 hommes.

Marins : 3 hommes.

Administration et infirmiers. — 1 officier, 17 hommes.

Effectif total : 66 officiers, 2,516 hommes.

ARMEMENT.

Bouches à feu.	Nombre de pièces.	Nombre de projectiles.
Canons rayés de 16 (marine)	3	1,399
— de 24	4	1,128
— de 12 P	7	»
— de 12 S	9	3,608
— de 4 C	4	697
Canons lisses de 16	6	124
Canons-obusiers de 12	4	970
Obusiers de 16	2	690
— de 22	3	617
Mortiers de 15	4	»
— de 22	9	»
— de 27	3	»
Total des bouches à feu : 58.		
Cartouches modèle 1866	»	1,167,722
— modèle 1863	»	10,420
— modèle 1867	»	268,720

Commandement supérieur de Saint-Denis et fort de la Double-Couronne.

Commandant supérieur de Saint-Denis, des forts de la Briche, Double-Couronne, Est, Aubervilliers, de la batterie de Saint-Ouen : général Carrey de Bellemare.

État-major : Beaugeois, chef d'escadron, Boscal de Réals, capitaine ; Quévillon, sous-lieutenant ; Cherfils, sous-lieutenant.

Commandant de l'artillerie de l'arrondissement de Saint-Denis : Olivier, colonel d'artillerie de marine.

Commandant du fort de la Double-Couronne : Pein, colonel en retraite.

Commandant de l'artillerie : Brinster, capitaine d'artillerie de marine.

Commandant du génie : Charon, chef de bataillon.

Service de santé : Autric, médecin-major de la marine.

PERSONNEL.

Infanterie. — *Troupes de ligne* : une compagnie de chacun des 19e, 24e, 33e, 65e, 68e, 75e, 87, 91e, 97e : 17 officiers, 1,786 hommes ; une compagnie de chacun des 54e et 83e (1) : 6 off., 400 h.; une compagnie du 11e (2) : 1 off., 200 h.; une compagnie du 46e (3) : 2 off., 200 h.; 28e régiment de marche (4) (21 compagnies d'infanterie, 2 compagnies de zouaves, 2 compagnies de chasseurs à pied de l'ex-Garde) : 47 off., 3,585 hommes.

Bataillons de mobiles de la Seine : Ier bataillon (5) : 24 officiers, 600 hommes ; IIe et IIIe bataillons (6) : 45 off., 1,200 h.; Xe et XIIe bataillons, 5 compagnies du XIIIe bataillon (7) : 63 off., 2,000 h. ; XVIIe bataillon, 4 compagnies du XVIIIe bataillon (8) : 40 off., 1,483 hommes.

Francs-tireurs. — Carabiniers du XIe arrondissement (9) : environ 65 hommes.

Artillerie. — 23e batterie d'artillerie de marine : 3 officiers, 140 hommes.

Génie. — Une section de la 17e compagnie du 2e régiment : 1 officier, 50 hommes.

Cavalerie. — Détachement des Guides de l'ex-Garde : 1 officier,

---

(1) Ces deux compagnies étaient détachées à la redoute de Gennevilliers ; elles rentrèrent à Saint-Denis le 19 septembre quand la redoute fut abandonnée.

(2) Venue du fort de l'Est le 17 septembre.

(3) Venue de Saint-Ouen le 17 septembre.

(4) Venu de Paris le 11 septembre.

(5) Venu de la redoute de Gennevilliers le 19 septembre.

(6) Venus du Mont-Valérien le 19 septembre.

(7) Les 6e et 7e compagnies du XIIIe bataillon, qui étaient restées au fort de Nogent, rejoignirent le bataillon à Saint-Denis le 21 septembre. Effectif : 5 officiers, 300 hommes.

(8) Les trois autres compagnies du bataillon étaient au fort de la Briche.

Le XVe bataillon (24 officiers, 1,200 hommes), venant de Nogent, arriva à Saint-Denis le 21 septembre ; le XIe bataillon (24 officiers, 1,000 hommes), venant de Vincennes, y arriva le lendemain.

(9) Opérant isolément mais dépendant du commandement de Saint-Denis.

25 cavaliers; 1er régiment de marche de lanciers : 29 officiers, 460 cavaliers.

Administration et service de santé : 6 officiers, 107 hommes.

Effectif total approximatif : 285 officiers, 12,236 hommes (1).

ARMEMENT.

Bouches à feu.	Nombre de pièces.	Nombre de projectiles.
Canons rayés de 16 de la marine	3	4,024
— de 24	4	924
— de 12 P	7	»
— de 12 S	9	2,928
— de 4 C	4	777
Canons lisses de 16	6	3,500
Canons-obusiers de 12	4	492
Obusiers de 16 centimètres	2	662
— de 22	3	420
Mortiers de 15	4	300
— de 22	9	1,200
— de 27	3	600
Total des bouches à feu : 58 (2).		
Poudre en barils	»	15,784 kg.
Gargousses confectionnées pour les différents calibres	»	12,524
Cartouches modèle 1863	»	18,954
Cartouches modèle 1866	»	650,000

Fort de la Briche.

Commandant du fort : TAPHANEL, chef de bataillon en retraite.

Commandant de l'artillerie : DURAN, chef d'escadron d'artillerie de marine.

Commandant du génie : DREYSSÉ, capitaine.

Service de santé : ROUX, médecin-major de la marine.

(1) Non compris les Francs-tireurs. — 348 officiers, 14,736 hommes à partir du 22 septembre.

(2) Cet armement fut augmenté de huit pièces de 16 de la marine, déjà arrivées à la Double-Couronne le 19, mais qui n'étaient pas encore mises en batterie à cette date.

PERSONNEL.

État-major. — 7 officiers, 2 hommes.

Infanterie. — Une compagnie de chacun des 69e, 93e et 99e de ligne : 5 officiers, 574 hommes; trois compagnies du XVIIIe bataillon de mobiles de la Seine : 9 off., 351 hommes.

Artillerie. — Deux batteries (13e bis et 15e bis d'artillerie de marine) : 8 officiers, 243 hommes.

Génie. — Détachement de la 17e compagnie du 2e régiment : 3 officiers, 28 hommes.

Administration et infirmiers. — 9 hommes.

Marine. — 4 matelots.

Effectif total : 32 officiers, 1,211 hommes.

ARMEMENT.

Bouches à feu.	Nombre de pièces.	Nombre de projectiles.
—	—	—
Canons rayés de 24	7	2,076
— de 12 P	7	»
— de 12 S	10	5,568
— de 4 C	6	1,050
Canons lisses de 16	14	4,625
Canons-obusiers de 12	6	912
Obusiers de 16	3	696
— de 22	5	1,074
Mortiers de 15	6	»
— de 22	6	»
— de 27	3	»
Total des bouches à feu : 73.		
Poudre à canon	»	26,500kg.
Cartouches modèle 1863	»	35,220
— 1866	»	960,512
— 1867 (pour fusils transformés)	»	935,920
Cartouches modèle 1867 (pour carabines transformées)	»	617,130

Batterie de Saint-Ouen (1).

Commandant de la batterie : DE BRAY, capitaine de frégate.

PERSONNEL.

Marine. — 1re, 2e, 4e et 6e compagnies du XIe bataillon de marins : 14 officiers et 380 matelots.

ARMEMENT.

2 canons rayés de 19 de la marine ;
4 canons rayés de 16 de la marine.

Cet armement fut réparti en trois batteries dirigées sur Épinay, Orgemont et Argenteuil.

Dès le 19 septembre, la batterie est largement approvisionnée en projectiles et gargousses.

Batterie de Montmartre.

Commandant de la batterie : LAMOTHE-TENET, capitaine de frégate.

PERSONNEL.

Infanterie. — 3e, 5e, 7e et 8e compagnies du XIe bataillon de marins : 17 officiers, 551 hommes.

ARMEMENT.

6 canons de 16 centimètres de la marine.

Redoute de Gennevilliers.

Commandant de la redoute : ZÉLER, chef de bataillon en retraite.
Commandant du génie : GABÉ, chef de bataillon.

---

(1) Les maisons et clôtures des jardins de l'île Saint-Denis furent crénelées et fortifiées, face à la presqu'île de Gennevilliers, pour relier le fort de la Briche à la batterie de Saint-Ouen.

PERSONNEL.

Infanterie. — Deux compagnies des 54e et 83e de ligne : 6 officiers, 382 hommes ; Ier bataillon de mobiles de la Seine : 25 officiers, 659 hommes.

Génie. — 2 officiers, 27 hommes.

Administration. — 3 hommes.

Marine. — 4 hommes.

Effectif total : 33 officiers, 1,075 hommes.

Cette redoute dont les travaux n'étaient pas terminés et qui n'avait pas encore été armée fut évacuée le 19 septembre par ordre du Gouverneur.

Fort du Mont-Valérien.

Commandant du fort : PORION, colonel.
Commandant de l'arrondissement d'artillerie : DUSAERT, colonel.
Commandant de l'artillerie du fort : DELEVAL, chef d'escadron.
Commandant du génie : A. FAURE, capitaine.
Service de santé : CLAVIER, médecin-major de la marine.

PERSONNEL.

État-major. — 10 officiers, 6 hommes.

Infanterie. — Compagnies des 3e, 22e, 42e, 52e et 89e de ligne : 12 officiers, 935 hommes ; IVe et Ve bataillons de mobiles de la Loire-Inférieure (1) : 45 officiers, 2,400 hommes.

Artillerie. — 1re batterie bis du 11e régiment : 2 officiers, 215 hommes ; 3e batterie de mobiles de Seine-et-Oise : 3 off., 125 h. ; détachement d'artillerie de mobiles du Rhône : 50 hommes.

Génie. — 16e compagnie du 3e régiment : 3 officiers, 110 hommes.

Administration et service de santé. — 4 officiers, 32 hommes.

Marine. — 4 matelots.

Effectif total approximatif : 79 officiers, 3,897 hommes.

---

(1) Arrivés au fort seulement le 19 septembre en remplacement des IIe et IIIe bataillons de mobiles de la Seine, envoyés le même jour à Saint-Denis par ordre du Gouverneur.

ARMEMENT.

Bouches à feu.	Nombre de pièces.	Nombre de projectiles (1).
Canons rayés de 19 de la marine	2	»
— de 16 de la marine	8	»
— de 24 P	11	»
— de 12 P	9	»
— de 12 S	9	»
— de 4 C	7	»
Canons lisses de 16	19	»
Canons-obusiers de 12	18	»
Obusiers de 16	8	»
— de 22	5	»
Mortiers de 15	7	»
— de 22	9	»
— de 27	4	»

Total des bouches à feu : 116.

Poudre	»	78,000 kg.
Cartouches modèle 1866	»	838,000

Redoute de Montretout.

Commandant de la redoute : SAUVESON, chef de bataillon en retraite.

PERSONNEL.

Infanterie. — 2 compagnies des 35e et 58e de ligne : 6 officiers, 379 hommes ; VIe bataillon de mobiles de la Seine.

Génie. — Détachement de la 16e compagnie du 3e régiment : 1 officier, 17 hommes.

Jusqu'au 17 septembre, ces troupes, ne pouvant trouver abri dans l'ouvrage, avaient été maintenues à Saint-Cloud, mais envoyaient chaque jour des travailleurs à Montretout. L'ouvrage fut occupé réellement à partir du 17, mais, inachevé et non pourvu d'artillerie, il fut évacué le 19 par ordre du Gouverneur.

(1) Au complet le 19 septembre, à raison de 400 coups par pièce pour les canons rayés, et 350 pour les autres.

Fort d'Issy.

Commandant du fort : Guichard, colonel en retraite.
Commandant de l'artillerie : Huot, chef d'escadron.
Commandant du génie : Bovet, chef de bataillon.
Service de santé : Beaumanoir, médecin-major de la marine.

PERSONNEL.

État-major — 8 officiers, 7 hommes.

Infanterie. — Compagnies des 47e, 66e, 88e de ligne : 6 officiers, 599 hommes ; IVe et V^e bataillons de mobiles de la Seine : 52 officiers, 1,691 hommes.

Artillerie. — Détachement du régiment monté de l'ex-Garde : 104 hommes ; détachements des 4e et 11e régiments d'artillerie : 124 hommes.

Génie. — Détachement de la 18e compagnie du 3e régiment : 1 officier, 70 hommes.

Administration et service de santé. — 6 officiers, 20 hommes.

Effectif total : 73 officiers, 2,615 hommes.

ARMEMENT.

Bouches à feu.	Nombre de pièces.	Nombre de projectiles.
—	—	—
Canons rayés de 16 (marine)	2	582
— de 24 P	6	2,752
— de 12 P	5	»
— de 12 S	9	4,292
— de 4 C	4	1,179
Canons lisses de 16	12	13,518
Canons-obusiers de 12	13	3,134
Obusiers de 16	6	3,160
— de 22	4	2,266
Mortiers de 15	6	2,100
— de 22	6	3,372
— de 27	4	1,362

Total des bouches à feu : 77.

Fort de Vanves.

Commandant du fort : Crétin, lieutenant-colonel en retraite.
Commandant de l'artillerie : Morand, capitaine.

Commandant du génie : BRUNON, lieutenant-colonel.
Service de santé : BAQUIÉ, médecin-major de la marine.

PERSONNEL.

État-major. — 6 officiers.

Infanterie. — 4 compagnies des 27e, 36e, 48e, 94e de ligne : 12 officiers, 807 hommes; IXe bataillon de mobiles de la Seine : 25 officiers, 766 hommes.

Artillerie. — Détachement de la 13e batterie du 4e régiment : 18 hommes ; détachement du régiment d'artillerie à cheval de l'ex-Garde : 111 hommes ; détachement de la 2e compagnie *bis* du régiment du train d'artillerie de l'ex-Garde : 30 hommes.

Génie. — Détachement de la 18e compagnie du 3e régiment : 1 officier, 76 hommes.

Administration et service de santé. — 1 officier, 21 hommes.

Marine. — 4 matelots.

Pénitencier militaire. — 6 sous-officiers.

Effectif total approximatif : 45 officiers, 1,839 hommes.

ARMEMENT.

Bouches à feu.	Nombre de pièces.	Nombre de projectiles.
Canons rayés de 16 (marine)	1	115
— de 24 P	4	400
— de 12 P	5	400
— de 12 S	5	400
— de 4 C	4	100
Canons lisses de 16	11	250
Canons-obusiers de 12	5	250
Obusiers de 16	4	250
— de 22	4	250
Mortiers de 15	6	600
— de 22	4	800
— de 27	3	400
Total des bouches à feu : 56.		
Cartouches modèle 1866	»	526,611
Cartouches modèle 1863	»	10,080

Fort de Châtillon (en construction).

Commandant du fort : BERGERET, chef de bataillon en retraite.

PERSONNEL.

Infanterie. — 1 compagnie du 28e de ligne : 2 officiers, 201 hommes; VIIe bataillon de mobiles de la Seine : 21 officiers, 739 hommes.

Le fort n'est ni terminé ni armé le 19 septembre; il est évacué dans l'après-midi, après le combat.

Fort de Montrouge.

Commandant du fort : Amet, capitaine de vaisseau.
Commandant de l'artillerie : Gonthier, capitaine.
Commandant du génie : Lévy, lieutenant-colonel.

PERSONNEL.

État-major. — 13 officiers.

Infanterie. — XIIe bataillon de marins : 20 officiers, 1,014 matelots; une compagnie du IIe bataillon d'infanterie de marine : 3 officiers, 194 hommes; 4e, 5e et 6e compagnies du IIe bataillon de fusiliers marins : 14 off., 350 h.; 6e compagnie du XIe bataillon de marins (équipage du *Louis XIV*) : 90 hommes.

Artillerie. — Détachement de la 17e batterie d'artillerie de marine : 2 officiers, 22 hommes ; détachement d'artillerie de terre : 14 hommes.

Génie. — Détachement du 3e régiment : 3 officiers, 73 hommes.

Effectif total approximatif : 55 officiers, 1,757 hommes.

ARMEMENT.

Bouches à feu.	Nombre de pièces.	Nombre de projectiles.
Canons rayés de 16 de la marine	8	3,200
— de 24	5	2,940
— de 12 P	4	»
— de 12 S	5	4,500
— de 4 C	3	1,085
Canons lisses de 16	5	1,790
Canons-obusiers de 12	6	1,824
Obusiers de 16	5	3,396
— de 22	4	4,289
Mortiers de 15	4	4,335
— de 22	4	4,289
— de 27	2	1,000

Total des bouches à feu : 55.

Cartouches modèle 1866	803,016
Poudre en barils	50,653 kg.

Fort de Bicêtre.

Commandant de la subdivision des forts du Sud : contre-amiral POTHUAU.

Commandant du fort : FOURNIER, capitaine de frégate.

Commandant de l'artillerie : ROBAUT, capitaine.

Commandant du génie : CASTEL, chef de bataillon.

PERSONNEL.

État-major. — 6 officiers.

Infanterie. — Six compagnies du IXe bataillon de marins : 16 officiers, 729 hommes ; deux compagnies du IIe bataillon d'infanterie de marine : 8 off., 419 h. ; six compagnies du Ier bataillon de fusiliers : 629 h. ; 5e compagnie du XIe bataillon de marins (équipage du *Louis XIV*) : 90 hommes.

Artillerie. — Détachement de la 17e batterie d'artillerie de marine : 3 officiers, 27 hommes.

Génie. — Détachement du 3e régiment : 2 officiers, 87 hommes.

Effectif total approximatif : 35 officiers, 1,981 hommes.

ARMEMENT.

Bouches à feu.	Nombre de pièces.	Nombre de projectiles.
Canons rayés de 16 de la marine	9	3,302
— de 24	5	1,425
— de 12 P	8	880
— de 12 S	8	1,474
— de 4 C	6	637
Canons lisses de 8	4	500
— de 16	8	621
Canons-obusiers de 12	12	437
Obusiers de 16	6	100
— de 22	3	300
Mortiers de 15	9	450
— de 22	3	200
— de 27	4	200

Total des bouches à feu : 85.

Cartouches modèle 1866 659,000
Cartouches modèle 1863 (pour mousquetons d'artillerie de marine) 5,000
Cartouches modèle 1867 (pour mousquetons d'artillerie de marine) 5,000

Redoutes des Hautes-Bruyères, du Moulin-Saquet, et organisation défensive de Villejuif.

Commandant de la redoute des Hautes-Bruyères : MOREAU, chef de bataillon en retraite.

Commandant de Villejuif : RISPAL, chef de bataillon en retraite.

PERSONNEL.

Infanterie. — Deux compagnies des 2e et 10e de ligne : 5 officiers, 414 hommes ; VIIIe bataillon de mobiles de la Seine : 24 officiers, 453 hommes.

Génie. — 1 capitaine, 2 gardes.

Ces troupes sont logées dans le village de Villejuif et occupées aux travaux des trois ouvrages, qui, le 19 septembre, ne sont ni terminés, ni armés.

Fort d'Ivry.

Commandant du fort : KRANTZ, capitaine de vaisseau.

Commandant de l'artillerie : PRAT, capitaine.

Commandant du génie : FAUVEL, chef de bataillon.

PERSONNEL.

État-major. — 9 officiers.

Infantarie. — VIe bataillon de marins : 14 officiers, 513 hommes ; VIIe bataillon de marins : 18 off., 740 h. ; une compagnie du IIe bataillon d'infanterie de marine : 3 off., 196 h. ; 1re, 2e et 3e compagnies du IIe bataillon de fusiliers-marins : 6 off., 350 h. ; 4e et 7e compagnies du XIe bataillon de marins (équipage du *Louis XIV*) : 174 hommes.

Artillerie. — Détachement de la 17e batterie d'artillerie de marine : 3 officiers, 32 hommes.

Génie. — Détachement du 3e régiment : 1 officier, 70 hommes.

Effectif approximatif : 54 officiers, 2,075 hommes.

ARMEMENT.

Bouches à feu.	Nombre de pièces.	Nombre de projectiles.
Canons rayés de 16 de la marine	8	3,910
— de 24	6	2,440
— de 12 P	9	»
— de 12 S.	9	5,965
— de 4 C	5	7,200
Canons lisses de 16	14	116
Canons-obusiers de 12	16	1,478
Obusiers de 16	4	366
— de 22	4	1,495
Mortiers de 15	9	691
— de 22	4	376
— de 27	4	579
Total des bouches à feu : 92.		
Cartouches modèle 1863	»	15,580
— 1866	»	676,195

§ 2. — *Secteurs.*

Conformément à l'avis exprimé par le Conseil de défense, dans sa séance du 26 août, l'organisation en 9 secteurs du périmètre de l'enceinte fut adoptée et les mesures qu'elle comportait rapidement prises dès les premiers jours de septembre (1).

Le 8 septembre, les commandants de secteur étaient nommés ; on les choisit parmi les officiers généraux du cadre de réserve de l'armée de terre ou parmi l'état-major général de l'armée de mer.

Le 16, les états-majors et le commandement de l'artillerie étaient organisés auprès de chacun d'eux. Un chef d'état-major était en fonctions ; la plupart des officiers

(1) Voir plus haut, p. 72.

attachés à son service provenaient de la garde nationale, des officiers en retraite ou de la marine.

Enfin, à partir du 8 septembre, les troupes destinées à la défense de l'enceinte et composées en majeure partie de gardes nationaux et de gardes mobiles, furent journellement affectées aux différents secteurs, dès qu'elles devinrent disponibles (1).

Les bataillons de la garde nationale de Paris furent les premiers désignés ; c'est à eux qu'incombait, en principe, la garde et la défense des remparts. Les bataillons nouvellement créés étaient joints aux anciens, au fur et à mesure de leur armement, ainsi que les bataillons de la banlieue, dont la rentrée à l'intérieur de l'enceinte eut lieu vers le milieu de septembre. On peut évaluer à plus de 200,000 hommes l'effectif de la garde nationale à cette date ; tous les hommes étaient pourvus d'un fusil le jour de l'investissement.

Les bataillons de mobiles départementaux, appelés à Paris depuis le commencement de septembre et armés progressivement du fusil Chassepot, devaient prêter à la défense leur concours éventuel.

Un ordre du Gouverneur de Paris, en date du 16 septembre, régla cette participation et fixa définitivement les mesures de sécurité (2).

Tout d'abord, la garde journalière des remparts, fournie comme précédemment par les bataillons sédentaires, fut portée à 200 hommes par bastion, soit 18,900 hommes pour les 95 bastions, y compris le 67e *bis*. En arrière de ces premiers défenseurs, devait se trouver dans chaque secteur une première réserve composée de mobiles

(1) *Ordre* du Gouverneur, répartition des bataillons de garde nationale.

(2) Instruction du Gouverneur pour l'organisation des réserves, Paris, 16 septembre.

départementaux et dont l'effectif était égal à la totalité des hommes de garde sur les bastions du secteur. Une deuxième réserve de 100 hommes par bastion était fournie par la garde nationale de Paris. Enfin, des troupes de ligne devaient constituer une troisième réserve et être postées en différents points de la capitale pour renforcer, au besoin, la défense des secteurs.

Cet échelonnement de forces en profondeur, en arrière de l'enceinte, qui fut adopté dès que l'ennemi annonça son approche, semble trahir les craintes, non fondées, d'un assaut brusque de la place. Ces craintes étaient également décelées par les projets de barricades à élever dans les rues que le Gouvernement avait examinés (1).

Les attributions des commandants de secteur avaient été nettement définies par la décision suivante du Gouverneur.

Instruction du Gouverneur aux Généraux commandant les secteurs de l'enceinte.

Paris, 10 septembre.

Il importe de définir aussi complètement que possible les attributions des commandants des secteurs de l'enceinte, en ce qui concerne les troupes qu'ils contiennent ; c'est dans ce but que j'ai arrêté les dispositions suivantes :

1° Les commandants des secteurs ont sous leurs ordres toutes les troupes des gardes nationales sédentaires qui y sont réunies pour le service.

2° Ils disposeront également des troupes de ligne et douaniers qui sont casernées sur l'enceinte elle-même, dans les postes-casernes et dans les casernes de l'octroi.

Quant aux troupes de ligne ou de garde mobile qui sont casernées ou logées chez l'habitant, elles restent sous les ordres du général commandant la 1re division militaire et des généraux qui les commandent. Cependant, comme elles peuvent avoir le rôle de réserves,

(1) Voir *Journal officiel* du 11 septembre (partie non officielle).

elles pourront être requises directement par les commandants des secteurs, dans les cas d'urgence. Avis en sera donné par eux aux généraux qui les commandent.

En ce qui concerne la direction des services de l'artillerie et du génie sur l'enceinte, elle ne saurait être soustraite, sans inconvénients, aux officiers généraux de ces deux armes qui ont préparé la défense et se trouveront répartis sur l'enceinte même ; il convient d'ajouter que les généraux commandant les secteurs ne pourraient s'introduire dans le service du génie et de l'artillerie qu'au point de vue des incidents qui se produiraient sur ces secteurs, tandis que les officiers généraux des deux armes spéciales auront à pourvoir aux incidents qui se produiraient sur la partie de l'enceinte qu'ils commandent, et qui comprend plusieurs secteurs.

Mais il demeure entendu que ces prescriptions, qui créent la règle, ne sauraient avoir un caractère absolu, et que MM. les officiers généraux, commandants de secteurs, pourront faire leurs observations aux généraux des armes spéciales et s'entendre avec eux, dans un concert dont les uns et les autres sentiront tout le prix.

Le Gouverneur de Paris, s'adressant au patriotisme de tous, est convaincu qu'au milieu des difficultés inséparables de la crise où nous allons entrer, l'esprit de conciliation dominera toutes les divergences de vues et préviendra tous les chocs d'attributions.

Les services de l'artillerie et du génie s'étaient mis rapidement à l'œuvre, dès le milieu d'août, pour armer l'enceinte (1).

Tandis que le premier s'occupait de rassembler et d'amener à pied-d'œuvre les canons, les affûts, les poudres, les projectiles, le second, puissamment aidé par les ingénieurs des ponts et chaussées et la main-d'œuvre civile, établissait des plates-formes, des traverses, des magasins à poudre sur le rempart même.

Le 13 septembre, 205 pièces étaient en batterie sur l'enceinte de la rive gauche, et 685 sur les remparts de la rive droite, soit au total 890 bouches à feu prêtes à entrer en action (2).

---

(1) Voir IIe partie, chapitres V et VI.

(2) *Note* du général de Bentzman, Paris, 13 septembre.

Mais l'armement des secteurs ne pouvait devenir effectif que par la désignation et l'installation des troupes d'artillerie chargées du service des bouches à feu.

C'est pourquoi, dès le 9 septembre, le général Guiod fit occuper par huit batteries à pied de l'artillerie de terre et six batteries de mobiles de la Seine et de Seine-et-Oise, les bastions de l'enceinte (1).

D'autres batteries de l'artillerie de terre et de la mobile départementale vinrent successivement renforcer les précédentes, en même temps que s'organisaient à l'intérieur de Paris des compagnies de canonniers auxiliaires.

L'artillerie de marine, enfin, prêta, dès qu'elle fut arrivée, son concours efficace pour la défense des remparts.

Le nombre des batteries à pied réparties dans les secteurs, à la date du 19 septembre, était de trente-quatre dont dix-huit de l'artillerie de terre, quatre de l'artillerie de marine, douze de la mobile, auxquelles il faut ajouter neuf compagnies de canonniers auxiliaires. L'ensemble présentait un effectif de 7,000 canonniers et servants dont la moitié, à peine, avait une instruction technique qui pouvait être considérée comme suffisante.

Jusqu'au 19 septembre, la garde mobile participa avec six batteries seulement à l'armement de l'enceinte ; jusqu'à cette date, d'ailleurs, les compagnies auxiliaires restèrent en voie de formation ; en sorte que, dans la période qui précéda l'investissement, le service fut exclusivement fait, surtout sur les points spécialement menacés, par le contingent le mieux instruit (batteries de l'artillerie de ligne et de l'artillerie de marine).

En principe, chaque secteur devait comprendre une

(1) Le général Guiod au Général commandant la 1re division militaire, Paris, 7 septembre.

ou plusieurs batteries à pied de l'artillerie de terre et de l'artillerie de marine, une ou deux batteries de mobiles, une compagnie auxiliaire. Mais cette règle dont il ne saurait être recherché l'application complète avant l'investissement, puisque tous les éléments dont il s'agit n'étaient qu'imparfaitement répartis sur l'enceinte, ne fut pas non plus suivie après le 19, tout au moins en ce qui concerne la répartition des batteries de la mobile.

Ce qu'on peut dire, c'est que le personnel restreint et passablement instruit placé le jour du combat de Châtillon derrière les canons des remparts et disposant d'un nombre de projectiles suffisant auprès des pièces (1), pouvait faire une résistance honorable, surtout sur les points qui paraissaient le plus directement menacés.

Des forces d'infanterie et de garde nationale étaient massées à l'intérieur de la capitale, prêtes à repousser un assaut dont on envisageait la possibilité. Tout porte donc à croire que si, le 19 septembre, l'ennemi, par un coup d'audace couronné de succès, avait essayé de percer la ligne des forts extérieurs, il se serait infailliblement heurté à un corps de place qui pouvait être bien défendu.

1er secteur (Bercy).

Du bastion 1 au bastion 11 inclus (porte de Montreuil).

Commandant du secteur: général FARON, de l'infanterie de marine (quartier général, 26, rue Michel-Bizot).

Chef d'état-major : D'ORGEVAL, chef d'escadrons à l'état-major de la garde nationale.

7 officiers d'ordonnance : CULLARD et DISNEMATIN-DORAT, capitaines d'infanterie de marine ; PHILASTRE, lieutenant de vaisseau; D'HAUT-

---

(1) Le général de Bentzman au général Guiod, 20 septembre 1870. — Sur la rive gauche, chaque pièce avait 40 projectiles transportés sur l'enceinte. Les autres projectiles chargés étaient au parc de Montrouge.

POUL, capitaine à l'état-major de la garde nationale; PROTCHE et FOURNIER, sous-lieutenants d'état-major; ROGUET, secrétaire-archiviste.

Commandant de l'artillerie : colonel GUIRONNET DE MASSAS.

Adjoints : MARGOT, chef d'escadron; GOUET, garde d'artillerie; ROBITAILLE, gardien de batterie.

Commandant du génie : VEYRON-LACROIX, chef de bataillon.

TROUPES.

Infanterie. — Le 16 septembre, le général Trochu prescrivit les mesures suivantes, exécutées dès le lendemain :

1° 200 hommes de garde journellement à chaque bastion, soit 2,200 gardes nationaux sédentaires ;

2° Une 1re réserve fournie journellement par les mobiles de province à raison également de 200 hommes par bastion (2,200 mobiles provinciaux), dont 1,200 hommes postés à la croisée des rues Michel-Bizot et de Reuilly et 1,000 postés à la croisée de la rue Michel-Bizot et de l'avenue de Saint-Mandé ;

3° Une 2e réserve fournie journellement par la garde nationale sédentaire à raison de 100 hommes par front (1,100 gardes nationaux sédentaires), dont 600 hommes postés boulevard de Bercy, près la rue de Charenton, et 500 postés place du Trône ;

4° Une 3e réserve composée de troupes de ligne et dont l'emplacement devait être fixé ultérieurement.

Les bataillons de gardes nationaux sédentaires affectés au service du 1er secteur étaient :

14e, 48e, 49e, 50e, 51e, 52e, 53e, 56e (1), 73e, 183e, 198e bataillons, soit 15,000 hommes armés de fusils à tabatière;

93e, 94e, 95e, 99e, 121e, 122e, 150e, 182e, 212e bataillons, soit 13,000 hommes armés de fusils à percussion rayés;

96e, 126e, 162e, 199e, 200e, 211e bataillons, soit 9,000 hommes armés de fusils à percussion lisses.

Artillerie. — Trois batteries à pied, une compagnie de canonniers auxiliaires qui bientôt se dédoublera (2) :

---

(1) Les huit premiers bataillons étaient à leurs postes dès le 8 septembre, les autres ne vinrent que peu à peu, au fur et à mesure de leur formation.

Les 48e, 49e, 50e, 51e étaient des bataillons ruraux (Montreuil, Vincennes, Joinville, Charenton); les autres bataillons provenaient principalement des XIe et XIIe arrondissements.

(2) En *novembre*, trois batteries montées vinrent au secteur : 9e régi-

11e régiment (1re batterie à pied), bastions 1 et 2 : 3 officiers, 150 hommes, 1 cheval d'officier ;

1re compagnie principale de canonniers auxiliaires, bastions 3, 4 et 5 : 6 officiers, 200 hommes ;

1re compagnie bis de canonniers auxiliaires, bastions 6 et 7 : plus tard 6 officiers, 300 hommes ;

10e régiment (1re batterie bis à pied), bastions 8 et 9 : 4 officiers, 136 hommes, 4 chevaux d'officiers ;

9e régiment (13e batterie à pied), bastions 10 et 11 : 2 officiers, 81 hommes, 2 chevaux d'officiers.

Armement (d'après un état du 21 novembre) : 1 canon de 16 centimètres, 12 de 24 P., 10 de 12 P., 11 de 12 S., 4 de 12 C. ; 20 obusiers de 12 ; 6 de 8 ; 14 de 15 centimètres. Total : 78 pièces.

2e secteur (Belleville).

Du bastion 12 (route de Montreuil) au bastion 24 inclus (porte de Pantin).

Commandant du secteur : général CALLIER (quartier général : boulevard Davout, 28).

Chef d'état-major : DE RICHEMONT, chef d'escadrons de la garde nationale.

Officiers d'état-major : BESAUCÈLE, capitaine d'état-major ; DELAMARE, capitaine d'état-major de la garde nationale ; VINCENT, chef de bataillon du 22e d'infanterie ; CASTEL, capitaine de la garde républicaine ; DU VERGER, FRATER, sous-lieutenants à l'École d'état-major ; DES COUTURES, volontaire, avocat général.

Commandant de l'artillerie : PIERRE, colonel. Adjoint : GALLE, chef d'escadron.

Commandant du génie : lieutenant-colonel WEYNAND ; capitaine adjoint : TISSOT.

TROUPES.

Infanterie. — D'après l'ordre du 16 septembre :

1° Une garde journalière de 2,600 gardes nationaux sédentaires postés sur les remparts ;

---

ment (16e batterie), gare de Charonne : 3 officiers, 161 hommes, 127 chevaux ; 10 régiment (16e batterie), porte de Saint-Mandé : 3 off., 121 h., 93 chev. ; 11e régiment (15e batterie), gare de Lyon : 3 off., 121 h., 86 chev.

2° Une 1re réserve de 2,600 gardes mobiles provinciaux, dont 600 hommes, rue de Puebla (mairie du XXe arrondissement); 400 hommes à l'intersection des rues des Orteaux et de Puebla; 1,000, rue de Ménilmontant, n° 155 (cour de l'institution Massin); 600, intersection des rues de Crimée et de Vera-Cruz (pointe Sud-Est du parc des Buttes-Chaumont);

3° Une 2e réserve de 1,300 gardes nationaux sédentaires, dont 400 hommes à l'intersection des boulevards de Charonne et de Ménilmontant; 500 à l'intersection du boulevard de Belleville et de la Chaussée de Ménilmontant; 400 sur le terrain au pied Sud-Ouest des Buttes-Chaumont, entre la rue Secrétan et la rue de Puebla;

4° Une 3e réserve composée de troupes de ligne dont l'emplacement serait fixé ultérieurement (1).

Les bataillons de la garde nationale affectés au 2e secteur étaient : 27e, 30e, 31e, 54e, 55e, 57e, 58e (2), 123e, 190e, 192e, 204e, 219e bataillons, soit 15,000 hommes armés de fusils à tabatière ;

63e, 65e, 66e, 67e, 68e, 74e, 75e, 76e, 80e, 86e, 87e, 88e, 89e, 180e, 195e, 205e, 208e, 209e, 213, 218e, 234e bataillons, soit 30,000 hommes armés de fusils à percussion rayés ;

130e, 135e, 138e, 140e, 141e, 144e, 145e, 159e, 194e, 211e bataillons, soit 15,000 hommes armés de fusils à percussion lisses.

Artillerie. — Deux batteries à pied (3), une compagnie de canonniers auxiliaires qui forma deux nouvelles unités après l'investissement :

18e régiment (9e batterie à pied), bastions 14, 15, 16, 17;

10e régiment (13e batterie à pied), bastions 18, 19, 20 : 4 officiers, 140 hommes ;

2e compagnie auxiliaire, bastions 21, 22, 23, 24 : 6 officiers, 294 hommes ;

2e compagnie bis, bastions 16, 17, 18 ;

---

(1) Dès le 17 septembre, un bataillon de mobiles avait été établi en avant du secteur de l'enceinte, sur l'éperon de l'Épine.

(2) Les sept premiers bataillons à leurs postes dès le 8 septembre. Les autres vinrent au fur et à mesure de leur formation. Ils étaient tirés des IIIe, XIe et XXe arrondissements. Les 31e et 68e bataillons provenaient de Noisy-le-Sec et de Saint-Denis.

(3) En novembre, deux batteries *montées* campèrent à la Grande-Bouverie ; ce furent les 8e du 22e (ex-9e du 18e régiment) et 15e du 13e régiment.

2e compagnie ter, bastions 14, 15; compagnie de canonniers volontaires, bastions 12, 13.

Armement (d'après un état du 21 novembre) : 1 canon rayé de 19 centimètres, 5 de 16 centimètres, 14 de 24 P., 17 de 12 P., 7 de 12 S.; 6 obusiers lisses de 8, 46 de 15 centimètres. Total : 96 pièces.

3e secteur (la Villette).

Du bastion 25 au bastion 33 inclus (route de Saint-Denis).

Commandant du secteur : général CLÉMENT THOMAS (quartier général : 17, place de l'Argonne).

Chef d'état-major : D'ETREILLIS, chef d'escadrons d'état-major de la garde nationale.

Officiers d'état-major : DE LUPPÉ, chef d'escadrons; Paul DENYS, DE BREIGNOU, capitaines d'état-major de la garde nationale; DESCOMBES, lieutenant d'infanterie; DE RUMFORD, DE JACQUELOT, sous-lieutenants d'état-major; DECKHERR, sous-lieutenant de garde nationale.

Commandant de l'artillerie : OCHER DE BEAUPRÉ, colonel.

Adjoints : HAUTIER, lieutenant-colonel, LESUEUR, chef d'escadron.

Commandant du génie : lieutenant-colonel KARTH.

TROUPES.

Infanterie. — D'après les ordres du 16 septembre :

1° Sur les remparts, tous les jours, 1,800 gardes nationaux sédentaires;

2° Une première réserve de 1,800 mobiles départementaux dont 400 hommes au marché à bestiaux de la Villette, au coin de la rue d'Allemagne et de la rue de Hainaut; 1,000 hommes, sur les avenues autour du pont de Flandre; 400 hommes, place Hébert;

3° Une deuxième réserve de 900 gardes nationaux sédentaires, rue de Crimée, entre la rue de Flandre et la rue d'Allemagne, à cheval sur le canal de l'Ourcq;

4° Une troisième réserve fournie par les troupes de ligne à un emplacement à fixer ultérieurement.

Le poste des mobiles était relevé quotidiennement par les bataillons appartenant à la 2e division de mobiles (général de Beaufort d'Hautpoul, Palais-Royal).

Les postes des gardes nationaux étaient relevés quotidiennement par les bataillons suivants, affectés à la défense du secteur :

9e, 10e, 23e, 24e, 25e, 26e, 28e, 29e (1), 197e, soit 13,000 hommes armés de fusils à tabatière;

62e, 114e, 128e, 137e, 143e, 164e, 167e, 175e, 186e, 188e, 191e, 203e, soit 18,000 hommes armés de fusils à percussion rayés;

107e, 108e, 109, 110e, 147e, 153e, 157e, soit 11,000 hommes armés de fusils à percussion lisses;

179e, soit 1,300 hommes armés de carabines.

Artillerie. — Deux batteries à pied, deux batteries de mobiles, une compagnie de canonniers auxiliaires qui plus tard se dédoubla (2).

8e régiment (13e batterie à pied), usine à gaz : 2 officiers 125 hommes;

13e régiment (2e batterie à pied), usine à gaz : 3 officiers, 149 hommes (venue seulement le 26 septembre; jusqu'à cette date campa avenue de l'Empereur).

Mobiles de la Loire-Inférieure (1re batterie à pied), Abattoirs : 4 officiers, 188 hommes; (2e batterie à pied), Abattoirs : 3 officiers, 155 hommes;

3e compagnie de canonniers auxiliaires (en ville) : 3 officiers, 255 hommes; 3e compagnie bis (en ville) (formée après l'investissement).

Armement. — D'après un état du 11 octobre : 2 canons de 19 centimètres, 5 rayés de 16 centimètres, 19 de 24 P., 9 de 12 P., 4 de 12 S.; 36 mortiers de 32 centimètres. Total : 75 pièces.

4e secteur (Montmartre).

Du bastion 34 au bastion 45 inclus (route d'Argenteuil).

Commandant du secteur : contre-amiral Cosnier (quartier général : 105, avenue de Saint-Ouen).

Chef d'état-major : Champion, lieutenant-colonel d'infanterie.

---

(1) Les huit premiers bataillons, à leur poste dès le 8 septembre au matin. Les autres vinrent ultérieurement. Ils étaient tirés des Xe et XIXe arrondissements.

Les 23e et 62e bataillons provenaient de Saint-Denis, les 25e, 26e et 28e d'Aubervilliers, Épinay et Pantin.

(2) En novembre, deux batteries montées vinrent au secteur : 8e régiment (16e batterie) : 4 officiers, 145 hommes, 127 chevaux (abattoirs de la Villette); 13e régiment (16e batterie) : 3 officiers, 115 hommes, 80 chevaux (usine à gaz).

Officiers d'état-major : DUFFIÉ, chef d'escadrons d'état-major de la garde nationale ; DE BEAUVOIR, lieutenant de vaisseau ; CHEILUS, capitaine d'état-major de la garde nationale ; LANNES DE MONTEBELLO, lieutenant de vaisseau; TREYMÜLLER, COLONNA, sous-lieutenants d'état-major.

Commandant de l'artillerie : colonel FÈVRE.

Adjoints : VAUTRÉ, lieutenant-colonel ; MOURETTE, capitaine ; BÉDA, garde d'artillerie ; POLIN, gardien de batterie.

Commandant du génie : lieutenant-colonel MOTET. Adjoint : CHÉRON, garde du génie.

TROUPES.

Infanterie. — D'après les ordres du 16 septembre :

1° Sur les remparts une garde journalière de 2,400 gardes nationaux sédentaires ;

2° Une première réserve de 2,400 mobiles départementaux, dont 800 hommes dans le terrain vague compris entre les rues des Poissonniers, de Clignancourt et le boulevard Ornano ; 400 hommes dans le terrain vague à droite et en avant de la croisée des rues Marcadet et des Grandes-Carrières ; 600 hommes, dans le terrain vague à l'intersection de la rue Marcadet et de l'avenue de Saint-Ouen ; 600 hommes, à la croisée de l'avenue de Clichy et de la rue Balagny ;

3° Une deuxième réserve de 1,200 gardes nationaux, dont 200 hommes au Château-Rouge ; 400 hommes, dans le terrain vague entre le sémaphore et l'ancienne église Saint-Pierre (Montmartre) ; 200 à la place Clichy ; 400 au collège Chaptal ;

4° Une troisième réserve formée de troupes de ligne dont l'emplacement devait être fixé ultérieurement.

Les bataillons de garde nationale sédentaire affectés au 4ᵉ secteur étaient :

6ᵉ, 7ᵉ, 11ᵉ, 32ᵉ, 34ᵉ, 36ᵉ (1), 189ᵉ, 216ᵉ, soit 13,000 hommes armés de fusils à tabatière ;

61ᵉ, 64ᵉ, 77ᵉ, 78ᵉ, 79ᵉ, 116ᵉ, 117ᵉ, 125ᵉ, 129ᵉ, 152ᵉ, 158ᵉ, 166ᵉ, 215ᵉ, soit 20,000 hommes armés de fusils à percussion rayés ;

124ᵉ, 142ᵉ, 154ᵉ, 168ᵉ, 169ᵉ, 229ᵉ, soit 10,000 hommes armés de fusils à percussion lisses.

---

(1) Les six premiers bataillons à leur poste dès le 8 septembre. Les autres, venus ultérieurement, avaient été formés dans les IXᵉ et XVIIIᵉ arrondissements. Les 34ᵉ et 36ᵉ provenaient de Colombes, Courbevoie, Clichy, Levallois-Perret ; le 216ᵉ avait été constitué par la Compagnie du gaz.

Les bataillons de mobiles chargés de relever la première réserve étaient fournis par la 2e division de mobiles.

Artillerie. — 1 batterie à pied de l'artillerie de terre, 4 de la marine, 2 de mobiles, 1 compagnie de canonniers auxiliaires renforcée de trois autres unités auxiliaires après l'investissement :

7e régiment : (1re batterie bis à pied), bastions 36 et 37 : 5 officiers, 183 hommes (arrivée à Paris le 5 septembre, va camper avenue de l'Empereur et n'arrive au 4e secteur que le 20 septembre).

Artillerie de marine : (1re batterie bis à pied), bastion 40 : 3 officiers, 100 hommes ; (2e batterie bis à pied), bastion 44 : 2 off., 111 h. ; (17e batterie à pied, 18e batterie à pied), bastion 42 : 2 off., 98 h. (venues au secteur avant le 19 septembre).

Mobiles de Seine-et-Oise : (1re et 2e batteries à pied), bastions 44 et 45 : 7 officiers, 293 hommes (venues au secteur le 9 septembre).

4e batterie principale de canonniers auxiliaires, bastions 35 et 43 : 6 officiers, 300 hommes.

4e batterie bis de canonniers auxiliaires, bastions 34 et 43 ; compagnie de canonniers volontaires, bastions 38 et 39 ; section du Chemin de fer de Lyon, bastions 34 et 35 (formées au cours du siège).

Armement. — On n'a pu retrouver la composition détaillée de l'armement de ce secteur qui comprenait 12 bastions et devait compter au moins une centaine de pièces.

5e secteur (les Ternes).

Du bastion 46 au bastion 54 inclus (avenue de l'Impératrice).

Commandant du secteur : général AMBERT, remplacé le 19 septembre par le contre-amiral DU QUILIO (quartier général : 74, avenue Mac-Mahon).

État-major du général AMBERT : NIVIÈRE, chef d'escadrons à l'état-major de la garde nationale, chef d'état-major ; DE SAINT-LIEUX, capitaine d'état-major de la garde nationale ; BOUCHEZ, HANRION, sous-lieutenants d'état-major ; DE LADOUCETTE, sous-lieutenant de garde mobile.

Commandant de l'artillerie : ROY, lieutenant-colonel.

Adjoints : MICHEL, TAMISIER, DE LAFAYETTE, chefs d'escadrons.

Commandant du génie : BOMPARD, chef de bataillon.

TROUPES.

Infanterie. — D'après les ordres du 16 septembre, il y avait :

1° Sur les remparts, une garde relevée tous les jours : 1,800 gardes nationaux sédentaires ;

2° Une première réserve composée de 1,800 mobiles départementaux, dont 800 hommes à la croisée du boulevard de Neuilly et de l'avenue de Wagram ; 1,000 hommes, place Saint-Ferdinand;

3° Une deuxième réserve composée de 900 gardes nationaux sédentaires, dont 400 hommes au parc Monceau, près la rue Alfred-de-Vigny, 500 hommes, avenue du Roi-de-Rome, près de l'Arc de Triomphe ;

4° Une troisième réserve composée de troupes de ligne dont l'emplacement devait être fixé ultérieurement.

Les bataillons de gardes nationaux affectés à la défense du secteur étaient :

2e, 3e, 8e, 33e, 35e, 37e (1), soit 9,000 hommes armés du fusil à tabatière ;

90e, 91e, 100e, 111e, 113e, 132e, 149e, 155e, 171e, 181e, 196e, 207e, soit 20,000 hommes armés du fusil à percussion rayés.

70e, 92e, 112e, soit 5,000 hommes armés du fusil à percussion lisses.

Artillerie. — 2 batteries à pied, 3 batteries ou compagnies de mobiles, 1 compagnie de canonniers auxiliaires qui se dédoubla plus tard (2) :

6e régiment (1re batterie) : 3 officiers, 86 hommes (campée avenue de l'Empereur ; elle arrive au secteur le 17 septembre).

15e régiment (13e batterie) : 3 officiers, 112 hommes (venue le 9 septembre de Vincennes).

Artilleurs mobiles du Rhône (1re batterie) : 4 officiers, 201 hommes ; pontonniers mobiles du Rhône (1re compagnie) : 3 officiers, 233 hommes; pontonniers mobiles du Rhône (2e compagnie) : 3 off., 186 hommes (affectés définitivement au 5e secteur le 20 septembre. Ils y travaillaient déjà depuis leur arrivée à Paris, 10 septembre).

5e compagnie de canonniers auxiliaires : 5 officiers, 250 hommes (formée au secteur dès le 5 septembre).

5e compagnie bis de canonniers auxiliaires.

Armement. — L'armement de sûreté comprenait : 2 canons rayés de 24 P., 17 de 12 S., 34 obusiers de 15 centimètres. Total : 53 pièces.

---

(1) Ces six bataillons à leur poste dès le 8 septembre. Les autres, en formation provenaient des Ier, IIe, VIIIe et XVIIe arrondissements. Le 35e était celui de Neuilly, le 37e celui de Puteaux-Nanterre.

(2) Une batterie montée du 6e régiment (16e batterie) : 3 officiers, 122 hommes, 99 chevaux, vint au 5e secteur en novembre.

6e secteur (Passy).

Du bastion 55 au bastion 67 *bis* inclus (Seine).

Commandant du secteur : contre-amiral DE FLEURIOT DE LANGLE (quartier général : rue Molitor, à Auteuil).

État-major. — DENUC, capitaine de frégate, chef d'état-major; LABROUSSE, SAPIHÉA, lieutenants de vaisseau; BRÉMARD, chef d'escadrons de la garde nationale; DE STAHL, capitaine au 7e lanciers; ESNAULT-PELTERIE, capitaine de la garde nationale; GRANDJEAN, commandant au 12e d'artillerie; DE WALBOCH, capitaine d'état-major de la garde nationale; DE VANSSAY, lieutenant d'état-major; SIMONIN, ingénieur des mines.

Commandant de l'artillerie : VIRGILE, colonel d'artillerie de marine; CANDELOT, capitaine d'artillerie de marine, adjoint.

Service de l'artillerie. — HELLOT, lieutenant-colonel commandant le 1er régiment de mobiles de la Seine; DUCLAVEL, chef d'escadron (1/2 section de droite) ; DE RICAUDY, chef d'escadron (1/2 section de gauche); CHEVRILLON, chef d'escadron (bastions 62, 63, 64); DORÉ, chef d'escadron (grand parc d'artillerie); SUSANE, adjudant-major des mobiles de la Seine, BOUCHEZ, CULLIÉRAT, lieutenants d'artillerie (bastion 63) ; JOURNET, lieutenant auxiliaire, ingénieur (bastion 62); FEŸS, lieutenant adjoint au commandant de Ricaudy.

Commandant du génie : GUILLEMAUT, colonel.

Adjoints : DAMBRUN, chef de bataillon; DUMONT, capitaine; GOUHAULT, lieutenant.

TROUPES.

Infanterie. — D'après les ordres du 16 septembre, il y avait, tous les jours.

1° Sur les remparts, 2,800 gardes nationaux sédentaires;

2° Une première réserve de 2,800 mobiles départementaux, dont 400 hommes dans le terrain de l'Hippodrome, 600 place du Puits-Artésien de Passy, 800 à la croisée de la rue Mozart et de la rue de l'Assomption, 1,000, rue Molitor, à la croisée de la rue Boileau ;

3° Une deuxième réserve de 1,400 gardes nationaux sédentaires, dont 500 hommes, avenue de l'Empereur, près du Trocadéro, 400 hommes, place de la Maison-d'Arrêt de la garde nationale, à Auteuil, 500 hommes, route de Versailles, près de Sainte-Périne;

4° Une troisième réserve composée de troupes de ligne dont l'emplacement devait être fixé ultérieurement.

Les bataillons de gardes nationaux affectés à la défense du secteur étaient les suivants :

1er, 4e, 5e, 12e, 13e, 38e et 39e (1), soit 10,000 hommes armés du fusil à tabatière;

69e, 71e, 72e, 221e, soit 4,500 hommes armés du fusil à percussion rayé.

En raison de l'étendue du secteur et du petit nombre de gardes nationaux fournis par les VIIIe et XVIe arrondissements, le Gouverneur affecta, le 17 septembre, le régiment de gendarmerie à pied au 6e secteur, ainsi que les hommes du 59e de ligne, casernés à la Nouvelle-France (2) puis le régiment des gardes forestiers.

Artillerie. — 2 batteries à pied de l'artillerie de terre, 1 batterie de la marine, 6 batteries de mobiles, 1 compagnie de canonniers auxiliaires.

2e régiment (1re batterie à pied), bastion 61 : 3 officiers, 143 hommes, 2 chevaux (arrivée au 6e secteur le 11 septembre).

11e régiment (13e batterie à pied), bastion 65 : 3 officiers, 88 hommes (arrivée seulement le 25 septembre).

Artillerie de marine (détachement de la 18e batterie), bastion 62 : 1 officier (lieutenant Robin), 30 hommes; marins et douaniers : 28 hommes (venus avant le 19 septembre).

Mobiles du Pas-de-Calais (6e batterie), bastions 55 et 56 : 3 officiers, 181 hommes; mobiles du Rhône (2e batterie), bastions 59 et 60 : 2 officiers, 201 hommes (arrivée au secteur avant le 20 septembre).

Mobiles de la Seine (1re batterie), bastions 67 et 67 bis : 3 officiers, 145 hommes; (2e batterie), bastion 66 : 3 off., 140 h.; (3e batterie), bastion 64 : 3 off., 155 h.; (6e batterie), bastion 62 : 3 officiers, 172 hommes (sont venus de Vincennes le 9 septembre).

6e compagnie de canonniers auxiliaires, bastions 57 et 58 : 4 officiers, 294 hommes.

Gardiens de la paix canonniers, bastion 67 : 2 officiers, 184 hommes (détachés le 22 septembre du bataillon des gardiens de la paix).

---

(1) Ces sept bataillons à leur poste dès le 8 septembre. Le 39e bataillon était celui de Boulogne. Au 1er bataillon étaient rattachées deux compagnies formées par les employés civils du Ministère de la Marine. Les autres bataillons provenaient des VIIIe et XVIe arrondissements. Ils ne sont pas tous énumérés ci-dessus. On n'a pu retrouver leurs numéros.

(2) Le Gouverneur au général Soumain, 17 septembre.

Armement avant l'investissement (1). — 6 canons de 16 centimètres, de la marine, 28 de 24 rayés, 1 de 12 P., 13 de 12 S., 52 obusiers de 15 centimètres. Total : 100 pièces (2).

7e secteur (Vaugirard).

Du bastion 68 au bastion 75 inclus (route de Vanves).

Commandant du secteur : contre-amiral DE MONTAIGNAC DE CHAUVANCE (quartier général : 395, rue de Vaugirard).

État-major : DE LONGUEVILLE, capitaine de frégate, chef d'état-major; DE GRANDVAL, chef d'escadron d'état-major; RAGIOT, lieutenant de vaisseau détaché au service aérostatique; BAILLY, lieutenant de vaisseau; COSTA DE BEAUREGARD, lieutenant de vaisseau; CARON, capitaine d'artillerie de marine.

Service des troupes et de place : DANET, colonel, commandant de place; LAMBERT, chef d'escadrons de gendarmerie coloniale; CHARRIER, major du 57e d'infanterie; DELCHET, chef d'escadrons d'état-major de la garde nationale; DELCHET, capitaine d'état-major de la garde nationale; CUVILLIER, DUTEIL, sous-lieutenants d'état-major, DE COURSUS, DE FRAGUIER, lieutenants de la garde mobile.

Commandant de l'artillerie : NOURRISSON, colonel d'artillerie.

État-major : LAMANDÉ, lieutenant-colonel d'artillerie; DE MONISTROL, capitaine d'artillerie de marine retraité; BRUNOT, capitaine d'artillerie retraité; LEFÈVRE, capitaine d'artillerie.

Commandant du génie : lieutenant-colonel JAHAN.

TROUPES.

Infanterie. — D'après les ordres du 16 septembre, il y avait :

1° Sur les remparts, une garde journalière de 1,600 gardes nationaux;

2° Une première réserve de 1,600 gardes mobiles départementaux, dont 600 hommes rue Saint-Charles, à la croisée de la rue des Marguerites; 600 hommes au collège des Jésuites; 400 hommes, place de l'Obélisque (rue Brancion);

---

(1) D'après l'Historique de l'artillerie du 6e secteur.

(2) Le 20 novembre, l'armement comprenait 132 pièces, savoir : 2 canons de 19 et 14 de 16 de la marine, 31 de 24, 17 de 12 P., 5 de 12 S., 53 obusiers de 15, 4 de 22 et 6 de 16.

3° Une deuxième réserve de 800 gardes nationaux, dont 400 hommes place Violet et 400 hommes place de Vaugirard ;

4° Une troisième réserve composée de troupes de ligne dont l'emplacement devait être fixé ultérieurement.

Les bataillons de gardes nationaux affectés à la défense du 7e secteur étaient :

15e, 17e, 41e, 45e, 47e (1), soit 6,000 hommes armés de fusils à tabatière ;

105e, 106e, 127e, 165e, 178e, soit 7,500 hommes armés de fusils à percussion rayés ;

81e, 82e, 131e, 156e, soit 6,000 hommes armés de fusils à percussion lisses.

Les mobiles de la première réserve étaient fournis par la division Corréard (4e division de mobiles).

Artillerie.—2 batteries à pied, 1 compagnie de canonniers auxiliaires.

4e régiment (13e batterie), bastions 72 et 73 : 2 officiers, 202 hommes (complètement formée à Vincennes le 14 septembre, venue le 19 au secteur).

7e régiment (13e batterie), bastion 68 : 3 officiers, 188 hommes (venue de Vincennes le 9 septembre).

Canonniers auxiliaires (7e compagnie), bastions 69, 70 et 71 : 6 officiers, 310 hommes (formée au secteur à partir du 5 septembre).

Garde mobile de la Drôme (une batterie), bastions 74 et 75 : 3 officiers, 135 hommes (venue le 20 septembre au secteur).

Armement à la date du 18 septembre. — 10 canons rayés de 30, 7 de 24, 7 de 12 P., 13 de 12 S., 2 obusiers de 22 centimètres et 32 de 15, 4 mortiers de 27 centimètres, 4 de 22 et 2 de 15. Total : 81 pièces.

8e secteur (Montparnasse).

Du bastion 76 au bastion 85 inclus (Bièvre).

Commandant du secteur : contre-amiral MÉQUET (quartier général : 73, avenue d'Orléans).

État-major : MEUSNIER, chef d'escadrons de la garde nationale faisant

---

(1) Ces cinq bataillons à leur poste dès le 8 septembre. Le 41e bataillon était celui d'Issy-Montrouge-Clamart. Les autres bataillons provenaient des VIIe et XVe arrondissements.

fonctions de chef d'état-major ; NIGOTE, capitaine d'état-major de la garde nationale ; VÉRON-DUVERGER, lieutenant d'état-major ; CHEVRIER, capitaine d'infanterie (Saint-Cyr); KOTZUSKI, sous-lieutenant d'état-major; MICHEL, capitaine d'artillerie; les lieutenants de vaisseau DE TURENNE, ÉVEILLARD, VIMONT, GARNIER et DE MONBRISON.

Commandant de l'artillerie : DE GUILHERMY, lieutenant-colonel d'artillerie de marine.

Adjoints : GRASSIN-LERAT, chef d'escadrons (artillerie de marine); HOCQUART, capitaine d'artillerie démissionnaire; BONNEAU DU MARTRAY, capitaine d'artillerie démissionnaire; GEOFFROY, capitaine d'artillerie de marine; BARBEY, lieutenant de vaisseau démissionnaire; DUBOIS, lieutenant d'artillerie de marine démissionnaire; BÉNARD, lieutenant d'artillerie de marine démissionnaire; GRÜNER, sous-lieutenant.

Commandant du génie : HENNEBERT, chef de bataillon.

TROUPES.

Infanterie. — D'après les ordres du 16 septembre, il y avait :

1° Sur les remparts, une garde journalière de 2,000 gardes nationaux sédentaires ;

2° Une première réserve de 2,000 gardes mobiles départementaux dont 1,000 hommes au carrefour des Quatre-Chemins, église Saint-Pierre, 1,000 hommes, avenue Reille et rue Gazan (Montsouris) ;

3° Une deuxième réserve fournie par 2,000 gardes nationaux sédentaires dont 500 hommes Chaussée du Maine, à l'intersection de la rue de Vanves, 500 hommes boulevard Saint-Jacques, à l'intersection de la rue de la Santé ;

4° Une troisième réserve composée de troupes de ligne à un emplacement à fixer ultérieurement.

Les bataillons de garde nationale affectés au secteur étaient les suivants :

16e, 18e, 19e, 20e, 40e, 43e, 46e, 84e, 202e (1), soit 9,500 hommes armés de fusils à tabatière ;

---

(1) Les sept premiers bataillons, à leur poste dès le 8 septembre. Les autres provenaient des VIe et XIVe arrondissements. Le 12 septembre, le 103e bataillon est de service sur les remparts, ce qui permet de supposer que les bataillons portant un numéro plus faible étaient également formés. Le 40e bataillon avait été constitué à Villejuif et Ivry ; le 43e, à Châtillon et Bourg-la-Reine.

83ᵉ, 85ᵉ, 103ᵉ, 104ᵉ, 115ᵉ, 146ᵉ, 193ᵉ, 217ᵉ, soit 12,000 hommes armés de fusils à percussion lisses ;

Le 136ᵉ bataillon, soit 1,500 hommes, était armé de fusils à percussion rayés.

Artillerie. — 14ᵉ régiment (1ʳᵉ batterie principale) : 1 officier, 193 hommes; 14ᵉ régiment (13ᵉ batterie) : 1 officier, 196 hommes; canonniers auxiliaires (8ᵉ compagnie) : 6 officiers; 284 hommes.

Armement. — Vers le 18 septembre : 8 canons rayés de 24 P., 7 de 12 P., 18 de 12 S. ; 42 obusiers de 15 centimètres ; 2 mortiers de 22 centimètres, 2 mortiers de 15 centimètres. Total : 79 pièces.

9ᵉ secteur (Gobelins).

Du bastion 86 au bastion 94 (Seine).

Commandant du secteur : contre-amiral HUGUETEAU DE CHALLIÉ (quartier général : 75, avenue d'Italie).

État-major : MONTELS, lieutenant-colonel, chef d'état-major; PINOTEAU, chef d'escadrons d'état-major; DENNERY, lieutenant d'état-major; AMSEL, chef de bataillon; BACHELU, DE BOUSQUET, ZURICH, capitaines; HÉBERT, COLIN, SAINT-RENÉ-TAILLANDIER, lieutenants.

Commandant de l'artillerie : HUDELIST, colonel d'artillerie de marine. Adjoints : BERNARD, lieutenant-colonel d'artillerie; CŒRY, chef d'escadrons d'artillerie; DE GIRARDIN, capitaine d'artillerie démissionnaire; SCHOELCHER, capitaine d'artillerie démissionnaire; GUSTAVE, capitaine d'artillerie de marine; LUSSON, capitaine d'artillerie.

Commandant du génie : lieutenant-colonel TÉZENAS.

TROUPES.

Infanterie. — D'après les ordres du 16 septembre, il y a, tous les jours :

1° Une garde des remparts de 200 hommes par bastion : 1,800 gardes nationaux sédentaires ;

2° Une première réserve de 1,800 gardes mobiles départementaux dont 1,000 hommes en avant de l'usine à gaz, route de Choisy, à l'embranchement de la route d'Ivry; 800 hommes, terrain vague de la Compagnie d'Orléans, entre les nᵒˢ 93 et 95 de la rue du Chevaleret (ancienne rue du Loiret);

3° Une deuxième réserve formée de 900 gardes nationaux sédentaires dont 500 place d'Italie, 400 boulevard de la Gare, entre la rue Jeanne d'Arc et la rue du Chevaleret;

4° Une troisième réserve formée de troupes de ligne dont l'emplacement devait être fixé ultérieurement.

Les bataillons de gardes nationaux affectés à la défense du secteur étaient :

21e, 22e, 42e, 44e, 59e, 60e (1), soit 7,000 hommes armés de fusils à tabatière ;

97e, 98e, 101e, 102e, 119e, 133e, 160e, soit 9,500 hommes armés de fusils à percussion rayés ;

118e, 120e, 134e, 151e, 161e, 163e, 176e, 177e, 184e, 185e, soit 14,500 hommes armés de fusils à percussion lisses.

Artillerie. — 2 bataillons à pied, 1 compagnie de canonniers auxiliaires.

4e régiment (1re batterie bis), bastions 88 et 89 : 1 officier, 197 hommes (venue de Vincennes au secteur, le 9 septembre).

19e régiment (9e batterie), bastions 93 et 94 : 1 officier, 201 hommes (campée avenue de l'Empereur, elle est envoyée au 9e secteur le 17 septembre).

9e compagnie, de canonniers auxiliaires, bastions 90 et 91 : 6 officiers, 300 hommes (formée au secteur, à partir du 5 septembre).

École polytechnique, bastions 86 et 87 : 5 officiers, 300 hommes.

Armement. — A la date du 17 septembre : 5 canons rayés de 16 centimètres, 14 de 24 P., 4 de 12 P., 15 de 12 S.; 36 obusiers de 15 centimètres; 4 mortiers de 22 centimètres, 2 de 15 centimètres. Total : 80 pièces.

---

(1) Les six premiers bataillons, à leur poste dès le 8 septembre. Le 44e avait été formé à Choisy-le-Roi, Chevilly et Fresnes-les-Rungis; le 97e à Gentilly. Les autres provenaient des Ve et XIIIe arrondissements.

APPENDICES

Emplacements au 19 septembre des bataillons de mobiles de la Seine.

BATAILLONS (1).	EFFECTIFS (2). OFFICIERS.	EFFECTIFS (2). TROUPE	EMPLACEMENTS au 19 septembre (3).	OBSERVATIONS.
Ier Louvre	25	791	Redoute de Gennevilliers	Le 19 septembre, un ordre du Gouverneur l'envoie à Saint-Denis ; il part à 4 heures du soir et arrive le 20 à 4 heures du matin (s'étant trompé de route).
IIe Bourse........	25	840	Mont-Valérien......	Le 19 septembre, un ordre du Gouverneur dirige ces deux bataillons sur Saint-Denis où ils arrivent dans la nuit.
IIIe Temple	26	899	Mont-Valérien......	
IVe Hôtel-de-Ville..	23	889	Fort d'Issy.........	Arrivés dès le 8.
Ve Panthéon......	25	830	Fort d'Issy.........	
VIe Luxembourg...	26	814	Paris (jardin des Tuileries)...........	A partir du 8 à Saint-Cloud, moins deux compagnies au fort d'Issy, jusqu'au 13 ; les 17 et 18, redoute de Montretout.
VIIe Palais-Bourbon.	23	805	Plateau de Châtillon.	Ce bataillon fait partie momentanément du 14e corps ; le 19, au soir, il rentre à Paris à la caserne de Latour-Maubourg ; 8e compagnie à l'École Militaire (dépôt).
VIIIe Opéra	26	1,082	Ouvrages de Villejuif.	Le 20, à 2 heures du matin, il rentre par ordre du Gouverneur et va bivouaquer sur l'esplanade des Invalides.
IXe Enclos Saint-Laurent.....	26	1,625	Fort de Vanves	Arrivé dès le 8.
Xe Popincourt....	29	1,489	Saint-Denis	Primitivement désigné pour le fort de Charenton, maintenu jusqu'au 10 septembre à Saint-Maur.
XIe Reuilly-Gobelins	25	1,433	Fort de Vincennes ..	Bataillon désigné pour occuper les redoutes de Gravelle et de la Faisanderie. Il avait refusé le 14 de s'y rendre (4).

(1) Tous ces bataillons étaient à huit compagnies, sauf les VIIe, XIIIe et XVIIIe bataillons dont les 8es compagnies formaient à la caserne Latour-Maubourg un dépôt de trois compagnies. Ils étaient répartis en six régiments : les Ier, IIe, IIIe bataillons formant le 1er régiment, et ainsi de suite.

(2) Tous ces effectifs sont ceux du 1er septembre, sauf pour les VIIIe, IXe et XVIe bataillons dont l'effectif mentionné est celui du 1er octobre. D'une manière générale, les effectifs du 1er septembre sont trop élevés, car, d'après l'état de répartition numérique des mobiles de la Seine, dans les forts extérieurs, établi par le général Berthaut à la date du 7 septembre, l'ensemble des bataillons réunis au camp de Saint-Maur présentait seulement un effectif de 12,870 hommes.

(3) Les dix-huit bataillons sont rentrés à Paris les 19 et 20 août, puis sont restés au camp de Saint-Maur jusqu'au 8 septembre, date à laquelle a commencé leur dispersion à l'extérieur de l'enceinte.

(4) Le Commandant de la place de Vincennes au Gouverneur, D. T., Vincennes, 14 septembre, 10 h. 45 matin.

BATAILLONS.	EFFECTIFS.		EMPLACEMENTS au 19 septembre.	OBSERVATIONS.
	OFFICIERS.	TROUPES.		
XIIe Observatoire..	26	706	Aubervilliers.......	Primitivement désigné pour le fort de Charenton, arrive à Aubervilliers le 17.
XIIIe Vaugirard - Passy......	22	962	Cinq compagnies à Saint-Denis, 6e et 7e au fort de Nogent	Le 21, les deux compagnies de Nogent rejoignent leur bataillon; 8e compagnie à l'École Militaire (dépôt).
XIVe Batignolles-Montceau...	27	965	Fort d'Aubervilliers.	Arrivé au fort dès le 8.
XVe Butte - Montmartre.....	27	1,333	Fort de Nogent.....	Le 21 septembre fut envoyé à Saint-Denis.
XVIe Buttes-Chaumont...... Belleville..... Ménilmontant.	28	2,582	Fort de l'Est.......	Arrivé dès le 8. Le 17, trois compagnies qui étaient à Aubervilliers rejoignent le bataillon.
XVIIe Saint-Denis ..	24	1,225	Saint-Denis (Double-Couronne).......	Arrivé dès le 8.
XVIIIe Sceaux.......	25	1,138	Double-Couronne de Saint-Denis (4 compagnies), fort de la Briche (3 compagnies)...........	A ses emplacements dès le 8; 8e compagnie à l'École Militaire (dépôt).

Bataillons de mobiles des départements arrivés à Paris à la date du 19 septembre 1870.

1re DIVISION.

Quartier général : Élysée.

Arrondissements : 8e, partie du 9e (Ouest de la rue Laffitte), 16e et 17e.

Commandant de la division : général de Liniers.

État-major : Tyrbas de Chamberet, colonel de gendarmerie ;

De Morlaincourt, chef d'escadrons d'état-major ;

Delatre, capitaine ;

Bizot, Péronne, sous-lieutenants.

BATAILLONS.		EFFECTIFS.		DATES D'ARRIVÉE.	EMPLACEMENTS au 19 septembre.	OBSERVATIONS.
		OFFICIERS.	TROUPES.			
Aube......	IIIe.	23	1,182	9 sept.	9e arrond.	
Côtes-du-Nord....	IIe..	23	1,182	8 —	9e —	Le 15, ce bataillon quitte Paris et occupe le village de Rosny.
	IIIe.	26	1,192	9 —	9e —	Le 15, ce bataillon quitte Paris et occupe le parc du château de Montereau.
	Ve..	23	975	8 —	9e —	Le 15, ce bataillon quitte Paris et va occuper la trouée entre les forts de Nogent et de Rosny.
Côte-d'Or.	IVe.	25	1,455	10 —	8e —	
Drôme....	IIe..	24	2,009	9 —	8e —	
Ille-et-Vilaine....	Ier..	21	1,204	9 —	8e —	Se rend à Meudon le 18, rentre à Paris le 19 au soir.
	IVe.	28	1,834	8 —	9e —	Se rend à Châtillon le 18 et occupe la redoute le 19.
Loiret.....	Ve..	25	1,148	9 —	8e —	
Hérault....	Ier..	22	1,879	18 —	16e —	
	IIe..	25	1,115	15 —	8e —	
Loire-Inférieure...	IVe.	24	1,447	11 —	9e —	Le 19, va tenir garnison au Mont-Valérien.
Marne.....	Ier..	27	1,230	7 —	16e —	
Seine-Inférieure...	IIIe.	25	1,245	9 —	8e —	
	IVe.	24	1,370	8 —	9e —	
	Ve..	25	1,140	8 —	9e —	
Seine-et-O.	IIIe.	23	1,281	13 —	8e —	
	IVe.	26	927	13 —	8e —	
	Ve..	25	1,374	13 —	8e —	
	VIe.	26	1,004	13 —	8e —	
Somme....	IIe..	26	785	8 —	9e —	
Vendée....	IVe.	25	1,369	14 —	8e —	
Vienne....	IIe..	24	1,670	10 —	8e —	

2e DIVISION.

Quartier général : Palais-Royal.

Arrondissements : 1er, 2e, partie du 9e (Est de la rue Laffitte) et 18e.

Commandant de la division : général DE BEAUFORT D'HAUTPOUL.

État-major : LAVOIGNET, colonel en retraite ;

LECOQ, chef d'escadrons d'état-major ;

BUREAU, capitaine d'infanterie (St-Cyr) ;

DE LA CORNILLIÈRE, CALVEL, sous-lieutenants d'état-major ;

DE BENOIT, capitaine de garde mobile.

BATAILLONS.		EFFECTIFS. OFFICIERS.	EFFECTIFS. TROUPES.	DATES D'ARRIVÉE.	EMPLACEMENTS au 19 septembre.	OBSERVATIONS.
Ain	IIe	23	1,204	10 sept.	2e arrond.	
Ille-et-Vilaine	IIIe	24	1,230	8 —	1er —	
	Ve	23	1,171	8 —	1er —	
Finistère	Ier	24	1,150	8 —	18e —	
	IVe	24	1,165	8 —	1er —	
Loiret	IIe	24	1,127	9 —	2e —	
	IIIe	24	1,192	9 —	2e —	
	IVe	23	970	9 —	2e —	
Puy-de-Dôme	Ier	25	1,840	8 —	1er et 2e —	
Saône-et-Loire	Ier	23	1,214	9 —	9e —	
	IIIe	24	1,186	9 —	9e —	
	Ve	23	1,175	9 —	9e —	
Seine-Inférieure	Ier	25	1,418	9 —	2e —	
Seine-et-Marne	Ier	24	1,083	12 —	1er —	
Somme	Ve	22	843	8 —	1er et 2e —	
	VIe	25	1,449	9 —	2e —	
Vienne	Ier	9	668	10 —	1er —	

3e DIVISION.

Quartier général : Arts-et-Métiers.
Arrondissements : 3e, 4e, 10e, 11e, 12e, 19e, 20e.
Commandant de la division : général BERTHAUT.

État-major : RÉGNIER, chef d'escadrons d'état-major ;
ROSSELIN, capitaine d'état-major ;
DE VOGÜÉ, D'HÉRISSON, HOLZ, capitaines de la garde mobile ;
SAILLENFEST DE SOURDEVAL, QUÉVILLON, WEIL, sous-lieutenants d'état-major.

BATAILLONS.		EFFECTIFS.		DATES	EMPLACEMENTS au	OBSERVATIONS.
		OFFICIERS.	TROUPES.	D'ARRIVÉE.	19 septembre.	
Ain.......	IIIe.	24	1,174	10 sept.	3e arrond.	
	IVe.	24	1,373	10 —	10e —	
Aube......	Ier..	24	921	10 —	10e —	
	IIe..	23	1,182	10 —	4e —	
Côtes-du-Nord....	Ier..	33	1,842	9 —	4e —	
	IVe.	23	1,141	13 —	11e —	
Côte-d'Or..	Ier..	23	1,180	10 —	10e —	
	IIe..	28	960	10 —	10e —	
	IIIe.	25	1,000	9 —	4e —	
Finistère..	IIe..	26	1,488	13 —	11e —	
	IIIe.	23	1,324	12 —	3e et 10e —	
	Ve..	21	1,100	13 —	11e —	
Ille-et-Vilaine....	IIe..	21	1,140	12 —	10e —	
Indre.....	Ier..	20	1,200	9 —	3e —	
Morbihan..	Ier..	23	966	15 —	19e —	
	IIe..	25	1,002	15 —	20e —	
	Ve..	20	1,000	13 —	10e —	
Somme....	Ier..	26	1,509	9 —	3e —	
Vienne....	IIIe.	26	1,634	9 —	11e —	

4e DIVISION.

Quartier général : Luxembourg.
Arrondissements : 5e, 6e, 7e, 13e, 14e, 15e.

Commandant de la division : général CORRÉARD.

État-major : VIAL, chef d'escadrons d'état-major; SCHOBERT, commandant en retraite; DES ESSARTS, capitaine de cavalerie démissionnaire; DUTHEIL DE LA ROCHÈRE, lieutenant au 14e de ligne; PAJOL, CARON, POUHARD, sous-lieutenants d'état-major; DE BUZONIÈRE, lieutenant au 61e de ligne, officier d'ordonnance.

BATAILLONS.		EFFECTIFS.		DATES D'ARRIVÉE.	EMPLACEMENTS au 19 septembre.	OBSERVATIONS.
		OFFICIERS.	TROUPES.			
Aisne.....	Ier..	27	1,666	6 sept.	6e arrond.	
Hérault....	IIIe.	26	1,576	14 —	7e —	
Loire-Inférieure...	IIIe.	23	1,027	11 —	7e —	
	Ve..	20	1,000	11 —	6e et 7e —	Le 19, va tenir garnison au Mont-Valérien.
Seine-et-Marne...	IIe..	24	1,363	12 —	5e —	
	IIIe.	25	1,210	13 —	7e —	
	IVe.	25	1,221	13 —	14e —	
Seine-et-Oise....	Ier..	24	987	12 —	7e —	
	IIe..	25	1,052	12 —	7e —	
Somme....	IIIe.	26	949	8 —	5e —	
Tarn......	Ier..	22	1,096	10 —	6e —	
	IIe..	23	1,114	10 —	6e —	
	IIIe.	24	1,166	10 —	6e —	
Vendée....	Ier..	25	1,840	13 —	13e —	
	IIe..	25	1,485	13 —	5e —	
	IIIe.	23	1,556	13 —	6e et 7e —	

Batteries de la mobile départementale appelées à Paris avant le 19 septembre et batteries de mobiles de la Seine.

BATTERIES.	EFFECTIFS.		DATES D'ARRIVÉE.	EMPLACEMENTS JUSQU'AU 19 septembre.	OBSERVATIONS.
	OFFICIERS.	TROUPES.			
Drôme (une batterie (1).........	3	160	14 sept.	8e arr. 1re division de mobiles.......	Le 20 septembre, elle alla prendre à Vaugirard le service des bastions 74, 75, 76. Le 16 octobre, elle fut définitivement envoyée à Villejuif pour armer simultanément : 1° la redoute du Moulin-Saquet; 2° les ouvrages reliant cette redoute à celle des Hautes-Bruyères; 3° la barricade de Villejuif.
Loire-Inférieure (deux batteries) (2).	8	400	9 —	8e arr. 1re div. de mobiles.	Le 20 septembre, elles vont camper à la Villette pour armer définitivement le 3e secteur (pont de Flandre).
Pas-de-Calais (une batterie) (3)....	3	181	9 —	3e arr. 3e division.....	Le 20 septembre, la batterie est définitivement affectée au 6e secteur (Passy).
Rhône (deux batteries d'artillerie et deux compagnies de pontonniers) (4)......	13	900	10 —	1er arr. 2e division.....	Le 20 septembre, la 1re batterie et les deux compagnies sont définitivement affectées au 5e secteur, la 2e batterie, au 6e. Dès le 12 septembre, 50 hommes pris dans ces quatre unités avaient été envoyés au Mont-Valérien ; ils furent employés au service des pièces de marine.
Seine-et-Oise (trois batteries) (5)...	10	450	1er août.	Mont-Valérien et 4e secteur.	La 3e batterie, seule, reste au Mont-Valérien pendant le siège. Dès le 9 septembre, les 1re et 2e batteries furent affectées au 4e secteur (non loin de la porte d'Asnières) et quittèrent par conséquent, à cette date, le Mont-Valérien.
Seine (six batteries) (7)............	20	600(6)	28 juillet.	6e secteur (1re, 2e, 3e, 6e batteries) Fort de l'Est (4e batterie) Fort d'Aubervilliers (5e batterie)	Vers la fin de juillet, les six batteries se réunirent au fort de Vincennes, mais les 4e et 5e allèrent au fort de l'Est les 11 et 12 août. Le 9 septembre, les 1re, 2e, 3e et 6e furent envoyées à Auteuil (6e secteur) et quittèrent Vincennes à cette date ; la 4e resta au fort de l'Est. Le 13 septembre, la 5e quitte le fort de l'Est et va au fort d'Aubervilliers.

(1) Celle de Valence, l'unique du département.
(2) 1re et 2e, les seules formées.
(3) La 6e à pied; on en forma sept, la 7e était montée.
(4) 1re et 2e batteries à pied, 1re et 2e compagnies de pontonniers, les seules formées.
(5) 1re, 2e et 3e batteries à pied, seules formées. Chef d'escadrons : d'Amonville ; capitaines : Desnos, de Salva, Colombat.
(6) Ces effectifs sont approximatifs, mais peu éloignés de la réalité.
(7) 1re, 2e, 3e, 4e, 5e, 6e batteries à pied de la Seine, constituant le régiment d'artillerie, sous les ordres du lieutenant-colonel Hellot, avec les chefs d'escadrons de Ricaudy, Goulier, Duclavel et Crivisier, commandant chacun deux batteries. Capitaines commandant les batteries : Lahr, de Bosredon, Bocquel, de Maubeuge, Renault, Bayle.

Corps francs présents à Paris le 19 septembre.

CORPS FRANCS.	UNITÉS.	CHEFS.	DATE D'AUTORISATION.
1. Volontaires de la Seine (Eclaireurs, infant.).	IIIe et IVe bat.	Colonel Lafon.	1870 20 août.
2. Volontaires de la Seine (Eclaireurs, caval.).	2 escadrons...	Command. de Pindray.	»
3. Guérilla française.....	2 compagnies.	Command. Roudier...	25 août.
4. Francs-tireurs de Paris.	IIe bataillon..	Command. Aronsohn..	1er sept.
5. Eclaireurs à cheval de la Seine..........	1 escadron...	Command. Franchetti.	5 sept.
6. Légion des volontaires de la France (infant.).	4 compagnies.	Lieut.-col. Cailloué...	7 sept.
7. Légion des volontaires de la France (caval.).	1 escadron...	M. Fould..........	7 sept.
8. Francs-tireurs de la Presse............	5 compagnies.	M. Gustave Aymard...	9 sept.
9. Tirailleurs de la Seine, bataillon des Ternes.	4 compagnies.	M. E. de Vertus......	5 sept.
10. Francs-tireurs de l'Aisne...........	1 compagnie.	M. Dollé...........	15 nov.
11. Francs-tireurs des Lilas.	1 compagnie.	M. Thomas Anquetil..	12 nov.
12. Francs-tireurs sédentaires............	1 compagnie.	M. Deschamps......	9 sept.
13. Francs-tireurs de la Gironde...........	1 compagnie.	M. Rosas Cavasso.....	12 nov.
14. Tirailleurs parisiens...	1 compagnie.	M. Lavigne.........	12 sept.
15. Tirailleurs de la Seine.	1 compagnie.	M. Dumas..........	13 sept.
16. Légion des Amis de la France...........	3 compagnies.	Gal Van der Meeren...	13 sept.
17. Corps civique des carabiniers parisiens...	1 compagnie.	M. Perelli..........	24 sept.
18. Tirailleurs - Eclaireurs parisiens.........	1 compagnie.	M. Fery d'Esclands...	23 août.
19. Chasseurs de Neuilly..	3 compagnies.	M. Paul de Jouvencel..	14 sept.
20. Eclaireurs de la garde nationale de la Seine.	1 bataillon...	Lieut.-col. de Joinville.	6 oct.
21. Guérilla de l'Ile-de-France...........	2 compagnies.	M. André Péri........	14 sept.
22. Eclaireurs de la garde nationale du IIe arr.	1 compagnie.	M. Cadiot..........	15 sept.
23. Carabiniers du XIe arr.	1 compagnie.	M. Othon...........	7 sept.
24. Tirailleurs de Saint-Hubert...........	1 compagnie.	M. Thomas.........	9 sept.
25. Pompiers armés de la Compagnie de l'Est.	»	M. Guebhard........	16 sept.
26. Carabiniers de Neuilly.	1 compagnie.	M. Des Cilleuls.......	7 sept.
27. Carabinrs du XXXVIIIe bat. de garde nationale.............	1 compagnie.	M. de Brancion......	?
28. Volontaires de Versailles..............	1 compagnie.	M. Vidal...........	?
29. Légion des Vétérans parisiens..........	»	M. Gustave Lambert..	6 sept.

CORPS FRANCS.	UNITÉS.	CHEFS.	DATE D'AUTORISATION.
30. Compagnie spéciale de gardes nationaux sauveteurs mariniers...	1 compagnie.	M. Meunier..........	?
31. Corps franc de la Société générale......	1 compagnie.	M. Herpin...........	?
32. Volontaires de la Défense nationale.....	1 compagnie.	M. de Meffray........	19 sept.
33. Carabiniers francs-tireurs du XIVe bat. (1er arrondissement).	1 compagnie.	M. de Vresse.........	? (1)

(1) Pour la liste des autres corps organisés à Paris pendant la guerre, voir le travail de M. A. Martinien sur ce sujet.

A LA MÊME LIBRAIRIE

OUVRAGES PUBLIÉS

sous la Direction de la Section historique de l'État-Major de l'Armée

Les volontaires nationaux (1791-1793). — Etude sur la formation et l'organisation des bataillons, d'après les archives communales et départementales, par Eugène **Déprez**, archiviste départemental du Pas-de-Calais, ancien membre de l'Ecole française de Rome, Docteur ès lettres. 1908, 1 vol. in-8.......... 10 fr.

Une mission militaire prussienne au Maroc en 1860. — Impressions du colonel VON GOEBEN, d'après sa correspondance, par les lieutenants **Boudot** et **Paulier**, détachés à la Section historique. 1908, broch. in-8........ 1 fr.

La Guerre en Afrique. — Tactique des grosses colonnes. — Enseignements de l'expédition contre les Beni-Snassen (1859), par le chef de bataillon **Mordacq,** commandant le 25e bataillon de chasseurs à pied. 1908, 1 vol. in-8, avec 4 cartes et 9 croquis.. 4 fr.

Les campagnes du Maréchal de Saxe; par J. **Colin**, capitaine d'artillerie breveté à la Section historique de l'état-major de l'armée.

- TOME Ier : *L'armée au printemps de 1744.* 1900, in-8............. 7 fr. 50
- TOME II : *La campagne de 1744.* 1904, in-8 avec 4 cartes........ 10 fr.
- TOME III : *Fontenoy.* 1905, in-8.............................. 12 fr.

Campagne de Russie (1812); par le lieutenant **Fabry**, du 101e régiment d'infanterie.

- TOME Ier : *Opérations militaires du 24 juin au 17 juillet.* Gr. in-8.. 12 fr.
- TOME II : *Vitebsk*, 20-31 juillet. Gr. in-8.................... 10 fr.
- TOME III : *Smolensk.* 1er au 10 août. Gr. in-8.................. 18 fr.
- TOME IV : *Gorodetschna, Polotsk, Valontina*, 11 au 19 août. Gr. in-8. 25 fr.
- TOME V : *Supplément aux tomes I, II, III*, 24 juin au 10 août. Gr. in-8. 20 fr.

La campagne de 1800 en Allemagne; par le commandant Ernest **Picard**, chef d'escadron d'artillerie breveté, détaché à la Section historique de l'état-major de l'armée. (*Ouvrage couronné par l'Académie française.*)

- TOME Ier. *Le passage du Rhin.* 1 vol. in-8...................... 12 fr.

Campagne de 1800 à l'armée des Grisons; par le lieutenant Henri **Leplus**, détaché à la Section historique. 1 vol. in-8 avec 5 cartes............ 10 fr.

La campagne de 1793 à l'armée du Nord et des Ardennes (de Valenciennes à Hondtschoote); par V. **Dupuis**, capitaine d'infanterie breveté à la Section historique de l'état-major de l'armée. (*Ouvrage couronné par l'Académie française. Prix Gobert.*) 1 vol. in-8 avec cartes.......................... 12 fr.

Études sur les armées du Directoire. — Ire partie : Joubert à l'armée d'Italie; Championnet à l'armée du Rhin (octobre 1798-janvier 1799); par Patrice **Mahon**, capitaine d'artillerie à l'état-major de l'armée. (*Ouvrage couronné par l'Académie française.*) 1 vol. in-8 avec cartes en couleurs.................. 10 fr.

Les Préliminaires de la guerre de la Succession d'Autriche; par Maurice **Sautai**, capitaine au 5e régiment d'infanterie, détaché à la Section historique. 1908, 1 vol. in-8.. 14 fr.

Paris. — Imprimerie R. CHAPELOT et Cie, rue Christine, 2.

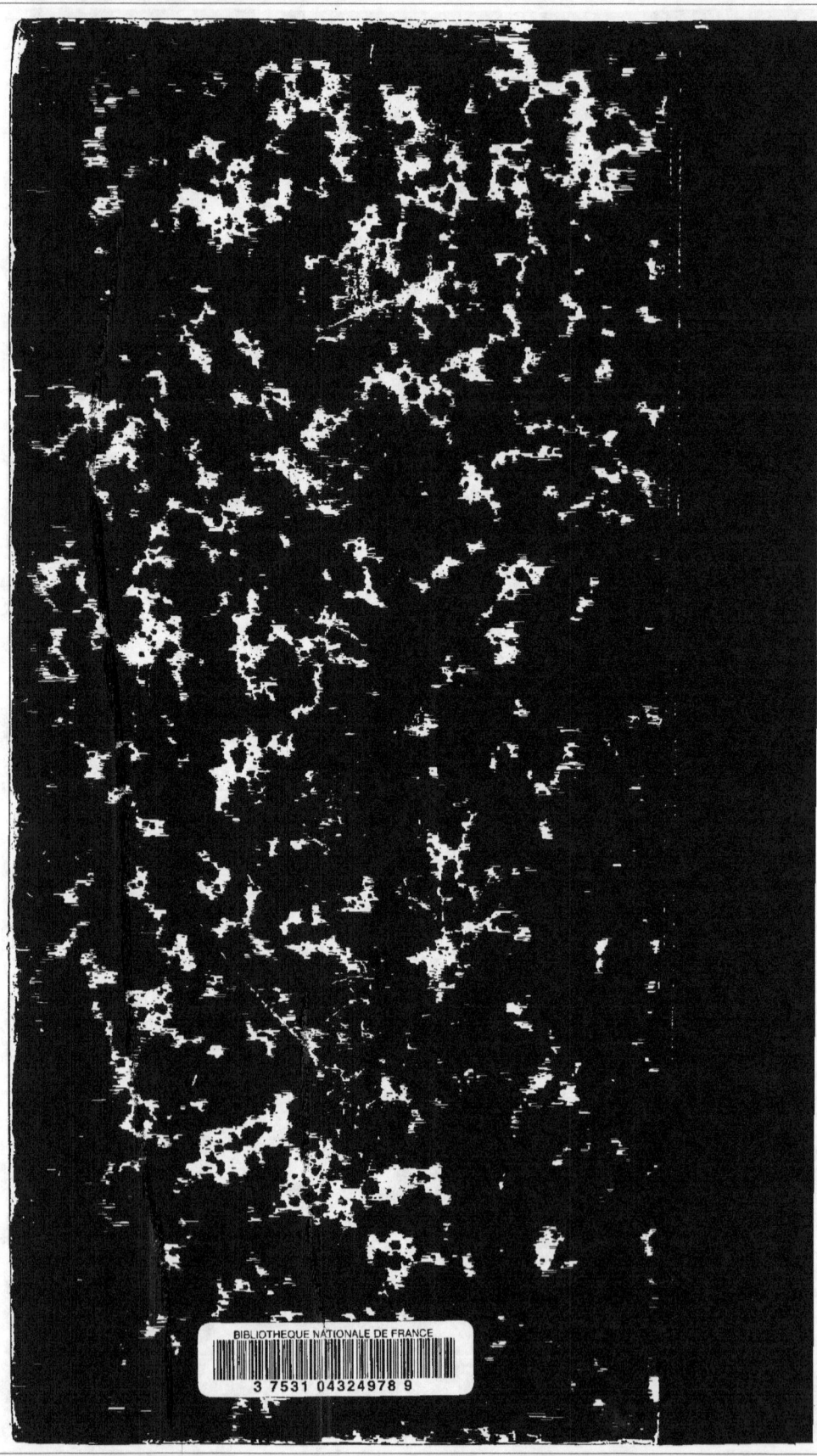

www.ingramcontent.com/pod-product-compliance
Lightning Source LLC
Chambersburg PA
CBHW061038030726
47504CB00002B/429
9782011920645